SIMON &
SCHUSTER

LIBROS EN
ESPAÑOL

José Raúl Bernardo

TRADUCIDA POR OMAR AMADOR

El Secreto de los Toros

UNA NOVELA

SIMON & SCHUSTER
Rockefeller Center
1230 Avenue of the Americas
New York, NY 10020

Diseño de Levavi y Levavi
PRODUCIDO POR K&N BOOKWORKS

Hecho en los Estados Unidos de América

10 9 8 7 6 5 4 3 2 1

Datos de catalogación de la Biblioteca del Congreso:
Puede solicitarse información.

ISBN 0-684-82353-5

A mis padres

Εὐχαριστῶ

*… porque el camino que conduce a la felicidad
es la libertad
y el camino que conduce a la libertad
es un corazón sin miedo*

TUCÍDIDES

Prólogo

Maximiliano guarda en su vieja billetera de cuero una fotografía en sepia de Dolores, medio descolorida y bastante estropeada en los bordes, tomada en un estudio profesional en 1913, cuando Dolores tenía dieciocho años.

Con un vestido de falda al tobillo y mangas tres cuartos, hecho de una tela casi transparente, blanca y delicada, Dolores está parada frente a la cámara, luciendo radiantemente bella mientras se apoya contra una silla de mimbre de espaldar alto frente a un viejo y estrujadísimo telón pintado, con una medalla de la Virgen colgando de su cuello sobre el vestido de cuello alto, y con un brazalete en su brazo izquierdo. Tiene una abundante cabellera negra de pelo brillante, partido al medio, que le cae en suaves ondas y que le sirve de marco a su rostro ovalado, en el cual sus ojos negros, grandes y centelleantes, relumbran llenos de vida mientras su boca esboza una sonrisa.

Esa sonrisa es la parte más fascinante de la fotografía.

Dolores está tratando de ponerse seria —en esa época la gente tenía que posar durante un largo rato para que se pudiera tomar esa clase de fotografía de estudio, de modo que se les ordenaba no sonreír—, pero, así y todo, ella se las arregló para sonreirse. La sonrisa trata de ser seria, pero es la sonrisa de una muchacha muy traviesa.

Ésta es la mujer a la que conoce el joven Maximiliano.

En la parte superior del gavetero que está en el dormitorio que comparte con Maximiliano, Dolores tiene, junto a una pequeña fotografía de camafeo de la madre a la que nunca conoció, una fotografía de Maximiliano —con fecha del 6 de junio de 1911— tomada alrededor de la época en la que él y Dolores se conocieron, cuando Maximiliano tenía poco más de veinte años. Esta fotografía fue tomada en los pantanos cercanos a Batabanó, el pueblecito cubano con nombre indígena donde él y Dolores habían nacido.

Desnudo de la cintura para arriba, su pecho lampiño y musculoso y su ancho cuello brillando de sudor, Maximiliano está parado frente a la cámara, con la manigua cubana como fondo, con un pañuelo atado alrededor de la frente y las piernas abiertas de par en par. Viste unos pantalones amplios, salpicados de fango, apretados alrededor de la cintura con un cinturón ancho y metidos dentro de unas botas de cuero muy desteñidas y sucias que le llegan a la altura de las rodillas, parcialmente escondidas en las pantanosas aguas.

Está tan quemado por el sol que parece un mulato, excepto por su pelo rubio y muy corto, que resplandece como una aureola alrededor de su cabeza; y por sus ojos, que son muy claros y brillantes, y que miran a la cámara casi desafiantes mientras se sonríe burlonamente de oreja a oreja.

Con sus brazos estirados, desnudos y poderosos, está sosteniendo un típico caimán cubano que debe haber estado vivo y coleando, porque salió fuera de foco en la vieja fotografía en sepia. Tiene agarrada la fuerte y ancha cola del caimán con su mano izquierda mientras mantiene las fauces de la bestia cerradas con la mano derecha, en un despliegue hercúleo de genuina fuerza, con sus vigorosos músculos a punto de estallar.

Éste es el hombre al que conoce la joven Dolores.

Dolores procede de una familia culta y educada de ricos terratenientes descendientes del primer virrey de las Indias, que llegó a Cuba hace más de cuatro siglos.

Pero en cuanto Dolores conoció a Maximiliano, el carnicero, se fue con él, y su familia la repudió para siempre.

Primera Parte

Guajiros
1911–1926

1

Son las primeras horas de una mañana de comienzos del verano en la Cuba de 1911.

El cielo tropical de un pálido color turquesa está despejado y claro, y la fragante brisa que sube por la loma de Batabanó, donde está la casa de Dolores, trae un fuerte olor a guarapo —el jugo fermentado de la dulce caña de azúcar— y a salitre, el agua salada y picante del mar, un mar que apenas se puede vislumbrar en la lejana distancia.

Una de las muchachas que trabajan en la gran finca de Dolores se ha enfermado y Dolores, que acaba de llegar de regreso de La Habana, donde estaba internada en un colegio, se ofrece para ir al pueblo a comprar las medicinas que la muchacha necesita —acompañada por una chaperona, claro está, la Tía Ausencia, una tía solterona que se ha quedado viviendo en la vieja casa familiar.

La casa de estilo criollo de Dolores se parece bastante a su modelo romano de hace más de dos mil años: una serie de habitaciones que forman una especie de cuadrado, todas rodeando y abriéndose a ese atrio central que los cubanos llaman patio. Excepto que la casa de Dolores, a diferencia de la mayoría de las casas de estilo criollo, no es de una planta, sino de dos; sus gruesas paredes no están hechas de ladrillos, con estuco por fuera y yeso por dentro, sino de piedras; y las habitaciones no son ni pequeñas ni están apretujadas unas contra otras, sino que son enormes. La casa de Dolores no es una casa de estilo criollo, sino una mansión de estilo criollo, construida a finales del siglo XVII con el sudor de cientos de esclavos, muchos de los cuales murieron durante la construcción.

Sin embargo, a pesar de su edad, que ya comienza a hacerse evidente, la casa es tan impresionante ahora como lo había sido en aquel entonces.

Se llega a ella a través de un largo y recto sendero empedrado, alineado por una guardarraya: una serie de altas y esbeltas palmas reales colocadas de manera uniforme a cada lado del camino. Este camino comienza cuesta abajo en el portón de bronce con el escudo de armas del primer virrey de las Indias, situado en la cerca de entrada, y termina cuesta arriba, describiendo un amplio círculo frente a la entrada principal de la casa, a la que se sube por medio de seis anchos escalones, cada uno hecho de una sola losa gruesa de granito pulido.

Un espacioso portal, sostenido por una elevada arcada con columnas de pesadas piedras, corre alrededor de las dos plantas de la casa, protegiéndolas del fuerte sol cubano y de los recios aguaceros que caen en Cuba durante seis meses del año; y el enorme patio central, cubierto con grandes y anchas losas cuadradas de mármol blanco —ahora bastante rajado y manchado por los años— alberga una fuente de manantial donde siempre se puede oír el regurgiteo del agua, cantando al movimiento rítmico de las palmas que murmuran y bailan en la suave brisa.

La primera planta de la casa tiene techos artesonados, profusamente decorados, de doce pies de altura, y alberga las habitaciones de recibo de la mansión. Al lado derecho del salón de entrada está la gran sala —lo que la familia llama el salón de baile— la cual, en uno de sus lados, se abre por completo hacia el espacioso portal, y por el otro lado, hacia el patio central, lo que la hace lucir más como un pabellón que como una habitación de la casa. A la izquierda del salón de entrada lo primero que se encuentra es una pequeña habitación —pequeña si se consideran las dimensiones del resto de la casa— conocida como «el despacho», donde el padre de Dolores conserva todos sus papeles en una serie de escritorios y armarios de oficina de caoba y bronce que parecen completamente fuera de lugar en medio del decorado discreto, pero ornamentado, del siglo XVII. Junto a esta habitación, y también abriéndose tanto al portal como al patio, está el gran comedor —donde caben venticuatro personas— separado de la cocina, ubicada en la parte trasera de la casa, por una espaciosa despensa.

En el piso superior de la casa están las habitaciones privadas de la mansión, con un despliegue de doce dormitorios magníficamente habilitados, dos de los cuales fueron transformados en cuartos de baño interiores en la época en que Dolores nació.

Sin embargo, a pesar de la opulencia de todas las habitaciones interiores, la casa es conocida sobre todo por su salón de entrada, que tiene una escalera semicircular de mármol verdaderamente espectacular con gruesos balaustres, cada uno en forma de un mazo de trigo, cada uno labrado de una sola pieza sólida de ácana cubana, una madera dura como piedra, y cada uno adornado con incrustaciones de madreperla.

Dolores baja corriendo la escalera, desbordante de alegría por no tener que usar ya uno de esos feos uniformes grises que había tenido que ponerse en el colegio. Está extasiada porque se está estrenando un nuevo y atrevido vestido *por encima* del tobillo, de color melocotón, combinado con una pamela del mismo color que lleva demasiado ladeada, a propósito.

Su tía Ausencia —que se opone violentamente a la vestimenta demasiado moderna de Dolores— está bajando lentamente la escalera detrás de su sobrina. Por poco se pisa la larga falda negra que le llega hasta el piso, como debe hacerlo una falda, ya que está tratando de ponerse sus anticuados guantes de encaje negro mientras no cesa de decirle a Dolores:

—¡Por favor, Dolores, por favor! ¡Más despacio! ¡Esa no es la manera en que una señorita decente se comporta! ¡Más despacio! *¡Más despacio!*

Pero, ¿quién puede lograr que un ciclón tropical se mueva más despacio?

En la puerta de entrada, que está completamente abierta, se oye relinchar a los caballos, listos para partir.

Aunque por La Habana de 1911 ya se pasean cientos de ruidosos automóviles del Modelo T, llenando de explosiones sus congestionadas calles, ni uno solo ha llegado de forma permanente a Batabanó; y los dos que se han visto en su poco transitada calle principal, han sido mirados de lejos y con gran recelo por los guajiros, como se les dice a los campesinos cubanos. Dolores, por supuesto, está convencida de que su familia debería tener un automóvil, pero hasta ahora no ha logrado convencer ni a su padre ni a nadie de su familia. Así que, si no puede pasear por el pueblo en un automóvil, ¿qué otro remedio le queda? Hacia el pueblo se dirige, junto a su tía, en una elegante volanta abierta, una lujosa calesa tirada por dos caballos —la que para Dolores es una inútil reliquia del pasado— conducida por Pablo, uno de los criados de la familia.

Pablo, que tiene más de setenta años, es un negro viejo que había sido esclavo, pero que al que se le dio la libertad cuando un grupo de criollos cubanos abolió la esclavitud en 1868. Pablo decidió quedarse en la casa familiar, haciendo el mismo trabajo que había hecho antes de La Emancipación, pero ahora es un hombre libre, y eso ha producido una notable diferencia en su manera de conducirse. Conoce a Dolores desde que nació y la quiere como si ella fuera de su propia familia, lo que, en cierto modo, es. Pero su cariño por Dolores raya en la adoración. Fue Dolores la que, siendo todavía una niña, se pasó mucho tiempo con él, verano tras verano, enseñándolo pacientemente a leer y a escribir, algo por lo que Pablo siempre le estará agradecido.

Así que al pueblo se van la solterona, el negro y la muchacha.

Este viaje es una verdadera aventura para Dolores. Ésta es la primera vez que la jovencita ha salido sola, por así decirlo. Hasta ahora, se ha pasado la mayor parte de su vida en un exclusivo internado para señoritas ricas en La Habana, dirigido por monjas insoportables, al cual ella llegó cuando acababa de cumplir los seis años. Es sólo durante los veranos que se pasa tiempo con su familia en Batabanó, y allí su mejor amigo —su único amigo— es Pablo. Pero ahora ella ya ha terminado, por fin, la educación que exige la ley y ha regresado a su casa para siempre.

Sólo tiene dieciséis años.

Pocos años después de que Colón se tropezara con las Américas cuando iba camino de las Indias, la ciudad de La Habana fue fundada en la costa sur de Cuba, en un área muy cercana a Batabanó, el pueblecito donde Dolores y Maximiliano se conocieron. Pero en 1519, al descubrirse una amplia bahía en la costa norte, a sólo unas pocas millas de distancia, la ciudad se trasladó, con nombre y todo. Ese fue el mismo año en el que los antepasados de Dolores llegaron a Cuba.

La costa sur de Cuba es más propensa a los ciclones que la costa norte, por lo que resultó lógico mudar a La Habana desde donde estaba hasta donde se encuentra ahora. Además, este tramo de la costa sur tiende a ser pantanoso, y como a los mosquitos les gustan los pantanos y a nadie le gustan los mosquitos, la mayoría de la gente decidió mudarse al norte.

Sin embargo, algunas personas, aunque no muchas, decidieron quedarse, ya que en el mar próximo a Batabanó está una de las reservas más grandes de esponjas naturales del mundo entero, y esas esponjas son consideradas como las mejores. Durante siglos, ellas han sido la principal fuente de ingresos del área. Ellas y las hermosas pieles de caimán, que son tan valiosas. Estas dos industrias —además del azúcar, por supuesto— han hecho de Batabanó un pueblecito relativamente próspero. Tanto es así que, después que el Hotel Libertad fue recientemente renovado, el viejo teatro de la ópera —en realidad, un teatro de variedades de segunda— está siendo modificado para poder instalar en él uno de esos espectáculos de películas que están tan de moda.

La calle principal, de tierra bien cuidada y bien apisonada, está muy polvorienta debido a que Cuba se encuentra en plena temporada de sequía, que dura la mitad del año, y no ha llovido desde hace varios días. Sin embargo, a pesar del polvo y del calor —que está empezando a molestar a Ausencia, quien acaba de abrir su anticuado parasol de encaje negro— hay muchos hombres en la calle, vestidos con ajustados trajes de hilo blanco de cuatro botones y corbatas, llevando sombreros de pajilla y pencas de guano con las que no cesan de abanicarse. La mayoría de estos hombres son compradores americanos, altos y rubios, que están mirando a las esponjas en exhibición —algunas de las cuales son realmente gigantescas—, examinándolas cuidadosamente y regateando con los agentes locales de esponjas, quienes responden a sus preguntas en un inglés chapurreado acompañado de extravagantes y apasionados gestos.

A medida que Dolores y su tía salen de la farmacia, uno de los edificios más antiguos del pueblo, Dolores nota con el rabo del ojo que alguien la está mirando. Se vira y ve a un apuesto joven que la está mirando fijamente desde el otro lado de la calle.

Es alto y rubio, tal como uno de esos compradores americanos. Pero no es uno de ellos. No tiene puesto un traje. Tiene puesto un delantal blanco encima de una camisa y de un pantalón blancos. Su rostro está bastante tostado por el sol y sus penetrantes ojos azules centellean al mirarla intensamente.

Ella le devuelve la mirada, sin saber realmente lo que está haciendo, y entonces, de repente, las rodillas se le aflojan. Dolores se siente como si súbitamente se hubiera enfermado. Su corazón está latiendo tan fuertemente que parece que se le quiere salir del pecho, su frente está ardiendo como si hubiera cogido fuego y, sin embargo, sus manos están tan frías como el hielo.

Su tía Ausencia, que se supone que esté protegiendo a la jovencita de que sienta lo que acaba de sentir, está ocupada tratando de encaramarse en la volanta sin que se le ensucien sus elegantes botines de cuero negro, y no llega a darse cuenta de nada. Pero Pablo, que está sentado en el asiento del cochero, ve que la muchacha está a punto de desmayarse.

—¿Le pasa algo, Niña Dolores? —le pregunta, sumamente preocupado.

Dolores lo mira como si se acabara de despertar de un sueño.

—Oh, no, Pablo, gracias, gracias. Estoy bien. Estoy bien.

—Es este sol —dice la vieja tía, ya cómodamente sentada—. Está haciendo demasiado calor, sencillamente demasiado calor. Tal vez deberíamos irnos ya camino de la casa. ¿No terminaste ya con todo lo que viniste a hacer aquí?

Dolores mira primero nuevamente al apuesto joven con los penetrantes ojos azules, y luego, a su tía y le responde:

—Sí, sí, supongo que sí.

Entonces comienza a subir a la volanta, pero ni por un momento deja de mirar con el rabo del ojo al sonriente criollo rubio que la sigue mirando, casi con insolencia.

Desde ese día en adelante, Dolores se brinda para ir a hacer mandados al pueblo, para buscar esto o lo otro, esperando siempre tropezarse otra vez con el joven de los ojos atrevidos. E, invariablemente, nunca deja de tropezarse con él.

¿O es él el que se tropieza con ella?

Dolores se demora una larga, larga semana, después de que sus ojos se encontraron por primera vez con los del joven rubio, en enterarse de que su nombre es Maximiliano; que viene de una familia de alemanes que llegó a Cuba en los 1860 y pico, cuando México tenía un emperador austriaco; que le pusieron el nombre de su abuelo, que era el mismo nombre de ese emperador; que es el hijo del carnicero; y que trabaja en la carnicería de su padre.

Tan pronto se entera de todo esto, ella decide que al día siguiente va a ir a la carnicería para comprar un poco de carne. Pero también decide que va a entrar en la carnicería sola. Completa y exclusivamente sola. Es decir, sin la chaperona.

A la mañana siguiente, vistiendo un bien recatado vestido y llevando el sombrero en el ángulo apropiado —para gran sorpresa y aprobación de Ausencia—, a medida que van llegando a la carnicería Dolores le dice a su tía que hace demasiado calor, que ya es cerca del mediodía, cuando el sol tropical está más fuerte; que sólo le tomará un par de minutos para comprar la carne; que siempre hay moscas dentro de la carnicería; y además, ¡todos esos olores son tan horribles! ¿Por qué tiene que pasar por eso su pobre tía cuando aquí mismo, en la parte sombreada de la calle, justamente afuera de la carnicería, se siente soplar una fresca y agradable brisa marina que, por cierto, ¿no es verdad que está, ¡ay!, tan rica?

Todo esto le parece muy lógico a la cansada solterona, quien, en efecto, decide quedarse afuera, en la parte de la sombra de la calle, disfrutando la fresca y agradable brisa que viene del mar, mientras que su sobrina —que se preocupa tanto por ella— se ofrece para entrar en esa apestosa carnicería ella sola, ¡la pobrecita!

Cuando está a punto de entrar a la carnicería, luego de asegurarse de que su tía no puede verla, Dolores se muerde con fuerza los labios y se pellizca las mejillas aún con más fuerza, para darles color, se pone el sombrero bien de lado, sonríe su mejor sonrisa, y entra con decisión en el establecimiento. Allí pretende que mira a los diferentes cortes de carne que están de muestra, de la misma manera que el joven con el delantal blanco detrás del mostrador pretende que no nota que ella está en la carnicería. Después de un rato, ella por fin lo mira de frente y, sonriendo su sonrisa más traviesa, le hace un pedido.

El joven se toma su tiempo para despachar el pedido de Dolores, y mientras lo hace, sonriendo con su sonrisa más insolente, se las arregla para mirarla solapadamente, y sus ojos descubren que los de ella siempre le devuelven la mirada. Dolores observa cómo él envuelve cuidadosamente en papel de estraza la carne que ella ha pedido. Él ata el paquete con un cordelito y entonces se vuelve y la mira. Ambos se están mirando con intensidad y en silencio, diciéndose muchas cosas sin hablar, en el momento en que él le entrega el paquete cuidadosamente envuelto.

Es entonces cuando se tocan.

Es accidental, un sencillo roce de las manos sobre el frío mostrador de mármol. O eso es lo que parece.

Pero, claro que eso no tiene nada de accidental.

Dolores deja su mano sobre la fría superficie del mármol durante lo que le parece un tiempo larguísimo, mientras que sus traviesos ojos oscuros responden al desafío en los insolentes ojos azul-claro de él, que le sonríen atrevidamente; y mientras sus manos se rozan ambos sienten la calidez de ese toque que los quema, ¡Ay, qué quemazón tan deliciosa!

Precisamente en ese momento, el padre del joven le pide a Maximiliano que lo ayude con algunos clientes. El muchacho se endereza enseguida, tan derecho como una estaca, y se vuelve hacia la otra gente que está en el establecimiento.

Pero ya ese primer toque ha tenido lugar, y ninguno de los dos lo podrá olvidar jamás.

★ ★
★

2 Tanto la familia de Dolores como la de Maximiliano pertenecen a la misma asociación del pueblo, un grupo con intereses culturales llamado Liceo que organiza conferencias, lecturas de poesía, conciertos y, muy de vez en cuando, bailes —o eventos sociales, como los llama la gente del pueblo— que tienen lugar bajo las estrellas en el patio central del edificio del Liceo con el acompañamiento de un conjunto de música local.

De alguna manera Dolores y Maximiliano se las arreglan para asistir al mismo evento social en el Liceo, y mientras están allí tienen la oportunidad de bailar un danzón, una danza atrevida y nueva en la Cuba de 1911.

La música de baile cubana es una mezcla de melodías líricas de la Europa blanca contrastadas con los ritmos salvajes del África negra; y los conjuntos que la tocan están, por lo general, tan integrados como la música que tocan.

El conjunto del Liceo no es una excepción.

Está compuesto por varios músicos blancos y mulatos que tocan instrumentos de metal —dirigidos por un negro que es un brillante intérprete del clarinete— y un grupo grande de hombres que tocan instrumentos de percusión africanos: los timbales, un ruidoso par de tamborcillos que, debido a que a los hombres los tocan colocándolos entre sus piernas, le han prestado su nombre a la manera en que los hombres cubanos se refieren a sus testículos; las quijadas; el güiro, una calabaza hueca que se raspa; las congas y las tumbadoras, los tambores africanos macho y hembra; el cencerro; y ese par de bullangueras calabazas con forma de senos femeninos que los cubanos llaman maracas. Todos los músicos de los instrumentos de percusión son negros, menos el hombre blanco que toca las claves, los palos de ébano que la dan al danzón su mágico ritmo.

El danzón es, con mucho, la más elegante y la más sensual de todas las danzas cubanas: un matrimonio perfecto del recato europeo y la voluptuosidad africana. Técnicamente, el danzón cubano es un baile de salón muy sencillo que se puede aprender en sólo minutos. Sin embargo, para bailarlo bien hay que bailarlo, no con los pies, sino con el corazón.

El hombre abraza a la mujer, como en la mayoría de los bailes de salón, con la diferencia de que en un danzón la mujer sostiene un pañuelo en su mano derecha, la mano que ella coloca en la de él, de forma que, supuestamente, las pieles de sus manos no se llegan a tocar.

Las chaperonas cubanas están muy conscientes de que lo que vaya a suceder entre dos personas siempre comienza con ese primer toque. Por eso es que una chaperona que se respete siempre está vigilando de pie cada danza con sus ojos de águila, asegurándose siempre de que ese primer toque no tenga lugar. A menos que, claro, eso sea precisamente lo que ella está esperando, y en ese caso se hace de la vista gorda.

Comienza la música.

El danzón comienza con un fuerte motivo introductorio, casi una fanfarria, que da paso a otros pasajes más líricos durante los cuales las parejas bailan voluptuosa aunque recatadamente, ya que no se miran a los ojos bajo ninguna circunstancia. De vez en cuando se oye de nuevo el motivo inicial, y en ese momento las parejas dejan de bailar, se separan y no hacen más que mirarse uno a otra hasta que el siguiente pasaje lírico comienza de nuevo.

Según las mujeres, los recesos en el danzón se inventaron para que las bailadoras puedan descansar y abanicarse, ya que se supone que las damas no suden.

Pero eso no es lo que dicen los hombres criollos.

Según ellos los recesos se inventaron para que la infaltable chaperona pueda echarles una buena mirada a los inocentes bailadores. Si una chaperona nota alguna reacción física en el hombre que baila con la joven que ella está cuidando —en otras palabras, si nota que el hombre está teniendo una erección, lo que, efectivamente, tiende a verse con bastante facilidad a través de los finos pantalones de hilo que usan todos los hombres cubanos— entonces la chaperona, tranquila y discretamente separa a la muchacha del joven, si el joven no le agrada. O, si no, pretende que todo está como debe estar, ignora lo que ve, no hace nada, y permite que la naturaleza siga su curso.

Los hombres criollos tienen varios trucos que se enseñan unos a otros para que el ojo siempre vigilante de la chaperona *no* los descubra.

Y no hay ni que decir que Maximiliano, el hijo del carnicero, se los sabe todos.

Maximiliano, bien afeitado, oliendo a canela y ramo, y con un traje blanco de hilo que, junto a su cabello rubio, hace que su piel luzca aún más morena de lo que es, ha estado esperando impacientemente por Dolores, que llega tarde, luciendo un vestido nuevo a la altura del tobillo, hecho de una gasa amarilla estampada con flores, con rosas de seda en la cintura, y una cinta del mismo color sujetando su larga cabellera negra y ondulada.

Dolores pretende que no nota los ojos de Maximiliano cuando ella y su tía entran al patio, pero sabe que él está allí porque puede sentir cómo esos ojos de él le queman la piel.

Ella se sienta tranquilamente junto a Ausencia en el extremo del patio donde se sientan todas las mujeres. Y a medida que su canosa tía comienza a decirle a su vecina el tipo de cosas sin importancia que la gente se dice en semejantes ocasiones, Dolores mira a través del patio hacia el otro extremo, donde todos los hombres están de pie, justamente para encontrar esos ardientes ojos azules de él mirándola a ella.

Ella sostiene valientemente su mirada, pero por algún motivo no puede poner una sonrisa en su rostro. Se siente incómoda, consciente de sí misma. Como si estuviera debajo de un rayo de luz. Como si la mágica luna tropical que cuelga en ese bello cielo nocturno de un color turquesa oscuro hubiera sido puesta allí sólo para dirigir sobre ella sus rayos de luz. ¿O es que esos rayos de luz vienen de los ojos de él? Ella deja de mirarlo. Sabe que tiene que hacerlo, sencillamente, para no morirse; tal es la fuerza con que late su corazón.

Han encendido las velas que están dentro de las linternas de latón perforado que cuelgan por todo el patio, creando innumerables estrellitas que titilan y centellean por encima de las cabezas de la gente.

—¿No es esto divino? —dice la tía Ausencia a la anciana, que, sentada junto a ella, asiente silenciosamente mientras mira primero al hermoso cielo nocturno, luego alrededor del iluminado espacio, y luego suspira:

—Y qué ponche de guayaba tan sabroso han preparado ustedes para esta fiesta —continúa Ausencia—. ¡Exquisito! ¡Sencillamente exquisito! —añade a medida que se acomoda en su silla.

Hay un breve silencio mientras los músicos abren las partituras en sus atriles y miran al clarinetista negro que, después de dar tres patadas en el piso, da con su cabeza la orden para que el conjunto comience a tocar. Pero Dolores no oye nada. El mundo comienza a girar. Pero Dolores no ve nada. El patio está lleno de un delicioso aroma de jazmines negros. Pero Dolores no huele nada. Y entonces, de repente, Dolores ve, de pie frente a ella, la amplia sonrisa de un rostro, que es el rostro de él; y oye la melodía oscura y hermosa de una voz, que es la voz de él; y huele un olor dulce y tentador, que es el olor de él. Y antes de que ella se dé cuenta, siente que él se la lleva hasta el centro del patio, donde bajo las estrellas que brillan sobre ellos, e iluminados por la luna tropical que insiste en enfocarlos exclusivamente a ellos dos, descubre que está mirándolo y oyéndolo y oliéndolo y sintiéndolo sólo a él, quien, junto a ella, está mirándola y oyéndola y oliéndola y sintiéndola sólo a ella, mientras ambos esperan que se termine la fanfarria inicial del danzón y que llegue ese momento mágico en el que él la tendrá en sus brazos por primera vez y ella se lo encontrará a él en sus brazos por primera vez. Aunque las pieles de sus manos no se llegarán a tocar.

Un danzón.

Eso es todo lo que Dolores y Maximiliano pueden bailar. Un danzón. Eso es todo.

¡Pero qué danzón!

A medida que comienzan a bailar, cada uno evita cuidadosamente los ojos del otro, ya que ambos saben lo que deben hacer. Y sin embargo, mientras bailan, cada uno siente como si sus ojos y sus cuerpos estuvieran atados uno al otro —tal y como sus almas están atadas juntas— por una cinta invisible, una cinta que los hace moverse simultáneamente y con la exactitud más elegante y precisa, pero cada uno moviéndose con tal libertad, con tan cómoda sensualidad, que toda la danza da más la sensación de una caricia íntima que de una danza. Ellos bailan, y bailan tan bien, poniendo en ello el corazón con tal intensidad, que la habitación entera comienza a derretirse con el calor que se desprende de los dos. Los ojos de todo el mundo están sobre ellos, que se han convertido en uno mientras bailan. Pero, mientras bailan, los ojos de los dos no se han encontrado todavía. No. Todavía no.

La fanfarria inicial se vuelve a oír, demasiado pronto, y Dolores y Maximiliano se separan, ya que ellos saben que deben hacerlo.

Es sólo entonces que se atreven a mirarse profundamente a los ojos.

Y lo que tiene que pasar, pasa.

Y lo que pasa no se puede disimular, aún con los mejores trucos de Maximiliano.

Tan pronto como el danzón se termina, la tía de Dolores, Ausencia, afirmando que le ha dado de pronto un insoportable dolor de cabeza, se lleva inmediatamente su sobrina a la casa. Está tan enfurecida por la audacia de ese muchacho, como ella se refiere al hijo del carnicero, que casi no puede hablar. ¡Cómo se atreve ese muchacho a hacer algo así! ¡Cómo se atreve!

Obviamente el hijo del carnicero no está considerado como un buen partido para Dolores. Él no tiene tierras. Y tener tierras lo es todo, sobre todo si el padre de uno es un poderoso terrateniente que sueña con convertirse en el terrateniente más grande de la zona, tal vez de toda Cuba. Y el padre de Dolores es justamente esa clase de hombre. Un español que está tan hambriento de tierras como lo estaban los mejores españoles cuando llegaron por primera vez a Cuba.

Así que Dolores debe ser llevada de regreso a su casa rápidamente antes de que se termine el evento social.

Dolores, que es la tercera hija de una familia sin hijos varones, nunca conoció a su madre, que murió de parto. Durante años antes de que Dolores naciera su madre había tratado sin éxito de darle un hijo a su marido. Tres veces había tenido abortos naturales antes de dar a luz a Dolores. Años después, el padre de Dolores se casó con una joven cubana a la cual él le doblaba la edad, una mujer que sólo era unos cuantos años mayor que la misma Dolores, una mujer en quien Dolores nunca confió. Y las dos hermanas mayores de Dolores, mucho mayores que Dolores, se habían casado hacía tiempo con hombres que su padre había escogido, y hacía tiempo que se habían ido de la casa.

Así que Dolores no tiene a nadie en quien confiar, excepto su vieja tía Ausencia. Y es a esta solterona a quien Dolores le pide consejo. ¿Pero qué clase de consejos le puede dar Ausencia a esta muchacha de dieciséis años? ¿Qué sabe acerca de estas cosas una solterona como ella?

De joven, Ausencia nunca tuvo novio.

Una vez, cuando tenía treinta y pico de años, se interesó en ella un joven, mucho más joven que ella en esa época, y el padre de Dolores intervino y le dijo a Ausencia que ese joven se le había acercado por su dinero y por sus tierras, pero no por ella. Para probarlo, el padre de Dolores hizo que Ausencia transfiriera a nombre de él el pedacito de tierra que ella tenía. Cuando el joven se enteró, desapareció tranquila y discretamente de la vida de Ausencia. Pero la tierra nunca se la volvieron a transferir a ella.

En el pueblo hay quienes creen que todo el asunto fue inventado por el padre de Dolores para apropiarse de las tierras de Ausencia, que estaban al lado de las de él. En verdad, el padre de Dolores siempre consideró esas tierras como suyas.

Él, el padre de Dolores, era un español que era un don nadie cuando vino a Cuba, pero un apuesto don nadie que se casó con la madre de Dolores, la única sobreviviente de una familia de siete hijos, una muchacha criolla con una dote gigantesca.

Él no era un mal hombre. Sencillamente hizo lo que muchos hombres habían hecho antes que él. Toda su vida tuvo hambre de tierras, y con hambre de tierras se morirá, después de perder todas sus propiedades en una pelea de gallos, incluyendo la parcela de la vieja solterona.

Cuando Dolores se dirige a su tía para que le dé consejo, obliga a Ausencia a revivir en pocos segundos todo por lo que ella había pasado, haciendo que la vieja tía recordara cosas que creía haber olvidado: la vergonzosa angustia que había sentido; las agonías de una duda que se hacía cada vez más grande cada vez que el joven venía a visitarla; las muchas veces en que se había mirado al espejo preguntándose a sí misma, una y otra vez, ¿Es a *mí* a quien quiere? ¿O es a *mi dinero*? Se acuerda de cada palabra que el joven le dijo, de cada promesa que le hizo. Y entonces se acuerda de aquella última cita, la última vez que se vieron, cuando él le dijo:

—Así que lo mejor es que nos separemos —y cuando ella le respondió:

—Sí, es lo mejor. Es lo mejor.

Ella no quiere que su sobrina tenga que pasar por lo que ella había tenido que pasar. Ella no quiere, de ningún modo, que su sobrina sufra lo que ella sufrió. Se debate consigo misma. ¿Qué le puede decir a Dolores?

Algo que no se le puede decir jamás a una apasionada muchacha criolla es ¡No hagas esto! Pero eso es, precisamente, lo que Tía Ausencia le dice a su joven sobrina.

Le dice a Dolores que el hijo del carnicero es un don nadie y que nunca llegará a nada. Le dice a Dolores que todo lo que busca el hijo del carnicero es el dinero de la familia, y la posición de la familia, y las tierras de la familia. Y le ruega a Dolores que, por el bien de su familia, nunca *jamás* vuelva a ver a ese joven otra vez.

Dolores está escuchando con atención a todo lo que le está diciendo su vieja tía, pero su corazón sabe que su tía está equivocada. Dolores ha visto cómo los ojos de Maximiliano la miran y sabe que él no está interesado en el dinero de la familia, ni en la posición de la familia, ni en las tierras de la familia. Ella sabe que él está interesado en *ella*, en la persona que ella es, en la mujer que ella es y que será. No, su corazón le dice que lo que su tía le está diciendo puede haber sido cierto para su tía, pero no lo es para Dolores. ¿Cómo podría ser?

Ella sabe que se ha sentido transportada cada vez que Maximiliano la ha mirado. Ella sabe que cada vez que eso ha pasado, ella se ha sentido el corazón latir más rápidamente que las alas de un colibrí. Ella sabe que en esas ocasiones en que se han tocado accidentalmente sobre el frío mostrador de mármol, ella se ha sentido, ¡ay, tan bien! Y ella también sabe que, de la misma manera que ella se siente, también se siente él. Sí, ella lo sabe. Sin la más mínima duda.

No obstante, su tía sigue hablando y hablando, instando desesperadamente a Dolores una y otra vez:

—¡Por favor, prométeme que no vas a ver a ese muchacho otra vez, Dolores, por favor, por favor! Prométemelo y no le diré a tu padre ni una palabra de lo que me has dicho. ¡Prométemelo, Dolores, por favor, por favor! ¡Prométemelo, prométemelo!

Dolores sigue mirando a su tía, haciendo como que escucha, y de pronto se da cuenta de que, hasta ese momento, no sabía en realidad lo que le estaba pasando.

Pero eso fue antes, hace una vida entera, cuando ella no sabía qué era lo que quería.

Ahora, después, de La Noche del Danzón, la vida es diferente para ella.

Ahora, ahora ella sabe exactamente lo que *ella* quiere, que ella sabe que es exactamente lo que *él* quiere. Y ponerle obstáculos delante de ella es como echarle leña al fuego. No hacen más que alimentar la llama dentro de su corazón, un corazón que late con urgencia, recordándole constantemente el credo por el que viven todos los criollos cubanos: ¿Quieres algo? ¡Consíguelo! Paga el precio que sea. Sufre cualquier consecuencia. Pero ¡consíguelo! Así, sencillamente. Y esa mujer criolla, Dolores, decide que va a hacerle caso a su corazón. Ausencia no se da cuenta de lo que ha hecho, pero al decirle a Dolores:

—Nunca se te ocurra volver a ver a ese muchacho otra vez —ha hecho que Dolores se decida. Y cuando a Dolores se le mete algo en la cabeza, metido está.

Dolores mira a su tía y le dedica su más cariñosa sonrisa.

Ausencia, que no ha parado de hablar, la mira, ladea su cabeza, y después de un breve silencio, devolviéndole la sonrisa a su sobrina, abraza a Dolores muy fuerte mientras murmura, casi para sí misma:

—¡Gracias, Dios mío! ¡Gracias, Dios mío!

Lo primero que hace Dolores la mañana siguiente, tan pronto como se levanta de la cama, es pedirle a su tía que vaya con ella de compras a La Habana, un viaje que, generalmente, toma por lo menos un par de días.

Ausencia está encantada al ver el buen ánimo de su joven sobrina, y se dice a ella misma que, después de todo, no es tan mala idea sacar a Dolores de Batabanó durante unos días. Así que consiente de inmediato en ir con ella a la capital, donde pueden quedarse en casa de Fulgencia, la hermana mayor de Dolores, que está casada y vive allá.

Tan pronto como llegan a La Habana, se van para Fin de Siècle, una exclusiva tienda francesa sólo para los que tienen mucho dinero, donde Dolores se enamora de una excelente y delicada gasa de hilo blanco, una tela tan exquisita y tan cara que la tienda sólo tiene muestras de ella y que tiene que ser encargada directamente a París.

Dolores decide ordenar la tela de todas formas, y se pone a esperar. Se demora una eternidad para que la tela llegue, primero a La Habana, y luego a Batabanó. Cuando por fin la recibe, Dolores dibuja en el sedoso y fino material intrincados patrones de colibríes y flores de mar pacíficos muy entrelazados. Después comienza a bordarla a mano, usando las puntadas más diminutas y el hilo de seda blanca más fino, un hilo que hace que sus diseños brillen con una sutil elegancia en la costosa y casi transparente tela blanca mate.

Todos en la casa sienten que el vestido que Dolores se está haciendo va a ser muy hermoso, con todos esos bordados tan complicados. Sobre todo su vieja tía Ausencia está encantada de verla trabajar tan arduamente, manteniendo su mente ocupada, sin tiempo para pensar en el apuesto hijo del carnicero.

Lo que nadie sabe, excepto Dolores, es que el vestido de hilo blanco bellamente bordado en el que ella está trabajando con tanto apego, va a ser su vestido de novia, aunque tenga que esperar casi dos años enteros hasta que ella cumpla los dieciocho y pueda hacer lo que se le antoje.

Y ése es el vestido que ella tiene puesto en la vieja fotografía en sepia que Maximiliano guarda en su billetera, la fotografía con la sonrisa que trata de ser seria pero que es la sonrisa de una muchacha muy traviesa.

★ ★
 ★

3 El día que Dolores cumple los dieciocho años, se estrena su vestido de hilo blanco y le dice a Pablo que la lleve al pueblo en la volanta antes del mediodía. Hoy es su cumpleaños y Dolores está feliz.

—No —le dice a la Tía Ausencia—. No hay necesidad de que vengas conmigo. Hoy cumplo dieciocho años. De ahora en adelante, me las puedo arreglar yo sola.

Dolores ve cómo su tía, alarmada, levanta sus cejas.

—Además —continúa—, Pablo viene conmigo. Él me puede chaperonear.

Se vira hacia Pablo y le sonríe con su conocida mirada traviesa.

—Pablo —le dice—, tú me defenderías si alguien tratara de robarme, ¿no es cierto?

—¡Niña! —exclama su tía, persignándose—. ¡No vuelvas a decir una cosa así otra vez!

—Pero claro que sí, Niña Dolores —le responde Pablo—. Claro que la defendería. Con mi vida.

Él está sentado en la volanta, en el asiento del cochero, al frente, esperando a que suba la joven que cumple hoy sus dieciocho años.

—¿Ves? —le dice Dolores a su tía mientras sube en la volanta—. No hay necesidad de que vengas.

—Pero . . . —comienza a decir la solterona, y entonces se da cuenta de que no hay nada que ella pueda hacer. Dolores es la hija de su padre y, como su padre, cuando se le mete algo en la cabeza . . .

—Pablo —dice la tía—, no le quites los ojos de encima a esa niña, ¿me lo prometes?

—Pero seguro, Señorita Ausencia. Claro que sí. ¡Claro que no le voy a quitar los ojos de encima. Usted puede vivir convencida de eso!

—Y al decirlo, azota a los caballos con las riendas sueltas y ellos comienzan a trotar por sí solos; han ido al pueblo tantas veces que se conocen el camino con los ojos cerrados.

—¿A dónde, Niña Dolores? —le pregunta Pablo, como si él no supiera.

—Tú sabes.

—¿Está contenta? —le pregunta Pablo, que se vira para mirarla a la cara y añade—, ¡Porque yo segurito que sí que lo estoy!

Dolores mira a Pablo y le sonríe.

—Yo también, Pablo. Yo también.

La boda es una sencilla ceremonia civil que se lleva a cabo al mediodía en la oficinita del Hotel Libertad, el único hotel en Batabanó; un edificio de tres plantas que no está hecho de ladrillos, como la mayoría de los edificios criollos, sino de tabloncillos de madera, en lo que los cubanos llaman el estilo americano.

Como sirve casi exclusivamente los huéspedes del hotel son hombres de negocio norteamericanos, el dueño había decidido costruirlo y amueblarlo en un estilo que les fuera familiar a ellos; pero los carpinteros criollos de la localidad se lo arreglaron para darle un toque criollo: Detrás de la escalera central de elaborados relieves, hecha de caoba cubana sólida, sin barnizar, hay un mural de marquetería donde se ven unos guajiros cubanos peleando por la libertad, con sus desafiantes machetes alzados mientras parecen subir una loma que sigue la curva ascendente de la escalera.

El dueño ha mantenido el hotel lo más moderno posible, y hace poco, durante la última renovación, cuando por fin llegó la electricidad a Batabanó, se instalaron grandes ventiladores de techo blancos en todas las habitaciones, ventiladores que hacen que los guajiros digan *Aahhh* . . . al levantar la vista hacia los techos realmente elevados del hotel y ver esos ventiladores dar vueltas silenciosamente, como por arte de magia.

Los carpinteros criollos también proporcionaron al hotel ventanas estrechas y altas que llegan casi hasta la altura del techo, terminadas en arcos semicirculares en forma de colas de pavo real hechas de vitrales multicolores, los cuales lanzan un arco iris de rayos de sol sobre el apuesto hijo del carnicero y su joven novia mientras ambos se miran a los ojos.

Los dos están vestidos de un blanco inmaculado. Él tiene en sus manos callosas un sombrero de pajilla; ella, un ramo de jazmines y mar pacíficos que Pablo recogió para ella cuando iban para el pueblecito.

Fue Pablo quien, desde el mismísimo día después de la noche del danzón, había hecho de correveidile entre Dolores y Maximiliano, llevando constantemente secretas misivas de amor del uno al otro, y encubriendo constantemente a Dolores cuando no la podían encontrar en la casa, diciendo que ella había estado con él, dándole clases. Durante casi dos años enteros Pablo había estado haciendo eso, día y noche, confiando en que nunca lo descubrieran.

Pero ahora sus afanes se han terminado finalmente. Ahora Pablo puede mirar a los dos jóvenes con una sonrisa tan amplia que ilumina su arrugado rostro negro.

La ceremonia es breve y tierna.

El viejo esclavo, que es ahora un hombre libre, entrega a la novia. Más adelante, cuando se le pide que firme como testigo de la boda, Pablo lo hace con orgullo, firmando en la misma forma en que le enseñó la novia.

Ésta es la primera vez que Pablo estampará su nombre en un documento oficial, algo que nunca habría podido hacer antes como esclavo, pero algo que puede hacer ahora que es un hombre libre.

Y firma con una elegante letra cursiva «Pablo Fernán Fernán», como lo hacen los blancos, con sus dos apellidos, el de su padre y el de su madre, que son iguales porque ambos habían sido esclavos de la familia Fernán. ¡Si hubieran vivido lo bastante como para verlo escribir su nombre en un trozo tan lindo de papel, con un diseño tan bonito en el borde! «Pablo Fernán Fernán», un hombre libre. ¡Negro y libre!

Cuando el otro testigo, el mejor amigo del hijo del carnicero, Manolo González Pereira, firma su nombre en el mismo pedazo de papel y la ceremonia se termina oficialmente, Dolores se vira hacia Pablo y lo besa en la mejilla. Y Pablo comienza a llorar.

Maximiliano le da un apretón de manos y Pablo, secándose las lágrimas para que nadie se burle de él, le dice a Maximiliano con una voz severa y firme:

—Ahora, mejor que cuides bien a mi niña —y mira a Maximiliano fijamente, porque lo está diciendo muy en serio.

Maximiliano lo abraza, de hombre a hombre, al estilo cubano.

—Tú sabes que la voy a cuidar bien, Pablo. Tú sabes que sí —le dice. Y entonces comienza a llevar a Dolores hacia arriba, a la habitación que ha alquilado para pasar su primera tarde de bodas con esa bella mujer, su esposa, a su lado.

El vestíbulo del hotel está repleto de gente que habla y gesticula y bromea y ríe. Pero Dolores no oye nada.

Mientras asciende las escaleras, los guajiros del mural siguen alzando valientemente sus machetes en un eterno gesto de desafío mientras suben la loma. Pero Dolores no ve nada.

Una puerta se abre a una amplia habitación que huele dulcemente a especias, a azúcar y a jazmín. Pero Dolores no huele nada.

Y entonces, de repente, Dolores ve, de pie frente a ella, esa amplia sonrisa de un rostro, que es el rostro de él; y oye esa melodía oscura y hermosa de una voz, que es la voz de él; y huele ese olor dulce y tentador, que es el olor de él.

Y antes de que ella se dé cuenta, siente que él se la lleva hasta la cama de cuatro postes donde, debajo del mosquitero que los cubre y debajo del blanco ventilador de techo que gira silenciosamente sobre ellos, iluminados por unos cuantos rayos de sol tropical que, filtrándose a través de las persianas cerradas y de los vitrales multicolores, insisten en envolverlos a ellos dos con un resplandeciente arco iris de sol, Dolores descubre que está mirándolo y oyéndolo y oliéndolo y sintiéndolo sólo a él, quien, junto a ella, está mirándola y oyéndola y oliéndola y sintiéndola sólo a ella, mientras que ambos esperan por ese momento mágico en el que, marido y mujer, él la tendrá a ella entre sus brazos por primera vez y ella se lo encontrará a él en sus brazos por primera vez. Pero esta vez, las pieles de sus manos sí se llegarán a tocar.

Cuando Pablo trae a Dolores de vuelta a su finca más tarde en el día, Dolores es ya la mujer del hijo del carnicero, el matrimonio ha sido consumado y ahora nada ni nadie puede separarlos.

Maximiliano se quedó en el hotel, como habían acordado, aunque él no quería.

—No —le había dicho ella con firmeza—. Esto es algo que tengo que hacer yo sola.

Tan pronto como llegan a la magnífica casa de Dolores, ella se va directamente a su habitación en la segunda planta y comienza a empacar sus ropas, lo que no había hecho antes porque no quería que alguien se enterara de sus planes y tratara de hacer algo para impedirlos. Eso es todo lo que ella se lleva, sus ropas. Sus ropas y una fotografía de su madre, la madre que nunca conoció.

Besa la fotografía de su madre, la coloca en una de sus dos maletas de pajilla y, todavía vestida con su bello traje de hilo blanco, comienza a descender las escaleras, llevando consigo una maleta en cada mano.

Su padre, el señorón roba-tierras de Batabanó, acaba de llegar de su recorrido diario por sus extensas propiedades. Es un apuesto hombre de cincuentidós años, de pelo castaño oscuro, con unas pocas canas alrededor de las sienes, un bigote grande y oscuro, y ojos penetrantes. Lleva puestas sus polainas, unos botines de montar de cuero que llegan hasta las rodillas, y todavía sostiene su fusta en la mano. Ve a Dolores bajar las escaleras con una maleta en cada mano.

—¿Qué tú te crees que estás haciendo? —le reclama él.

—Me mudo —le dice ella. Su rostro es desafiante, pero su voz está calmada.

—¡Cómo se le ocurre hablarme en ese tono de voz, jovencita!

—¿Qué tono de voz? Usted me hizo una pregunta; yo le contesté. ¿Hay algo más que quiera saber?

No hay duda de que ésta es hija suya. Él no puede dejar de admirar su audacia al hablarle en ese tono. Pero aunque la admira, no puede dejar que ella se salga con la suya. Él sabe que éste es una especie de juego de voluntades y a él —que es un jugador nato— siempre le gusta ganar.

—¿Tú y Elmira se han peleado? —Elmira era su nueva y joven esposa.

—No. No tengo ningún motivo para pelear con ella. Nunca lo he tenido.

—¿Qué pasa, entonces?

La vieja tía llega en ese momento, corriendo escaleras abajo, llorando a más no poder. Acaba de hablar con Pablo, quien le contó todo.

—¿Es que alguien me va a decir lo que ha pasado aquí, en *mi propia* casa, que yo no sé?

—Es culpa mía —llora la vieja tía—. Todo es culpa mía. Nunca debí de haberla dejado ir al pueblo sola. Todo es culpa mía. —Ausencia está llorando y sus palabras casi no se entienden—. Todo es culpa mía. Culpa mía.

Dolores coloca las maletas en el piso, se acerca a su tía, la abraza y la besa.

—No es culpa tuya, Tía Ausencia. No es culpa de nadie. No hay ninguna culpa de la que hablar. —Mira a su padre.

—Me casé con Maximiliano, el hijo del carnicero —dice tranquillamente.

Su padre la mira fijamente, anonadado.

—Esta tarde —añade Dolores, y le enseña el anillo de compromiso, una sencilla y estrecha banda de oro que lleva en su mano izquierda—. Para bien o para mal.

—Tú no puedes hacer eso. No puedes casarte sin mi permiso —le grita su padre, con llamaradas en sus penetrantes ojos negros—. Tú no tienes edad. Voy a hacer que lo metan preso, ese arribista, ese . . .

—Hoy cumplí dieciocho años, Papá. Hoy es mi cumpleaños. ¿No se acuerda? —Se detiene y luego añade—, Mamá murió hace dieciocho años . . . un día como hoy.

Durante un segundo el señorón de Batabanó, él, que siempre está en control, no sabe qué hacer ni qué decir. Entonces, de pronto, su furia explota y de su boca salen, en alta voz, palabras iracundas:

—Voy a anular ese matrimonio. Ninguna hija mía se va a casar jamás con el hijo de un carnicero.

—Esta hija lo ha hecho, Papá —responde Dolores calmada, gentilmente, sin dolor ni resentimiento en su voz. Suena tierna y tranquillizadora cuando le dice a su padre:

—Ahora soy su esposa, Papá. En cuerpo y alma. Me pasé la tarde con él, en su cama. Ahora soy su esposa y nadie podrá cambiar eso jamás. Nadie puede anular lo que él y yo hemos hecho a sabiendas y con toda nuestra voluntad. —Se vira hacia su tía—. Adiós, Tía Ausencia. Te quiero. Siempre has sido como una segunda madre para mí. —Entonces se enfrenta a su padre—. Despídame de Elmira y de mis hermanas.

El jugador no se ha dado por vencido todavía. Todavía tiene una última carta por tirar a la mesa, una que él cree que es un triunfo.

—Tú te das cuenta, ¿verdad?, que cuando salgas por esa puerta, cuando te vayas de esta casa, tú te das cuenta de que te vas a ir *para siempre*?

Pero no le funciona.

—Lo sé, Papá. Igualito que cuando usted se fue de España. Para no regresar nunca más.

Su padre fustiga la balaustrada de la escalera con una fuerza tal que rompe uno de los viejos balaustres labrados. Nadie nunca lo ha sacado de sus casillas de esta forma. Nunca!

—¡*Condenada!* —le grita—. ¡Te podías haber casado con lo mejor de por aquí! ¡Lo mejor!

Dolores encara valientemente la mirada furiosa de su padre mientras le responde:

—¡Eso fue lo que hice!

Pablo, que ha estado parado en la puerta, entra sin hacer ruido en la casa, recoge las dos maletas que están en el piso, las coloca dentro de la volanta y luego vuelve a entrar a la casa para acompañar a Dolores.

—¡No! —grita el señorón de Batabanó, que es ahora un mal perdedor—. ¡No te vas a ir en mi volanta! ¡Te puedes ir con tu marido si quieres, pero no en *mi* volanta!

Dolores se enfrenta a su padre y le pregunta tranquilamente:

—¿Me puedo llevar las maletas?

Su padre asiente con un gesto airado. —¡Sí! ¿Para qué las quiero?

Dolores se dirige a la volanta, baja las maletas que Pablo ha metido en ella y, cargando una en cada mano, comienza a caminar. Pablo corre hacia ella y le quita las maletas de las manos.

—¿Qué tú te crees que estás haciendo, Pablo? —le grita el derrotado perdedor mientras Pablo se detiene en la puerta.

—Voy a acompañar a la Niña Dolores al pueblo, señor.

—¡Si te vas con ella, no se te ocurra volver! ¿Me oyes?

—Sí, señor —le dice Pablo.

Dolores, al oír esto, agarra sus maletas de las manos de Pablo, quien las vuelve a agarrar con determinación.

—Yo soy un hombre libre, Niña Dolores. Yo puedo hacer lo que me dé la gana. Y me da la gana de acompañarla al pueblo, bueno, si usted me deja.

La muchacha lo mira durante un buen rato.

Entonces le sonríe, suelta las maletas y comienza a alejarse de la casa en la que nació.

Pablo, orgullosamente, con su cabeza bien en alto, comienza a caminar hacia el portón de la cerca de entrada, siguiendo a la muchacha, que no mira hacia atrás.

Es sólo cuando ambos están en el camino que lleva al pueblo que Pablo se da cuenta de que Dolores está llorando, y comienza a llorar él también.

Ella lo mira.

—Me encanta llorar en las bodas —dice Pablo—. ¿A usted no, Niña Dolores?

Y ella comienza a reír y a llorar al mismo tiempo.

—A mí también, Pablo. A mí también.

De repente, ella se da cuenta de que, después de todo, éste es el día de su boda y que de ahora en adelante se va a pasar el resto de su vida con el apuesto hijo del carnicero, ése con el cabello dorado y los ojos insolentes.

Y su corazón comienza a latir más rápidamente que las alas de un colibrí, y quisiera llegar enseguida a Batabanó, donde su esposo, ¡su esposo!, la espera. ¡Cómo puede nadie ser hoy tan feliz como ella?

Y ríe y llora de pura felicidad ante la belleza de todo.

—Pablo —le dice—, soy ¡tan feliz! ¡Tan feliz!

Y el negro viejo, que había sido esclavo, pero que ahora es por fin un hombre libre, libre al fin para hacer lo que le dé la gana, ríe y llora con ella.

—Yo también, Niña Dolores. Yo también.

★ ★
★

4 La vida en Batabanó no dura mucho. El hijo del carnicero tiene otros sueños para él y para su joven esposa, y empieza a dar pasos para conseguir para ellos dos lo que desea. Ellos dos y Pablo, por supuesto. Y por supuesto, además de ellos tres, una negra cocinera que viene a su casa todas las mañanas temprano para prepararles todas las comidas a todos ellos, como Maximiliano le había prometido a Dolores.

Cocinar es algo que Dolores nunca ha hecho y nunca ha pensado hacer. Eso fue parte del acuerdo que ella y Maximiliano hicieron antes de casarse. Dolores le dijo, cuando él siguió la insinuación de ella y le propuso matrimonio:

—Yo me casaré contigo. Me ocuparé de la casa y de los hijos que vengan, si Dios quiere. Barreré y sacudiré y coseré tu ropa y serviré la comida en la mesa. Pero no voy a cocinar, ¡qué va! Así que, o tú aprendes a cocinar para los dos, o me tienes que prometer que siempre vas a tener alguien que nos cocine. Eso es todo lo que pido. Dime que sí y seré tuya para siempre.

¿Qué podía decir Maximiliano? Él deseaba a esta mujer más que cualquier otra cosa en toda su vida. Así que, claro, dijo que sí, y —como buen criollo— ha mantenido su palabra de honor.

La palabra de honor de un criollo es sacrosanta. Cuando se da, nunca, *nunca* se retira. Ése es el credo del criollo, no hay más que hablar. Así que cuando Maximiliano le dijo que sí, lo dijo de verdad. Le prometió una cocinera a su mujer y una cocinera le buscó. Pero una cocinera negra, porque como todo el mundo sabe, ellas son las mejores.

Y ahora que tienen una cocinera, además de Pablo y ellos dos, de repente el hijo del carnicero tiene cuatro bocas que alimentar, y lo mejor es que haga algo para resolver ese problema.

Y lo hace.

Hay un pequeño pueblecito llamado Surgidero, mucho más pequeño que Batabanó, situado en la misma costa, a unas pocas millas más cerca de la zona de los caimanes. El área de Surgidero es muy húmeda y pantanosa, pero acaban de descubrir langostas allí hace poco, y donde hay langostas, hay hombres para pescarlas, y esos hombres tienen que comer, y tienen que comer bien, y para comer bien necesitan carne de res, y alguien tiene que cortar esa carne, y si alguien tiene que hacerlo, ¿por qué no Maximiliano?

Así que allí, al diminuto pueblecito de Surgidero —un pueblecito tan pequeño que nada más tiene una sola calle con un par de tiendas y unas cuantas casuchas— el hijo del carnicero trae a su nueva esposa, y allí abre su propia carnicería.

Poquito a poco, con la ayuda de Pablo, el negocio crece, al mismo ritmo que Surgidero; y el bebé del carnicero, que es ahora el carnicero de Surgidero, construye con sus propias manos una económica casa de una planta, hecha de tabloncillos de madera, donde vive con su nueva esposa y su primer bebé, una linda hembrita a la que le ponen el nombre de la madre de Dolores, Merced.

Pablo tiene ahora casi ochenta años y su pasa negra ya tiene algunas canas, pero todavía es fuerte como un toro. Él ayuda a Maximiliano en la carnicería durante el día, come todas sus comidas con Maximiliano y Dolores en su nueva casa y cada noche, después de la cena, se va a dormir a una casa que comparte con algunos parientes y amigos en la otra punta del pueblo, que no está tan lejos.

Esto fue idea de Pablo.

Cuando Maximiliano le dijo que le gustaría que él viviera con ellos, Pablo respondió usando el viejo proverbio cubano de «Quien se casa, casa quiere». Y nada, ni los ruegos persistentes de Dolores, lo habían hecho cambiar de idea.

Para Dolores, Pablo *es* familia y, sinceramente interesada en él, lo cuida a las mil maravillas. En realidad, para Dolores, Pablo es el único miembro que le queda de la familia que una vez tuvo, una familia que ella perdió en el Día de la Emancipación de la Niña Dolores, como Pablo lo llama.

Al principio, recibía cartas de su tía Ausencia y de sus hermanas mayores casadas, las que se arriesgaban a ser expulsadas de la familia cada vez que se atrevían a enviarle una carta. Pero pronto, inclusive esas cartas dejaron de llegar. Sin duda alguna el padre de Dolores se enteró de las cartas y exigió que todos dejaran de escribirle. Después de todo, uno no le escribe a un muerto, ¿no es cierto?

Dolores estaba muerta a los ojos de su padre, y eso era todo.

Pero ella está muy viva en la casa del carnicero, una casita que presencia, primero, el nacimiento de Merced y, luego, de otros dos hijos, porque a medida que crece el negocio del carnicero, también crece su familia.

MERCED, la mayor, que cumplió siete años hace dos días, está profundamente dormida en su cama y estrecha en sus brazos una linda muñeca de trapo que sus padres le acaban de regalar por su cumpleaños. Merced le ha puesto por nombre a la muñeca Esperanza. La quiere tanto que no la suelta, ni siquiera durante un breve instante. Repentinamente, Dolores se precipita dentro de la habitación, en su bata de noche, llevando en uno de sus brazos a Gustavo, el bebé, envuelto en un montón de frazadas. Se arrodilla junto a la cama de Merced y con su mano libre sacude a la niña. Un perro ladra y ladra en la casa vecina.

—¡Merced¡ ¡Merced! ¡Mi amor, despiértate! ¡Despiértate! —Dolores trata de sonar suave, aunque hay una extraña urgencia en su voz.

—¿Qué pasa, Mami? —Merced se está frotando los ojos mientras su madre no deja de sacudirla e instarla a que se despierte.

—Tu papá y yo estamos jugando un juego nuevo y queremos que todos ustedes lo jueguen con nosotros. Mira, ponte las chancleticas para que tú puedas jugar también.

—¿Puede jugar Esperanza también?

—Claro que sí, mi amor. Todos vamos a jugar. Tú y Mani y —levanta el envoltorio que lleva en su brazo y le enseña a Merced la carita del niño— ¡Mira! Hasta tu hermanito más chiquito va a jugar con nosotros.

—¿Cómo se juega, Mami?

—Es muy fácil. Déjame enseñarte.

Aumentan los ladridos del perro, haciéndose más y más fuertes. Maximiliano entra corriendo, llevando de la mano a un niño de cinco años con cabellos negros y ondulados y con cara de sueño.

—Tengo a Mani conmigo. ¿Qué más nos hace falta?

—Yo tengo un pañuelo con un poco de dinero en la gaveta de arriba del gavetero —contesta Dolores—. ¿Puedes traerlo? Y mira si —los ladridos que vienen de la casa vecina se hacen tan fuertes que lastiman— no importa eso. Merced, mi amor, vámonos. Arriba, vámonos.

Apresuradamente, Dolores tira una frazada alrededor de Merced y le dice:

—Vamos a correr hasta la carnicería. Vamos a ver quién llega allá primero—. Merced está buscando sus chancletas—. No te preocupes por la chancletas, mi amor. ¡*Corre!*

—¿Descalza, Mami?

—Sí, mi amor, descalza. Así es más divertido. Vamos. ¡Corre! ¡Corre! Te apuesto que voy a llegar allá primero si no corres bastante rápido! ¡Vamos! ¡Corre, mi amor! ¡Corre! ¡*Corre!*

Todos comienzan a salir corriendo de la casa cuando Merced tropieza en el quicio del portal y grita:

—¡Mami, Mami! ¡Se me cayó Esperanza!

—No te preocupes, mi amor. La recogeremos después. ¡Corre! ¡Corre! ¿Quieres ser la última en llegar? ¡Corre! ¡*Corre!*

Los niños corren con sus padres y todos llegan a la carnicería, Maximiliano, el primero, que la abre. —Todos ustedes se quedan aquí —dice Maximiliano—. Voy a volver a la casa para ver qué más puedo sacar.

—Papi —grita Merced—, tráeme a Esperanza. Se me cayó cuando estaba corriendo.

—Claro, mi amor. —Maximiliano mira a Dolores—. Hay cajas de

cartón en la parte de atrás de la carnicería. Mani, ayuda a tu mamá a traerlas.

—¿Para qué? —pregunta Mani, quien siempre suena enojado cuando tiene sueño.

Dolores le indica a Maximiliano que se vaya mientras ella le responde a Mani. —Vamos a dormir aquí esta noche, en la carnicería. Ese es el juego del que te estaba hablando.

—Mami —pregunta Merced—, ¿quién ganó la carrera?

Dolores la abraza y sonríe con su sonrisa traviesa.

—Todos la ganamos, mi amor. ¡Todos la ganamos, gracias a Dios!

Ella mira hacia afuera de la carnicería y ve perros corriendo enloquecidos, ladrando sin parar, mujeres y niños gritando, y hombres a medio vestir corriendo de un lado para otro mientras las casas que dejaron atrás comienzan a ser devoradas por llamas gigantescas.

El fuego había comenzado unas cuantas casas antes de la casa de Dolores y Maximiliano. Uno de los faroles de queroseno que iluminaban la calle se había caído y había incendiado un poco de paja, y de allí en adelante se extendió el fuego, propagándose rápida y desenfrenadamente, ya que Cuba estaba en la temporada de sequía y no había llovido en más de tres semanas. Alguien que olió que algo se quemaba, corrió afuera, vio el fuego e inmediatamente comenzó a hacer sonar la campana de alarma, mientras que hombres a medio vestir corrieron a las calles y comenzaron a ponerles los arreos a los caballos del camión de bomberos. Entretanto, algunos de los otros hombres iban de casa en casa gritando *¡Fuego! ¡Fuego!*

Dolores no los había oído. Habían sido los tensos ladridos de Facundo, el perrito de la casa de al lado, lo que la había despertado. Miró por la ventana hacia afuera y vio las llamas a un par de casas de distancia de la de ellos. Despertó a Maximiliano, apuntó hacia el fuego y todo lo que tuvo tiempo a decir fue: *¡Los muchachos!* Maximiliano despertó a Mani, mientras que Dolores envolvió a Gustavo, el bebé, y con él en los brazos despertó a Merced. Ahora todos están dormidos sobre las cajas de cartón que han sido aplanadas y puestas sobre el frío piso de mosaicos de la carnicería. Todos duermen, menos Dolores, que tiene apretado a su bebé contra sí.

Ha pasado un largo rato desde que Maximiliano se fue de la carnicería. Dolores quisiera ir donde están tratando de apagar el fuego, pero no quiere dejar a sus hijos solos. Oye los ruidos apaciguándose poco a poco y muy pocos ladridos. Espera, sentada tranquilamente junto a sus hijos, mientras el sol tropical comienza a salir, tiñendo la brillante carnicería de mosaicos blancos con el rojizo color de las ascuas.

Maximiliano entra, trayendo un bulto pequeño entre las manos. Está sudoroso, y agotado, y cubierto de cenizas, pero no ha sufrido quemaduras.

—La casa se quemó —dice.

Como la casa estaba hecha en el estilo americano, con tabloncillos de madera, se quemó por completo. Merced, que ha estado durmiendo con la cabeza puesta en el regazo de su madre, se despierta y ve a su padre.

—Por lo menos pudimos apagar el fuego antes de que cruzara la calle. Pero de la cuadra de nosotros no queda nada. ¡Gracias a Dios que no llegó a la carnicería!

Fue bueno que no llegara, porque Maximiliano, que jamás en su vida había pedido prestado ni un centavo, había acabado de pedir prestado un montón de dinero para poner en la parte trasera de la carnicería una nevera nueva —uno de esos refrigeradores eléctricos tan caros para los que ya no hacía falta traer a diario las enormes cantidades de hielo que se habían necesitado para conservar en buen estado la carne que colgaba de los ganchos.

¿Y si el fuego hubiera quemado la nueva nevera? ¿Cómo habría pagado Maximiliano por ella? Un centavo que se debe es algo sagrado para un criollo, tan sagrado como un acuerdo. Cuando un criollo da su palabra de hombre, se da para siempre, y nada, pero nada, puede hacer que él deje de cumplirla. Esto es parte de lo que hace criollo a un criollo. Los españoles son diferentes. Ellos rompen sus acuerdos tan fácilmente como rompen su palabra. Por eso es que, como dicen los cubanos, los españoles son españoles y los criollos, criollos, y los dos nunca se pueden mezclar. Igual que el aceite y el vinagre.

—No pude sacar mucho de la casa, pero te traje esto —dice Maximiliano mientras abre el bulto que trae en las manos, saca algo de él y le muestra a Dolores la vieja fotografía de camafeo de su madre que ella guardaba en su habitación, encima del gavetero.

Dolores la mira.

Se había olvidado por completo de ella. ¿Cómo pudo olvidarse? La fotografía de su madre, el único recuerdo que tenía de la madre que nunca conoció. ¿Cómo pudo haberla olvidado? La toma en sus manos y la besa. Y entonces, de pronto, empieza a llorar.

Maximiliano se arrodilla junto a Dolores y la abraza.

—Salvamos todo lo que importaba, ¿no es verdad? —Hay una breve pausa durante la cual todo lo que él escucha es el llanto de Dolores, mientras ella no deja de mirar fijamente la fotografía de su madre—. Bueno —añade él al abrazarla más fuertemente—, ¿no es verdad?

Dolores asiente y esconde su cabeza en el pecho de su marido mientras él la tiene muy junto a sí.

Merced está escuchando, pero no entiende qué es lo que está sucediendo. Nunca ha visto a su padre así, tan sucio y tan cansado.

Dolores seca sus lágrimas y vuelve a ser la típica mujer práctica de siempre.

—¿Se quemó alguien? —pregunta.

—Eusebio —dice Maximiliano—. Pero no mucho —añade enseguida—. Le dio por pensar que uno de sus muchachos estaba todavía en la casa y salió corriendo hacia allá antes de que nadie pudiera pararlo. Fernando lo vio corriendo hacia la casa y me llamó a mí porque yo estaba más cerca de Eusebio. Corrí hacia él y pude agarrarlo justo a tiempo. Una de las vigas grandes del techo cayó, te lo juro, a dos pulgadas de su cabeza. Y entonces, ¿qué tú te crees que hizo? ¡Empezó a darme golpes! Me daba golpes y lloraba al mismo tiempo que me decía barbaridades porque yo no lo había dejado entrar en la casa. Pensó que había perdido uno de sus hijos. Y entonces Susana le dijo que se tranquilizara, que estaba haciendo un papelazo, y le apuntó a los muchachos mientras los contaba, uno, dos, tres, cuatro, cinco, seis, siete, ocho, nueve y el último, el bebé que tenía en sus manos, diez. «Tú ves» —le dijo—, «todos están aquí.» Entonces Eusebio empezó a reírse y a reírse, aunque debe haberle dolido cantidad cada vez que lo hacía porque tenía un par de ampollas en la boca. ¡Te apuesto que todavía lo puedes oír reírse! ¡Pero casi me parte la quijada ese mulo terco!

Maximiliano acaricia su mandíbula dolorida y entonces mira a Dolores y le sonríe.

—Ahora que lo pienso, ¿cuántos muchachos tenemos nosotros? —le pregunta riéndose, y entonces se pone a contarlos—. Vamos a ver: uno, dos, tres y . . . eh, ¿quién es esta niña linda con los ojos llorosos? —dice agarrando el rostro de Dolores con sus manos sucias de ceniza—. ¿Es esta niña una de los míos?

Dolores asiente y sonríe, y Maximiliano le besa la punta de la nariz.

—Yo creo que esta niña es la que más me gusta —dice él y la vuelve a besar, pero esta vez manchándole el rostro con la ceniza de su rostro.

AHORA QUE EL INCENDIO se ha acabado, Dolores, vistiendo solamente una bata de noche, con un chal sobre sus hombros y cargando en sus brazos al bebé dormido, regresa con sus otros dos hijos al lugar donde estuvo su casa y se encuentra allí a Pablo, mirando en silencio los escombros quemados. Maximiliano está con el resto de los hombres del pueblo en una reunión donde se está decidiendo cómo pueden ayudarse unos a otros hasta que se reconstruyan las casas quemadas.

El incendio se ha acabado, pero no sin haber devorado antes una cuadra entera. Todas las casas en ese lado de la calle se han quemado. El sitio luce gris, vacío. Desolado.

Pablo se acerca a Dolores, la mira y, sin decir nada, aprieta con su brazo los hombros de Mani, quien levanta los ojos hacia a Pablo, con adoración.

Mani quiere a Pablo. Casi tanto como Pablo quiere a Mani.

Mani sabe que Pablo sabe muchas, muchas cosas, y el viejo ha estado enseñándoselas todas a Mani.

Pablo le ha enseñado a Mani cómo agarrar ranas, acercándoseles lentamente por detrás y haciéndose como el que no las mira, porque las ranas son muy listas y si ven que uno las está mirando, saltan y se escapan.

—Por eso es que siempre tienes que silbar y mirar para otro lado hasta que estás listo para agarrarlas. Y entonces, ¡*Pam!* Las agarras enseguida. Pero no las aprietes demasiado, no sea que las vayas a lastimar.

Pablo le ha enseñado a Mani las diferencias entre una rana que vive en el agua y un sapo que vive en la tierra.

—Los sapos son mucho más fáciles de agarrar. Ellos no son tan rápidos como las ranas. Más grandes sí que lo son, pero no más rápidos.

Pablo le ha enseñado a Mani cómo ponerle la carnada a un anzuelo y cómo coger los gusanos que hacen falta para pescar bagre, esos pescados tan feos que tienen bigotes de gato y que son los favoritos de Pablo, y también de Mani. Él le ha enseñado a Mani cómo dejar correr el sedal en el fondo de la laguna, muy despacio, muy, muy despacio, porque los bagres son muy, muy haraganes y si ven un gusano que va demasiado rápido, seguro que no se le van a tirar.

—Tú tienes como que dejar que el gusano caiga en la boca del bagre, mira si son haraganes esos bagres.

Y Pablo le ha enseñado a Mani cómo encender un tabaco, usando un fósforo y dándole vueltas al tabaco de una manera muy lenta hasta que primero se queme parejo alrededor de la punta. Es sólo entonces que se le da la primera fumada. Mani lo fumó una sola vez, para ver cómo era aquello. Pero no le gustó. Pablo le hizo prometer a Mani que no le diría nada acerca de esa fumada a la Niña Dolores, como Pablo llama a la madre de Mani, porque la Niña Dolores tiene su geniecito y ni Pablo ni Mani quieren verla enojada.

Sí, Mani quiere a Pablo. Casi tanto como Pablo quiere a Mani.

Pablo desgreña el pelo negro y ondulado de Mani, luego se dobla las mangas largas de su camisa de algodón azul pálido, levanta primero una viga de madera grande y medio quemada, que se siente todavía caliente, y luego otra, y llevándolas hasta el otro extremo del terreno, pone una a unos pocos pies de la otra mientras dice:

—Oye, Mani, ¿qué tal si me das una mano?

Mani va inmediatamente a donde está Pablo y comienza a ayudarlo, empezando los dos a hacer una pila con los pedazos de madera que quedan y que se puedan volver a usar.

Dolores le pasa cuidadosamente el bebé dormido a Merced y, sin decir palabra, se ata el chal alrededor de la cintura, se sube las mangas largas de su bata de noche blanca, se agacha, y comienza a revisarlo todo, buscando cualquier cosa que pueda recuperarse.

Merced, con el bebé en sus brazos y pensando que esto es parte del juego, comienza a rastrear los escombros con sus pies cuando, de pronto, pisa algo. Se arrodilla, lo recoge con su mano libre y descubre que es Esperanza, la muñeca de trapo que le regalaron en su cumpleaños, que está medio quemada. Tan pronto la ve Merced empieza a llorar a moco tendido.

—¡Mami, mira! —dice a duras penas, con palabras que casi no se entienden—. ¡Esperanza! ¡Está toda quemada! —Su lloriqueo se convierte en sonoros lamentos y sus lamentos despiertan al bebé, que también comienza a llorar.

Dolores corre a su lado, ve la muñeca:

—¡Ay, mira a Esperanza! —dice. Entonces, tomando al bebé de nuevo en sus brazo y cargándolo, señala hacia Pablo con su cabeza y añade:

—Ve y enséñasela a Pablo.

Merced, sollozando todavía, levanta los llorosos ojos hacia su madre, sin entender por qué ella tiene que hacer algo así.

Dolores se arrodilla y le dice, suavemente, tiernamente, con esa manera tan tranquila que ella tiene:

—Ahora ella está tan arrugada y tan negra como Pablo. ¿No es verdad que es linda?

Merced mira a Esperanza y, de pronto, descubre en la muñeca medio quemada una nueva clase de belleza que no existía antes. Corre hacia Pablo, ya casi sin llorar, y se la enseña.

—Mira, Pablo ·—le dice—, Esperanza está ahora tan arrugada y tan negra como tú.

Pablo se ríe con ganas. —Niña —dice—, ¡nadie nunca va a poder ser ni tan arrugado ni tan negro como yo!

Él toma la muñeca en sus grandes y callosas manos y la mira.

—Pero mira —añade, y tomando un pañuelo de su bolsillo trasero lo amarra alrededor de la muñeca medio quemada—, ahora que se parece a una negra vieja, ¡se tiene que vestir como las negras viejas! —Entonces se la devuelve a Merced, quien sonríe mientras mira a Esperanza, que es ahora una muñeca negra de trapo que lleva un pañuelo rojo como si fuera un vestido.

Dolores, todavía con el bebé en sus brazos, de repente ve, cubierto por un montón de cenizas y escombros, el pesado arcón que ella tenía colocado a los pies de la cama que ella y Maximiliano compartían.

Está muy chamuscado.

Sin decir palabra, le entrega el bebé nuevamente a Merced, quien ahora carga a Esperanza en un brazo y a su hermanito en el otro.

Dolores se inclina, mira fijamente al ennegrecido cofre y, después de dudar un poco, lo abre.

Dentro, todo está milagrosamente intacto.

Dolores busca en su interior y encuentra, en el fondo, un vestido blanco largo, primorosamente doblado y cuidadosamente envuelto con pliegos y más pliegos de papel cebolla.

¡Su vestido de novia!

Lo desdobla, lo sostiene en sus brazos y, mientras mira los minuciosos bordados de colibríes y flores de mar pacíficos entrelazados, se da cuenta de que esto es como cuando abandonó su antigua casa, sin nada excepto lo que lleva puesto y, por si eso fuera poco, arriba de todo, este viejo vestido.

Ya lo hizo una vez; lo puede volver a hacer.

Y aunque no se ha dado cuenta de que ha estado llorando, de repente comienza a reírse.

Al oírla, Pablo, junto a Mani en el otro extremo del terreno, la mira y viéndola sosteniendo el viejo vestido de novia en sus brazos, él también se echa a reír.

Y la estrepitosa risa de ambos hace que Mani y Merced se rían también con estrépito, aunque no entienden por qué.

★ ★
★

5 A Merced y Mani los llevan para la casa de sus abuelos, la vieja casona del carnicero de Batabanó, el padre de Maximiliano, mientras que Maximiliano, Dolores y el bebé se quedan en Surgidero, reconstruyendo su casa con la ayuda de Pablo.

Por suerte, Maximiliano había guardado todo su dinero bajo llave en la carnicería, dinero que había ahorrado centavo a centavo durante los últimos ocho años. Y ahora con ese dinero va a fabricar su nueva casa, y la va a fabricar como debe ser. Al estilo criollo. Con paredes de gruesos ladrillos que el fuego no pueda devorar.

Las paredes van a llevar estuco por fuera y yeso por dentro, y van a estar pintadas de un cremita claro, el color favorito de Dolores; los pisos de cemento van a tener losas de terracota, tan fáciles de limpiar; y para colmo, la casa va a tener un bonito techo de tejas rojas españolas. Va a ser una casa pequeña, de eso no hay duda, pero va a tener de todo. Va a tener tres dormitorios y un baño, ¡y el baño va a tener hasta un bidé! ¡Y la casa entera va a tener también electricidad! Va a haber hasta un patio central que, aunque chiquitico, va a ser bastante grande para albergar muchas plantas e, inclusive, dejar espacio para un perro, un perrito sato y blanco con el que los niños podrán jugar, el hijo de Facundo, el perro de al lado cuyos fuertes ladridos despertaron a Dolores y salvaron a la familia la noche del *gran* incendio.

Cuando se termine va a ser una casa muy hermosa, más cercana a la carnicería, y más cercana al mar. Y ellos podrán escuchar el sonido de las olas, invitándolos a dormir.

El día que comienzan a poner los cimientos para su nueva casa, Maximiliano y Dolores le dan a Pablo, como regalo por haber cumplido ochentiún años, el terreno que queda al lado del de ellos.

Allí, en el terreno de Pablo, mientras la nueva casa de ellos está siendo construida, Maximiliano fabrica una casita muy sencilla para Pablo —en realidad, una choza de una habitación— que es todo lo que Pablo necesita para dormir, ya que él come siempre con la familia de Dolores, que es también su familia; comidas que todos comparten en la parte trasera de la carnicería, donde se ha construido apresuradamente un pequeño cobertizo para albergar a Maximiliano, a Dolores y al bebé mientras continúa la construcción de su nueva casa.

Pablo se emociona cuando ve su nombre cuidadosamente deletreado en la propiedad escrita. Pablo Fernán Fernán es ahora no sólo un hombre libre, sino también un propietario. Su cama y la tierra donde está puesta son suyas y sólo suyas.

Pero una mañana Pablo no se despierta.

El velorio se lleva a cabo en la tradición de los negros cubanos, con mucho de café negro y mucho de ron negro, y mucho de tambores negros y de bailes negros durante toda la noche, para celebrar la vida de Pablo.

Mucha gente blanca baila en el velorio de Pablo, y se ríen y lloran al mismo tiempo de la belleza de todo, entre ellos Dolores y Maximiliano, que bailan un danzón para Pablo.

Al final de la tarde del día siguiente, después del funeral, Dolores, que tiene necesidad de estar sola, deja al bebé con Maximiliano y camina lentamente las seis millas hasta la casa de los padres de Maximiliano en Batabanó, para decirle a los niños que Pablo ha muerto. Es casi la hora de la cena cuando ella llega.

Cuando se lo dice a Merced, la niña aprieta a Esperanza en sus brazos y llora.

Cuando Mani se entera, va al exterior de la vieja casa, se sienta al pie de una enorme mata de plátano en el sembrado delantero y no hace nada.

Dolores mira a su hijo y luego de un largo rato va y se sienta a su lado, le pasa su brazo por los hombros, lo acerca a ella, y no dice nada.

Durante un largo, largo rato ambos permanecen en silencio, Dolores y Mani, uno junto al otro debajo de la mata de plátano.

Mani es el primero que habla.

—Mami —dice mientras levanta los ojos hacia ella—, ¿hay estrellas negras?

Dolores estrecha más fuertemente a su hijo y levanta la vista hacia el cielo de un intenso color turquesa, ahora oscurecido debido a que se acerca la noche.

Mani levanta su vista y mira al cielo oscuro como si buscando algo.

—Pablo me dijo una vez que cuando la gente se muere se convierten en estrellas —dice Mani—. Y unos días después, yo le pregunté si había estrellas negras, y ¿sabes lo que me dijo?

Dolores mira a su hijo, que todavía tiene la vista levantada hacia el oscuro firmamento.

—Me dijo que no lo sabía.

Entonces Mani se vuelve hacia su madre y la mira con una expresión confundida en su rostro.

—¿No es raro eso, Mami? Yo siempre creí que Pablo lo sabía *todo*. Pero me dijo que no lo sabía. Eso fue lo que me dijo. Miró para el cielo con mucha, mucha fuerza, como yo estaba haciendo ahora, y entonces me dijo: «Quizás sí, quizás no, pero si las hay te aseguro que yo no las puedo ver».

Mani se acerca a su madre, quien lo estrecha fuertemente mientras él agrega:

—Yo creo que esa debe ser la única cosa en el mundo que Pablo no sabía.

Dolores mira a Mani y sonríe con su sonrisa más tierna.

—¡Ay, Mani! ¿No te diste cuenta de que Pablo estaba jugando contigo . . . ? Tú sabes cómo era él, siempre fastidiándote. Claro que él sabía. Él sabía que hay montones y montones de ellas. Lo que pasa es que no se pueden ver con los ojos. Pero sí se pueden ver, con el corazón. Una vez, él me enseñó cómo se hacía. Todo lo que tienes que hacer es, primero, cerrar tus ojos, pero tienes que cerrarlos muy, muy duro, y entonces le preguntas a tu corazón. ¿Puede verlas tu corazón?

Mani cierra sus ojos muy, muy duro, y después de un ratico los abre a todo lo que dan y dice todo sobresaltado:

—¡Ay, Mami! ¡Las vi! ¡Las vi! ¡Las pude ver!

Más tarde esa noche, cuando Maximiliano llega con el bebé para llevarse a Dolores de vuelta a Surgidero, Mani le pregunta a su padre si él ha visto estrellas negras alguna vez. Y cuando su padre le responde:

—No, no las he visto, —Mani le enseña cómo verlas.

★ *
★
   ★

6 A Merced y a Mani les gusta la vieja casona de los padres de Maximiliano, donde ellos han estado viviendo ya durante casi un año entero; una casa que, hace una generación, vio nacer a siete niños, pero una casa que hasta que llegaron los hijos de Maximiliano no había oído la risa de un niño durante largo, largo tiempo. Allí los padres de Maximiliano acogieron a los hijos de Maximiliano y se acostumbraron a ellos.

Esta casa es vieja, vieja de verdad. Tan vieja que ni siquiera tiene un baño interior. Pero sí tiene un enorme patio central lleno de plantas tropicales; y sí tiene un enorme sembrado alrededor de la casa lleno de montones de matas de frutas: mangos, papayas, plátanos y, sobre todo, las dulces guayabas que a Merced tanto le gustan.

Por supuesto está que los niños varones siempre harán lo que siempre hacen todos los niños varones del mundo. Y Mani, que ya tiene seis años, no es ninguna excepción. Siempre está haciendo cosas de varones, mientras que su hermana siempre está haciendo cosas de hembras, cosas de las que Mani se burla constantemente.

Una tarde, después de la escuela, Mani, siempre el más atrevido, agarra uno de esos enormes sapos-toro que hay por toda la isla, de los que cantan, y se lo lleva a Merced, quien grita al verlo, lo que le encanta a Mani.

—No tienes que tenerle miedo —dice Mani, mientras le lanza el sapo-toro en la cara. Él espera que Merced salga corriendo, pero Merced, que es una niña con el temple de un toro, no lo hace.

—Yo no le tengo miedo —miente. Ella le tiene mucho miedo, pero no va a dejar que Mani se entere. Merced no sólo es mayor que Mani, sino también mucho más corpulenta, y claro que ella no va a darle a este hermanito suyo el gusto de verla asustada de nada.

—¿Ah, no? —responde Mani—. Vamos a ver.

Él saca un salero que lleva escondido en el pantalón, lo toma, y comienza a echar sal sobre el lomo del sapo-toro.

—Se revientan si se le ponen bastante sal arriba.

—No se revientan —dice tercamente Merced, temiendo que tal vez sí se revienten.

—Sí que se revientan —dice Mani—. Pablo me lo dijo y Pablo lo sabía *todo*. Mira.

Los ojos de Merced están pegados al sapo-toro que tiene Mani en sus manos.

Mani, manteniendo sus ojos fijos en Merced, sigue echando más y más sal sobre la infeliz criatura, la cual comienza a hincharse como un globo hasta que, de pronto, su piel revienta, arrojando sus entrañas por todo el cuerpo de Merced, quien grita y corre hacia la casa llamando a su abuela, la madre de Maximiliano, quien, oyendo el escándalo, corre inmediatamente en su ayuda.

La madre de Maximiliano es una mujer con la que no se juega que se mantiene tan derechita como una estaca a pesar de que tiene casi cincuentisiete años. Es alta y delgada para ser una mujer criolla y no hay mujer en el mundo que luzca más austera que ella. Tiene la manía de morderse los labios cuando está enojada y aún hoy día, cuando sus hijos adultos ven esa mirada en su rostro, todos tiemblan porque saben lo que viene después.

La señora ha criado siete hijos, todos casados ya, y todos viviendo lejos, menos Maximiliano y su familia. Y ahora ella tiene que lidiar con este Mani, quien es lo más difícil que se puede esperar. Pero si ella fue capaz de domar a Maximiliano y domesticar lo salvaje que había en él, seguro que puede domesticar al hijo de Maximiliano. Y sin embargo, aunque ella sabe que se supone que no tenga favoritos entre sus nietos, ella sabe que este niño ocupa un lugar especial en su corazón.

Pero primero muerta que dejárselo saber. No, señor. No hasta que se termine la doma. Así que ella entra corriendo, secándose las manos en su delantal blanco, ve el sapo, se da cuenta de lo que ha sucedido, menea la cabeza, se muerde los labios y, usando sus duros y huesudos nudillos, da un fuerte cocotazo, realmente duro, en la cabeza de Mani, que no llora.

—Ese muchacho es un diablo —le dice a Dolores—. Tú eres demasiado floja con él.

Las mujeres están tomando una tacita de café cubano sentadas en sillones de balance de mimbre, meciéndose suavemente en el portal de la casa de los padres de Maximiliano. Dolores está oyendo pacientemente lo que la vieja señora tiene que decir.

—Ese muchacho necesita una mano fuerte.

Dolores ha venido a recoger a sus hijos. Ella los ha estado extrañando, y también Maximiliano, pero han tenido que trabajar arduamente para poder construir su nueva casa en el poco tiempo en que lo hicieron. Y ahora que su nueva casa en Surgidero está terminada por fin, Dolores ha venido a recoger a sus hijos y a llevarlos a donde deben estar: A su casa.

Se dan las gracias, y los de nada, y los buena suerte, y los no-te-olvides-del-caminito. Entonces se dicen los adioses, y los niños se van, y la vieja casona se queda de pronto vacía y en calma. No hay ruidos. No hay juegos. No hay gritos por ranas muertas, o ratas muertas, o pájaros muertos. No más peleas de muchachos. No más nalgadas. No más gritería. No más risa. Después de meses y meses la vieja casa se queda por fin tranquila. Y callada. Y vacía.

UNA SEMANA DESPUÉS, el padre de Maximiliano, el carnicero de Batabanó, está en la carnicería de Maximiliano en Surgidero, y padre e hijo están compartiendo un poco de ron mientras conversan al final de día.

Maximiliano ha cerrado el establecimiento. Toda la carne ha sido guardada ordenadamente y el padre de Maximiliano no tiene más que elogios por la forma en que su hijo ha organizado su carnicería. Se trata de un profesional admirando el trabajo de otro profesional, lo que los llena de orgullo a ambos. El padre está orgulloso porque su hijo se le está haciendo un carnicero verdaderamente bueno, un artista de la carnicería, si puede decirlo así. El hijo está orgulloso porque puede ver en los ojos de su padre que su admiración es sincera y porque sus elogios vienen de alguien que no sólo es el propio padre de Maximiliano, sino de alguien que también es un carnicero que es un gran artista.

—¡Pero qué buena es esa nevera nueva! ¡Tiene tanto espacio! ¡Qué fácil lo hace todo! No hay nada como el progreso, ¿verdad?

Maximiliano abre una botella de ron cubano oscuro y se la ofrece a su padre, quien hace un brindis por la nevera y se dispara un poco del ardiente líquido por la garganta. Luego le pasa la botella de nuevo a su hijo, quien responde el brindis de su padre mientras el viejo habla.

—Hijo —dice él—, tu madre extraña a los muchachos cantidad. Así que . . .

El ha tenido que venir a Surgidero por insistencia de su esposa para hablar con su hijo. Le quita la botella a su hijo y se dispara otro poco de ron por la garganta. Entonces se seca los labios a medida que continúa.

—Así que ella quiere que te diga esto. Ahora, acuérdate de que es idea de ella. Tú sabes lo imposible que pueden ser a veces las mujeres, y claro que tu madre no es una excepción a la regla. Me ha estado haciendo la vida insoportable, con todo eso de que está extrañando a los muchachos, de que la casa está sola y triste, de que se está poniendo vieja y que quiere tener cerca a los nietos, y . . . Bueno, tú sabes cómo es ella. Así que . . .

Se dispara otro trago de ese ron ardiente y oscuro que quema — ¡Ah, tan bien!— por la garganta y luego le ofrece la botella nuevamente a su hijo, quien vuelve a dispararse otro poco por la garganta.

La noche está comenzando a caer y los mosquitos han empezado a aparecer, atraídos por la sangre seca. Maximiliano saca un cubo de agua y un trapo limpio y empieza a fregar al blanco mostrador de mármol, oyendo hablar a su padre.

—Así que ella me pidió que te preguntara si a ti no te importaría mandar a uno de tus muchachos a vivir con nosotros por un tiempo, para que podamos tener un poco de alegría otra vez en la casa.

Se detiene. Él no quiso decir *nosotros*. Había querido decir *ella*. Para que *ella* pueda tener un poco de alegría otra vez en la casa, eso es lo que había querido decir, eso es lo que hubiera debido decir. Pero eso no fue lo que dijo. Una equivocación. Se pregunta si su hijo se dio cuenta de lo que él acaba de hacer.

Mira a Maximiliano, pero Maximiliano está ocupado, restregando y restregando la misma pieza de mostrador, como si hubiera acabado de descubrir una mancha que *no quiere* irse, la que, claro, no se puede ir porque ahí no hay mancha, no hay ninguna mancha. Maximiliano no dice nada. Sencillamente se queda callado mientras sigue restregando y frotando la misma pieza de mármol.

—¿Qué tal Mani? —dice el viejo y hace una pausa—. Tu madre me dice que ese niño necesita una mano fuerte, y tú sabes cómo es Dolores, ella no puede ni matar a una mosca. Por eso deja que el muchacho se salga con la suya en todo.

A Maximiliano no le gusta oír lo que está oyendo, pero éste es, después de todo, su padre, y un hijo criollo debe hacer lo que hacen los hijos criollos: cuando un padre habla, uno mira al piso, uno escucha, uno asiente, y uno no dice nada. Y aunque a Maximiliano no le gusta oír lo que está oyendo, se mantiene en silencio, meneando su cabeza mientras sigue frota que frota, escuchando pacientemente a su padre.

Éste es el mismo hombre que ha ejercido una gran influencia —y que ha sido una gran ayuda— en la vida de Maximiliano. Sobre todo después del incendio, cuando los muchachos se mudaron para la vieja casa de su padre durante mucho, mucho tiempo. Y el viejo no ha aceptado nada de parte de Maximiliano como pago, ni un centavo.

—¿Qué dices, hijo? —pregunta el padre de Maximiliano.

Maximiliano deja de frotar durante un rato. Le responde a su padre, pero sin mirarlo.

—Se lo voy a decir a Dolores —dice. Como no está mirando a su padre, no puede ver la amplia sonrisa en la cara de su padre, una amplia sonrisa que se congela cuando Maximiliano termina su frase:

—Déjeme ver lo que ella dice.

Repentinamente la sangre acude al rostro del viejo y una gruesa vena a un lado de su frente comienza a latir tan apresuradamente que parece que va a explotar mientras el viejo golpea con su puño el mostrador de mármol blanco.

—¿Tu vas a *qué*? ¿*A preguntarle* a Dolores? ¿Desde cuándo un hijo mío tiene que tener el permiso de una mujer para hacer algo? ¿Es ella la que tiene los cojones en tu familia?

El viejo sabe cómo herir a un criollo, y sí que lo hiere. En realidad, es él quien quiere tener a su nieto cerca. Fue *su* idea, no la de su mujer. Claro que ella se ha quejado de que extrañaba a los muchachos, pero fue él quien salió con la idea de traer a Mani a vivir con ellos, una idea que está ahora metiendo a la fuerza en la cabeza de su hijo.

—¡Si yo hubiera pensado que necesitaba su aprobación, habría ido directamente a ella, no a ti! ¡Qué equivocado estaba! —añade, con cizaña en la voz—. ¡Pensé que mi hijo era todavía un hombre!

Arranca de las manos de su hijo el trapo que Maximiliano ha estado usando para fregar el mostrador de mármol:

—Muchacho —dice—, ¡mejor me miras cuando te estoy hablando! —y entonces tira el trapo tan violentamente dentro del cubo que el agua salpica todo el piso acabado de limpiar.

—Yo no te crié para que fueras el segundón de nadie, y mucho menos de una mujer, aunque ella sea la hija del hombre más rico del pueblo, ¿me oyes?

Maximiliano no ha dicho una palabra. Todo lo que hace es mirar hacia el mostrador de mármol, sin decir nada. Pero sus manos se ha hecho puños, con los nudillos blancos de impotente rabia.

El viejo respira hondo y de la misma forma repentina que la tormenta comenzó, se termina. El viejo está tranquilo otra vez.

—Lo siento, hijo —dice, bajando la voz—. Es tu madre. Me está volviendo loco. —Mira a su hijo, quien alza su mirada lo suficiente como para encontrarse con los ojos del viejo durante un brevísimo instante. Y el dolor que él ve en la mirada de su hijo le hace saber al viejo que la batalla ha terminado.

—Es sólo por un tiempecito —le dice, restándole importancia al asunto—. Nada más que hasta que a tu madre se le pase ese mal humor que tiene desde que los muchachos se fueron de la casa. —Después agrega, bajando su voz en tono confidencial—: Se está poniendo vieja, tú sabes. Se cree que no tiene nada que hacer con su vida, que ya nadie la necesita. Eso es bastante para volver loco a cualquiera, tú me entiendes. —Hace una pausa—: *A cualquiera.*

Maximiliano ha estado tratando de evitar los ojos inquisitivos de su padre, pero ahora lo mira mientras su padre sonríe y le ofrece su mano a Maximiliano.

—¿Sólo por unos días? —dice el viejo extendiendo la mano hacia su hijo.

Maximiliano vacila. Luego le da la mano a su padre.

—Sólo por unos días —le dice.

Y otro acuerdo criollo ha sido sellado.

ESA MISMA NOCHE, a pesar de las protestas de Dolores, Mani se va con su abuelo de regreso a la casa de Batabanó donde la señora con los nudillos huesudos le va a meter un poco de sensatez en la cabeza.

A Dolores no le gusta que le lleven a su hijo y le pide una y otra vez a Maximiliano que la deje hablar con el viejo. Pero Maximiliano no la deja. ¿Para qué? ¿No es él el hombre de la casa?

Así que le dice a Dolores:

—Tenemos otros hijos. Ellos no tienen ninguno.

Y le dice a Dolores:

—Les debemos mucho. Es sólo por un tiempecito.

Y le dice a Dolores:

—¿No ves que lo están haciendo para ayudarnos? Ellos saben que hemos perdido muchísimo y no quieren darnos dinero y hacernos sentir como si necesitáramos que nos ayuden.

Y le dice a Dolores:

—Tan pronto como tengamos un poco de dinero ahorrado otra vez, entonces traeremos a Mani para la casa.

Y le dice a Dolores:

—Lo vamos a poder ver una o dos veces a la semana, ¿no es verdad? Tan a menudo como queramos, ¿no es verdad?

Y le dice a Dolores que él ha dado su palabra de hombre, y su palabra de hombre es definitiva. Y ahí se acabó el asunto.

Lo que Maximiliano no le dice a Dolores es que él nunca le ha dicho al viejo que Dolores quiere hablar con él.

¿Por qué tiene ella que hablar con él? ¿No es eso cosa de hombres, tomar las decisiones acerca del propio hijo de uno? ¿No es eso cosa del hombre de una casa? ¿No es él el hombre de su casa? ¿Quién va a mandar en su casa? ¿Una mujer?

No.

Eso es algo que los dos hombres tienen que discutir solos, tomando un trago de ron tras otro. A Maximiliano tampoco le gusta que su hijo no esté con él, y trata de abogar por su caso una y otra vez, pero el viejo siempre tiene razones, fuertes razones que convencen, para mantener a Mani cerca de él.

—Ah, no! ¡Tú no te lo puedes llevar ahora! ¿Le quieres destrozar el corazón a tu madre? Mírala, es una mujer diferente desde que Mani está viviendo con nosotros, ¿no es cierto? Además, ¡ya él empezó en la escuela! Vamos a esperar hasta que el curso se termine, ¿está bien?

Y vuelven a darse un apretón de manos, y luego . . .

—Pero, hijo, tú sabes que él tiene que quedarse aquí y ayudarnos durante el verano. Yo estoy demasiado viejo para hacer todo el trabajo yo solo. Además, tú sabes que a él le gusta estar aquí, ¿no es verdad, Mani? En cuanto se termine el verano, ¿está bien?

Y vuelven a darse un apretón de manos, y luego . . .

—¡Eh, pero tú no puedes hacer eso ahora. Va a extrañar a todos sus amiguitos de la escuela, ¿no es verdad, Mani? En cuanto se termine el curso escolar, ¿está bien?

Y vuelven a darse un apretón de manos. Y una vez más comienza de nuevo el interminable ciclo. Una vez. Y otra vez. Y otra vez.

Así es cómo *sólo por unos días* se hace *sólo por unas semanas,* y luego *sólo por unos meses,* y luego *sólo por unos años.*

Y así es cómo Mani crece y crece en la casa de sus abuelos año tras año, lejos de una familia a la que ve pocas veces; lejos de unos padres con los que está pocas veces; y lejos de un padre cerca de quien él anhela estar, un padre al que anhela conocer.

Después del primer año, Mani comienza a preguntarse si sus padres lo quieren.

Después del segundo año, Mani comienza a preguntarse si sus padres lo han querido alguna vez.

Y después del tercero, y del cuarto, y del quinto año, Mani comienza a preguntarse una y otra vez si esas personas a quienes ha estado llamando padre y madre, si esas personas son realmente sus padres.

Tal vez, piensa él, él es realmente un hijo adoptado, como algunos de los otros muchachos de la escuela le dicen que es: uno al que alguien no quería; uno del que alguien, sencillamente, quería deshacerse; uno del que la gente se avergüenza.

O tal vez, piensa él, él hizo algo realmente malo, algo terrible que él no se acuerda haber hecho, tal vez eso es lo que es. Pero, ¿qué fue? ¿Qué fue lo que él hizo que ha hecho avergonzarse tanto a estas personas a quienes él llama padres? ¿Echarle sal al sapo-toro? ¿Fue eso?

O tal vez, piensa él, hay algo realmente malo en él, como la vieja señora con los nudillos puntiagudos siempre le está diciendo. ¿Es eso? ¿Es eso lo que pasa con él? ¿Es él realmente malo? ¿Es por eso por lo que lo abandonaron?

Cada noche se va a la cama esperando encontrar las respuestas a sus preguntas.

Cada noche se va a la cama ansiando despertarse y encontrar a esas personas que llama padres a los pies de su cama, diciendo:

—*Hijo, hemos venido a llevarte a casa. Tú no eres malo. Te queremos. No estamos avergonzados de ti. Estamos orgullosos de ti.*

Cada noche se va a la cama rezando para que eso suceda.

Y cada mañana, cuando se despierta y no encuentra a nadie allí, se dice a sí mismo, *Tal vez mañana.*

Tal vez mañana.

★ ★
  ★

7

Los ciclones tropicales empiezan cuando uno menos lo espera.

No hace falta mucho para que se formen. Tan sólo la cantidad precisa de humedad y la presión atmosférica precisa en la temporada precisa del año, bajo la fase precisa de la luna y, de repente, ahí está uno, en el medio de un ciclón sin siquiera haberse uno dado cuenta de ello.

Los cubanos están acostumbrados a los ciclones. Vienen todos los años, puntuales como un reloj. Lo que sucede con los ciclones es que nunca se sabe de antemano cuán malos van a ser. Ni siquiera cuando uno lo está pasando se sabe cuán malo es un ciclón. Uno sólo espera sobrevivirlo sin hacerse mucho daño o sin perder mucho de lo poco que uno tenga.

A la primer señal de advertencia de un ciclón, se cierran las ventanas, se aguantan con clavos los postigos, se les pasa el cerrojo a las puertas, la gente se esconde en sus casas como dentro de una madriguera. Y entonces comienza la espera.

La espera es lo peor de todo.

Uno espera y espera y espera y entonces, de repente, todo sucede al mismo tiempo. El viento comienza a rugir alrededor de uno, se va la luz, se va el agua de las cañerías, se encienden las velas, y los cubos —llenos del agua que ha sido recogida en la bañadera— se llevan a la cocina, donde se hierve el agua para hacer café para los adultos que se reúnen alrededor de la mesa del comedor, y chocolate para los niños que se esconden debajo de ella. Allí, debajo de esa enorme mesa de comer que es capaz de acomodar a los muchos parientes que tienen todos los cubanos, los niños se apretujan unos contra otros y preguntan si se van a morir. Las mujeres de la familia sacan sus rosarios y comienzan sus letanías de Padrenuestros y Avemarías mientras los hombres de la familia, que no pueden quedarse tranquilos, caminan por toda la casa, asegurándose de que los postigos de las ventanas están bien clavados, apuntalando con muebles las temblequeantes puertas, escuchando el ruido y la furia del rugiente viento y preguntándose cuánto más podrán soportar el interminable reza-reza de las mujeres.

Con el tiempo, el rugido se convierte primero en silbido, luego en canción; el torrencial aguacero se convierte primero en lluvia, luego en danza; el siniestro y opaco manto de cielo negro se convierte primero en un grueso velo de un color gris, y luego de un color blanco claro y translúcido. Y antes de que uno se dé cuenta, como por arte de magia, el mar es otra vez verde esmeralda; el cielo es otra vez azul turquesa; el sol tropical sonríe otra vez; los hombres de la familia van hacia las ventanas, sacan los clavos de los postigos y los abren a todo lo que dan; los niños salen de debajo de las grandes mesas de comer donde se han estado escondiendo; y las mujeres de la familia, todavía miedosas, finalmente se atreven a mirar por las ventanas hacia afuera y suspiran.

—Fue sólo un sustico —las oyes decir—. Sólo eso, un sustico.

Y la mayoría de los ciclones son sólo eso, un sustico. Pero a veces no lo son. A veces vienen ruidosos y fuertes.

Y ruidoso y fuerte viene este ciclón.

Alfonso, el dueño de la licorería, uno de los pocos en Surgidero que tiene radio, oye que este ciclón va a pasar directamente a través de Surgidero y que de seguro va a ser bien fuerte, y rápidamente hace correr la noticia. Toda la gente de Surgidero sube hacia la loma, hacia Batabanó, lejos de la costa; todos con excepción de unos pocos que deciden afrontar el ciclón en sus casas junto al enfurecido océano.

Maximiliano se lleva a sus otros hijos y a Dolores a la casa de sus padres en Batabanó, donde él sabe que todos estarán seguros. Ha decidido dejarlos allí y luego volver a Surgidero, para enfrentarse el ciclón solo en su nueva casa de estilo criollo junto al mar.

—Dolores —le dice a su mujer por centésima vez—, por favor, entiende. Tengo que volver a Surgidero, por si acaso hay algún problema; por si acaso alguno de los vecinos necesita mi ayuda. Si eso sucede, no quiero tener que estar preocupándome por ti o por los muchachos. Voy a estar seguro allí —agrega, jovialmente—. No te preocupes por mí. Te aseguro que podré sobrevivir un par de días sin ti. Te lo prometo, no me voy a morir de hambre.

A pesar de los razonamientos y los ruegos de Dolores, Maximiliano está a punto de irse cuando las ráfagas de viento se hacen tan poderosas que uno de los grandes postigos de la vieja casona sale volando y por poco golpea a Dolores mientras le está dando a Maximiliano un beso de despedida. Maximiliano corre tras el postigo, lo agarra, lo trae de vuelta a la vieja casa y comienza a clavarlo en su lugar mientras que otro sale volando, y luego otro más.

Para entonces el cielo se ha puesto completamente negro y los niños dentro de la casa han comenzado a llorar, todos menos Mani, que está en la puerta mirando a este hombre al que llama padre clavar otro postigo en su lugar para que no se zafe; un hombre al que ha visto sólo una o dos veces al mes durante los últimos cinco años de su vida; un hombre casi totalmente desconocido para él.

—¡Mani! —Maximiliano tiene que gritar para que ser oído por encima del ruido del rugiente viento—. Ven y aguántame esta punta.

El niño se acerca a Maximiliano y sostiene el extremo de un postigo mientras su padre lo clava en su lugar y mientras la lluvia cae torrencialmente sobre los dos.

Tal y como su hermana mayor, Merced, Mani se parece a su madre. Su pelo es oscuro, y también sus ojos, los cuales no se despegan de Maximiliano mientras él comienza a recorrer la casa por última vez para asegurarla lo más que pueda. Mani lo sigue.

De pronto, un gigantesco relámpago zigzaguea en el negro firmamento.

La madre de Maximiliano sale al portal y grita a su hijo y a Mani:

—¿Qué se creen ustedes que están haciendo? ¡No vieron a ese relámpago! Vengan los dos para acá ahora mismo o yo misma los voy a salir a buscar aunque eso sea la última cosa que haga en este mundo antes de que me muera y de que los gusanos se coman este cuerpo viejo y arrugado! —Ella los mira y se muerde duramente los labios, lo que todos saben que es una peligrosa señal.

—Oye, Mani —grita Maximiliano mientras le sonríe y le guiña un ojo a su hijo—, mejor nos vamos para allá, porque si no tu abuela me va a romper la crisma a cocotazos!

Pero Mani no le devuelve la sonrisa.

Él mira atentamente a Maximiliano, el hombre al que llama padre, y se pregunta, ¿es este hombre *realmente* mi padre? ¿Soy yo *realmente* su hijo?

Simultáneamente, levanta su mano izquierda —él es zurdo, tal como su madre Dolores y su hermana Merced— y, sin darse cuenta de lo que está haciendo, se rasca la cabeza mientras mira a su padre con una mirada enigmática en su rostro; una mirada que Maximiliano no puede entender. ¿Qué está tratando de decirle Mani con esa mirada? se pregunta.

—¿Qué? —grita Maximiliano, interpretando mal el gesto de su hijo—. ¿Ella nunca te ha roto la crisma? —Le sonríe a su hijo—. ¡Pues a mí sí que me la rompió! ¡Y muchas veces! ¡Voy a tener que hablar con esa vieja! ¡Vamos, Mani! ¡Vamos a entrar!

Maximiliano pasa su brazo derecho por los hombros de Mani y ambos comienzan a caminar hacia la vieja señora, que está todavía mordiéndose fuertemente los labios.

—¡Entren! —ordena ella cuando ellos se refugian bajo el portal. Maximiliano deja entrar al niño y está a punto de virarse para irse cuando su madre lo detiene.

—¿Dónde tú te crees que vas? ¡Tú también! ¡Adentro!

Maximiliano la mira y por primera vez en su vida ya no ve a la madre que conocía, sino a alguien diferente, a una mujer mucho más pequeña y mucho más vieja que la que él recuerda: Su pelo canoso se le está empezando a caer, tiene pequeñas arrugas alrededor de su boca y, a pesar del tono exigente de su voz, sus ojos lo miran como implorando, una mirada que Maximiliano no recuerda haber visto nunca en ellos.

Maximiliano siente una súbita ternura hacia esta mujer, algo que nunca antes ha sentido. Siente que le gustaría abrazarla y apretarla contra sí y decirle con ese abrazo lo mucho que él quiere a esta vieja señora que es tan nueva para él. Nunca antes ha pensado en sus padres como viejos. Pero ahora que está mirando a su madre, ve en ella una nueva clase de belleza que no estaba allí antes.

—¡Entra! ¡Entra! —repite la vieja señora con el pelo escaso y canoso recogido en un apretado moño y con la espalda todavía derechita como una estaca mientras apunta desafiante al cavernoso espacio dentro de la casa. —¿No me oyes? *¡Entra!* —Maximiliano le sonríe y entra obedientemente mientras ella cierra la puerta tras de él.

El resto de los muchachos, viendo que su padre está dentro junto a ellos, se sienten más seguros y dejan de llorar.

Maximiliano y Dolores tienen ahora cuatro hijos: Merced, la mayor, una niña con mucho temple que nunca hace lo que se supone que haga, ahora es casi una jovencita; le sigue Mani, a quien le faltan cuatro meses para cumplir los doce años y quien está siendo domado por su abuela; le sigue Gustavo, un tímido niño de ocho años con pelo claro y ojos azules que se esconden detrás de unos espejuelitos, quien cada vez que se pierde lo encuentran con la nariz metida en un libro; le sigue una niña de cuatro años, Marguita, la pequeña Marga, la nueva bebé con los crespos largos y rubios y la mirada traviesa, que siempre consigue lo que quiere.

La vieja señora les da toallas limpias y gastadas a Maximiliano y a Mani. Dolores nota la manera en que Maximiliano mira a su madre mientras él se seca su corto pelo dorado y ve en su rostro algo que ella nunca ha visto antes, algo diferente que ella no puede entender. Esta noche ella le preguntará. Maximiliano, con la toalla alrededor de su cuello, se acerca a su mujer.

—Ese café de verdad que huele rico —dice—. ¿Queda un poquito?

La habitación está oscura. Sólo una pequeñísima cantidad de luz puede verse entrando a través de las casi invisibles grietas alrededor de las ventanas y de las puertas. La luz pone un extraño resplandor en la habitación mientras el polvo, revuelto por el aire frío que se cuela precipitadamente a través de esas grietas, comienza a girar y bailar. Se enciende una vela y se coloca dentro de una de esas lámparas de cristal que se usan durante los ciclones, y luego otra y otra más.

Mani, todavía medio mojado, con su toalla alrededor del cuello, se sienta en silencio en el piso, lejos de los otros niños. Merced y Gustavo, escondidos debajo de la mesa de comer, tratan de jugar a los yakis, lo cual es casi imposible, porque Marguita, también debajo de la mesa, no deja de agarrar los yakis o la pelotica de goma, lo que pone furiosa a Merced. Dolores le trae a Maximiliano una tacita del café que huele tan rico, el cual él se toma sorbo a sorbo mientras mira primero a su madre y luego a su mujer. Dolores vuelve a notar su manera de mirar y no puede entender lo que significa.

El padre de Maximiliano, que había estado durmiendo una siesta en la segunda planta, baja a la habitación y se sienta en la mesa de comer. Luce cansado. Maximiliano lo mira y ve en él la misma clase de belleza que su madre tiene ahora, una nueva clase de belleza que él nunca antes había visto.

Mani, que había estado sentado en el piso, se levanta, se acerca a su abuelo y se para junto a él, pasando su brazo izquierdo por los hombros del viejo, mientras mira a Maximiliano con esa misma mirada misteriosa en sus ojos que Maximiliano había visto hacía un rato, una mirada que Maximiliano todavía no puede entender. ¿Qué está tratando de decirle Mani con esa mirada?

Y todos esperan.

A veces los ciclones vienen ruidosos y fuertes.

A veces lo hacen —como éste, el ciclón del 17 de septiembre de 1926, el peor ciclón que jamás azotara la pequeña isla de Cuba. Ruidoso y fuerte viene este ciclón, con poderosas marejadas que azotan y destruyen estruendosamente la costa de Surgidero.

Después que se termina el ciclón, y después de haberse despedido de Mani, que se queda en Batabanó con sus abuelos, Maximiliano y el resto de su familia regresan a su hogar en Surgidero, para encontrar que no queda nada.

Nada.

Ya no hay más Surgidero.

Nada queda del poblado entero. Ni el letrero de BIENVENIDO-A-SURGIDERO. Ni un poste de la luz. Ni el campanario de la iglesia. No queda rastro de la farmacia, ni de la licorería, ni de la nueva escuela.

Ni siquiera queda el rastro de su única calle. Y claro que no queda rastro de la carnicería. De la gente que se quedó en Surgidero, nadie sobrevivió. Ni uno solo. Las enfurecidas aguas del océano habían inundado el pueblo, lo habían azotado furiosamente, y si bien los edificios de mampostería hechos de ladrillo pueden aguantar un incendio, no pueden resistir el inmenso poder de Ogún, el airado dios negro del mar.

Surgidero ha desaparecido, completamente desaparecido. Completamente consumido.

A medida que llegan los sobrevivientes de los distintos lugares donde se escondieron durante el ciclón, a todos les resulta casi imposible encontrar dónde habían estado las casas.

Dolores, abrazada por Maximiliano, examina con la vista toda el área, mirando por todos lados, y mientras lo hace, reza en silencio agradeciéndole a su virgencita por haberle salvado a su marido. Luego ve algo incrustado en la arena, no muy lejos de donde ella está y, soltándose de los brazos de Maximiliano, camina hacia ese lugar. El agua del mar chapotea a sus pies mientras ella se acerca a lo que vio. Con los pies, desentierra aquello que está incrustado en la arena y lo mira. Y entonces sabe de qué se trata. Allí, a sus pies, ve el pedal de hierro fundido lleno de filigranas de su máquina de coser, una máquina de coser Singer nuevecita que Maximiliano le había regalado el año pasado por su cumpleaños, que es también el día de su aniversario de bodas, para que ella pudiera coser hasta darse gusto. Esa máquina había sido todo su orgullo.

En todo este tiempo Dolores no ha derramado una lágrima. Sólo al ver esa pieza de su máquina de coser incrustada en la arena, mientras el agua del mar chapotea a sus pies, es cuando se da cuenta de que allí, donde está ella parada ahora, allí, allí mismo, allí hubo una vez una casa, y de que esa casa había sido la de ella. Es sólo entonces cuando comienza a sollozar.

—¡Sshh! —le susurra su marido, quién se ha acercado a ella y la está sosteniendo muy junto a él—. Mira —le recuerda él—. Todavía tenemos a nuestros hijos. Y yo todavía te tengo a ti. ¿Qué más puedo pedir?

Ella esconde su cabeza en el fuerte pecho de su marido mientras él la abraza, firmemente de pie, mirando fijamente al mar, que todavía suena amenazante.

Pasa un largo rato.

—Quizás debería escribirle a Papá —Dolores por fin se las arregla para decir—. Quizás debería pedirle algo de . . .

Pero Maximiliano no la está escuchando.

El hijo del carnicero, que ya no es un muchacho, sino un hombre hecho y derecho, está parado donde estuvo una vez su casa y está mirando fijamente más allá del océano, más allá del horizonte, más allá del cielo. Está en su propio mundo. Ni siente la lluvia en su rostro, ni ve el agua a sus pies, ni oye a su mujer hablándole suavemente, ni a sus hijos llorar en silencio por detrás.

—¿Sabes qué? —le dice a Dolores mientras mira más allá de todo—. Es como si Dios estuviera diciéndonos que nos mudemos. Que dejemos todo esto atrás.

Ha comenzado a llover otra vez, pero él no se da cuenta.

—Dos veces he sido advertido —continúa—. Dos veces mi casa ha sido destruida y dos veces mi familia se ha salvado de milagro. Dolores —dice, con una excitación que crece mientras habla y la mira—, esta vez nos vamos. Esta vez nos vamos lejos de todo esto.

Está mirándola y le sonríe mientras besa la punta de su nariz de criolla, que tiene el tamaño perfecto para su bello rostro de criolla, cubierto con gotas de lluvia.

Y de la misma manera que una vez sus antepasados criollos mudaron la ciudad de La Habana entera, con nombre y todo, desde donde estaba asentada originalmente, que no es muy lejos de donde Maximiliano está parado ahora; de la misma manera, este criollo decide que él también va a mudar a su familia entera, completica, a la capital. A la gran ciudad de La Habana.

—Yo no sé por qué no se me ocurrió eso antes —dice a su mujer. Entonces, bajando su voz, le susurra—, Pero si vamos a ser pobres aquí, podríamos también ser pobres en La Habana. —Y la aprieta junto a sí mientras le pregunta—, ¿Qué me dices?

Gustavo y Merced los están mirando, sin saber qué hacer, mientras Marguita, la bebé, gatea y, después de tratar en vano de levantar el pesado pedal de hierro fundido de la máquina Singer que está todavía profundamente incrustado en la arena, comienza a jugar con él, introduciendo sus deditos en los huecos de la filigrana y acariciándolos mientras que el agua sigue chapoteando a los pies de sus padres.

Dolores, que ha estado mirando a los niños, le dice a su marido:

—Yo podría ir a ver a Papá y . . .

—No —la interrumpe Maximiliano—. No necesitamos su ayuda.

—No es para nosotros. Es para los muchachos.

—Los muchachos van a estar bien. No se nos van a morir de hambre.

Dolores está a punto de decir algo cuando su marido la detiene.

—Escucha —dice él—, si voy a abrir una carnicería nueva y a empezar desde la nada otra vez, la puedo abrir *dondequiera.* ¿Dolores, no te das cuenta? Dios ha estado diciéndonos algo y tenemos que escucharlo. Hay una razón para todo esto. Tiene que haber una razón para todo esto, ¿no te das cuenta de eso?

Dolores está mirando a su apuesto marido, con la camisa mojada pegada al cuerpo y con el agua corriéndole por el rostro, y sabe que mientras él esté allí, todo estará bien, tal y como él dice que será. Sin embargo, cuatro muchachos es una carga considerable. Y esta vez lo han perdido todo. *Todo.* Carnicería y todo. Ella insiste. Tiene que insistir. Dolores, tan práctica, trata de nuevo.

—Por favor, déjame ir a ver a Papá y a pedirle un poco de . . .

Maximiliano, el antiguo carnicero de Surgidero, mira seriamente a su mujer.

—Cuando tú te casaste conmigo —dice—, tú dijiste para bien o para mal, ¿no es cierto?

Ella asiente.

—Bueno —agrega él—, ¿cómo ha sido hasta ahora? —Y él la mira con esos ojos insolentes, insolentes todavía después de todos estos años.

Dolores levanta su vista hacia este criollo de la mirada desafiante y el halo de pelo dorado. Sus ojos se encuentran y ella le responde, con su traviesa sonrisa.

—Para bien. Siempre. Siempre ha sido para bien.

—Bueno, entonces —dice él devolviéndole la sonrisa—, ¿por qué cambiarlo? ¿Por qué volver a tu padre ahora? Él no nos necesita. Nosotros no lo necesitamos a él. Eso nos pone parejos.

Y entonces él la besa, frente a sus hijos. La besa, no de la manera en que se besan las parejas casadas, sino de la manera en que se besan los amantes.

Y su hija Merced, la que nunca hace lo que se supone que haga y que ya es casi una jovencita, pretende que baja la vista y mira al agua chapoteando a sus pies, pero con el rabo del ojo logra ver a sus padres besándose. Y aunque un poquito abochornada, no puede esconder una sonrisa.

★ ★
    ★

8

Sólo hay un problema con la mudada a La Habana:
¿Qué hacer con Mani?
    —¿Qué quieres decir con eso de que él no viene con
nosotros? Claro que sí viene. Tú no pensarás que lo voy a dejar
aquí, ¿verdad?

Dolores, la criolla que se fue con el hijo del carnicero, está reclamando su derecho. Está acostada en la cama, susurrándole a Maximiliano porque no quiere que los padres de Maximiliano oigan esta
conversación que es tan importante no sólo para Maximiliano y para
ella, sino también para sus hijos.

    —Es mi hijo —continúa ella, abogando por su caso—. Mi hijo
mayor. Ya es casi un hombre y no lo he visto crecer. No lo voy a dejar atrás. ¡No voy a morirme sin verle salir pelo en el pecho!

No tienen nada.

    Después del gran fuego todavía tenían la carnicería y un poco de
dinero ahorrado.

    Pero esta vez no tienen *nada*.

    Han estado durmiendo en camas prestadas, comiendo comida
prestada, viviendo en una casa prestada. La mudada a La Habana
tiene que ser financiada por el padre de Maximiliano, en cuya casa
han estado viviendo y comiendo y durmiendo.

    Le deben mucho al viejo, eso lo reconoce Dolores. Pero ella no va
a cambiar a su hijo por comida. Ese muchacho, o viene con ellos, o
ella no se va a ninguna parte.

    —Donde yo vaya, va él —dice ella.

    Y lo dice en serio.

    Está muy arrepentida de haber entregado a su hijo esa primera vez,
cuando Maximiliano se le acercó y le dijo que preparara las cosas de
Mani, que el niño se iba a vivir con sus abuelos durante *sólo unos días*.

    Ya eso había sido un error bastante grande.

    Pero al menos, mientras estaban en Surgidero, no muy lejos del
muchacho, todavía lo podían ver cada dos semanas, más o
menos. Claro, no era nunca tan a menudo como ella hubiera
querido, pero todavía bastante a menudo. No, se dice a sí misma
moviendo la cabeza de lado a lado mientras piensa. Aún eso no

era bastante a menudo. No. Claro que no era bastante a menudo. Claro que no.

Pero ahora que se están mudando a La Habana, bueno . . . eso es otra cosa. La Habana está muy, muy lejos. No. Esta vez el muchacho se va con ella. No hay más que hablar.

Dolores se queda tranquila y calmada. No levanta la voz, no manotea, no llora. No hay necesidad de nada de eso. Su decisión ha sido tomada y es definitiva. Ella es la hija de su padre. Ella es la misma mujer que planeó su boda hasta el último detalle preciso y la llevó a un final exitoso. Aquella vez, ella tuvo que esperar dos largos años para salirse con la suya. Pero ella sabe que esta vez no tendrá que esperar nada. No. Esta vez no.

Maximiliano, acostado en la cama junto a ella, la mira con admiración. A él, con sus ojos insolentes, le encanta ver la insolencia en los ojos de ella, la audacia. ¿Cómo puede una mujer tan pequeña hablarle así a él? Y sin embargo, él sabe que ella tiene toda la razón. Él mismo ha estado extrañando a su hijo, su hijo mayor, a quien él sólo ha visto crecer por pedazos, pues sólo ha podido verlo una o dos veces al mes.

Se acuerda de esa mirada enigmática en los ojos de Mani el día del ciclón. ¿Qué quería decir esa mirada?

Él no le ha dicho nada a Dolores acerca de eso porque no ha sido capaz de describírselo inclusive a sí mismo.

¿Qué le estaba diciendo Mani con esa mirada?

Pronto Mani será un hombre y Maximiliano sabe lo mucho que un niño necesita a su padre en una época como ésa, ya que sólo un padre puede explicarle a un niño cómo es el mundo, qué es lo que es ser un hombre.

Sí, Dolores tiene razón. El muchacho necesita estar con ellos. Maximiliano la mira y sabe que él va a darse por vencido. Pero no enseguida. Él quiere verla enojada. No mucho, sólo un poquito, porque a él le encanta ver el fuego en esos ojos oscuros y brillantes de ella.

—¿Me vas a decir lo que yo tengo que hacer? —le pregunta él, haciéndose el enojado. Pero es un mal actor y Dolores se da cuenta.

—Claro que no —responde ella modosamente—. Tú puedes hacer lo que tú quieras. —Hace una pausa—. Y yo también. —Entonces le sonríe y sus ojos desafiantes adquieren la traviesa mirada de esa muchacha de dieciocho años de la fotografía en sepia.

¿Qué otra cosa puede hacer Maximiliano sino besar la punta de esa preciosa nariz criolla en esa preciosa criollita que tiene la voluntad de una yunta de bueyes? Él la besa y luego añade:

—Yo no sé por qué me doy por vencido contigo tan fácilmente. ¿Tú sabes? Si fueras hombre, te juro que tendría que matarte. Gracias a Dios que eres mujer; si no, estaría en la cárcel por asesinato.

Dolores sonríe mientras Maximiliano la acerca a él, y entonces ella le susurra suavemente en su oído:

—Se los vas a decir tú, claro.

Maximiliano, repentinamente, se da cuenta de que alguien tiene que comunicarles a sus padres su decisión. La idea no se le había metido en la cabeza hasta este preciso momento. Esto es algo que él no quiere hacer. ¡Ah, no! Esto es algo de lo que *ella* tendrá que ocuparse. Él se ha rendido ante ella, ahora le toca a ella hacer lo suyo, que sea ella la que se los diga a sus padres. Ella tiene que hacerlo. Seguramente que él no lo podría hacer. Él ni sabría dónde o cómo comenzar.

—Se los vas a decir tú, claro —ha dicho ella. Y ahora, todavía en sus brazos, ella lo mira, con ese brillo en sus ojos traviesos mientras agrega—, después de todo, *tú* eres el hombre de la casa, ¿no es verdad? —Y ella comienza a reírse suavemente para que el resto de la familia no la oiga.

—¡Eres un diablito! —dice Maximiliano, y él también comienza a reírse suavemente hasta que ella acalla su risa con su mano.

—¡Sshhh! ¡Te van a oír! —dice ella, aunque no le importa, porque ahora que se están mirando uno al otro, cada uno encuentra en el otro aquello que una vez se había perdido pero que ahora ha sido encontrado de nuevo.

Y cada uno de ellos se completa en el otro.

A LA MAÑANA SIGUIENTE, en la enorme mesa de comer donde las mujeres de la familia están sirviéndoles a sus hijos y esposos un sabroso desayuno guajiro de costillas de puerco y plátanos fritos, Maximiliano anuncia que, tan pronto como pueda, se va para la gran ciudad de La Habana, para estudiar el terreno, y que se lleva a Mani con él.

—¿A Mani? —pregunta el abuelo del muchacho.

—Sí —responde Maximiliano—. Necesito llevarme muchas cosas y él es ya casi tan fuerte como yo. ¿No es verdad, muchacho?

El niño mira a ese hombre al que ha estado llamando padre y asiente con entusiasmo. Entonces, dándose cuenta de lo que acaba de hacer, se vuelve a su abuelo, el padre de Maximiliano, y, contrito, le pregunta:

—¿Puedo ir con él, abuelo? ¿Me dejas, me dejas? ¿Puedo? ¿Puedo?

Dolores, la madre del niño, mira al viejo, quien mira a su propia esposa, la vieja señora con las manos huesudas y los fuertes nudillos.

—¿Puedo, abuelo? ¿Puedo? ¿Puedo? —Mani sigue preguntando.

¿Qué puede decir el viejo? Primero mira a su esposa, quien mueve su cabeza de lado a lado. Luego mira al niño y ve el entusiasmo en los ojos del niño. Y el entusiasmo en los ojos de su nieto es más fuerte que el *no* en los ojos de su mujer. El viejo le responde al niño, pero mira a su mujer mientras responde:

—Lo que tu padre quiera, muchacho. Lo que tu padre quiera.

Mani no puede creer lo que oye.

—Entonces, ¿puedo ir?

Su abuelo lo mira y asiente tiernamente. Entonces se enfrenta a su propio hijo.

—¿Cuánto tiempo crees que te tomará?

—No lo sé —responde Maximiliano—. Puede que me demore un par de semanas, me imagino. Tal vez más. No lo sé. Hasta que encontremos algo dentro de lo que podamos pagar.

—Volverán, ¿no? —pregunta la madre de Maximiliano.

—No lo sé, Mamá —responde Maximiliano—. Sólo organizando la mudada va a haber muchísimo trabajo y . . .

Dolores interrumpe:

—Yo puedo ocuparme de eso. Cuando encuentres algo que te guste, déjanos saber. Yo puedo ocuparme de todo por aquí. Los muchachos y yo podemos hacer lo que haga falta. Tú ve y no te preocupes por ninguno de nosotros.

—Pero, ¿qué hay con Mani? —pregunta el padre de Maximiliano.

—Sí, Maximiliano, ¿qué va a pasar con su escuela? —añade la madre de Maximiliano—. Las clases probablemente van a empezar otra vez en un par de semanas, tan pronto como arreglen todo este desastre del ciclón, incluso tal vez . . .

—Mamá —responde Maximiliano—, estoy seguro de que también tienen escuelas en La Habana. Mani puede ir a la escuela allá. Además . . . —Maximiliano se acerca a Mani, que está sentado a la mesa tan emocionado que ni se ha bebido su leche todavía, y pasa su brazo por los hombros del niño mientras se dirige a toda la familia—, he estado pensando . . .

Maximiliano aprieta a Mani fuertemente contra sí.

—Mani ya ha crecido bastante y me puede ayudar en la carnicería, cuando tengamos una carnicería. —Mira a su padre—. Papá, usted sabe que voy a necesitar mucha ayuda al principio, y estoy seguro de que Mani podrá ayudarme cuando venga de la escuela, igualito que yo lo ayudaba a usted. —Se vuelve y mira a su hijo—. ¿Qué dices de eso, muchacho?

¿Qué dice él de *eso*?

Estar cerca de este hombre al que él llama padre, este hombre del que conoce tan poco, este hombre con ojos de emperador y la fuerza de una manada de toros; estar con esta mujer a la que él llama madre, con estos niños, a los que él llama hermano y hermanas; estar con estas gentes a las que escasamente conoce, esta gente a la que él llama familia, con quienes no ha vivido desde hace muchísimo tiempo. ¡Más de cinco años! ¿No es eso lo que él ha estado soñando durante muchísimo tiempo?

—¿Qué dices de eso, muchacho?

¿Qué *puede él* decir de eso?

Todos lo están mirando, esperando por su respuesta.

El hombre al que él llama padre lo está mirando con una sonrisa cálida en su rostro, igual que la mujer a la que él llama madre lo está mirando con ojos llenos de— ¿es *eso* amor?

Tal vez, puede que tal vez, estas gentes son realmente sus padres. Tal vez, puede que tal vez, ellos lo quieran un poco. Tal vez, puede que tal vez, él no sea tan malo como dice la señora con las manos huesudas.

Y tal vez, puede que tal vez, los sueños se hagan realidad.

Sólo hay una manera de averiguarlo.

—¿Tú crees que yo pueda hacerlo? —pregunta el muchacho a su padre.

—Claro, hijo, claro —añade su padre—. No hay hijo mío que no pueda hacer algo cuando se ha decidido. Todo lo que tienes que hacer es decidir qué es lo que quieres hacer, y entonces . . . ¡hacerlo! Pero te advierto, tienes que ser fuerte de verdad para ser un buen carnicero. Y te lo digo en serio. Fuerte de verdad. ¿Tú eres fuerte de verdad, Mani?

Mani se quita la camisa, aspira profundamente y reventando de orgullo le muestra los músculos de sus brazos de adolescente a este hombre que lo acaba de llamar hijo por primera vez en su vida.

Maximiliano mira al muchacho, toca sus abultados músculos, mueve la cabeza con admiración y llama a su mujer.

—¡Dolores! ¡Ven acá, Dolores! ¡Ven acá! ¡Toca estos músculos! ¡Dolores! ¡Tienes que tocar estos músculos!

Dolores corre hacia su hijo y palpa sus fuertes brazos.

—¡Uyyy . . . ! —dice, y luego añade—, está bien. Ya puedes respirar ahora.

Y Mani respira.

Y la familia entera respira también, incluyendo al abuelo y a la abuela del muchacho, que están mirándolo como si fuera por primera vez en sus vidas, y quienes se dan cuenta de lo mucho que ha crecido desde que vino a vivir con ellos, y de lo mucho que este muchacho necesita estar con esas gentes a las que él llama padre y madre y hermano y hermanas.

Y con sus sonrisas, el abuelo y la abuela del muchacho dejan que Mani se vaya, aunque ellos saben que quizás nunca jamás ellos podrán volver a verlo otra vez.

★ ★
★

9 Temprano por la mañana se dieron las despedidas, justamente mientras el anaranjado sol tropical estaba comenzando a asomar su cabeza por encima del horizonte. Maximiliano y Mani están caminando el largo camino hacia la terminal de ómnibus, que no es una terminal en absoluto, sino la casa de Julio, el chofer, en el otro extremo del pueblo, que está al otro lado de la loma. Podían haber ido allí alquilando un coche de caballos, pero decidieron ahorrar el dinero y caminar.

—Además —Dolores había dicho—, el ejercicio es bueno para ustedes dos.

Mani y Maximiliano, llevando cada uno una maleta de pajilla, están impecablemente vestidos de blanco. Maximiliano lleva una guayabera cubana, que es una especie de camisa de algodón semitransparente con elaborados pliegues verticales que se usa como un saco, por fuera de los pantalones de hilo blanco recién planchados. La misma Dolores había cosido la guayabera y había hecho todos los complicados pliegues a mano con cuidadoso detalle, usando puntaditas invisibles. Inclusive si hubiera tenido todavía la máquina de coser Singer que se perdió en el ciclón, Dolores todavía hubiera cosido a mano la guayabera de Maximiliano, porque ésa es la manera de hacerlo. Las máquinas no pueden coser camisas de esa calidad y Dolores quiere que su marido luzca lo mejor posible en su viaje a La Habana. Su marido y su hijo. Ella también le ha hecho a Mani una camisa y un pantalón blancos nuevos, los que ha planchado con mucho almidón, haciendo que Mani se sienta muy incómodo y muy molesto con sus nuevas ropas.

Ha sido mucho trabajo para Dolores, quien se pasó despierta dos noches enteras cortando y cosiendo y planchando y empacando y desempacando y volviendo a empacar, pero, esta mañana temprano, cuando vio lo apuestos que se veían sus dos hombres, Dolores se sintió tan orgullosa de ellos y de su trabajo que lloró y se rió al mismo tiempo conmovida por la belleza de todo.

Es bueno que el sol aún no ha salido por completo. Todavía está fresco y agradable, y sin embargo Maximiliano y Mani están sudando ligeramente mientras caminan, porque primero hay que subir la loma antes de que se pueda llegar al otro lado. Maximiliano saca un pañuelo rojo de uno de los bolsillos traseros de su pantalón, se seca la frente con él y luego se lo ata alrededor del cuello. Mani, caminando junto a su padre, mira a Maximiliano y hace lo mismo que vio hacer a su padre, con la diferencia de que su pañuelo es blanco.

La casa de Julio está bien lejos.

En su camino hacia allá, padre e hijo ven árboles enormes arrancados de raíz que habían estado bloqueando el fangoso sendero y que habían tenido que ser sacados del camino por yuntas de bueyes y caballos; casas cuyos techos han volado; animales muertos junto a las cunetas; y confusión por todos lados. El ciclón que había arrasado el pueblecito de Surgidero no había sido mucho más bondadoso con el pueblo más grande de Batabanó. Sólo las palmas reales están todavía erguidas, vigilantes centinelas en el cielo mañanero de un rosado pálido, como si el ciclón no las hubiera tocado en absoluto; palmas reales altas y esbeltas, lo suficientemente sabias como para doblarse ante las poderosas ráfagas de viento en vez de luchar contra ellas.

—Por eso es que todavía están en pie —le dice Maximiliano a su hijo—. Que eso te sirva de lección, muchacho. Al enfrentarse con un ciclón, a veces es mejor dejarlo pasar, incluso si tienes que doblarte un poquito. Mira a las palmas reales —añade—. Después que el ciclón les pasa por el lado ellas se vuelven a erguir, tal como antes, altas y elegantes, como si nada hubiera pasado. En realidad, aún más fuertes, porque descubrieron que aunque se habían enfrentado con un gran peligro habían sido capaces de sobrevivirlo.

El niño las mira, a lo largo del camino, paradas, orgullosas y altas, tal y como dice su padre.

—No dan fruto que se pueda comer, la corteza no se puede usar para curtir, no dan ninguna sombra. Es casi como si no sirvieran para nada. ¿No es verdad? Pero . . . —entonces las mira—, ¿no es verdad que son hermosas?

El muchacho mira a su padre y asiente.

—Para eso sirven. Para ser hermosas. Para que las admires y las quieras, y para que aprendas de ellas.

Se detiene, coloca su maleta en el suelo, busca entre las monedas de sus bolsillos, toma una peseta cubana, y se la enseña a su hijo.

—Por eso es que las tenemos en nuestro escudo nacional y en nuestra moneda. Para recordarnos que nosotros los cubanos somos como ellas, y que tenemos que mantenernos altos y orgullosos, como hacen ellas, incluso si eso significa que de vez en cuando tenemos que doblarnos un poquito, porque . . .

Recoge una ramita de uno de esos árboles que no se doblaron ante el ciclón y que descansan sobre el camino de fango seco, y se la enseña a su hijo.

—Porque si uno no se dobla, a veces uno se quiebra, al igual que esta rama.

Y la presiona hasta que la rama se quiebra.

La casa de Julio está pintada de un rosado pastel y tiene un cartel pintado a mano en el frente que dice TRANSPORTES, el cual está pintado con letras barrocas de un color bermellón brillante, con un borde turquesa oscuro, como las que se ven en los circos.

El ómnibus está parado afuera de la casa. Es un viejo ómnibus al que le han dado ya muchas manos de pintura y que ahora está pintado con el mismo rosado pastel de la casa de Julio.

En un tiempo hubo un servicio de transporte comercial entre Batabanó y La Habana, pero después de la invención de las esponjas sintéticas —cuando se acabó el mercado de las esponjas naturales— el servicio comercial también se acabó. Fue entonces cuando Julio, el chofer, había decidido operar su único ómnibus entre esos dos lugares una vez a la semana. Pero ahora, después del ciclón, el negocio estaba mejorando, ya que parecía que todos querían mudarse para La Habana al mismo tiempo, lo cual era muy bueno para el negocio, pero muy malo para Batabanó, y Julio había decidido viajar a La Habana cada dos días, menos los domingos.

El ómnibus está viejo y destartalado, pero Julio, el chofer, se empeña en mantenerlo en buen estado de funcionamiento e inmaculadamente limpio. Cuando Mani y Maximiliano se montan, pueden oler el fresco olor de jabón de Castilla en los asientos de mimbre, apretadas unidades de dos asientos colocadas cada par de pies, una detrás de la otra, a ambos lados del estrecho pasillo central. Colocan sus maletas de pajilla en la esterilla superior hecha de sogas de yute entretejidas, y se sientan, Mani junto a la ventana, mirando hacia afuera.

No son las siete en punto todavía y sin embargo el ómnibus ya está casi lleno por completo de hombres, mujeres y niños, todos vistiendo sus mejores ropas, todos hablando y gritando y riendo al mismo tiempo. Y luego, son las siete en punto y Julio, que siempre es puntual, hace girar la llave de contacto y el ómnibus arranca.

De pronto, se detienen las conversaciones y los gritos y las risas y comienzan los llantos, a medida que los hombres y las mujeres y los niños en el ómnibus dicen adiós a un mundo que están dejando atrás y miran por las ventanas hacia afuera con sus miradas llenas de anticipación.

Hay casi cuarenta millas entre Batabanó y La Habana, pero debido al ciclón, la carretera de tierra apisonada entre los dos lugares —que por lo general está en malas condiciones— se ha puesto intransitable. La tirada es larga y agotadora. Dos veces el ómnibus se ha tenido que detener debido a que se atasca en las áreas fangosas del camino, y dos veces los pasajeros han tenido que bajarse, con equipaje y todo, para aligerar la carga. Dos veces los hombres se han quitado sus elegantes ropas de viaje y, con el pecho desnudo y vistiendo solamente sus calzoncillos, dos veces han sacado al ómnibus fuera de los fanguizales mientras que algunas de las mujeres desvían la vista, pero otras no.

Un viaje que normalmente no se demora más de un par de horas, ya ha durado más de cinco, y el final parece no llegar nunca. La gente en el ómnibus se está poniendo ansiosa, hambrienta e malgeniosa. Son más de las doce del mediodía y el sol de octubre está más fuerte que de costumbre. Dentro del recalentado ómnibus, dos hombres han comenzado a discutir, lanzándose insultos mutuamente, como enfurecidos gallos de pelea, incitados por sus esposas, quienes también se gritan frases groseras una a otra mientras algunas de las otras mujeres están tratando de tranquilizar a los niños que, con sus llantos, molestan a todo el mundo.

Pero entonces, cuando el ómnibus llega a la cima de una loma, repentinamente todas las discusiones cesan y, como por arte de magia, todos se callan por un breve instante, inclusive los niños, en cuanto oyen a la gente de los asientos del frente suspirar un *Aahhh . . .* tan bajito que es casi imposible de oír.

Allí, en la distancia, enmarcada por palmas reales y enormes helechos, está la gran ciudad de La Habana, la ciudad de las tantas iglesias, resplandeciendo en tonos de rosa y amarillo pálidos contra un cielo turquesa claro, rodeada por una bellísima bahía, la más grande y la más segura de todo el mar Caribe. Y más allá de la ciudad y más allá de las iglesias y más allá de la bahía está el océano, el mar del Norte, reluciendo bajo la brillante luz del sol como si miríadas de trémulas estrellas se estuvieran escondiendo debajo de la superficie esmeralda.

Mani, con los ojos abiertos de par en par, se levanta para ver mejor, pero la mujer que está sentada directamente detrás de él le pide por favor que se siente, que ella también quiere ver el increíble paisaje. Y cuando lo ve, ella también dice *Aahhh . . .* y entonces comienza a llorar.

A Julio, el chofer, le encanta subir a la cima de la loma, y siempre lo hace tan despacito como puede, ya que él sabe en qué preciso momento los que van en el ómnibus van a suspirar el *Aahhh . . .* E inclusive él, que ha visto este paisaje muchas veces antes, inclusive él también tiene que suspirar hoy, porque se siente aliviado. Este largo viaje de hoy ha sido especialmente agotador. Pero ahora que él y sus pasajeros han visto su destino tan cerca, todo el cansancio ha desaparecido y todo lo que queda es emoción. Si la esperanza se pudiera pintar, el lienzo tendría que mostrar los ojos de las gentes en el ómnibus mirando a través de las ventanillas abiertas del viejo ómnibus hacia la gran ciudad de La Habana, con los ojos llenos de sueños y de esperanzas.

MAXIMILIANO Y MANI se han bajado del ómnibus de Julio en la estación terminal y de allí están caminando hacia el oeste, de frente al sol, según les han indicado, a lo largo de una calle que se llama Zanja debido a que en la época de la colonia esa calle era en realidad una prolongada zanja que servía de desagüe principal de toda la ciudad.

Mientras caminan, Mani trata de verlo todo al mismo tiempo, pero le es imposible. Sus ojos, sencillamente, no pueden abarcarlo todo, ¡hay tanto que ver! Mira hacia arriba y cuenta tres, cuatro, cinco, ¡inclusive seis, imagínense eso! ¡Edificios de seis pisos! Edificios apretujados unos contra otros; balcones voladizos llenos de enormes plantas tropicales y coloridas flores que se desparraman hacia la calle, haciéndolo sentir como si estuviera caminando bajo un jardín; mujeres de todos !os colores y edades colgando sábanas blancas recién lavadas que se secan bajo el sol guindando de cuerdas extendidas de un lado a otro de la calle, mientras se gritan unas a otras, o cantan; y vendedores, vendedores por doquier, a pie, en bicicleta, en carretones de caballos, vendiendo de todo: raspaduras, y pirulíes, y granizados, y frutas de todos los tipos, nísperos, mamoncillos, piñas, inclusive frutas que él nunca ha visto; y globos, y flores, y billetes de la lotería, y —¡y de todo! Y además, ¡hay tanta gente en las aceras! Hombres que van caminando rápido y tropiezan con ellos, y los miran, y se alejan de ellos diciendo ¡Guajiros!; y mujeres que van caminando apresuradamente con vestidos apretados y cortos que ni siquiera les cubren las rodillas; y monjas que van caminando apresuradamente al frente de grandes y desorganizados grupos de niños, impecablemente vestidos con almidonados uniformes, que lo miran y le hacen muecas. Y además, ¡todos esos autos! Corriendo y empujando y precipitándose frenéticamente a lo largo de las estrechas calles adoquinadas, con sus choferes manejando tan rápido como pueden; tocando el fotuto tan a menudo como pueden; gritando insultos a todos tan alto como pueden; diciendo palabras que él nunca ha escuchado, pero que puede imaginar lo que significan. Esos veloces autos le pasan tan de cerca que él teme que choquen contra él y comienza a caminar en el pequeño espacio de la estrechita acera que queda entre Maximiliano y los altos edificios. Y al caminar se agarra fuertemente de la mano de Maximiliano con su mano derecha y lleva en su mano izquierda la maleta de pajilla que no para de chocar con todo el mundo y que pesa más y más cada minuto que pasa.

Maximiliano, que ha estado antes en La Habana, camina mirando hacia adelante, como si supiera exactamente dónde va, pero de vez en cuando se detiene en una esquina y mira al letrero de la calle, asegurándose de que no se ha perdido.

Siguen camina que camina, con el tórrido sol dándoles tan fuerte y haciéndolos sudar tanto que Maximiliano toma el pañuelo rojo que tiene alrededor del cuello, se seca la frente y se lo pone al cuello de nuevo, mientras que Mani, que lo mira atentamente, hace lo mismo con su pañuelo blanco de hilo.

Y entonces, cuando llegan a una avenida principal, una calle ancha con autos y ómnibus e inclusive tranvías que corren en ambas direcciones, dan vuelta a la izquierda, caminan un par de cuadras, dan vuelta a la izquierda otra vez, y buscan el número 675, hasta que finalmente lo encuentran.

El número 675 es una casita de estuco, de una sola planta, pintada de amarillo pastel, con una puerta azul pastel que, en el sol abrasador de la tarde, luce especialmente tentadora. La casa está pegada a otras casas pintadas del mismo color y con puertas muy parecidas, todas ellas compartiendo el mismo tejado de coloradas tejas españolas. Allí vive Rubén, un primo de Maximiliano que, con su esposa Aida, ha estado esperando impacientemente por él y por el niño.

Mani y Maximiliano suspiran al pararse frente a la tentadora puerta y llaman a ella. La puerta se abre enseguida, como por arte de magia.

—¡Qué preocupados estábamos! —dice Rubén, un hombre rechoncho y bajito, de piel bronceada y ojos oscuros. Les da la bienvenida—. Aida y yo estábamos pensando que se habían perdido. —Abraza a Maximiliano con un abrazo fuerte de hombre a hombre, al estilo criollo—. Aida me estaba diciendo por centésima vez que yo debía haber ido a la terminal a esperarlos, y yo iba a salir precisamente cuando ustedes tocaron a la puerta. ¡Hombre, cuánto me alegro de que hayan encontrado el camino! —Mira a su mujer, de pie junto a él, y añade bromeando—, ¡Si no, esta mujer me hubiera matado! ¡Pero, entren! ¡Entren! —Se echa a un lado, deja que Maximiliano y el niño entren y entonces se dirige a Mani—. Y ahora, ¡déjame verte!

Rubén trata de alzar a Mani, pero finge que no puede.

—¡Dios mío! ¿Cuánto pesa? —le pregunta a Maximiliano. Y luego se vuelva a Aida, una amable señora de cierta edad con el pelo canoso y un busto inmenso, apenas contenido por su apretado vestido—. ¡Debe de pesar ya cerca de cien libras! ¡Mira a ese muchacho, Aida! ¡Pero si es casi un hombre! ¿No es cierto que el tiempo se va corriendo? —Mira a Mani de nuevo—. ¡Me parece que fue ayer mismo que fuimos a tu bautizo! ¡Oye, Maximiliano, verdad que ésa fue una tremenda fiesta, ¿eh?!

Mani está un poco intimidado por esta gente que él nunca ha visto antes y que, de algún modo, son parte de eso que él llama su familia, pero al mismo tiempo se alegra de oír lo que están diciendo acerca de él. Sobre todo eso del bautizo. Todavía tiene metida en su cabeza la idea de que él es un niño adoptado, un niño que nadie quería. O, peor aún, un hijo ilegítimo, como uno de esos hijos ilegítimos de los que sus compañeros de escuela en Batabanó siempre se están burlando. Pero si Rubén y su familia fueron a su bautizo, quizás, sólo quizás, él no sea, después de todo, un niño adoptado. ¿O es posible que lo sea de todos modos? ¿Se bautiza a los niños adoptados?

—Es la misma imagen de Dolores, ¿no es cierto? —dice Aida, quien conduce a ambos, el niño y su padre, a la pequeña habitación en la parte trasera de la casa donde se ha abierto espacio para poner una cama y un catre. Ella observa atentamente a Mani durante largo rato y él no sabe dónde meterse.

—Menos la boca —añade ella, después de un rato—. Eso lo sacó de su padre.

—Y los músculos —agrega Maximiliano enfáticamente, colocando las maletas sobre la cama—. Enséñale, Mani. —Y Aida palpa los músculos en los brazos del muchacho y exclama ¡*Uuyyy* . . . ! Y todo el mundo se echa a reír.

—No puedes negar que eres el hijo de tu padre —dice Rubén mientras él y Maximiliano se sientan en los sillones de balance de mimbre que están en el patiecito central repleto de plantas tropicales. El muchacho no sabe qué hacer y se para torpemente al lado de su padre.

—¿Qué tal si nos echamos un trago? —pregunta Rubén—. Tengo el ron más suavecito que hayas probado en tu vida. Havana Club. —Él lo pronuncia *Habanaclú*—. Espera a que lo pruebes. ¡Es lo mejor que hay!

Aida viene trayendo en una pequeña bandeja varias tacitas de café, una cafetera de oscuro café cubano que huele divinamente, un par de vasos cortos para tragos, una botella de *Habanaclú* y un vaso grande de leche para el muchacho. Les sirve el café a los hombres, le dice a Mani que se siente en uno de los sillones vacíos, le da el vaso de leche, se sirve un poco de café y se sienta en el cuarto sillón mientras los hombres se disparan un poco del ron más suavecito que Maximiliano ha probado en su vida y lo siguen con un traguito del café oscuro que huele, ¡Ah, tan rico!

—Y ahora —dice Rubén, meciéndose suavemente—, cuéntennos todo lo que les pasó en los últimos doce años.

—¿Todo? —dice Maximiliano bromeando.

—¡Todo! —responde Rubén con una sonrisa amplia mientras le guiña un ojo a Mani, con sus ojos oscuros brillando en su piel bronceada—. ¡Hasta lo más mínimo!

Y el padre del muchacho comienza a contarles.

10 Pasan dos largas semanas y tres días de camina y mira y mira y camina antes de que Maximiliano y su hijo Mani encuentren una carnicería que le guste a Maximiliano.

No es perfecta, pero está bien ubicada, y el dueño, Pancho, está dispuesto a venderla por un buen precio ya que él se está poniendo viejo y quiere irse a vivir al campo, lejos de los ruidos de la ciudad, la que, según él, está creciendo demasiado rápidamente para su gusto.

Es cierto que La Habana de 1926 se está moviendo a un paso acelerado. En realidad, la isla entera se está moviendo a ese paso. Cuba está creciendo a un paso extremadamente rápido debido a que el azúcar se está vendiendo otra vez a un buen precio, y como todo el mundo sabe, cuando el azúcar se vende bien, los cubanos comen bien. Y cuando los cubanos comen bien . . . la isla entera crece y crece.

Para colmo, durante los últimos siete años la isla entera se ha convertido en una gigantesca atracción turística. Esto ha sucedido no sólo debido a las hermosas playas y al hermoso cielo y a las hermosas mujeres y a los hermosos hombres cubanos, sino, sobre todo, porque en 1919 se aprobó la Enmienda Dieciocho de la Constitución de los Estados Unidos, la Ley Seca, que hizo ilegal en ese país el tomar bebidas alcohólicas.

Como Cuba está, por transbordador, a sólo minutos de Cayo Hueso; y como en Cuba siempre se ha permitido —inclusive alentado— abiertamente el tomar bebidas alcohólicas, los que buscan aventura y romance y un poquito de licor comenzaron a llegar a Cuba y a dejar sus bienvenidos dólares en la isla. Y como la mayoría de esos dólares han terminado en La Habana, gente de todo el país, guajiros y guajiras como Maximiliano y su familia, han estado llegando aquí día tras día como enormes manadas cotidianas que arrastran tras de sí aún más grandes manadas cotidianas.

Maximiliano insiste en que antes de cerrar su trato con Pancho, él y el muchacho deben manejar la carnicería —en presencia del dueño, claro está— para averiguar cómo es el negocio en la gran ciudad y ver si él y su hijo pueden llevarse bien con los clientes de la ciudad. Más tarde esa noche, antes de irse a dormir en su cuartico en la casa de Rubén, Maximiliano le dice a su hijo que él quiere verificar que el volumen de ventas es, de verdad, como Pancho asegura que es.

Pancho es un criollo, no un español, y por eso Maximiliano confía en él. Pero sólo hasta cierto punto.

—Algunos criollos pueden ser tan malos como el más malo de los españoles —le dice a Mani, quien, acostado en su catre, lo escucha atentamente—. Igual que algunos españoles pueden ser tan buenos como el más bueno de los criollos. Lo que quiere decir —añade, sentándose en su cama y empezando a quitarse los zapatos—, que ser español o no, no hace mucha diferencia cuando se hacen negocios con la gente. Hay gente en la que se puede confiar; en otras, no. El problema —continúa, cubriendo a Mani con una sábana—, el problema es averiguar quién es quién. Y para eso nada hay mejor que el tiempo. El tiempo deja que llegues a conocer bastante bien a una persona. —Le sonríe a su hijo—. Recuerda siempre eso, Mani. Pon al tiempo siempre de tu parte.

Maximiliano, que es muy buen negociante, muy amistoso y muy cauteloso, confirma el trato siempre y cuando él y su hijo puedan manejar la carnicería durante los próximos seis meses antes de que se realice el pago final, tiempo durante el cual Maximiliano y el dueño van a dividirse las ganancias a la mitad.

Lo que él no le dice a su hijo es que al hacer esto —que es básicamente trabajar para el otro hombre— él podrá reunir el dinero que necesita para hacer el pago final, ya que en ese momento sólo tiene la mitad de la cantidad total que se le pide.

A Maximiliano no le gusta la idea de trabajar para este otro hombre. Nunca ha tenido más jefe que su padre, y ya eso había sido bastante malo. Pero, ¿qué otro remedio le queda?

A Pancho no le gusta la idea de tener a este guajiro, a este hombre del campo, manejando su carnicería, pero el negocio ha estado en el mercado durante un largo tiempo y no ha encontrado otros compradores. ¿Qué otro remedio le queda?

Cierran el negocio con un apretón de manos y cada uno espera lo mejor.

Esta carnicería está ubicada en la misma esquina de una avenida muy ancha y pavimentada llamada La Calzada y una callejuela lateral, muy estrecha y sin pavimentar, a la que la gente del área llama la Calle de los Toros, limitando ambas un barrio de gente de clase obrera que tiene un bello nombre de los indígenas cubanos: Luyanó.

La carnicería esquinera se abre tanto a La Calzada como a la Calle de los Toros. No tiene puertas. En lugar de eso, tiene dos rejas que se encuentran en el pilar de la esquina; pesadas rejas de metal con pesados barrotes de metal que a Mani le encanta bajar y cerrar al final de su largo día de trabajo en la carnicería.

Dentro, la carnicería está cubierta, desde el piso hasta el techo, con mosaicos blancos rectangulares, colocados como si fueran ladrillos, los cuales se mantienen resplandecientes y brillosos gracias a Mani, a quien le encanta verse reflejado en ellos cuando les limpia la sangre que a veces los salpica.

Una vez al día, poco antes de cerrar, Mani se sube a una vieja escalera de madera para alcanzar los mosaicos de arriba y poder limpiarlos. A Mani le encanta esta parte de su trabajo. El liso techo de yeso blanco es realmente alto y a Mani le encanta subir la empinada escalera y mirar al mundo desde allá arriba, porque a veces siente que está volando y que los brillantes reflejos de los mosaicos blancos son estrellas en un mundo mágico que le pertenece sólo a él.

Hay un mostrador que da a La Calzada y otro que da a la Calle de los Toros. Los dos mostradores se encuentran formando una L. Cada mostrador está hecho de una sola laja de un mármol tan blanco, tan liso, y tan reluciente que luce casi como si fuera leche tras un cristal. Debajo de ellos están las vitrinas refrigeradas donde se muestran los diferentes cortes y variedades de carnes para tentar a los posibles compradores. Al final de cada jornada de trabajo, lo que quede de esa carne se saca de las vitrinas y entonces Mani limpia a la perfección su interior y los cristales del frente.

Al principio, a Mani no le gustaba hacer esa parte del trabajo, porque no le gustaba el olor del interior de las vitrinas. Sin embargo, como es él quien tiene que limpiarlas, decidió que lo haría aguantando la respiración y eso mismo fue lo que empezó a hacer. Luego, un día, mientras estaba aguantando la respiración, oyó que Maximiliano le gritaba:

—¡Respira, muchacho, respira! —Y Mani soltó el aire con tanto ruido que, inclusive con la cabeza metida todavía en la vitrina, oyó a Pancho y a Maximiliano reírse con estrepitosas carcajadas, y el sonido de sus risas hizo a Mani reírse también.

Desde ese momento, cada vez que tiene que limpiar las vitrinas, en cuanto saca la carne de ellas, oye a Maximiliano o a Pancho gritar:

—¡Respira, muchacho, respira! —y todos se ríen juntos. Esto hace que la limpieza de esas vitrinas no sea tanto un trabajo como una diversión, aunque a él sigue sin gustarle el olor que hay dentro de ellas.

Entonces, después que las vitrinas están perfectamente limpias, Mani coge la carne que no se vendió, la envuelve cuidadosamente en papel de cera para que no se seque, y la coloca en un cuarto grande que sirve de nevera y que está en la parte trasera de la carnicería.

Esta nevera no es refrigerada, como la nevera que Maximiliano había instalado años atrás en la moderna carnicería que tenía en Surgidero, la que Ogún, el airado dios negro del mar reclamó para sí y destruyó con una sola marejada. La nevera de esta anticuada carnicería enfría por medio de gigantescos bloques de hielo que son llevados a la carnicería una vez al día, todos los días, bien temprano en la mañana, antes de que salga el sol tropical, y *eso* es bien, *bien* temprano.

Para Mani andar dentro de esa nevera es una experiencia maravillosa, una verdadera delicia.

Al principio tenía miedo de meterse dentro de ella, aunque nunca lo demostró. Pero después de un tiempo comenzó a gustarle, porque este lugar no se parece a ningún otro lugar en el mundo que él conozca.

Si va a estar en la nevera durante un rato, se pone un suéter grueso que le queda inmenso. Este suéter cuelga de un gancho de hierro negro y grande que está junto a la gruesa puerta que lleva hacia el interior de la nevera y que está generalmente cerrada. Con el suéter puesto, Mani enciende la luz dentro de la nevera usando un interruptor eléctrico situado en el exterior de la puerta. Entonces abre la puerta, que es asombrosamente ligera para ser una puerta tan gruesa como es ésa, entra en la nevera, y cierra cuidadosamente la puerta tras de él para que el calor de la carnicería no penetre.

Ya dentro, Mani está en un mundo completamente diferente.

Es frío, realmente frío. Enormes bloques de hielo se apilan unos sobre otros, a lo largo de las paredes, haciendo a Mani creerse que está dentro de un castillo de hielo donde la luz, un sólo y desnudo bombillo que cuelga del centro de la nevera, se refleja en todas direcciones, y donde él realmente no sabe lo que es real y lo que no lo es.

El hielo se está derritiendo constantemente, y Mani no cesa de secar con un palo de trapear el piso de pequeños mosaicos hexagonales y blancos, empujando constantemente el agua del piso en dirección de un caño de desagüe central.

A él le encanta hacer eso porque significa que tiene que andar alrededor de las reses despellejadas, que cuelgan de grandes ganchos de hierro por toda la nevera, y pretende que está en un bosque encantado y que su palo de trapear es un perro que lo guía, o una espada que mata dragones, o cuando se monta a horcajadas sobre él, se transforma entonces en un caballo, como el que su abuelo tenía allá en Batabanó y al que él le encantaba montar.

Esa parte de su trabajo sí le gusta.

Tanto como le gusta estar cerca de ese hombre al que llama padre y al que está empezando a conocer.

Le encanta la forma en que Maximiliano lo hace todo. Mani siempre lo está observando, imitando cada uno de los movimientos que Maximiliano hace, y preguntándose si él mismo los estará haciendo bien.

Al comienzo de cada día de trabajo, tan pronto como llegan a la carnicería los bloques de hielo y son almacenados en la nevera y la carne se ha vuelto a colgar adecuadamente, Mani entra en la nevera con su padre y entre los dos escogen la pieza de carne en que él y su padre van a estar trabajando ese día. Media res o un costado, digamos. Entonces, la llevan a la carnicería.

Allí la colocan sobre un enorme bloque para cortar carne que está en el centro de la carnicería, hecho de un solo trozo de madera. Y entonces, como el negocio está siempre flojo a esa hora temprana del día, Maximiliano comienza a preparar la carne, quitando la mayoría del exceso de grasa, limpiando la carne, y colocándola dentro de las vitrinas.

Maximiliano es muy cuidadoso en lo que se refiere a dónde va cada cosa. Le dice a su hijo que se pare al otro lado del mostrador para que le ayude a colocar en las vitrinas los diversos cortes de carne que ha preparado para que queden exactamente donde él quiere que estén, de forma que luzcan lo mejor posible. Luego Mani lo ayuda a envolver los cortes que sobran en papel de estraza, y los mete de nuevo en la nevera, a un lado, donde hay muchos anaqueles de acero.

Algunos carniceros compran la carne ya previamente cortada, algo que, por un buen precio, se puede hacer en el matadero. Pero Maximiliano siempre compra las reses enteras; así es mucho más barato y, además, como él es guajiro, un carnicero del campo, no le importa hacer él mismo el trabajo duro. En realidad, a él le encanta hacerlo porque así puede cortar la carne exactamente de la manera en que a él le gusta. Y él es muy exigente en cuanto a lo que le gusta.

Esta carnicería no es exactamente como a Maximiliano le hubiera gustado que fuera, pero no fue él quien la hizo. De forma que tiene que tratar de hacer lo mejor que puede, lo que es muy difícil cuando otra persona —Pancho, el dueño actual— siempre le está diciendo:

—*Así no se hacen las cosas en La Habana.*

Hace una semana Pancho y Maximiliano tuvieron una tremenda pelea y Mani se asustó muchísimo.

Pancho, gritando a más no poder, le dijo a Maximiliano que él estaba gastando demasiado tiempo preparando la carne, y que ésa no era la manera de manejar un negocio en la ciudad y ganar dinero. Maximiliano trató de hacerlo entender, pero Pancho, que no quería saber nada más del asunto, le gritó enfurecido:

—¡Maldita sea! ¡Esta es todavía *mi* carnicería, ¿me oyes?! ¡Y en *mi* carnicería se hace lo que *yo* diga!

Mani vio palidecer a Maximiliano y por un momento pensó que Maximiliano, que tenía en la mano el cuchillo grande de cortar carne, iba a matar a Pancho. Se puso tan nervioso que se escondió enseguida detrás del enorme bloque de madera en el centro de la carnicería. Cuando Maximiliano lo oyó escabullirse, miró a Mani y fijó los ojos en él durante un largo rato. Entonces, después de respirar hondo, tiró el cuchillo sobre el mostrador y no le dijo nada más a Pancho.

Nadie volvió a hablar durante el resto de la tarde. Y cuando esa noche Mani y Maximiliano se fueron para casa de Rubén, Maximiliano se fue directamente a la cama y no quiso nada de comer. Ni tampoco Mani.

Maximiliano no puede evitarlo. Él es un buen carnicero, un artista de la carnicería, y se toma su tiempo para cortar, preparar y presentar esmeradamente la carne de forma que luzca lo mejor posible. Siempre le está diciendo a Mani cómo se puede saber si un carnicero es bueno con sólo mirar la manera en que la carne está cortada, preparada y presentada.

Y aunque él no hace las cosas de la manera en que se hacen en La Habana, tan pronto como los clientes se dan cuenta de lo buen carnicero que es el carnicero nuevo, unos clientes lo empiezan a recomendar a otros clientes; y de la noche a la mañana los clientes de las áreas vecinas comienzan a venir a Luyanó a comprar la carne que prepara Maximiliano, el guajiro carnicero.

El hecho de que casi todos sus clientes son mujeres —la mayoría de ellas mulatas— y de que Maximiliano es un hombre tan bien parecido y tan agradable, es algo que no se puede dejar de tomar en consideración.

El negocio comienza a prosperar, para asombro de Pancho. Aunque al principio no podía creerlo, ahora Pancho está acostumbrado a ver un burujón de clientas que esperan pacientemente en cola para comprar la carne con el nuevo carnicero, *el guajiro simpático que te sonríe cuando te despacha.*

Mani ha visto cómo estas mujeres miran a su padre. Y, por supuesto, también ha visto cómo su padre las mira a ellas. Y Mani, que hace todo al igual que su padre lo hace, mira a las mujeres de la misma forma en que su padre las mira: de arriba a abajo, lentamente, con admiración, deteniéndose, cuando baja, en los grandes senos de las mujeres —que a las mujeres les encanta mover en un suave vaivén de un lado a otro cuando notan que él las está mirando; y, cuando sube, en los ojos —los que a veces le devuelven la mirada con chispazos tan intensos que le producen un hormigueo que le parece fascinante y excitante al mismo tiempo.

Mani había estado practicando durante un tiempo este modo de mirar y no había sentido nada de ese hormigueo hasta que Clotilde, una hermosa joven mulata con los ojos oscurísimos, lo sorprendió mirándola. Ella esperó hasta que sus ojos miraran directamente a los ojos de ella, y entonces le devolvió la mirada, y lo hizo de un modo muy especial, un modo totalmente desconocido para él. Y mientras ella lo estaba mirando, Mani sintió una excitación que nunca antes había experimentado: un hormigueo tentador y un agrandamiento de esa cosa que tiene entre las piernas que se le puso dura y tiesa y que se le paró dentro de sus pantalones.

El rostro se le puso tan colorado que tuvo que desviar la vista de Clotilde mientras oía que ella le decía a Maximiliano:

—Oye, guajiro, ese muchacho tuyo el día menos pensado se convierte en tremendo machazo.

Maximiliano lo miró primero a él y después nuevamente a Clotilde cuando le respondió:

—Él ya es un tremendo machazo. —Y luego agregó, con una amplia sonrisa en su rostro—: Igual que su padre.

Clotilde se viró de nuevo a Maximiliano, y clavándole la mirada, le dijo, con una sonrisita burlona en sus labios:

—Ay, ya, guajiro, déjate de tanto darle a la lengua y ponte a trabajar, que yo no vine aquí a jugar, chico.

—¿Ah, no? —preguntó Maximiliano.

—No —respondió Clotilde—, yo vine a pedirte que me des lo mejor que tú tengas. Y —agregó—, lo quiero ¡ya!

—Ahora mismo —dijo Maximiliano, y le cortó un pedazo de filete digno de una reina—. Toma, regalo de la casa.

Esa noche Mani se fue a la cama y comenzó a pensar en esa Clotilde y de nuevo esa cosa entre sus piernas se le puso dura y tiesa. Quería preguntarle a su padre qué hacer con eso, pero Maximiliano ya estaba roncando como un bendito. Mani se dio vuelta en su catre y le costó mucho trabajo quedarse dormido esa noche.

A medida que el negocio mejora, Maximiliano se siente cada vez mejor con respecto a la carnicería y a sí mismo. Y aún antes de que el negocio sea suyo finalmente, se siente tan confiado en lo que hace, que decide que ya es hora de traer toda su familia para La Habana.

Él ha estado extrañando muchísimo a Dolores: cinco meses es mucho, mucho tiempo cuando está uno tan solo. Claro que ha tenido tiempo para darle a Clotilde lo mejor que tiene, y más de una vez. Pero no es lo mismo. Lo que él ha hecho con Clotilde es algo que tenía que hacer porque si no se habría vuelto loco. Si Clotilde supiera que cuando él cierra los ojos mientras está con ella está realmente pensando en Dolores, le habría dado un ataque, pero él no lo puede evitar. A veces Maximiliano se pregunta qué clase de brujería de amor le hizo esa criolla, Dolores, para que lo tenga pensando en ella todo el día. Y toda la noche.

Por eso es que él ha estado trabajando tan arduamente, más arduamente que nunca, para traer a toda su familia junto a él, y para que esa mujer suya, con su sal y su pimienta, pueda meterse en su cama lo más pronto posible. Ahora. Hoy mismo.

Y por eso es que, tan pronto como se entera de que se ha quedado vacía una casa al otro lado de La Calzada, a sólo unos pasos de la Calle de los Toros —el primer piso de una casa de dos plantas al estilo criollo, con una familia en cada piso— Maximiliano la alquila inmediatamente, a pesar de que apenas tiene el dinero justo para pagar los dos meses por adelantado que le exige el propietario.

Esa noche, después que todos en la casa de Rubén están dormidos, Maximiliano se dirige al comedor, enciende el bombillo pelado de la luz que cuelga en el centro, saca del bolsillo de su camisa una vieja pluma de fuente con una punta gorda que de vez en cuando salpica por todos lados e, ignorando las salpicaduras, le escribe a Dolores:

> Querida esposa Dolores:
> Espero que al recibo de la presente todos estén bien.
> Acabo de dar el depósito de una casa en Luyanó, frente por frente a la carnicería, así que ahora ya todos ustedes pueden venir.
> Es una casa de dos pisos y la gente del segundo piso puede mirar hacia el patio, pero parecen muy agradables y muy limpios. Le dije al dueño que pintara las paredes de tu color preferido, cremita claro. Los pisos son de losas blancas y azules. Me parece que te van a gustar.
> La casa tiene tres cuartos y un baño. Tú y yo podemos coger el primer cuarto, el que está al lado de la sala. Las muchachitas pueden coger el del medio, al lado del baño, y los muchachos el que está al final de la casa.
> Por favor, salúdame a Papá y Mamá.
> Dile a Mamá que hay una escuela cerca, y dile a Papá que ya tengo *todo* el dinero para el pago final de la carnicería, pero lo voy a aguantar hasta el último momento. Lo que no tengo es ningún dinero para comprar muebles, porque tuve que pagar dos meses de alquiler por adelantado, así que eso va a tener que esperar, pero sí compré un par de catres, así que Mani y yo vamos a poder dormir en *nuestra* casa a partir de mañana por la noche, después que se seque la pintura.
> Ah, casi se me olvidaba decirte. ¡Aida te consiguió una cocinera! Hoy cocinó para todos aquí, en casa de Rubén ¡y hasta la propia Aida pensó que los frijoles negros estaban para chuparse los dedos! Se llama Zenaida. Es tan negra y tan vieja como Pablo, sin un sólo diente en la boca ¡y tiene doce hijos!
> Y tú que pensabas que cuatro hijos era ya una familia bastante grande! ¡Tan pronto como llegues vamos a empezar a trabajar en *eso*! ¡Así que apúrate!

Dolores sonríe mientras dobla la carta y entonces regresa a la habitación prestada con la cama prestada donde ha estado durmiendo sola por lo que le ha parecido un tiempo larguísimo, coloca la carta sobre la cama, y comienza a empacar su ropa, la poca ropa que trajo a la casa de Batabanó antes de que el poderoso ciclón destruyera la suya.

Si sólo hubiera sabido de antemano lo que el ciclón iba a hacer en Surgidero, hubiera podido traer tantas otras cosas que ahora le hacen falta. Pero no, nada de eso es importante. Gracias a Dios que trajo la vieja fotografía de su madre. No sabe qué habría hecho si hubiera perdido en el ciclón la única fotografía que tiene de la madre a la que nunca conoció. Pero después de lo que pasó en el gran incendio, esa fotografía va dondequiera que ella vaya, igual que sus hijos.

Besa la fotografía, la coloca dentro de la única que le queda de sus dos maletas de pajilla, una maleta vieja que ha dado tantas vueltas y que ha sobrevivido el gran incendio y el ciclón, y cuando coloca dentro la fotografía de su madre, se acuerda de haber hecho eso mismo, hace muchos años, el día en que se fue de la finca de su adinerado padre.

Ella sonríe con su típica sonrisa traviesa porque acaba de imaginarse haber visto una bella sirena que, en lo profundo del océano, está vistiendo su bello traje blanco de novia y admirando los minuciosos bordados con las puntadas invisibles. Pero su lado práctico rechaza esa idea. ¿Qué va a hacer una sirena con un traje así? se pregunta mientras cierra la vieja maleta. ¡Probablemente las otras sirenas se reirían de ella! ¡Ese vestido es tan anticuado! ¿Qué se estará usando ahora en La Habana?

Se ve reflejada en el gran espejo ovalado que está a un lado de la habitación prestada. De pie y derecha, con los senos firmes, se arregla el cabello, todavía ondulado y todavía tan negro como el ébano. ¿Quién pensaría que ya ella tiene cuatro hijos? Hace un mes cumplió treintidós años. La primera vez en su vida de casada que pasó su aniversario de matrimonio, que es también su cumpleaños, durmiendo sola en su cama.

¿Qué hizo Maximiliano esa noche?

¿La echó de menos igual que ella lo echó de menos? ¿Pensó en ella esa noche igual que ella pensó en él? ¿Le hizo el amor en sus sueños igual que ella le hizo el amor en los suyos?

Se acerca al espejo y se mira a los ojos. Ni una arruga. Se ríe de sí misma, y se detiene, porque de pronto ha visto arrugas donde antes no había ninguna.

Pero entonces su lado práctico le dice que no va a dejar de reír para que no le salgan más arrugas. Que salgan cuando salgan, se dice a sí misma. Me las he ganado. Y las voy a llevar con orgullo.

Además, las mujeres maduras también pueden ser interesantes. Pero, ¿pueden ser lo bastante interesantes como para amarrar a un hombre como Maximiliano? Ese hombre tan apuesto con el que ella ha estado casada durante . . . se detiene.

—Dios mío —exclama en voz alta—, ¡ya han pasado catorce años! ¡Catorce años y unos cuantos meses!

Abre de nuevo la carta de Maximiliano, que estaba sobre la cama prestada, y la lee otra vez, haciendo una pausa en las últimas frases.

    ¡Y tú que pensabas que cuatro hijos era ya una familia bastante grande! ¡Tan pronto como llegues vamos a empezar a trabajar en eso*! ¡Así que apúrate!*

Besa la carta y sonríe, pensando en Maximiliano el carnicero, ese hombre rubio y tan terco con esos ojos tan azules y tan insolentes que a ella le encanta mirar hasta el fondo, que está esperando impacientemente por ella. Y se pregunta cómo será la vida en Luyanó, y por qué la gente le dice a esa calle la Calle de los Toros.

★ ★
★

11

La Calle de los Toros no es una calle muy larga, tal vez unas once o doce cuadras cortas en total. Comienza en un punto donde se detienen los trenes de carga que transportan a los toros y termina en otro punto donde está ubicado el llamado matadero cubano.

Hay otro matadero, el que la gente llama el matadero «americano», ubicado donde debe estar, donde es lógico que esté: a lo largo de la línea del ferrocarril. Éste estaba arrendado por un criollo llamado Ferminio hasta que el contrato de arrendamiento fue adquirido por The American Beef Company.

Como la carne de res cubana es excelente, y como Cuba está a sólo noventa millas por mar de los Estados Unidos, varios inversionistas norteamericanos se dieron cuenta de que la carne cubana se podía producir, transportar, comercializar y vender en los Estados Unidos por una fracción de lo que costaba la carne de Texas, lo cual, por supuesto, significaba enormes ganancias. Así se fundó The American Beef Company, que ofreció más dinero por el contrato de arrendamiento del matadero que Ferminio había estado ocupando todo ese tiempo.

Ferminio sólo tenía un acuerdo de palabra, al estilo criollo, con el español que era el dueño de la propiedad, un simple apretón de manos, sin nada por escrito. Así que en cuanto el grupo norteamericano presentó su cuantiosa oferta, ese mismo día Ferminio quedó desahuciado y sin negocio.

El matadero «americano» comenzó enseguida a cortar la carne al estilo «americano», para satisfacer las necesidades de los inversionistas norteamericanos, quienes estaban supliendo el mercado en los Estados Unidos con carne de res que los consumidores norteamericanos compraban como si fuera «americana», lo que, por supuesto, lo era, pues Cuba está en las Américas. Pero el corte de carne «americana» —perpendicular a la fibra— de donde sale el *porterhouse*, el *Delmonico*, el *T-bone steak* y otros, no tiene nada en común con el corte criollo de carne —paralelo a la fibra— de donde sale la palomilla, la falda, el boliche, y otros. No son los mismos cortes con dos nombres diferentes, uno en inglés y el otro en español. No. Estos cortes son tan diferentes que no tienen traducción.

Como a los cubanos les gusta la carne cortada al estilo criollo, el estilo en que Ferminio lo había estado haciendo durante años, y como nadie más lo estaba haciendo en esa parte de La Habana, Ferminio decidió construir un matadero que preparara la carne en el estilo cubano para satisfacer las necesidades de su mercado cubano.

Con la ayuda de un par de políticos amigos suyos, que sabían cómo arreglar las cosas, él no arrendó, sino que, en lugar de eso, compró un enorme pedazo de terreno, el único que estaba disponible en el barrio de Luyanó, donde vivía la mayoría de sus trabajadores. Entonces, antes de empezar la construcción misma de su nuevo matadero, aún antes de poner la primera piedra, Ferminio se aseguró, con la ayuda de sus amigos políticos —que eran también sus inversionistas—, un permiso para usar una estrecha callejuela sin pavimentar para llevar sus toros desde la línea del ferrocarril hasta su nuevo negocio. Entonces, con ese permiso en su poder, Ferminio engatusó a la gente del ferrocarril para que pusieran una parada especial, justo al pie de la Calle de los Toros, que fue como la gente comenzó a referirse a ella. Entonces y sólo entonces construyó su nuevo matadero, un matadero modelo con todas las ventajas modernas disponibles y los equipos más avanzados, inclusive canales especialmente construidos donde se recoge y se guarda la sangre de los animales para hacer las famosas morcillas de sangre, que le dan ese sabor tan peculiar al espeso potaje de frijoles blancos que a los cubanos les gusta tanto.

Ferminio había estado de nuevo en el negocio durante unos cuantos años cuando, repentinamente, varias personas en los Estados Unidos murieron después de haber comido cierta carne que había salido del matadero americano en Cuba.

No había ningún problema con la carne cubana. Se encontró que el matadero americano no estaba bien mantenido y tenía malas condiciones sanitarias. El fallo había estado en el procesamiento de la carne, no en la carne misma. Los inversionistas norteamericanos habían estado tratando de reducir gastos para ganar dinero fácilmente. Y fácilmente lo ganaron, hasta que alguien murió, y en ese momento salió a la luz toda la engañosa operación, y el equipo norteamericano dejó de ganar dinero por completo. Ya nadie quería comprar carne del matadero americano. Se gastaron un montón de dinero limpiándolo, arreglándolo y modernizándolo. Pero todo fue inútil. The American Beef Company se fue finalmente a la quiebra y el dueño del lugar se quedó con un contrato de arrendamiento incumplido. Cierto que era un contrato por escrito. Era, en realidad, un documento legal que se veía muy bien hecho donde todo estaba deletreado con gran detalle, menos qué hacer con él ahora que se había convertido en un pedazo de papel inservible.

Fue entonces cuando el dueño se acordó de Ferminio.

El mismo español que era dueño del lugar y que había roto la palabra de honor que le había dado a Ferminio, ese mismo hombre fue a ver a Ferminio para ofrecerle un buen negocio en el viejo contrato.

Y Ferminio, que era un criollo que mantenía fielmente sus tratos con el verdadero honor de su palabra de hombre y que no sabía de leyes escritas, sí supo exactamente lo que hacer con el inservible pedazo de papel que le habían dejado en las manos al español. Y le dijo al español exactamente lo que debía hacer con él.

Nadie supo si el español hizo lo que Ferminio le dijo que hiciera con ese pedazo de papel. En realidad, no importó. El español acabó él también declarándose en quiebra. Y Ferminio, que no sabía de leyes escritas pero que sí sabía reconocer un buen negocio, terminó comprando el llamado matadero americano, pagando un centavo por cada peso que valiera el lugar. Él calculó que el negocio había crecido tanto que el mercado podía dar para dos mataderos, y tenía razón. Los cubanos todavía llaman a ese matadero, el que está junto a la línea del ferrocarril, el matadero americano, aunque ahora allí sólo se preparan cortes criollos.

Ferminio ya no trabaja las largas horas que solía trabajar en sus dos mataderos. Eustaquio, su hijo, maneja el americano, junto a la línea del ferrocarril. Arsenio, un criollo, maneja el cubano, en el extremo de la Calle de los Toros. Ferminio sigue muy de cerca todo lo que sucede en sus dos mataderos y supervisa todas las operaciones.

Aunque está llegando a los sesenta, Ferminio todavía es capaz de sacrificar un toro fácilmente. Lo hace con un solo mandarriazo, dirigiendo la punta de la mortal estaca bien adentro del cerebro del toro, al mismo tiempo que uno de sus asistentes corta la yugular del toro y llena una jarrita de lata con su sangre. Entonces le pasa la jarrita a Ferminio, que bebe de ella, y luego Ferminio comienza a pasar la jarrita llena de sangre a todos los hombres a su alrededor, como es la costumbre. Esto se hace para honrar al toro en su muerte y para permitir que la fuerza del animal sacrificado pase a las venas de los hombres y los haga tan fuertes como el toro lo era antes de morir. Es la vida que se alimenta de la vida.

Matar al toro de un solo mandarriazo es algo que los hombres de Ferminio tratan de lograr, pero pocos de ellos lo consiguen. Arsenio puede hacerlo fácilmente, pero Eustaquio, el propio hijo de Ferminio, nunca ha sido capaz. Por eso es que los hombres de los mataderos tienen el doble ritual de cortar la yugular del toro al mismo tiempo que se le clava con la mandarria la estaca de metal. Esto se hace para matar al animal tan pronto y con tan poco sufrimiento como sea posible, para enviar al toro sacrificado lo más rápidamente posible al cielo al que vayan los toros.

Los hombres criollos cuidan bien a todos sus animales.

Y cuidan especialmente bien a sus toros.

12

Ver a los toros desbocarse a lo largo de la Calle de los Toros es algo a lo que Mani no se ha acostumbrado todavía.

Puede suceder en cualquier momento del día.

O de la noche.

Lo primero que él oye es un ruido lejano, como si fuera el lejano ruido de una tormenta lejana, el inquietante y suave ruido de lejanos tambores cuyo súbito y persistente repiqueteo despierta al instante a la soñolienta calle tropical; una estrechita callejuela con hileras de pequeños y angostos edificios que se apretujan unos contra otros.

Entonces ve, en el extremo más distante de la estrecha callejuela, loma arriba, donde está la iglesita, una nubecita de un polvo rojizo. Y ve cómo esa nubecita crece y crece a medida que se acerca y se acerca, mientras el constante repiqueteo de tambores se hace más y más rápido y más y más fuerte.

Entonces empieza a sentir el retemblar de la tierra bajo sus pies, un aterrorizante retemblar que se hace más y más aterrorizante a medida que la nube de polvo se acerca más y más, y a medida que el fuerte repiquetear de tambores se hace cada vez más y más fuerte y más y más enloquecido.

Es sólo entonces que alcanza a verlos: un río de bestias que se precipitan violentamente loma abajo. Un torrente de toros sudorosos, jadeantes, rugientes, envueltos en una enorme nube de espesísimo polvo rojo, abalanzándose por la estrecha callejuela sin pavimentar, sacando cada piedra de su lugar, haciendo el sonido atronador de cientos de tormentas enfurecidas y relampagueantes, y haciendo temblar al mundo entero como si la tierra se fuera a partir de un momento a otro y se lo fuera a tragar a él, mientras que la turbulenta manada, en un ciego y brutal frenesí, con los ojos saliéndose de las órbitas, corre sin detenerse jamás al lejano matadero, en la otra punta de la estremecida calle.

La gente en la calle grita y grita a más no poder: *¡Los toros! ¡Los toros!*, y tanto hombres como mujeres se desperdigaban de súbito, corriendo frenéticamente en todas direcciones, empujándose y dándose empellones, intentando desesperadamente quitarse del paso de los toros, escondiéndose detrás de los postes, aplastándose contra los muros, cerrando verjas, y cerrando postigos, y cerrando ventanas, y cerrando puertas.

Los hombres a caballo, los vaqueros, gritan y gritan, maldiciendo a los violentos toros y disparando sus pistolas al aire, tratando osadamente de encauzar a las descontroladas bestias y de darle a toda esa pesadilla una apariencia ordenada, mientras los toros, tratando de demostrar su fuerza y su poderío, brincan y arremeten, saltan y embisten, cada uno intentando pasar al otro, cada uno esperando ser el primero en esa carrera, esa desesperada carrera cuyo destino final no es sino la muerte. Aún no lo saben, pero pronto lo sabrán. Pero para entonces, ya no podrán dar marcha atrás.

Dan miedo.

Dan miedo porque tienen miedo.

Y dan miedo *de verdad*.

Y sin embargo, Mani no puede dejar de mirar cómo los desenfrenados animales pasan rápidamente por su lado, parado en silencio, como si estuviera en un trance, detrás de los pesados barrotes de metal que forman las pesadas rejas de metal que lo separan a él, dentro de la carnicería, del tumulto de los alborotados toros; rejas y barrotes de metal que intentan impedir que esas bestias monstruosas, con su olor a miedo, penetren en su mundo.

Pero no lo logran. Mani, todavía un niño, vive en ese mundo.

El vive en la sombra de esos toros.

Es demasiado joven para darse cuenta de que esos pesados barrotes de metal, que están allí para mantener a los toros alejados de él, también están destinados a mantenerlo alejado de la vida de sus sueños. Es demasiado joven para darse cuenta de que esas pesadas rejas de metal, que están allí para ofrecerle refugio, también están destinadas a convertirse en su prisión. Es demasiado joven para darse cuenta de que él, al igual que los toros, está corriendo hacia su muerte, sin control y sin darse cuenta de ello, por esa misma calle, siguiendo un estrecho camino dictado por otros.

Él sencillamente vive en ese mundo donde, de vez en cuando, puede observar, en un fúnebre silencio, cómo los espléndidos y nobles toros corren, empujan, arremeten y saltan hacia su muerte a lo largo de la estrecha callejuela de piedras.

Y a veces se pregunta lo que sería el correr libremente y el poder jugar en esa calle.

La primera vez que Mani los vio, uno de los toros tropezó y se cayó justamente frente a la carnicería. Los otros toros trataron de evitarlo, pero no pudieron, y la sangre del toro caído salpicó toda la calle, manchando las piedras mientras el agonizante animal mugió una última vez antes de morir.

Mani no podía despegar sus ojos del toro caído mientras que los otros toros le pasaban por encima. El ruido era ensordecedor y la pesada reja frente a la Calle de los Toros comenzó a temblar y a golpetear tan violentamente que Mani pensó que se iba a romper. Se asustó tanto que empezó a estremecerse y a temblar de tal manera que Maximiliano pasó su fuerte brazo por los hombros del muchacho y lo apretó contra sí.

Fue sólo entonces, al sentir la calidez del brazo de ese hombre, cuando Mani se dio cuenta de lo frío que él estaba, y de lo agradable que era sentir el abrazo de ese hombre parecido a un dios.

Luego, después que el último toro había pasado corriendo y había desaparecido en la distancia, Mani abrió las rejas otra vez y esperó a que llegara el camión del matadero para recoger lo que quedaba del toro muerto.

Él observó cómo los hombres recogieron cuidadosamente todos los trozos del desmembrado toro. Y luego, después que terminaron, Mani limpió los charcos de sangre que quedaban todavía sobre la empedrada calle para que no vinieran los mosquitos.

Pero eso fue entonces.

Ahora él ha visto a los toros pasar corriendo muchas veces junto a la carnicería. Todavía les tiene mucho miedo, pero ya no tiembla.

En cuanto oye a la gente gritar, *¡Los toros! ¡Los toros!,* deja de hacer lo que esté haciendo, corre hacia afuera de la carnicería, cierra apresuradamente la pesada reja que da a la Calle de los Toros, corre entonces hacia dentro del negocio otra vez, y desde el interior cierra la otra pesada reja de metal, la que da a La Calzada. Luego corre hacia detrás de las vitrinas y se queda allí de pie, esperando.

Todos esperan.

Los tres. Pancho y Maximiliano y Mani.

Todos dejan de hacer lo que estén haciendo y todos se quedan de pie, esperando y observando en un dolido silencio cómo los espléndidos y nobles toros corren sin saberlo hacia su muerte a lo largo de la estrecha callejuela sin pavimentar.

Es sólo después que termina esta torrencial procesión de toros, después que el último de los toros desaparece al final del camino, que la vida vuelve a ser lo que era, como si nada hubiese sucedido.

13

La vida en la carnicería no es exactamente lo que el muchacho Mani tenía en mente cuando dejó la casa de sus abuelos. Allá solía jugar mucho. Aquí tiene que trabajar mucho. Pero sí logra pasarse mucho tiempo con Maximiliano, el hombre al que llama padre, y a Mani esto realmente le gusta.

Hace unas cuantas noches, la primera noche en la que ambos durmieron en la casa nueva y vacía que Maximiliano había acabado de alquilar, Mani estaba acostado en su catre, haciéndose que dormía, mientras Maximiliano, sentado en el piso, volvía a contar el dinero que había ahorrado, separándolo en ordenadas pilas que colocaba frente a él sobre el piso de losa. Mani le había visto antes hacer esto varias veces, y cada vez había notado cómo las pilas de billetes cambiaban de tamaño constantemente mientras Maximiliano murmuraba: alquiler, muebles, viaje, comida, Papá. Tomaba un poco de dinero de una pila y lo colocaba en otra, sólo para volver a colocarlo de nuevo en otra pila.

Mani no sabía lo que significaba todo esto. Al principio pensó que era un juego, pero Maximiliano se veía tan serio mientras lo hacía que no le pareció a Mani que esto pudiera ser un juego, porque este hombre con el cabello dorado que le ha crecido demasiado largo no parecía estar divirtiéndose mucho mientras lo hacía.

Entonces Mani vio a Maximiliano levantar la vista, mirar alrededor de la habitación, pararse, ir hasta su maleta de pajilla, abrirla, sacar la vieja billetera de cuero que Mani sabe que Maximiliano esconde dentro de una de sus camisas blancas en la maleta, abrirla, y sacar una vieja fotografía, la fotografía de una muchacha con un anticuado vestido blanco de falda larga, que Mani sabe que Maximiliano guarda dentro de la billetera. A Mani le han dicho que ésta es una fotografía de Dolores en el año en que ella y Maximiliano se casaron, pero Mani nunca ha podido ver ningún parecido entre la muchacha de la fotografía y la mujer a la que él llama madre.

Con el rabo del ojo, Mani vio a Maximiliano mirar a la fotografía durante largo rato y entonces, sonriendo, Mani vio como la metía de nuevo en la billetera, escondía la billetera dentro de la camisa blanca en la maleta, y la cerraba. Y entonces, cuando regresaba a su catre, se detuvo junto al catre de Mani por un breve instante. Fue entonces cuando Mani, que mantenía los ojos cerrados, sintió la mano enorme y callosa de este hombre acariciarle el cabello suavemente, tan suavemente que Mani se preguntó si no lo habría hecho un ángel.

Esa noche durmió bien de verdad.

Hoy Mani está mirando atentamente a Maximiliano, el hombre con las manos enormes y callosas cuyo toque es tan suave como las alas de un ángel, quien le está mostrando cómo cortar un trozo de carne.

Mani aprende por minuto. Aunque sabe que no es más que un muchacho, Mani no puede dejar de notar cómo sus brazos se hacen más fuertes a cada momento; cómo cada día se hace más y más fácil levantar los costillares de los toros muertos que están en la nevera, los mismos toros que Mani ve precipitarse por la Calle de los Toros en su camino hacia la muerte.

—Lo primero que haces —dice Maximiliano—, es asegurarte de que el cuchillo esté lo más afilado que puedas por los dos lados.

Maximiliano arranca uno de los pelos negros y ondulados de Mani, lo que hace a Mani gritar *¡Ay!*, y luego Maximiliano, sonriendo, desliza el pelo a lo largo del filo del cuchillo que tiene en la mano, y el pelo se divide por la mitad antes de que Mani pueda ver lo que sucede.

—Entonces —sigue Maximiliano—, sencillamente desliza el cuchillo por la carne. Tienes que hacerlo en una sola dirección, y con muy poca presión, de esta forma. Cuando llegues a la punta del cuchillo, lo levantas y empiezas otra vez al principio del trozo de carne. Nunca vayas atrás y adelante como si fuera una sierra. Si haces eso, vas a romper las fibras de la carne y no va lucir tan bien ni va a saber tan bien. Hazlo tú ahora. Acuérdate, siempre en la misma dirección y con muy poca presión.

Mani toma el afilado cuchillo de carnicero con su mano izquierda y comienza un corte nuevo. No es tan fácil como su padre lo hizo parecer.

—Tómate tu tiempo —agrega Maximiliano—. Si se demora el día

entero para hacerlo bien, pues bien, eso es lo que se demora. Lo que importa es que lo hagas lo mejor que puedas.

Mani lo hace exactamente como Maximiliano le ha enseñado, y lo hace bien, muy bien.

—Excelente, Mani —dice su padre—. Excelente. ¡Yo mismo no podría haberlo hecho mejor!

Y Mani resplandece, sonriendo de oreja a oreja, mientras toma la tajada de carne que acaba de cortar y la envuelve cuidadosamente en papel de estraza.

A veces, después que Maximiliano y Mani se han comido su almuerzo, que Zenaida les prepara en su nueva casa, y cuando están en sus catres durmiendo la siesta, Mani se levanta y, silenciosamente, va en puntillas hasta el patio, que está casi totalmente vacío, a no ser por una maceta con una palma que Aida les regaló para que les trajera buena suerte. Se acuesta allí, sobre el frío piso de cemento y levanta la vista hacia el brillante rectángulo de cielo turquesa que está enmarcado por las paredes de estuco color cremita claro de esta casa y de la de al lado. Todo está en calma en ese momento. Sólo puede escuchar los sonidos que hace su padre roncando como un bendito, y los ruidos lejanos de los ómnibuses y tranvías que pasan por La Calzada.

Mani levanta la vista y ve enormes nubes de algodón que se van deslizando suavemente, regordetas nubes que parecen tener las formas de enormes animales inflados. Regordetas jirafas, y regordetes leones, y regordetes pájaros, e inclusive regordetes dragones —todas las cosas que ha aprendido en la escuela. Los sigue con la vista, a medida que esos enormes y regordetes animales se deslizan a través de ese diminuto rectángulo de cielo que él considera suyo, hasta que desaparecen de su vista.

A veces, se queda dormido sobre el frío piso de cemento del patio mientras levanta la vista hacia esas mágicas nubes regordetas con una infinita variedad de formas, y sueña.

En sus sueños, se ve a sí mismo siguiendo a los regordetes y amistosos animales que lo llaman suavemente por su nombre desde muy lejos, *¡Mani! ¡Mani! ¡Mani!*, invitándolo a unirse a ellos, a venir con ellos, a que los siga, a averiguar dónde es que todos van. Y cuando está a punto de averiguar su secreto, escucha a su padre gritar su nombre, *¡Mani!* Y se despierta.

Pero antes de pararse para regresar al trabajo, levanta la vista una vez más hacia el pedazo de cielo rectangular de un profundo color turquesa que a él le gusta tanto y ve más animales regordetes, algunos de los cuales no ha visto antes: focas regordetas, elefantes regordetes, burros regordetes.

Inclusive toros regordetes.

Ve toros regordetes como de algodón que ya no corren. Sencillamente, se van deslizando, flotando serenamente y sin miedo alguno; toros de algodón que parecen sonreírle mientras se deslizan muy suavemente, disolviéndose muy lentamente y desapareciendo muy tranquilamente mientras susurran muy dulcemente su nombre.

¡Mani! ¡Maaani! ¡Maaaaani!

El muchacho Mani se levanta entonces y regresa al trabajo. Y en su camino hacia allá tiene la esperanza de que a lo mejor mañana descubrirá el secreto de los toros: A dónde es que todos ellos van.

Porque él sabe que una vez que descubra a dónde es que todos ellos van, entonces tal vez un día él podrá seguirlos.

Segunda Parte

Luyanó
1927–1933

14

La última vez que Dolores vio La Habana, ella era una niña rica de diecisiete años con un sueño.

Con su difunta tía Ausencia a su lado, ella había dejado Batabanó, había tomado el tren y había venido a la capital. Allí había pasado la noche con su hermana Fulgencia, en su gran casa en El Cerro, en lo alto de la loma; y a la mañana siguiente se había marchado una vez más a su tienda favorita, Fin de Siècle, para comprar un par de zapatos.

Por eso había venido a La Habana esa última vez. Porque necesitaba un par de zapatos blancos que combinara con su vestido nuevo; ese bello vestido en el que, según la gente, ella había trabajado durante tanto tiempo.

Y sí que había trabajado.

Pero para ella todo ese trabajo había sido nada, porque sabía que con cada puntada que daba, estaba una puntada más cerca de él.

Había sido recibida en la elegante tienda francesa por la misma vieja señora cubana con la voz aguda cuyo francés era tan malo, y se había probado un par de zapatos tras otro, pero ninguno de ellos había resultado lo bastante bueno como para combinar con su vestido.

Y entonces la asistenta de la vieja señora trajo un par y, sin siquiera probárselos, ella supo que ésos eran los zapatos adecuados, ésos eran exactamente los zapatos con los que ella había estado soñando.

—Zapatillas de vestir —los había llamado la señora—. El último grito de la moda. Directamente de París. ¡Son los zapatos más livianos que se pueden poner en los pies!

Ella los había tomado en sus manos, cada zapato tan ligero como una pluma, y los había mirado durante largo tiempo antes de probárselos, estudiándolos de cerca desde cada ángulo, examinando de cerca cada una de sus partes, admirando de cerca cada uno de sus detalles: la fina piel de cabritilla blanca, tan delgada y tan flexible; las suelas cosidas a mano, tan fuertes y tan dóciles; el elegante lazo de seda, tan ancho y tan lustroso; el botoncito de perla, tan pequeño y tan brillante; el forro de satín blanco, tan suave y tan sedoso; los lindos tacones franceses, tan altos y tan perfectos.

No había preguntado cuánto costaban. Ella nunca había preguntado lo que costaban las cosas. Sencillamente se los había probado, y los zapatos le habían quedado como si hubieran sido hechos para ella, haciendo lucir sus pies más pequeños y más delicados de lo que eran. ¡Y eran tan livianos! ¡Y tan cómodos! No se podía creer.

Pero eso fue hace mucho tiempo, en 1913, hace más de catorce años.

Hoy estamos en 1927.

Hoy sus zapatos son alpargatas pesadas y fuertes, hechas de gruesa loneta negra con gruesas suelas de soga y sin tacones.

Hoy su vestido está hecho de un algodón burdo y barato, y de un color que esconde la churre, no de un hilo muy fino y muy caro del blanco más puro.

Hoy no está sentada en el asiento de piel de un vagón de tren que huele a perfume, sino en el gastado asiento de mimbre de un viejo y destartalado ómnibus pintado de un rosado pastel que huele a jabón de Castilla y a sudor.

Hoy Ausencia ya no existe. Ni Fulgencia. Ni su hermana Francisca. Sus corazones se dieron por vencidos. Ni existe tampoco la vieja casona en El Cerro, ni la vieja mansión campestre de Batabanó, ni la plantación de caña, ni el ingenio; todo eso se ha ido, perdido por culpa de un gallo con un plumaje muy llamativo y espuelas muy afiladas, pero no lo bastante afiladas. Y también se ha ido su padre, que no pudo soportar la pérdida de tanto. También él se ha ido, perdido por culpa de una bala.

Hoy ella tiene treintidós años, y es la mujer de un carnicero, y la madre de cuatro hijos.

Y hoy pregunta por el precio de todo.

Y sin embargo hoy es ella la mujer más feliz del mundo, porque ella sabe que al final del camino ese hombre rubio con los ojos azules y penetrantes, la cabeza de un emperador, y el corazón de un poeta, la espera, con tanta impaciencia ahora como entonces, hace catorce años, cuando, todo vestido de blanco, con sus enormes manos callosas sosteniendo un sombrero de pajilla, estaba parado al pie de los escalones de la entrada del Hotel Libertad.

Con Marguita en sus brazos para ahorrarse un pasaje, ella está sentada en el asiento del pasillo; Merced, a su derecha, en la ventana, mirando hacia afuera; Gustavo, a su izquierda, en el asiento próximo al de ella, al otro lado del pasillo.

Ni Merced ni Gustavo han dicho una sola palabra hasta ahora.

La madre de Maximiliano les dio a cada uno una cajita llena de papeles y lápices para que se entretuvieran, y una bolsa grande tejida llena de frutas para comer durante el viaje. Antes de que se fueran, la vieja señora llevó a cada muchacho aparte por separado y le dijo a cada uno que se estuviera tranquilo y que obedeciera a su madre durante el viaje, agregando que si no se portaban como los buenos nietos se deben portar, ella misma iba a venir a La Habana para darle de cocotazos al que se portara mal. Y aunque los niños realmente no la creyeron, se han estado portando como los ángeles que son. Merced, como siempre, ha estado comiendo tantas guayabas que está a punto de que le dé dolor de barriga; Gustavo, como siempre, ha estado leyendo unos libros viejos que ya se sabe de memoria; y Marguita, como siempre, está dormida. Se quedó dormida en el momento en que Julio arrancó el motor y todavía no se ha despertado, a pesar de la algarabía dentro del viejo y cansado ómnibus.

Julio llega a la punta de la loma y la gente en el asiento delantero dice *Aahhh* . . . y Merced y Gustavo se paran para mirar a La Habana, la ciudad de las tantas iglesias, y Dolores no hace sino mirar a sus hijos, abrazar a su bebé muy junto a ella, y decir una breve oración dándole gracias a su Virgencita por todos los favores que le ha concedido.

Es sólo entonces que mira a La Habana —un paisaje que no ha visto desde que tenía diecisiete años— y esta vez, después de suspirar *Aahhh* . . . ella también se ríe y llora al mismo tiempo, como las demás personas en el ómnibus, por la belleza de todo.

Y entonces, enseguida, antes de que ella se dé cuenta, ve, de pie frente a ella, la amplia sonrisa de un rostro, que es el rostro de él; y oye la melodía oscura y hermosa de una voz, que es la voz de él; y huele un olor dulce y tentador, que es el olor de él. Y, de repente, se encuentra riéndose y llorando en sus poderosos brazos, dentro del portal *de ella,* el portal de la casa *de ella,* la casa que Maximiliano ha alquilado *para ella* en La Calzada, justamente frente a la carnicería, a unos pasos de la Calle de los Toros, una casa que él ha hecho pintar de un color cremita claro, que es el color favorito *de ella;* una casa al estilo criollo que ella, a partir de este momento, ya ha hecho suya; una vieja casita, sin muebles, que a ella le parece un palacio maravilloso.

15

Tan pronto como Dolores llega a Luyanó, pesca a Pilar, la vieja gorda con el ojo de vidrio que vive en la casa de al lado, mirando a hurtadillas con su ojo bueno hacia el patio de Dolores a través de las entornadas persianas de su ventana.

Dolores, que nunca antes ha visto a esta mujer, poco al corriente con las reglas de este juego de la ciudad —completamente desconocido para ella— y ligeramente inquieta por la forma en que esta extraña mujer la está mirando, se atreve a decirle un amable «Hola».

Pilar, sorprendida, como quien dice, con las manos en la masa, no tiene otro remedio que hacerse la vecina amistosa y responder. Devuelve el cálido saludo de Dolores con un saludo seco, y enseguida le advierte a Dolores acerca de Eleuteria, a quien Pilar llama «la mala lengua» de Luyanó.

—Eleuteria —dice Pilar, hablando muy bajito y mirando en todas direcciones mientras habla—, es una vieja flaca que vive en el otro lado de la Calzada —en una casa que está justo enfrente a la de Dolores, a dos puertas de la carnicería—. Puede que no tenga ni cinco pies de altura —añade Pilar—, pero es tan mala, tan gruñona y tan insufrible como es de chiquita. Es una verdadera arpía, detestable, amargada y cruel, porque su marido la dejó hace muchos años por una mulata que sabía cómo sonreir. Y desde entonces —continúa Pilar—, todo lo que hace Eleuteria es entretenerse en destruir la reputación de todas las personas decentes que conoce. Nada más que te lo digo —concluye Pilar—, para que lo sepas.

Dolores, advertida de esta manera, está aterrorizada de tropezarse con Eleuteria, la mala lengua de Luyanó.

Pero a la mañana siguiente, Dolores se encuentra con ella en la carnicería, y la viejecita, que es tan bajita y tan delgada como se la describió Pilar, se presenta y le da la bienvenida a Dolores a Luyanó con una amistosa sonrisa.

A Dolores le parece muy agradable, sobre todo cuando le advierte sobre Pilar, esa arpía mala y detestable con mal de ojo que vive al lado de Dolores, que se pasa el día entero detrás de las persianas entornadas esperando agarrar a la gente haciendo algo malo.

—Nada más que te lo digo —le dice Eleuteria a Dolores—, para que lo sepas.

Bueno, ahora Dolores ya lo sabe.

Un par de semanas después, Dolores está regresando de la carnicería, a donde le había llevado a Maximiliano su cafecito mañanero —un ritual que a ella le encanta— y, camino de su casa, decide entrar en el puesto de viandas que está al lado de la carnicería para comprar algunas frutas. Es allí donde se encuentra a Eleuteria de nuevo, quien, al ver a Dolores, se acerca muy junto a ella, baja la voz hasta hacerla casi un susurro y, con un tono de gran pesar, le dice a Dolores:

—¡Qué pena me da tu caso, mi amiga!

Dolores mira a Eleuteria, con una expresión interrogante en el rostro.

Ella no tiene idea de qué es lo que está hablando esta vieja flaca de ojos pequeños y ajuntados, y de un largo pescuezo parecido al de un aura tiñosa. ¿Qué caso de ella es éste que le está dando tanta pena a Eleuteria?

Eleuteria, que disfruta viendo la mirada confundida en el rostro de Dolores, continúa:

—Pero tú no te tienes que preocupar más por eso. —Hala a Dolores hacia un lado, baja aún más la voz y añade confidencialmente—: Lo que estaba pasando entre tu marido y Clotilde, la mulata con la que tu marido se estaba acostando, ya eso se acabó. Me enteré que tuvieron una tremenda pelea ayer en el cuarto que él le tenía puesto, y él acabó dejándola. Así que ya no te tienes que preocupar más por eso. Puede que tu marido te deje por una mulata, como lo hizo el mío, ¡el muy desgraciado! ¡Pero no te va a dejar por ésta!

Eleuteria le dice esto a Dolores con gusto, disfrutando cada palabra, esperando que Dolores se ponga a llorar o a gritar, o que se ponga furiosa o enojada.

Pero Dolores no es de ese tipo.

Con cortesía le agradece a Eleuteria por la información, y amablemente le pregunta a la vieja por Lucencia, la hija mayor de Eleuteria, de quien se dice que Eleuteria la agarró con los senos al aire mientras se los estaba acariciando un policía del barrio.

Según Pilar —que lo vio todo, o dice que lo vio, mirando a través de las persianas de su propia casa— *ésa* es la verdadera razón por la que la muchacha ha estado encerrada en casa de Eleuteria desde el domingo pasado. Y va a estar encerrada allí durante largo tiempo, le dijo Pilar a Dolores hace dos días. Por lo menos hasta que la mujer del policía regrese de Guanabo, un pueblecito cercano, de visitar a su hermana, quien acababa de tener un hijo sin haberse casado. *Ésa,* agregó Pilar, *ésa* es la verdadera razón por la que Lucencia está encerrada; *ésa* y no el misterioso catarro que según Eleuteria le ha caído a su hija tan repentinamente.

—Espero que su hija Lucencia se recobre pronto de ese catarro tan malo que cogió la otra noche —le dice Dolores a Eleuteria—. Es tan malo quedarse fuera hasta tan tarde, ¡y en una noche de luna llena! Así es fácil que le pase a una algo malo.

Eleuteria mira a Dolores con una mirada confundida en sus ojos. Ella no esperaba que esta guajira se desquitara de esta manera, esta campesina que la está poniendo a ella, a Eleuteria, ligeramente a la defensiva. Está a punto de abrir su arrugada boca nuevamente cuando Dolores le dice, antes de irse del puesto de viandas donde han estado conversando:

—Por favor, me les da recuerdos a sus otras dos hijas, Émora y Graciela. ¿No es verdad que es bueno —añade Dolores, con su mejor sonrisa en la cara—, tener tres hijas casaderas como usted las tiene? Espero que todas encuentren los maridos que se merecen. —Y con la misma, Dolores se va del puesto de viandas y regresa a su casa.

Eleuteria la mira irse mientras se muerde los labios y piensa, *Esa guajira, no es tan boba como yo creía.*

Dolores va para su casa y tranquilamente cierra la puerta tras ella. Entonces se recuesta contra la pesada puerta y cierra los ojos.

No puede negar que se siente dolida. Dolida y enojada. Enojada consigo misma por ser tan estúpida, y aún más enojada con Eleuteria por ser tan malintencionada. ¡No en balde le llaman la mala lengua de Luyanó! Y, sin embargo, ella sabe que lo que Eleuteria le acaba de decir debe ser verdad. Ella lo sabe porque a menudo a notado la manera en que algunas de las mujeres de Luyanó, las mujeres malas, miran a su marido. Y por supuesto, claro que ella también ha notado la manera en que su marido les devuelve la mirada. Pero, después de todo, él es hombre, y de ciego no tiene nada. Mientras todo lo que hiciera fuera mirar nada más, ¿qué de malo podía haber en eso? pensó ella siempre. Pero, obviamente, esto había ido mucho más allá de mirar. ¡Y ella sin darse cuenta de nada! ¡Sin ni siquiera tener la más mínima sospecha de nada! ¿Cómo había podido estar tan ciega?

Dolores no es tonta. Ella ha contemplado a menudo la posibilidad de que algo así podría ocurrir. ¿No había mantenido su propio padre varias queridas en Batabanó?

Ah, sí, claro, se suponía que todo eso fuera un secreto, pero un secreto que todo el mundo conocía. Sus propias hermanas se lo habían contado a Dolores hacía ya años. Así que si su propio padre lo hizo, ¿por qué no Maximiliano? Los hombres criollos siempre hacen eso, le dijeron sus hermanas. Sus propios esposos, decían sus hermanas, mantenían varias queridas cada uno. Eso es parte de ser un hombre criollo. O, por lo menos, eso es lo que decían sus hermanas. Y no hay nada que una pueda hacer acerca de eso, le dijeron a Dolores. Cuando te suceda a ti, sencillamente házte la que no te has enterado. Eso fue lo que Fulgencia y Francisca le dijeron que hiciera. Sencillamente, hazte la que no te has enterado.

Pero, ¿sería ella capaz?

Dolores se ha estado preparando para esto. A menudo se ha dicho a sí misma que cuando esto le pasara, ella ni iba a sentirse herida ni a enojarse, porque sabía que una no gana nada de esa manera. Además, ella también sabía que cuando eso sucediera, fuera lo que fuera lo que sucediera, sería nada más que algo pasajero, como uno de esos ciclones que hacen mucha bulla y que luego se vuelven *sólo un sustico.*

Pero ¿y si ésta aventura de Maximiliano no hubiera sido *sólo un sustico?*

Ella tiene hijos. Cuatro hijos. Una mujer con hijos tiene que hacerse la desentendida cuando algo así sucede. Una mujer con hijos no puede quebrarse.

Una mujer con hijos tiene que doblarse.

Decidida, va hacia su dormitorio y se mira en el espejo de la puerta del escaparate. No se ha contemplado desde hace mucho tiempo. Ve que su cabello sigue negro y ondulado, su silueta sigue agradablemente envueltica en carnes, y sus ojos son aún oscuros y chispeantes.

¿Puede esa muchacha en el espejo amarrar a ese toro de hombre que tiene por marido? Ella ve a la muchacha del espejo moviendo su cabeza de arriba a abajo y Dolores está de acuerdo con ella. ¡Por supuesto que puede! ¡Cómo pudo dudarlo! ¿Va a llorar esa muchacha por eso? Claro que no. ¿Va esa muchacha a hacer algo acerca de esto? Claro que sí. La muchacha del espejo sonríe con su sonrisa más traviesa. Tal vez lo que ese hombre suyo necesita es una buena . . .

Oye que tocan a la puerta. Se arregla el cabello y va a ver quién es.

Dolores abre la puerta y se encuentra parada allí, con una furiosa mirada en sus ojos, a una voluptuosa mulata, una de esas mulatas que van a la carnicería de Maximiliano y le piden que les dé lo mejor que él tenga, algo que Dolores sabe ahora que Maximiliano les da, y con gusto.

Esta mujer tiene el pelo negro, lustroso y estirado, penetrantes ojos negros, una piel oscura y sensual, y unos senos enormes, de los cuales enseña bastante gracias a su apretado vestido de escote pronunciado; de hecho, el vestido más apretado que Dolores haya visto jamás, un vestido tan apretado que parece que se lo han cosido sobre el cuerpo.

Dolores le sonríe a la mulata y pregunta:

—¿Qué desea?

La mulata está que echa chispas.

—Nada más que vine para decirte —le espeta, escupiendo las palabras como si fueran veneno—, que tu marido y yo hemos estado durmiendo juntos. Y ya hace bastante tiempo. Nada más que vine para decírtelo, para que lo sepas.

Así que ésta es Clotilde, Dolores se dice a sí misma mientras mira a la mulata. Probablemente podría lucir realmente bella si no usara todo ese maquillaje tan horrible; y si se sonriera.

Dolores le responde con una amable sonrisa:

—Ay, gracias —le dice, calmada y discretamente, sin alzar la voz ni ponerse enojada en lo más mínimo—, pero ya yo lo sabía. ¡Ese marido mío! Se acuesta con muchísimas mujeres y luego las suelta en cuanto comienza a aburrirse de ellas. Así es ese marido mío. ¿Qué le puedo decir? —Dolores se encoge de hombros—. Pero, ¿usted sabe qué? —Se detiene, mirando a la mulata, que tiene ahora una mirada confundida en la cara—. Hay muchas, pero *muchísimas* iglesias en La Habana, seguro que eso usted lo sabe —dice ella. Y entonces, tocándose ligeramente el pecho con su mano izquierda, continúa—, ¡Pero sólo hay *una* catedral!

Sonríe su famosa sonrisa, tan traviesa, al añadir:

—Sólo se lo digo para lo sepa.

Y entonces permanece en la puerta poniendo su sonrisa más dulce mientras ve alejarse a la frustrada mulata, quemando la acera con sus chancletas de madera y sacando chispas con cada paso que da.

Después que Dolores ve a la enfurecida mulata dar la vuelta a la esquina de la bodega de Hermenegildo y desaparecer, subiendo por la Calle de los Toros, cierra lentamente tras ella la pesada puerta de la entrada y camina hacia su habitación, donde de nuevo mira a la muchacha del espejo, quien, devolviéndole la mirada, comienza a reírse.

Marguita, su niñita de casi cinco años, oyendo como su mamá se ríe, corre junto a ella y comienza a reírse con ella.

—¿Es éste un juego nuevo, Mami? —le pregunta.

Dolores se agacha al nivel de Marguita, acaricia su lindo pelo rubio, tan parecido al de su padre, y entonces la abraza.

—Sí, amorcito mío, éste es un juego nuevo.

DOS HORAS MÁS TARDE, con las camas ya tendidas, la casa ya sacudida, los pisos ya limpios, la ropa sucia ya lavada y secándose al sol, y las ropas secas ya planchadas, Dolores está sentada en el patio con Marguita a su lado. Es casi mediodía, pero en el área a la sombra del patio, el frío piso de cemento del patio se siente fresco y agradable.

Dolores comienza entonces a cortar los titulares del periódico del día anterior y pega las letras por separado una por una en pedazos de cartón, haciéndolas parecer casi como si fueran cartas en un juego de barajas.

Marguita, sentada en el piso junto a su madre, comienza a alinearlas en ordenadas pilas, de la forma en que le han enseñado, identificando cada letra a medida que la coloca en posición. Marguita cree que ella y su madre están jugando, lo que, por supuesto, están haciendo. De lo que Marguita no se da cuenta es de que está aprendiendo a leer.

Dolores ha enseñado a todos y a cada uno de sus hijos a leer y a escribir. Ella misma escribe con una bella letra cursiva por la que se ganó muchos premios mientras estaba en el internado aquí en La Habana, donde se pasó una buena parte de su vida, una escuela dirigida por monjas insoportables que, sin embargo, le dieron una gran educación. Hubo una época en que la propia Dolores pensó que ella también estaba destinada a meterse a monja. Pero entonces se tropezó con ese muchacho rubio de los ojos azules e insolentes que la hicieron derretirse la primera vez que ella se atrevió a mirarlos fijamente y, en ese momento, su vida había tomado un rumbo completamente diferente.

Desde el instante en que se convirtió en la mujer del carnicero, Dolores se dio cuenta de que había que olvidarse de escuelas privadas caras, como a las que asistieron ella y sus hermanas, para sus hijos. ¿Cómo iban a poder jamás costearlas ella y su marido? Así que decidió desde ese momento que ella misma iba a enseñar a sus hijos, de la mejor forma que pudiera. ¿No había ella enseñado a Pablo a leer y a escribir? Bueno, pues si le había enseñado a Pablo todo eso, eso también podría enseñárselo ella a sus hijos.

Y lo ha hecho.

Ellos no sólo saben leer y escribir, sino también aritmética, la que ella, la inteligente hija de un padre roba-tierras, les enseña usando dinero de verdad, dinero con el que los muchachos pueden quedarse si dan las respuestas correctas.

También les ha enseñado a los muchachos todo lo que ellos saben sobre la historia de Cuba. Dolores les cuenta acerca de su gran antepasado, el primer virrey de las Indias, que vino a Batabanó, que se llamaba La Habana en aquel entonces, en 1519, y que tuvo quince hijos. Ella también les cuenta cómo los patriotas cubanos, como el abuelo del padre de los muchachos, tuvieron que dejar atrás las cosas más importantes de sus vidas, sus mujeres y sus hijos, para pelear una guerra larga y cruenta para que hombres tan valientes como Pablo no tuvieran que morir siendo esclavos.

Los niños también saben geografía, de la que Dolores sabe muchísimo; y arte, del que Dolores sabe aún más. Todos sus hijos saben dibujar, lo cual todos hacen bien, sobre todo Merced, la mayor, quien tiene una habilidad innata para ello.

La propia Dolores es una artista. Ella cose la ropa de sus hijos y también la de ella. Y ahora que está entrando un poco más de dinero, está rehaciendo los pocos vestiditos que tiene Merced, adaptándolos a la moda de La Habana, para que así no tenga que sentirse fuera de lugar cuando vaya a la escuela, una escuela pública en la Calle de los Toros a la que se puede ir caminando desde su casa y a la que va el resto de los muchachos, inclusive Mani, que no sólo ha regresado a la escuela, sino que está sacando buenas notas, a pesar de ayudar a su padre durante largas horas en la carnicería todos los días.

Mani, el trabajador Mani, cree que su hermano menor, Gustavo, lo tiene todo.

Gustavo, que es nuevo en el barrio, está siempre corriendo y jugando en la Calle de los Toros, algo que Mani sueña con hacer, y Gustavo ya no tiene miedo de nada ni de nadie.

¿Por qué iba tener miedo?

Cada vez que se enreda en una pelea con uno de los bravucones del barrio, uno de esos toretes del área que piensan que la calle es de ellos, Gustavo corre hacia su hermano mayor, siempre trabajando en la carnicería, y su hermano Mani —ése con los músculos fuertes y el ceño que da miedo— rápidamente pone las cosas en su lugar. Mani ayuda con gusto a Gustavo, un hermano menor al que apenas conoce, pero al que Mani considera como un deber guiar y proteger.

Eso fue lo que se dijo a sí mismo después que uno de esos bravucones le lanzó a Gustavo una de las muchas piedras sueltas que están en la Calle de los Toros y casi lo mata. Le dio de plano en la cabeza, tumbándole los espejuelos y haciéndole perder el sentido por un tiempo que a Mani le pareció muy, muy largo.

Las vecinas habían empezado de pronto a gritar y a vociferar y a llorar, corriendo de un lado a otro como gallinas con las cabezas cortadas, cacareando y cacareando y rezando y rezando mientras llevaban el cuerpo del niño inconsciente a casa de su madre.

Cuando Dolores vio a Gustavo, con la cabeza toda cubierta de sangre, se puso tan pálida y débil que una de las mujeres tuvo que sostenerla para que no se cayera. Sin embargo, eso duró sólo un segundo. Instantáneamente, Dolores volvió a ser tan práctica como siempre. Hizo que trajeran al niño a la habitación de ella, lo colocó encima de su cama, agarró el espejo de mano de su cómoda y lo puso frente a la boca de Gustavo hasta que el espejo se nubló con su aliento. Fue sólo después de darse cuenta de que su hijo estaba vivo que empezó a sentir palpitaciones, y una de las mujeres tuvo que traerle un vaso de agua, que Dolores se tomó poco a poco mientras limpiaba la sangre de la cabeza de su hijo con su pañuelo favorito, uno que había bordado ella misma.

Cuando Gustavo volvió en sí, se encontró en la cama de sus padres, con Dolores sentada a su lado, tomándole la mano y sonriendo mientras lloraba lágrimas de alivio. Estaban rodeados por un montón de vecinas, muchas de las cuales Gustavo jamás había visto, todas mirándolo fijamente y persignándose mientras se decían unas a otras en voz baja, ¡Es un milagro! ¡De verdad, de verdad! ¡Un milagro!

Cuando oyó lo que las vecinas estaban cuchicheando entre ellas,

Dolores, que hasta ese momento había estado examinando cuidadosamente cada pulgada de la cabeza de Gustavo para asegurarse de que no se había abierto, pero que ahora estaba satisfecha de que su hijo pareciera estar bien, se dio vuelta suavemente y tomó en sus manos con ternura la estatua de la Virgencita que ella siempre tiene a su lado de la cama. La besó con inmensa devoción, una y otra y otra vez, hablándole a su Virgencita como si la pequeña estatua estuviera realmente viva, diciendo:

—Yo sabía que tú no me ibas a fallar, mi Virgencita. Yo sabía que no. —Y entonces puso la estatua delante a Gustavo y le dijo que la besara, ya que la Virgencita le había salvado la vida. Abochornado, Gustavo besó la estatua, para gran satisfacción de las vecinas que lo rodeaban, las cuales, ahora que el muchacho se había salvado, comenzaron a mirar a toda la casa y a fijarse en todo lo que había dentro.

Cuando Mani se enteró de lo que le había pasado a su hermano menor, se fue a la calle, encontró al bravucón que le había tirado la piedra a Gustavo, lo noqueó en una pelea a puño limpio, lo hizo comer tierra, y les advirtió a todos los otros muchachos del barrio que quien se fajara con Gustavo se tendría que fajar con él también. Y desde entonces, Gustavo ya no tiene miedo de jugar en la Calle de los Toros con los otros muchachos. Ahora, inclusive, él los desafía y está siempre buscando pelea. Claro que él ya no va a dejarlos que le sigan diciendo nombretes, como lo hicieron cuando acababa de llegar a Luyanó.

Gustavo sabe que esos muchachos lo odian, porque él es tan distinto de todos ellos. No sólo es él un guajiro, un extraño, alguien que no tiene nada que ver con Luyanó, sino que además de usar espejuelos y saber leer, da la casualidad de que es blanco, rubio, y de ojos azules, como Maximiliano el carnicero, su padre, mientras que la mayoría de los otros muchachos de la calle o son mulatos, o chinos, o negros. Y Gustavo tiene la impresión de que todos ellos están resentidos con él por eso.

Dolores mira a Marguita, la rubia y linda Marguita de ojos azules, que se parece tanto a su padre, jugando con sus tarjetas de letras sobre el fresco piso de cemento del patio. Y mientras mira a su pequeñuela, comienza a pensar en ese hombre suyo.

Dolores no puede negar cómo disfruta estar con Maximiliano, ese toro criollo que probablemente mantiene una mujer detrás de cada palma, como lo hizo su propio padre. No puede negar que es muy divertido estar casada con él, y aunque todavía está un poco dolida y un poco enojada por lo que pasó con esa Clotilde, ella también se da cuenta de que, si le dieran a escoger, ella preferiría estar casada con un toro semental que con un buey castrado, y no puede negar que le gusta que su toro semental sea tal y como es. Y no puede negar cuánto ama a ese hombre. Y cuánto ella sabe que él la ama a su vez. Y mientras mira a Marguita, repasando cuidadosamente sus tarjetas y deletreando palabras sencillas, no puede negar que él le ha dado cuatro hijos preciosos.

Merced, la mayor, es terca como un toro, como su padre. Y, sí, como Dolores también, ella misma tiene que admitirlo. Pero tiene un buen corazón, y ahora que se está convirtiendo en una señorita, está ayudando muchísimo con las labores de la casa, inclusive ayudando a Zenaida en la cocina por las noches, después que llega a su casa de la escuela.

Mani, que es ya un adolescente, es muy inteligente, tal vez demasiado inteligente; y muy tranquilo, tal vez demasiado tranquilo. Se esfuerza en la escuela todo el día, y cuando viene para la casa se va hacia la carnicería, donde trabaja aún más arduamente para ayudar a su padre. Es fuerte, tan fuerte como el torete que ya es.

Gustavo, que no ha cumplido los once años, es muy tímido, siempre con las narices metidas detrás de un libro. Después del incidente de la piedra, él y su hermano, Mani, se han hecho los mejores amigos: Gustavo siempre pidiéndole a Mani que lo saque de cualquier problema en que se encuentre metido, y Mani siempre sacándolo de problemas. Dolores teme que Gustavo se aproveche de su hermano mayor, que tiene un corazón del tamaño de una casa.

A veces Mani la preocupa. Ella lo sorprende mirando al vacío, como en un trance. Le pregunta en qué está pensando y él dice, *en nada.* Pero luego se acuerda de que ella también fue una adolescente, y que ella también solía mirar al vacío y pensar *en nada,* tal como lo hace su hijo. Se le pasará, se dice a sí misma, y espera que se le pase rápido, sea lo que sea ese *nada* en que Mani siempre está pensando.

Marguita, por supuesto, es la niña más pequeña de Dolores, la muñeca con la que Dolores juega todo el día. Está sorprendiendo a Dolores con lo rápido que está aprendiendo a leer. Más rápido que los otros muchachos. O tal vez Dolores se ha vuelto una mejor maestra, tal vez sea eso.

Ahora, después que ha terminado la sesión diurna de lectura de Marguita, ella y Dolores han comenzado a jugar a los escondidos. A Marguita le encanta este juego y está escondida donde se esconde por lo general: detrás de las semicerradas puertas con persianas que separan el patio de la sala, una habitación grande y vacía que nadie usa jamás y que está situada al frente de la casa.

La función básica de esa habitación que llaman sala, la más elegante de todas las habitaciones de la casa de Dolores, es guardar todas las noches seis viejos, grandes y pesados sillones de balance de espaldar alto. Cada mañana temprano los seis viejos y baratos sillones se sacan al portal de la casa y allí se quedan hasta que es hora de irse a dormir. En ese momento, Gustavo y Mani tienen que meterlos de nuevo en la casa, algo que hacen de mala gana mientras repiten una y otra vez:

—¿Por qué tenemos que entrar estas cosas? ¿Por qué no podemos dejarlos fuera durante la noche? ¿Quién se va a robar estos sillones viejos? ¡Pesan una tonelada! —Pero mientras se quejan una y otra vez, los entran en la casa.

Maximiliano y Dolores todavía no tienen muchos muebles: unas cuantas camas baratas, unas cuantas sillas baratas, los viejos y baratos sillones. El dinero no entra fácilmente cuando se tiene que trabajar doce horas al día para cubrir los gastos, y a veces más. Pero Maximiliano ya ha liquidado la deuda de la carnicería. Es cierto que tiene que trabajar muchas horas todos los días. Sin embargo, cada día cierra el establecimiento y se va a su casa para tomarse sus dos horas de descanso al mediodía, lo que incluye un opíparo almuerzo y una bien merecida siesta de una hora, algo que él disfruta plenamente, antes de volver a sus toros, a sus clientas y a sus mulatas de vez en cuando.

Marguita está escondida detrás de las semicerradas puertas con las persianas entornadas cuando Maximiliano entra para tomar su almuerzo y su siesta. Se encuentra a Dolores sola en la amplia sala y, creyendo que nadie está mirando, la agarra y la besa, no en la mejilla, del modo en que ellos se besan delante de los muchachos, sino en la boca, apasionadamente, del modo en que se besan cuando están solos.

Dolores lo besa también, sin acordarse ya de esa Clotilde. Y entonces, dándose cuenta repentinamente de que Marguita está escondida detrás de las puertas, le sonríe a Maximiliano y apunta en dirección de Marguita.

Maximiliano mira hacia donde apunta Dolores, ve a la niñita escondida detrás de las puertas semicerradas, sonríe, y le dice a su mujer:

—Deja que nos vea. Tarde o temprano va a tener que aprender. — Entonces agarra a Dolores y la besa una vez más.

Y luego, sin más ni más, comienza a bailar con ella mientras le canta una canción que él le había escrito hacía muchos años, poco después de conocerse.

> Estoy tan cerca de tenerte cerca.
> Me falta poco para sentirte junto a mí.
> Y, sin embargo, yo sé . . . yo sé que me falta mucho.
> ¿Será éste mi destino?
> Tenerte tan cerca,
> sentirte tan junto a mí,
> y sin embargo, ¡tan lejos!

Marguita sale de atrás de las puertas, mira a sus padres mientras bailan y, sin decir palabra, extiende sus lindos bracitos hacia ellos. Dolores la ve y, sin perder un paso, la toma en sus brazos, la besa y sigue bailando con su marido, estrechando a Marguita junto a ella.

> Yo encontraré el camino para tenerte cerca.
> Yo encontraré el camino para estar junto a tí.
> No me preguntes cómo,
> porque no sé cómo, pero . . .
> Yo encontraré el camino.
> Y te tendré cerca,
> te tendré junto a mí,
> ¡Tú serás mi destino!

Cuando Maximiliano deja de cantar y, con ello, de bailar, Marguita aplaude de todo corazón. Dolores besa a su pequeñuela una vez más y entonces se la entrega a Maximiliano, quien alza a Marguita en el aire y la hace sentir como si estuviera volando.

Esa tarde, después de que todos terminaron su almuerzo, mientras Merced está acostando a Marguita para tomar su siesta, Marguita le pregunta a su hermana:

—Merced, Mami y Papi . . . ¿son novios?

Merced, que no sabe qué responder, le pregunta a su vez a Marguita:

—¿Por qué lo preguntas? ¿Tú crees que lo son?

Marguita mueve su cabeza de arriba a abajo.

—¿Por qué tú crees que son novios? —le pregunta Merced a Marguita.

—Porque esta tarde los vi besándose en la boca —le responde la niñita, inocentemente, haciendo que la cara de Merced se ponga toda colorada.

MÁS TARDE ESA NOCHE, después que Dolores y Maximiliano se han completado el uno en el otro, ambos están acostados en la cama, desnudos, sudorosos, exhaustos, abrazados uno al otro debajo de una delgada sábana de algodón.

Maximiliano, boca arriba, ha pasado su brazo izquierdo alrededor de su mujer, quien tiene la cabeza recostada en el pecho de él, acariciándolo levemente con su pelo negro, largo y ondulado.

Dolores levanta la cabeza, lo mira, y nota que él no la está mirando a ella, sino al elevado techo de yeso. Entonces, volviendo a colocar su cabeza en la misma posición de antes, sonríe para sí y susurra.

—Por poco se me olvida decirte algo. Una amiga tuya vino a hacerme la visita hoy mientras tú estabas en la carnicería.

Maximiliano sigue mirando hacia el elevado techo de yeso, sin enfocarse en nada específico. Prestándole poca atención a ella, responde de manera inconsciente, casi mecánicamente.

—¿Ah, sí? ¿Quién?.

—Clotilde —dice Dolores suavemente, como si ese nombre no significara nada para ella. Pero al decirlo pasa la mano por el pecho de su marido.

Maximiliano, medio dormido, aún mirando hacia el techo, dice:

—¿Clotilde? —Honestamente, es incapaz de situar el nombre. Mueve su cabeza de lado a lado—. ¿Qué Clotilde? —agrega al mirar a Dolores.

Dolores levanta la cabeza y lo mira a su vez, sonriendo con la más traviesa de sus sonrisas.

—¡Ah! —dice Maximiliano.

Dolores asiente con la cabeza.

—Sí, esa Clotilde —dice, sin dejar de sonreír.

Hay una breve pausa, una breve pausa disfrutada plenamente por Dolores, que se sonríe al mirar a su marido.

Al principio, Maximiliano se siente confundido por su mirada, pero después de un rato, le sonríe a su vez a Dolores.

—Veintitrés semanas y cuatro días es mucho, pero mucho tiempo sin una mujer —dice. Dolores está a punto de decir algo cuando él la interrumpe tapándole los labios con su dedo índice—. Sobre todo —añade—, si esa mujer eres tú. —Y entonces le besa la punta de la nariz—. Estoy viendo que hay algo más que tú quisieras saber. Puedo leerlo en esos pícaros ojos tuyos. ¿No es verdad?

—Sí. —Ella lo encara, mirándolo directamente a los ojos, tratando de ser lo más seria que pueda—. ¿Hay algo que esa mujer te hizo que yo nunca te he hecho y que tú quisieras que yo te hiciera la próxima vez que hagamos el amor?

Hay una breve pausa, una breve pausa disfrutada plenamente esta vez por Maximiliano, que se sonríe al mirar a la que es su mujer desde hace catorce años.

—No —dice, mirándole fijamente a los ojos—. ¿Tú sabes la manera en que tú y yo nos miramos hasta el fondo de los ojos mientras hacemos el amor? —Dolores asiente—. A mí me encantan esos chispazos que tus ojos me mandan cuando estoy dentro de ti. Yo no cambiaría esa mirada tuya por nada. Eso nunca pasó cuando yo estaba con Clotilde. Cuando yo estaba con ella . . . —Hace una pausa y le sonríe a Dolores—. Puede que no lo creas, pero cuando yo estaba con ella, yo sencillamente cerraba los ojos y me hacía la idea de que eras tú la que estabas en la cama debajo de mí. —Hace otra pausa. Entonces agrega—: Pero . . . nunca funcionó. Sencillamente, no era lo mismo.

Dolores se aprieta más contra el pecho de su marido.

—Dime —le pregunta, un poco en tono de broma—, ¿te habría gustado más si hubiera funcionado?

—¡Claro que sí! —responde inmediatamente Maximiliano, riéndose. Y entonces le toca el turno a él de mirarla de frente con esos ojos insolentes suyos—. ¡Porque así me habría podido librar de ti! —Él le muerde los labios y agrega bromeando—, ¿Cómo es posible que alguien que casi se metió a monja pueda saber tanto de cosas de cama como tú sabes? ¡Eso es algo que nunca en mi vida voy a entender!

Dolores lo besa en el pecho.

—Supongo que es algo con lo que nací adentro.

—Sí, tal vez. Pero aún así te hizo falta alguien que te sacara ese algo de adentro, ¿no es cierto?

Ella levanta la cabeza y mira a Maximiliano, ya medio dormido.

—Supongo que sí —dice—, Y todavía me hace falta. —Hace una pausa y entonces agrega—: Tanto como a tí.

Y entonces, con su sonrisa más traviesa en los labios, Dolores, *La Catedral,* cierra los ojos y se queda dormida sobre el pecho de su marido, agradeciéndole a su Virgencita que ella no tuvo que hacer lo que hicieron sus hermanas mayores, lo que sus dos hermanas le dijeron que hiciera.

Le agradeció a su Virgencita que ella no tuvo que hacerse la que no se había enterado.

16

Merced, que ya casi tiene quince años, se está convirtiendo rápidamente en una señorita. Los muchachos del barrio ya han comenzado a fijarse en esta belleza criolla, quien, como su madre, está agradablemente envueltica en carnes. Tiene una preciosa cabellera de pelo negro y ondulado, que mantiene corto de acuerdo a la moda, y ojos más bellos aún, ojos realmente oscuros, casi negros, con sedosas pestañas negras y largas. Todavía va a la escuela, donde tiene una excelente maestra, la Señora González, quien considera que Merced tiene mucho talento para el dibujo.

Merced siempre está dibujando y haciendo bocetos sobre cualquier pedazo de papel en blanco al que pueda echar mano. Le encanta usar el papel de estraza de envolver de la carnicería, el que convierte, usando un pedacito de carboncillo negro y un pedacito de tiza blanca, en bellos dibujos en los cuales el color del papel representa el color de las pieles de las gentes y los animales que a Merced le encanta dibujar.

Trabaja rápido, con una intensidad asombrosa. Si alguien quiere verla enojada todo lo que tiene que hacer es interrumpirla mientras está en medio de unos de esos dibujos. Que alguien haga eso y verá a una mujer con el temple de un toro, a una verdadera tora, precipitarse hacia él y hacérselo pagar bien caro.

No se puede dejar que las criollas le tomen a uno de bobo. No se puede dejar que lo engañen a uno con su dulce fragilidad y su tranquila timidez.

Detrás de esas fachadas débiles, tímidas y melosas, hay voluntades fuertes, atrevidas e intensas que claman contra lo imposible, y que son capaces de cualquier cosa cuando algo se les mete en la cabeza. Las mujeres criollas son también como toros, y nunca se puede olvidar uno de eso.

¿Por qué motivo los españoles no usan la hembra de la especie en el toreo? No estamos hablando aquí de vacas. Estamos hablando de toros hembras, de toras de la misma especie salvaje de los toros machos que se usan en los ruedos españoles; una especie que todavía se mantiene articifialmente salvaje hasta el día de hoy; una especie salvaje que nunca ha sido domada.

Esas toras tienen tarros, tal como los toros machos. Sus tarros son tan afilados y mortales como los tarros del toro. Las toras pueden cornearlo a uno con tanta facilidad como los toros. Sin embargo, no se usan en el toreo. ¿Por qué? puede uno preguntar. Porque ellas son implacables en su afán de venganza, por eso. La naturaleza las ha dotado con una poderosa voluntad de defender a sus críos, y cuando las provocan, son mortíferas.

Los toros pelean valientemente, con una nobleza honorable. En lo que se refiere al toro, durante la corrida, él cree que está peleando contra un toro rival, tal como hace cuando está en la época de celo. Y el toro piensa, tal como hace en la época de celo, que cuando uno de los toros que pelean sea declarado vencedor, se dejará ir al perdedor, humillado, pero vivo. El toro no está consciente de que una corrida española es a muerte. Él piensa que lo peor que le puede suceder es que termine con el rabo entre las piernas, sin orgullo ni arrogancia ya, es cierto. Pero vivo.

Esto no sucede con la hembra. Ella pelea a muerte desde el comienzo. No se la provoca tan fácilmente como al toro sobre el ruedo, pero cuando se la provoca, ¡cuidado! Porque el toro cierra los ojos cuando se precipita hacia uno, pero la hembra no. Ella se precipita hacia uno con los ojos bien abiertos.

Uno puede salirse del camino de un toro que viene hacia uno con los ojos cerrados y evitar sus mortales tarros. Pero uno nunca puede escaparse de los tarros de la impetuosa tora cuando sus enardecidos ojos se han fijado en uno. Nunca. Su pelea es a muerte.

Y no es ella la que va a morir.

El signo astrológico de Merced es Tauro, el toro. Así que si se añade su astrológica impetuosidad, semejante a la de un toro, a su impetuosidad de mujer criolla, el resultado es una persona con ¡tremenda impetuosidad! Y como ella es una tora, cuando alguien se le pone en el camino, lo ataca con los ojos bien abiertos. Y a muerte.

Ni Gustavo ni Marguita jamás intentan algo que pueda desencadenar esta cualidad especial de tora que tiene Merced y por la que se está haciendo famosa. Ellos han aprendido eso a fuerza de golpes.

Pero Mani no.

A Mani le encanta provocar a esa tora que hay en su hermana mayor. Él mismo es un toro, y un toro macho, y como es macho no va a dejar que Merced, una hembra, se dé gusto con él. Por eso él está siempre pinchando a Merced, midiendo hasta dónde puede llegar antes de que a Merced se le salga lo que tiene de tora, lo que no se demora mucho cuando Mani es el que la pincha.

Merced tiene una paciencia infinita con su hermano Gustavo, que siempre la está sorprendiendo con los pequeños poemas que le escribe y que deja bajo la almohada de ella; y con Marguita, porque Merced la ha adoptado como si fuera su propia hija. Pero, cuando Mani se le acerca tan sólo un poquito, ella comienza inmediatamente a mirarlo con esos ojos encendidos que reserva exclusivamente para él y que parecen decir: Te estoy mirando. Ten cuidado. Ten cuidado. Esto, por supuesto, sólo logra incitar a Mani, que se desespera por hacer algo para molestar a su queridísima hermana mayor, Merced.

Mani sabe cuánto odia Merced que la interrumpan cuando está dibujando.

Inclusive Dolores se fija bien antes de pedirle a Merced que la ayude a poner la mesa, a limpiar el piso, o a lo que sea, para asegurarse de que no interrumpe a su hija mientras hace sus tareas. Ella sabe lo extremadamente volátil que es Merced, ya que ella ha experimentado unas cuantas erupciones de Merced —nunca dirigidas a Dolores—, erupciones que pondrían verde de envidia al volcán más poderoso. Así que Dolores se fija bien y se asegura de que Merced ha terminado la tarea o el dibujo que esté haciendo antes de pedirle ayuda.

Además, Dolores tiene bastante de artista como para poder entender a Merced.

A la misma Dolores no le gusta que la interrumpan cuando está cortando la tela para hacer un vestido, porque cuando la tela se corta, ya no hay más remedio. Se tiene que quedar uno con lo que se cortó. Y como las telas son caras, Dolores sólo compra la menor cantidad de yardas que hacen falta para hacer un vestido, y cada retacito cuenta. Por eso es que Dolores espera a que todos sus muchachos estén acostados antes de comenzar a cortar un vestido nuevo. Dolores entiende la necesidad que tiene Merced de concentrarse mientras dibuja. La costura es el arte de Dolores. El dibujo es el de Merced.

Interrumpir a Merced parece ser el arte de Mani.

Cuando Dolores oye una gritería desaforada en la casa, menea su cabeza y, tranquilamente, va hacia el comedor, donde Merced hace sus labores sobre la gran mesa de comer. Todo lo que Dolores tiene que hacer en el mismo momento en que entra a la habitación es mirar a Mani, que ahora es un muchacho en pleno desarrollo. Y Mani, que en el fondo es un ángel, grande y fuerte y poderoso como es, se va hacia uno de los butacones que están a cada lado del aparador que ocupa una pared del comedor, y se sienta.

—Cinco minutos —es todo lo que Dolores tiene que decir.

Y Mani se sienta en su silla de castigo durante cinco largos minutos, y mientras está sentado reflexiona sobre lo que puede inventar la próxima vez para hacerle la vida miserable a Merced.

Dolores tiene una magnífica técnica para lidiar con sus hijos. Nunca grita ni les alza la voz, ni muestra en absoluto señales de ira. Hace tiempo aprendió, de las monjas que dirigían la escuela privada donde ella y sus hermanas pasaron la mayor parte de su infancia, que la ira no lo lleva a uno a ninguna parte. Lo que hacían las monjas, que es lo que hace Dolores, es castigar a quien se porta mal ordenándole que se siente durante un determinado período de tiempo en lo que Dolores llama sillas de castigo: dos butacones semejantes a tronos que están colocadas a cada lado de un enorme aparador que está en el comedor.

Este juego de comedor es una reciente adición a la casa de Dolores. Reemplazó la mesa y las sillas baratas que tenían cuando Dolores y sus hijos llegaron de Batabanó hace dos años y medio. Y las reemplazó con elegancia.

En contraste con la sencillez del resto de los escasos muebles que hay en otras partes de la casa, este juego de comedor es increíble. Según quien lo mire, es, o la más grande de todas las fantasías criollo-barrocas, o la más aterrorizante de todas las pesadillas.

Está hecho de ébano cubano, no imitación de ébano, sino ébano de verdad, negro como carbón. Todo el juego está lleno de relieves de grifos y gárgolas que lo miran a uno fijamente. La gran mesa de comer sienta a diez personas, pero se puede expandir para que quepan dieciséis, algo que Dolores hace durante las Navidades. Con la mesa vienen ocho sillas normales y dos sillas con brazos o butacas, las famosas sillas de castigo, tan grandes que parecen tronos. También está el aparador, lleno de gavetas y más gavetas, y una enorme vitrina para guardar la vajilla, con el frente de vidrio, donde Dolores coloca los platos azules y blancos que nunca se usan. Los platos que se usan a diario y en los que todos comen, están colocados verticalmente en el escurreplatos de la cocina, donde reina Zenaida.

Este nuevo juego de comedor fue tallado a mano por un ebanista de cierta fama —un amigo de Maximiliano— con el mismo cuchillo con el que mató a su mujer y al amante de ésta el día en que se los encontró juntos en la cama.

El pobre hombre debió haberlo tallado mientras estaban pasando por su mente horribles dudas acerca de si su mujer le estaba pegando los tarros o no, porque todo el juego está lleno de rostros diabólicos que lo miran a uno fijamente, todos con enormes cuernos en sus cabezas.

Obviamente, este ebanista amigo de Maximiliano no quería ser lo que se conoce como un *cabrón*.

No hay peor insulto con que se pueda herir a un criollo que llamarlo cabrón. Eso es lo que todos los cubanos llaman al hombre cuya mujer se acuesta con otro hombre que no es su marido: ¡cabrón!

Es un insulto tan horrible que es casi peor que ser llamado maricón; así de malo es un cabrón para los cubanos.

Los criollos quieren que sus mujeres sean sólo para ellos, que no sean compartidas nunca con nadie más, bajo pena de muerte. Ésa es la forma de ser de los toros. Y ésa es la forma de ser de sus mujeres.

Las cubanas nunca pierden sus apellidos de soltera. Después que una cubana se casa, firma su apellido de soltera y después añade, con orgullo, «de fulano de tal». Para una cubana esa palabrita «de» significa: Pertenezco a un hombre. Él es mi dueño legal. Él me posee. Él puede hacer conmigo *lo que se le antoje*. Ésa es la ley de la tierra, donde los hombres son hombres, y las mujeres son propiedad de los hombres.

Pero de vez en cuando una mujer desafía esta ley, se acuesta con otro hombre, y le pega los tarros en la frente de su marido. Cuando esto pasa, el hombre se convierte en un cabrón. Y cuando un hombre se convierte en cabrón, sólo hay una manera y una manera solamente en la que puede limpiar su nombre y volver a ser hombre de nuevo: matando a su mujer y al amante. Los judíos de la Biblia ordenan que se apedree a muerte a la adúltera. Pero los criollos ordenan que se apedree a muerte a los dos.

¡Y qué vida la del pobre hombre que no lo haga!

La familia lo repudia, los amigos se ríen de él, el barrio entero lo desprecia y lo rechaza. Cuando la gente ve pasar al cabrón, extienden sus manos hacia él, con los dedos índice y meñique estirados y con los otros dedos doblados, haciendo lo que llaman la señal de los tarros y riéndose burlonamente en la propia cara del cabrón. Todos lo hacen, incluyendo a su adúltera esposa.

El cabrón carga el estigma de los tarros de por vida a menos que haga lo que debe hacer: Dos fáciles tiros de pistola. O dos fáciles puñaladas. Eso es todo lo que hace falta. Es eso o una vida insoportable, no sólo para el cabrón, sino para toda su familia también, porque, ¿cómo puede una familia como ésa servir para algo? Una familia que procreó a esa clase de . . .

No. *Hombre* ya no es una palabra que se le pueda aplicar a él, porque él ya no es un hombre.

Ahora, él es un cabrón.

Pero déjese que el cabrón dispare esos dos fáciles tiros. Déjese que apuñale a esos dos fáciles corazones. Déjese que derrame la sangre purificadora. Déjese que lo haga y, de pronto, esa misma gente que se rió de él comienza a aplaudirlo mientras lo miran con admiración y orgullo.

—Ahora sí, por ahí va un hombre de verdad —se oye a las madres decir a sus hijos mientras el antiguo cabrón —que ya no lo es— desfila en frente de ellos, con el corazón que revienta de orgullo, la cabeza alta y la mirada fija en un dios criollo que le sonríe desde allá arriba porque la justicia —la justicia al estilo criollo— se ha llevado a cabo; el mismo dios criollo que sonríe al gallo vencedor en las peleas de gallo cubanas, no importa cuán malherido y cuán lastimado pueda haber quedado el gallo.

Claro que el asesino va a la cárcel.

Pero, ¿sería posible que cualquier cubano o cubana lo hallara culpable de algo?

Por supuesto que no.

Un criollo tiene que hacer lo que tiene que hacer. Este hombre que está en la cárcel hizo sencillamente lo que cualquier otro habría hecho en su lugar.

¿Cárcel? Seguro que va a la cárcel.

Pero sólo para salir de ella como un hombre libre, un hombre lleno de orgullo, un hombre al que las mujeres miran con respeto y, sí, con deseo, porque ese hombre es un hombre de verdad, un toro de hombre. Un gallo cubano y criollo.

El amigo de Maximiliano, el ebanista que talló ese increíble juego de comedor de la casa de Maximiliano con el mismo cuchillo con el que mató a su mujer y al amante de ésta, necesitaba dinero urgentemente para pagarles a sus abogados y para pagar por el funeral de su mujer. Maximiliano se lo cambió por unas cuantas libras de carne y pudo hacerse de ese increíble juego de comedor por una bicoca.

Y ahora, cuando la gente lo ve por primera vez, después que todos dicen *Aahhh* . . . Maximiliano disfruta repitiendo la historia del juego de comedor lleno de relieves y de su ahora famoso amigo, el criollo que lo talló, una historia que se hace más y más delirante y confusa cada vez que la cuenta.

17

La bebé nació pequeñita y azul.

—Igualita a una flor de iris —dice su madre, Dolores, al abrazar a su hija recién nacida, que ha sido colocada junto al corazón de su madre, permitiendo que la bebé escuche un corazón que parece latir diciendo: *Te quiero. Te quiero. Te quiero.*

Manuel, el médico que trajo la bebé al mundo, está hablando con Maximiliano, dándole la mala noticia:

—La niña tiene problemas —dice—. Tendría que hacerle más pruebas, pero nada más que de mirarla, creo que tiene problemas con su corazón.

Maximiliano suspira profundamente. Él sabe cuánto quiere Dolores tener a esta niña. No mucho después de su llegada a La Habana, tuvo un aborto natural, lo que le destrozó el corazón. Durante largo tiempo, rompía a llorar sin causa alguna. Maximiliano la abrazaba y Dolores hundía su hermoso rostro de criolla en el pecho de él, y decía:

—No es nada. No es nada —Pero Maximiliano sabía. Maximiliano puede aguantarlo todo, pero todo, menos ver llorar a Dolores.

Para él, ella es siempre esa muchacha que le robó el corazón con una sola mirada. Su amor por ella es y siempre será el intenso amor que un hombre criollo siente por su mujer, una mujer que está ahora en la cama de un hospital sosteniendo a una bebé tan bella como una flor de iris y con un corazón lastimado.

—¿Hay algo que podamos hacer? —le pregunta a Manuel.

—Primero tenemos que determinar cuál es el problema, si es que hay algún problema. Tal vez me equivoque. Ojalá. Pero si no, entonces tendremos que hablar. Ahora entra y conoce a tu nueva hijita. Por mi parte, voy a empezar a prepararlo todo.

Maximiliano entra a la habitación del hospital donde está Dolores, con la bebé junto a ella. Nunca ha visto a su nueva hijita. Entra a la habitación y la ve, descansando calladamente junto al corazón de su madre. ¿Cuánto tiempo se demora uno en enamorarse de un bebé? Ése fue el tiempo que le tomó a Maximiliano enamorarse de su hijita, una bebé tan pequeñita que él tiene miedo de tocarla. Extiende sus callosas manos hacia ella, vacila, y se atreve a tocar la punta del pelo de la bebé con un dedo solamente.

No dice nada. No tiene por qué. Mira a Dolores y ve en sus ojos que ella sabe que esta bebé es especial. Su niñita Iris no es como sus otros bebés, los que han crecido y se han hecho jovencitos y jovencitas. Pero, ¿se ama menos simplemente porque se ama sólo por un poquito de tiempo? El amor no sabe de tiempo. Una vez que se enciende, dura para siempre; un fuego divino y perpetuo que mantiene eternamente vivo al ser amado, mucho después que ese ser amado se ha ido.

Iris se ha ido.

Las manos de su madre envolvieron delicadamente a la niñita azul en una bellísima tela de hilo blanco que Dolores había estado bordando mientras se mantuvo en vela noche tras noche observando cómo su bebé se debatía entre si quedarse o irse. Pero la niñita prefirió irse, y su propia madre la envolvió de la forma en que se envuelve el objeto más preciado que se haya tenido jamás en la vida. Y entonces Dolores colocó ella misma a su niñita dentro de una cajita que había sido forrada en su interior con seda blanca. Dolores no dejó que nadie más lo hiciera. Ella misma cerró la tapa blanca, pero no sin antes haber colocado dentro una flor de iris azul junto a su hija.

Cuando se llevaron a su niñita, Dolores sintió que parte de su propio corazón se iba con ella, para acompañar a su hija dentro de una caja blanca, cubierta con un sudario blanco.

HAN REGRESADO a la casa, después del funeral.

Ha sido un día muy, muy largo, pero ahora todos se han marchado y los muchachos están dormidos. Merced se ha portado como una mujer. Anoche, después de haber acostado a Marguita —la pequeña Marguita, de seis años de edad, que no entendió realmente lo que estaba pasando— Merced se ocupó de servir del oscuro café cubano a todas las personas que velaron y se quedaron toda la noche con la familia que estaba pasando su última noche con Iris, como se había bautizado a la bebé antes de haberse ido a dormir para siempre.

Pero eso fue anoche, hace ya mucho, mucho tiempo.

Esta noche Maximiliano y Dolores están solos en su habitación. Todavía tienen puestas sus ropas de luto. Él está todo vestido de blanco, con un traje de hilo blanco que había sido acabado de planchar esa mañana, pero que ahora está muy estrujado. Tiene una banda negra alrededor de su brazo izquierdo.

Dolores se negó a vestirse de negro por su hija. Ella también está toda de blanco, como una novia. Ni siquiera lleva una banda negra alrededor de su manga. Sólo alrededor de su corazón, donde nadie, excepto su esposo, puede verla.

Maximiliano la mira. Ella no está llorando. Las lágrimas se le acabaron hace ya largo tiempo. No dice nada. También las palabras se le acabaron hace ya largo tiempo.

Maximiliano le sonríe.

—¿Te das cuenta de lo afortunada que fue Iris? —le dice a su esposa, que lo mira con una mirada confundida en su rostro—. Conoció la vida —agrega Maximiliano—. Probó la leche de su madre. —Hace una pausa—. Tú nunca pudiste hacerlo.

Dolores lo está mirando, pero sus pensamientos están muy lejos, puestos en una linda niñita azul, con un corazoncito azul, que se amamanta del pecho de su madre. La imagen es demasiado fuerte para poder soportarla. Se apoya fuertemente contra Maximiliano, quien abraza a esta mujer a la que ama más allá del tiempo, esta esposa suya que tiene destrozado el corazón, acogiéndola cariñosamente junto a él. Le pregunta, murmurándole al oído:

—¿No crees que hay que celebrar su vida?

Están de pie uno junto al otro, Maximiliano abrazando suavemente a su mujer, que hunde su cabeza en el pecho de él; ambos están abrazados uno al otro, buscando apoyo el uno en la otra. La habitación está en penumbras, iluminada tan sólo por la luna, que produce sombras azul oscuras alrededor de ellos.

Es sólo ahora que Maximiliano el carnicero puede darse permiso para llorar, ahora, sólo como está en este momento, agarrado a su mujer, en lo oscuro, donde no lo puedan ver. Y mientras llora, comienza a canturrear suavemente al oído de su mujer, sin palabras, la melodía de la canción que le había escrito hacía muchos, muchos años.

Entonces, apoyándose en su esposa, que se apoya pesadamente en los brazos de él, mientras él susurra su canción en sus oídos, ambos comienzan a moverse dulcemente, muy dulcemente al ritmo de la música, mientras bailan un danzón para Iris, para celebrar la belleza de la vida de la niña, para celebrar lo bella que es la vida misma.

★ ★
★

18

Mani, que llegó de la escuela hace sólo unos minutos, acaba de ponerse un delantal blanco recién planchado y está a punto de salir por la puerta hacia la carnicería al cruzar La Calzada, cuando Merced llega a la casa dando saltos y muy excitada.

—¡Mami! ¡Mami! ¡Adivina! ¡Mami! *¡Mami!*

Merced, que ha llegado muy tarde hoy, ignora a Mani y pasa junto a él sin hacerle caso. Se precipita hacia el comedor, donde encuentra a Dolores cosiendo un vestido para Marguita, que va a cumplir siete años dentro de dos semanas y quiere un vestido nuevo para su próximo cumpleaños, un vestido hecho de tela *nueva,* no un vestido re-hecho de uno que ya usó Merced. Merced besa a su madre y saltando y saltando le dice a Dolores, casi sin aliento, que acaba de ser aceptada en la Academia de San Alejandro, la academia de artes plásticas.

La señora González, la maestra de Merced, sin habérselo dicho a ella, había solicitado la entrada de Merced a la academia. No se lo había dicho a la jovencita por si acaso era rechazada, pero ella envió a la facultad de la academia siete de los dibujos de Merced —con su nombre tapado, ya que la competencia era anónima— y hoy había llegado la respuesta en la correspondencia dirigida a la señora González, a la escuela de Merced.

La señora González le había pedido a Merced que se quedara en la escuela durante unos minutos después de la última clase del día, y fue entonces cuando sorprendió a Merced con la gran noticia. Le explicó a Merced que en la academia todos los gastos están pagados, menos los materiales de arte y el transporte. Y que de doscientas siete solicitudes, la academia había aceptado solamente treinta, y que ella, Merced, había sido una de las pocas muchachas aceptadas. Como los dibujos se envían siempre de forma anónima, los premios se dan basados exclusivamente en los méritos de los trabajos presentados al tribunal de la facultad que selecciona a los estudiantes más talentosos para el próximo curso, lo que significa que a la facultad deben de haberle gustado realmente muchísimo los dibujos en sepia de Merced.

Merced está escuchando todo esto y siente que está en un mundo diferente. ¿Le está sucediendo esto realmente a ella? Se sentó cuando la señora González le dijo lo de que había sido aceptada en la academia. Todavía siente que todo esto es un sueño, y la señora González, que la conoce bien, le dice:

—Es verdad, Merced. Pellízcate. Todo es verdad. Aquí está la carta. —Y después que la señora González le da a Merced la carta que dice que ella, Merced, va a comenzar sus clases en la academia el próximo semestre, la señora González saca algo que ella misma ha envuelto en un bello papel rojo brillante con un lazo hecho con una cinta de seda roja.

—Toma —le dice la señora González a Merced—, éste es un regalo para ti.

—¿Para mí? —Merced mira a su maestra, que mueve su cabeza de arriba abajo mientras mira a Dolores con una mezcla de cariño y orgullo en sus ojos—. ¿Puedo abrirlo ahora?

—Adelante —dice la maestra.

Merced desata el lazo muy cuidadosamente, para no dañar la bella cinta roja y con el mismo cuidado desenvuelve el brillante papel rojo, esperando que pueda usarlo de nuevo algún día. Y entonces sus ojos se iluminan. Allí, entre sus manos, está un libro bellamente encuadernado, con el título de *Apolo* grabado en relieve dorado sobre la cubierta.

Lo abre y ve que el libro está profusamente ilustrado con bellos dibujos y fotografías de arquitectura, escultura, bajorrelieve, pintura y cerámica griega y romana. Merced mira a la señora González sin saber qué decir.

—Mira a la primera página —dice la señora González.

Merced abre la primera página del libro y allí, en la bella letra cursiva de la señora González, encuentra algo escrito en un alfabeto que ella no puede entender, Εὐχαριστῶ, y debajo de eso, la propia firma de la señora González.

La señora González se acerca a Merced y señalando el escrito de la página, dice:

—Es una palabra griega, escrita en griego. Se pronuncia E-fa-ristó, con el acento en la última sílaba. Quiere decir *gracias*.

Merced mira a su maestra, desconcertada.

La señora González agrega:

—Un maestro siempre sueña con encontrar un estudiante que le haga sentir que valieron la pena sus años y años de entrenamiento y de lidiar con miles de alumnos majaderos y cientos de colegas que no lo comprenden. Y cuando un maestro encuentra un alumno así, todo lo que un maestro puede decir es: Gracias, *Efaristó*.

—Sonríe a Merced y le dice—, Este libro es el libro que se exige para tu curso de historia del arte el semestre que viene. Pensé que podrías ir adelantando. —Entonces la señora González se acerca más a Merced y pasa las páginas del libro—. ¿Verdad que es lindo? —dice.

—¡Ay, sí! —responde Merced.

—Que lo disfrutes. ¡Y ahora, vete! Tu madre debe estar poniéndose nerviosa de que tú no hayas llegado a casa todavía.

Merced está en la casa, y está saltando arriba y abajo y mostrándole a su madre el libro *Apolo,* y la carta de San Alejandro, y los siete dibujos que le ganaron la entrada a la academia, y está tan emocionada que casi no puede creer que esto esté sucediendo, pero acaricia el libro con sus manos, y el libro parece real.

Pilar, la vecina del ojo de cristal que siempre está mirando con el ojo sano a través de los persianas entornadas, no puede aguantar la algarabía mucho más y, atreviéndose a abrir las persianas por completo, pregunta, o más bien, reclama:

—¿Qué es lo que está pasando? ¿Qué sucede? —Y cuando le informan, felicita a Merced y a Dolores, y en cinco minutos la noticia se propaga como un reguero de pólvora por todo el barrio, y pronto todo el mundo en la vecindad sabe acerca de Merced y de que ha sido aceptada en la academia, y todas las vecinas están viniendo a la casa para mirar los dibujos de Merced y cuando los ven, todas exclaman *Aahhh . . .*

Dolores hace cafetera tras cafetera de café y todo el mundo le está diciendo lo buena hija que es Merced, y Dolores dice:

—Todos mis hijos son buenos.

Maximiliano, que ha visto a todas estas mujeres precipitarse hacia su casa, sale corriendo, todavía con su delantal manchado de sangre, y después que se entera de la buena noticia, abraza a Merced y a Dolores, destapa una botella de ron del caro, y se dispara un trago a nombre de Merced antes de salir corriendo de vuelta a la carnicería, donde Mani se ha quedado solo atendiendo a todas esas mujeres que están en cola esperando la carne para su cena de esa noche.

Y pronto llega la hora de la cena, y pronto es hora de irse a la cama, y pronto se apagan todas las luces, y pronto se puede oír a Maximiliano, que ha seguido bebiendo de ese maravilloso ron tan suavecito para celebrar los logros de su hija, roncar profunda y estrepitosamente mientras la luna tropical proyecta sombras azul oscuras por todo el patio de la casa.

Mani, a hurtadillas, furtivamente, entra a la habitación de Merced y encuentra a Merced profundamente dormida y sosteniendo en sus manos el libro *Apolo*.

Va en puntillas hasta donde ella está y poco a poco, con el mayor cuidado, roba el libro de las manos de su hermana y entonces regresa a la habitación que comparte con su hermano menor, Gustavo, el hermanito que siempre se está enredando en peleas que nunca tiene intenciones de pelear.

El propósito de Mani es esconder el libro.

Se sienta en su cama, preguntándose dónde podrá esconderlo para que no le echen a él la culpa, pero para que Merced sepa *de seguro* que fue él quien lo escondió. Mientras piensa en eso, abre el libro y ve varios dibujos y fotografías de mujeres y hombres desnudos que le dan risa, pero ahoga la risa con su mano izquierda, la que él llama su mano *buena*, porque él es zurdo. Entonces se acuesta en la cama, sosteniendo aún en sus manos el libro *Apolo*, y comienza a hojearlo de atrás hacia adelante. Mientras lo hace, sus ojos descubren, de pronto, un mundo que él no sabía que existía. Y de la misma manera en que una vez ansió estar cerca del hombre con el delantal manchado de sangre y la cabeza de emperador al que él llama padre, Mani, que ya no es un niño, pero tampoco es un hombre todavía, comienza ahora a ansiar ser parte de este otro mundo, este extraño y nuevo mundo de belleza que ha descubierto en el libro de su hermana.

Decide no esconder el libro *Apolo*.

A hurtadillas de nuevo, en puntillas de nuevo, Mani regresa a la habitación de Merced y allí, muy cuidadosamente para no despertar a Merced, coloca otra vez el libro en las manos de su hermana. Entonces camina hasta su propia habitación y se queda dormido, soñando.

Dos días después, su espalda se dobla bajo el considerable peso de los toros muertos, y ve sus brazos hincharse con los poderosos músculos que se van haciendo más y más fuertes por minuto. El mostrador de mármol blanco que él tiene a su cuidado resplandece de brillo gracias a la limpieza constante que él le da, reflejando el rostro de un joven torete, el propio Mani, que lo mira fijamente a su vez con un ceño que da miedo; y da miedo porque él tiene miedo. Mani tiene miedo de sus propios sueños. Pero como él sabe que los toretes como él no se supone que tengan miedo de nada, rápidamente descarta esos sueños de sus ojos y regresa a la nevera, que es agradable y fría, agarra otro de esos toros muertos que cuelgan de los grandes ganchos de carne, lo trae al bloque de madera que está en el medio de la carnicería, y comienza a cortarlo como le han enseñado, con el más afilado de los cuchillos y la más suave de las presiones, siempre en la misma dirección, para no lastimar las fibras de la carne, de forma que siempre sepa lo mejor posible.

Mani está solo en la carnicería. Maximiliano se fue de pesquería la noche anterior con su amigo Manuel, el médico, y Mani tiene la responsabilidad completa de la carnicería durante todo el día de hoy. Sábado. Este sábado va a ser un día muy, muy largo.

Comienza a cortar el toro en pedazos, y se concentra exclusiva y ardientemente en lo que está haciendo, sin atreverse a pensar en el mañana, pero viviendo este hoy, este infaltable hoy que mancha sus manos con el rojo de la sangre y también su frente, cuando se quita de ella el frío sudor. Ansía que llegue la noche.

Porque en medio de la noche, en el silencio de la habitación que comparte con su hermano menor, Gustavo, en el silencio de esa habitación, con su hermano menor profundamente dormido, sin que nadie lo sepa, se roba de nuevo el libro *Apolo* de Merced, lo abre de nuevo en cualquier página, y bajo la luz de la luna tropical, viaja de nuevo a un mundo en el que ansía estar, al que desea pertenecer. Un mundo que es para él tan importante como un ancla lo es para un bote en medio de un ciclón tropical.

Y Mani, que no tiene aún quince años, después de devolver el libro *Apolo* a las manos acariciadoras de su hermana, se queda dormido aguantándose a esta ancla mientras lo arrulla la brisa melodiosa que parece susurrar en sus oídos: *¡Efaristó, Apolo! ¡Efaristó!*

19 Tan pronto como Merced comienza a asistir a la Academia de Artes Plásticas, el precio del azúcar, la única industria de Cuba, se viene al suelo. Las ondas generadas por el terremoto de la bolsa de valores que tuvo lugar el Jueves Negro en la ciudad de Nueva York de 1929, llegan finalmente a la isla dos años después, y hay pobreza en todas partes. Como reza el dicho cubano, *Cuando el azúcar sube, se come bien. Cuando el azúcar baja, nos morimos de hambre.* Mil novecientos treintiuno no parece demasiado prometedor, inclusive en La Habana. El tiempo de las vacas flacas acaba de comenzar.

El negocio en la carnicería baja casi hasta desaparecer. Gracias a Dios por las queridas de los chinos que están en el negocio del opio, las que mantienen a la carnicería funcionando. Esas mulatas siguen pidiéndole a Maximiliano lo mejor que él tiene, y él se lo sigue dando. Pero el resto de la gente en la Calle de los Toros, ¿cómo pueden darse el lujo de tener carne sobre la mesa cuando casi no pueden pagar por el arroz y los frijoles? ¡Si sólo se pudiera encontrar una manera de rebajar el precio de una libra de carne! Y esa manera se encuentra cuando la libra de carne en la carnicería se convierte repentinamente en catorce onzas en lugar de dieciséis, lo que repentinamente rebaja el precio por *libra* y hace que el negocio prospere. Por supuesto, esto fue hecho en secreto, con el estímulo, consentimiento y aprobación del inspector de carne de la ciudad, de quien fue esta idea, y quien cobra unos cuantos pesos adicionales de Maximiliano una vez al mes, cada vez que viene a sellar las pesas de la balanza.

Mientras que todos en la pequeña isla se están poniendo flacos, los inspectores de la ciudad se están poniendo gordos; pero no tan gordos como los alcaldes de las ciudades, que cobran de los inspectores; y no tan gordos como los senadores, que cobran de los alcaldes; y no tan gordos como el presidente mismo, que cobra de todo el mundo.

Así que esas dos oncitas de carne en cada libra robadas de la gente que, para empezar, no puede pagarlas, terminan en las enormes barrigas de los viejos toros que dirigen el país. Pero como todo el mundo sabe esto, y todo el mundo lo hace, bueno, entonces todo está bien, como debe ser. En realidad, hubiera sido una bobería no hacerlo.

La noche en que el inspector de carne de la ciudad hizo esa sugerencia, después que todos se habían ido a la cama, Maximiliano le dijo a Mani, el cual no estaba muy seguro de que estaban haciendo lo correcto:

—Una cosa que nunca se debe hacer, hijo, es ir en contra de los toros cuando corren calle abajo. Sólo un loco lo haría. Cuando los toros se precipitan calle abajo, se puede hacer una de dos cosas: O salirse del camino, como lo hace la mayoría de la gente por aquí; o correr con ellos. Todos los otros carniceros de Cuba están corriendo con ellos. Si nosotros no hacemos lo que ellos, perderíamos el negocio en cuestión de segundos. Así que te pregunto, Mani, ¿qué otra cosa podemos hacer?

Mani, que es ahora todo un hombre, movió su cabeza, sin saber que decir. —Después de todo, hijo —agrega Maximiliano—, si eso es lo que sugiere el inspector de carne de la ciudad, ¿quiénes somos nosotros, un par de guajiros, para decir que no, eh? —Le guiñó un ojo a su hijo, quien lo miró y, sin decir palabra, no tuvo más remedio que sonreír. ¿Qué sentido tiene discutir con este hombre? Él había visto que Maximiliano ya se había decidido. Y cuando él se decide . . . decidido está. Y Maximiliano había decidido correr con los toros.

El inspector de carne de la ciudad viene a la carnicería una vez al mes, sella la pesa, pone su firma sobre el sello, toma unos cuantos pesos por debajo de la mesa, y se va hacia la próxima carnicería a hacer lo mismo. Todo suena muy bien. Pero hay un problemita. Y el problemita es que no todas las pesas tienen que ser selladas.

Claro, las pesas que pesan la comida que se vende al público sí tienen que ser selladas. La pesa de Maximiliano está sellada. Y también la de Hermenegildo, cuya bodega, ubicada en la esquina directamente opuesta a la carnicería, en la otra acera de La Calzada, también vende por libras. La pesa de Hermenegildo es inspeccionada y sellada por otro inspector de la ciudad, pero un inspector de la ciudad cuya libra, de casualidad, también pesa sólo catorce onzas.

Maximiliano lo sabe. Cuando él estuvo de acuerdo en hacer lo que el inspector de carne de la ciudad sugirió, lo primero que hizo Maximiliano fue pedirle a Dolores que fuera a la bodega de Hermenegildo a comprar una libra de frijoles negros. Cuando Dolores se la trajo a Maximiliano, éste la puso en su pesa y—¡mira eso!—la libra de frijoles negros de Hermenegildo pesaba exactamente una libra en la pesa de Maximiliano, la que acababa de ser sellada por el inspector de carne de la ciudad. Así fue como Maximiliano descubrió que la pesa de la otra acera de La Calzada estaba tan correctamente sellada y era tan precisa como la de él.

Sin embargo, las pesas para despachar medicinas no tienen que ser selladas.

Y sucede que en la esquina que está directamente opuesta a la carnicería, en la otra acera de la Calle de los Toros, la esquina que queda diagonal a la bodega de Hermenegildo, en esa esquina está ubicada la botica del señor Pauli.

Ésta es una anticuada botica, perfectamente organizada, un establecimiento pequeño que huele a alcanfor y a alcohol, donde las recetas son preparadas, al estilo de antes, por las propias manos del señor Pauli, usando dos gramos de esto y un gramo de aquello. Para hacer esto, el señor Pauli utiliza una pesa muy precisa y muy bien balanceada donde la libra todavía pesa dieciséis onzas muy exactas y justas.

Eleuteria, la mala lengua de Luyanó, que es normalmente una mujer muy gritona, está hoy vociferando a más no poder y lanzando venenosos insultos contra Maximiliano porque su libra de carne, la que ella ha acabado de comprar y que ha acabado de pesar por segunda vez en la botica del señor Pauli, esa libra de costosa carne ¡pesa sólo catorce onzas!

Maximiliano, cuyo lema siempre ha sido, *el cliente siempre tiene la razón,* le hace honor a esas palabras y ahora, más fresco que una lechuga, Maximiliano responde calmadamente a la vieja, con su voz más suave y amable.

—Señora Eleuteria, me alegra tanto de que me haya hecho fijarme en eso. Pero —agrega mientras señala al sello en su pesa—, como usted ve, esta pesa ha sido sellada por el inspector de carne de la ciudad y si usted se fija bien . . . —Con su mano invita a Eleuteria a que se acerque a la pesa y la mire, algo que Eleuteria, la mala lengua de Luyanó, se las arregla para hacer, poniendo su ojo maligno a una pulgada del sello—. Si usted mira bien de cerca —continúa Maximiliano—, puede ver bien que el sello original, fechado y firmado por el propio inspector de carne de la ciudad hace tres semanas, está intacto. Que nadie lo ha roto.

Su voz es melodiosa y tranquilizadora cuando añade:

—Tal vez el inspector se equivocó. Tal vez sus instrumentos de medir no estaban bien calibrados. Eso no lo sé. Personalmente, eso me parecería difícil de creer, porque se trata de un inspector con tan buena reputación. Usted sabe que la ciudad debe darle lo mejor que hay para hacer las inspecciones. Pero, si usted me permite, ¿le puedo preguntar algo?

Le pone su mejor sonrisa a la vieja flaca de los ojos pequeños y ajuntados.

—Ha tratado usted de pesar el paquete de carne que compró aquí en la pesa de Hermenegildo, en la acera de enfrente de La Calzada?

La vieja lo mira fijamente con sus malignos ojos echando chispas.

—¿Ha tratado?

La vieja no tiene otro remedio que mover la cabeza de arriba a abajo y admitir que lo ha hecho.

—¿Y cuanto pesó? —pregunta Maximiliano, con su voz más angelical.

Eleuteria, que hasta este momento ha estado gritando y gesticulando violentamente, consciente de que todos los otros clientes de la carnicería la están observando, decide ahora bajar la voz al responder a Maximiliano.

—Una libra —murmura.

—Perdón, Señora Eleuteria —dice el carnicero de Luyanó—, con toda esta bulla no pude oír lo que dijo. ¿Puede hablar un poquito más alto, por favor?

Le dice esto a Eleuteria, pero al hablar está mirando a todos los otros clientes de la carnicería, que escuchan atentamente a lo que tiene que decir la vieja. Maximiliano hace una pausa y mira a la vieja. Por un momento los ruidos de la calle parecen desaparecer por completo, como para ponerle un marco de silencio a la respuesta de la vieja.

—*Una libra* —grita, colérica.

—¡Ah! —dice Maximiliano, la imagen misma de la inocencia—. ¿Dijo usted . . . *una libra?*

Hace una larga pausa, sonriendo triunfante a todos sus otros clientes y luego baja la voz al dirigirse de nuevo a Eleuteria.

—Señora Eleuteria, ¿se le ha ocurrido a usted que tal vez, sólo tal vez, la pesa del señor Pauli no esté correcta?

Maximiliano deja que ese pensamiento se hunda en la dura cabeza de Eleuteria. Los otros clientes todavía están escuchando en silencio a la conversación. Maximiliano continúa:

—El señor Pauli se está poniendo viejo, ¿no es cierto? ¿Ha visto usted lo gruesos que son los cristales de sus espejuelos?

Eleuteria lo está mirando con una mirada confundida en su rostro, una mezcla de admiración y odio, una mirada que Maximiliano responde con su más tranquilizadora sonrisa. Ahora que ya tiene a la vieja donde él quiere, Maximiliano —como el gran cazador que es— se le tira a su presa.

—Pero, bueno —dice bien alto como para que lo oiga todo el mundo en la Calle de los Toros—, ¿por qué no me deja darle su nombre al inspector de carne de la ciudad la próxima vez que él venga? Tal vez usted quiera presentarle una queja oficial.

Esta frasecita de «queja oficial» funciona muy bien.

Nadie en la Calle de los Toros quiere ponerse a jugar con la autoridad y, mucho menos, desafiarla.

Maximiliano ve la duda en los viejos y cansados ojos de Eleuteria, esos ojos pequeños y ajuntados que, cuando se suman a su largo y pellejudo pescuezo y a su cabeza medio calva, la hacen lucir más como un aura tiñosa que como la peleona viejecita que es.

El añade rápidamente:

—Sin embargo, por si acaso usted está en lo cierto, tome, llévele esto a sus muchachitas.

Y con su cuchillo de carnicero más elegante, él de la hoja curvada que sólo usa para picar los cortes de carne más caros, tan afilado que puede dividir un pelo en dos, con ese cuchillo rebana un pedazo de un corte de carne de calidad, no lo pesa, lo envuelve él mismo en papel de cera, y se lo entrega a la vieja mientras dice:

—Se supone que él tenga que venir aquí en un par de días, el próximo jueves, por si acaso usted quisiera hablar con él.

Eleuteria no regresa el próximo jueves, por supuesto.

Pero considerando que ella es quien es —no en balde la llaman la mala lengua de Luyanó— y considerando que al quejarse se hizo de un buen trozo de filete, el mejor de todos los cortes de carne; el próximo martes —el día que ella sabe que la carne fresca acaba de llegar a la carnicería— allí está ella otra vez, quejándose otra vez acerca del supuesto peso incorrecto de su carne, que fue pesada otra vez en la pesa del señor Pauli.

—Señora Eleuteria —afirma sencillamente Maximiliano—, yo le dije la semana pasada que el inspector de carne iba a venir el jueves pasado, y mire la fecha del sello nuevo.

Eleuteria mira el sello.

Es verdad lo que dice el carnicero. Fue fechado y firmado el jueves pasado.

—Tal vez la pesa del señor Pauli no funciona bien —dice Maximiliano—. No tiene que ser sellada por la ley, como la mía. O como la pesa de Hermenegildo, al cruzar La Calzada. —Y entonces le sonríe con una expresión de inocencia en sus ojos, ojos que, sin embargo, están llenos de malicia cuando añade—, Pero yo estoy seguro que usted sabe *eso,* señora Eleuteria, ¿no es verdad?

Eleuteria, que ya no sabe cómo seguir discutiendo, alza la cabeza con indignación y mira a los ojos al carnicero, que es la imagen misma de la insolencia. Y de pronto se da cuenta de que algo no anda bien. Mira profundamente a los ojos de Maximiliano y, al descubrir su mirada socarrona, sabe que ha sido derrotada.

Está que echa chispas.

¿Ella? ¿Eleuteria? ¿Derrotada?

¿Y nada menos que por este condenado guajiro? ¡Eso lo veremos! Nunca se ha sentido tan humillada! ¿Qué puede hacer ella?

Eleuteria lo mira con ojos que arden y Maximiliano, siempre caballeroso, le dice:

—Pero tome —y hace una pausa mientras busca algo detrás del mostrador.

¡Ah, qué bueno! se dice la vieja. ¡El truco funciona! Le van a dar un premio de consolación, como el que le dieron la última vez. Repentinamente, su fe en sí misma le ha sido devuelta. ¡Voy a hacer esto todas las semanas de aquí en adelante!, piensa. Y sonríe por primera vez, con ávida anticipación. Tal vez, después de todo, no ha sido derrotada. Tal vez no ha sido derrotada en absoluto.

—Tome, Señora Eleuteria —dice Maximiliano—. Para su perro.

Y le ofrece un hueso.

Eleuteria mira primero al hueso y luego a Maximiliano, con sus ojos pequeños y ajuntados convertidos en una rajita. Resopla, *¡Hhh!,* y luego, sin proferir más sonidos, rechaza la oferta de paz de Maximiliano, se vuelve con una violencia que contrasta con su tamañito, y con un furibundo mal humor, se vuelve precipitadamente.

Luego, una escapada muy rápida.

Jamás ninguna bruja con escoba se ha ido tan rápidamente. Y mientras se va volando envuelta en un nubarrón de rabia ardiente, se puede oír cómo se dice a sí misma, ¡Me las vas a pagar, carnicero! ¡Me las vas a pagar!

Pero cuando llega a su casa está enfadada consigo misma, porque actuó como una estúpida. Con ese hueso, ella piensa, pudo haber hecho una buena sopa.

★ ★
★

20 La vida de un carnicero nunca es fácil. Y mucho menos ahora, durante la peor depresión económica que Cuba —y el resto del mundo— ha experimentado. Mil novecientos treintidós es peor aún que el año que le precedió. Uno de cada cuatro cubanos está desempleado. Y los que están trabajando escasamente tienen qué comer. Eso se aplica también a Maximiliano, quien, además de alimentar a Dolores, a Marguita, a Zenaida y a él mismo, tiene que alimentar a tres jovencitos en pleno desarrollo que parecen tener estómagos sin fondo.

Es cierto, nunca se oye quejarse a ninguno de esos tres. Ponga lo que ponga Zenaida sobre la mesa, los tres comen y comen y comen, sin dejar nada en sus platos, lo que cual complace enormemente a Zenaida. Y entonces, después de cada comida, Mani y Gustavo regresan a la habitación que comparten, donde Gustavo —que cumplió trece años la semana pasada— lee o hace sus tareas, mientras que Mani, que ahora tiene dieciséis, casi siempre se queda dormido al instante. Los muchachos no dan guerra, ninguna guerra en lo más mínimo. Pero Merced, bueno, esa es otra historia. Se va para la sala, se sienta en un sillón de balance, agarra un periódico, mira las páginas sociales, y entonces suspira.

Una muchacha de diecisiete años puede sobrevivir con sólo harina de maíz endulzada con leche condensada, un plato delicioso. Y si eso es todo lo que hay, bueno, entonces, eso es todo lo que hay; una muchacha de diecisiete años puede sobrevivir con eso.

Pero una muchacha de diecisiete años no puede sobrevivir sin vestirse *a la moda*. Y como ella sueña con vestidos a la moda, vestidos a la moda ella tiene que tener, así que vestidos a la moda hay que darle, cueste lo que cueste.

Dolores sabe que ella maneja bien la aguja y el hilo. El problema es dar con las telas. Y recluta a Maximiliano para que la ayude en esto.

Es su responsabilidad ahora encontrar y suministrar las telas que se necesitan para hacer vestidos apropiados, no sólo para Merced, sino también para las otras dos damas de la casa: Dolores, la una; y Marguita, la otra, quien ahora que está llegando a los ocho años, también tiene que vestirse a la moda, por supuesto, como deben hacerlo todas las niñas.

Como él tiene que trabajar tan arduamente para vender esas libras de carne de catorce onzas para comprar telas de manera que las mujeres de su casa puedan vestirse como corresponde, y como hay tres de ellas, lo que Maximiliano busca, cuando va de compras, trapicheando no sólo por la telas sino también por todo, no es necesariamente calidad, sino cantidad.

Ésa es la razón por la que, de vez en cuando, llega a la casa y tira sobre la gran mesa del comedor rollos de tela de sabe Dios qué colores y diseños: sobrantes de tela que nadie, pero nadie en sus cabales jamás pensaría en comprar. Y Dolores tiene que cortarlas, y coserlas, y convertirlas en vestidos que ella y sus hijas se tienen que poner, gústenles o no.

Y sin embargo aquí es donde Dolores se luce.

Es verdad que ella no sabe cocinar, pero sí sabe cómo hacer vestidos que luzcan muy bien, y hasta bordarlos a mano si tiene que hacerlo.

Dolores comienza mirando las modas en las revistas que Merced trae de la biblioteca de la escuela. Luego mira a las telas sobre la mesa. Luego, da un profundo suspiro. Luego otro suspiro, aún más profundo. Y sólo entonces comienza a cortar.

Combinando telas y añadiendo un poquito de gusto criollo a los insípidos diseños europeos que visten las flacas y alargadas mujeres en esas revistas elegantes, Dolores confecciona diseños originales que, es cierto, nunca habrían llegado a las páginas de esas revistas francesas de moda, pero que son, así y todo, verdaderas creaciones.

Los vestidos que le hace a Merced, sobre todo, son espectaculares diseños originales que la hacen lucir muy guapa, destacando su contorneada silueta de criolla y provocando la envidia de las otras muchachas del barrio.

Se puede saber cuándo Merced pasa debido a que se oye silbar a todos y a cada uno de los jóvenes que están en la calle, diciéndole, «¡Sabrosona!» y susurrándole al oído mientras ella pasa junto a ellos, «¡Mamacita, si cocinas como caminas, me como hasta la raspita!»

Merced, igual que lo hacía Dolores, hace salir ese poco de poeta que cada hombre del barrio de Luyanó lleva en su alma.

Toda esta silbadera y esta gritería y estos susurros son algo que podría enfurecer a algunas de las otras muchachas del barrio que salen a la calle vestidas con fajas y más fajas, con la esperanza de que desaparezca la poesía callejera dirigida a ellas. Pero no a Merced. Esto es algo que ella disfruta realmente, que los hombres la piropeen. Ella ha comenzado a desarrollar una manera de andar que es casi igual a la de las mulatas —sin faja, sin nada, un andar tan excitante que pone a los hombres a sudar.

—Mamacita —dice un hombre abanicándose con la palma de la mano mientras ella se desliza por su lado—, ¡qué calor! —al tiempo que otro le silba, y otro más añade—, Mamacita, ¡estás haciendo que las palmas se mueran de envidia con ese caminao tuyo!

Claro está que, al igual que las otras muchachas del barrio, Merced se hace la que no oye la poesía callejera. Por supuesto que ella jamás vuelve su mirada hacia el poeta porque, como todo el mundo sabe, eso nunca se hace. Es verdad que de vez en cuando ha sacado su compacto de la cartera y, pretendiendo arreglarse un mechón de su pelo ondulado o un arete, ha mirado al espejo para ver cómo luce el poeta impertinente; la propia Dolores le enseñó ese truco. Pero si por casualidad sus ojos se encuentran con los ojos del poeta en el espejo, lo guarda inmediatamente y, haciéndose la enojada, pone mala cara y comienza a alejarse apresuradamente, dejando atrás al poeta, sintiendo los ojos de él sobre su cuerpo, y disfrutando su mirada persistente. Sin embargo, eso es algo que ella ha hecho pocas veces. La mayoría de las veces, sigue caminando como si nada se hubiera dicho. Pero a medida que camina, se sonríe.

Ella no puede negar que le gusta la idea de que las palmas le tengan envidia. No es culpa de ella si está hecha como está hecha. Le gusta la forma en que su cuerpo se está desarrollando. Ahora, cuando se mira en el espejo, por fin se da el visto bueno, por fin, después de tanto tiempo.

En una ocasión, cuando tenía casi diez años, Dolores sorprendió a Merced desnuda, de puntillas frente al espejo del baño, pellizcándose los pezones y tratando de hacer que parecieran senos totalmente desarrollados. Sin que la niña la descubriera, Dolores vio la desilusión en los ojos de su hija y aunque Dolores estuvo tentada de reírse, logró controlarse mientras entraba al baño con toallas limpias que olían a agua de violetas.

—Mami —dijo Merced cuando vio entrar a Dolores—, ¿tú crees que algún día yo seré linda? —Y entonces se miró en el espejo otra vez, un espejo que reflejaba a una niña que maduraba y que soñaba con ser mujer, con una mirada triste en el rostro. Dolores miró a su hija y se sonrió.

—Merced —le dijo—, ¿tú crees que yo soy linda?

Merced miró a su madre con una mirada interrogante, como si no pudiera creer la pregunta de su madre; su madre, que era la mujer más linda que Merced había visto jamás.

—Ay, Mami —dijo, ¡tú eres la mujer más linda en el mundo entero!

—Bueno —agregó Dolores—, ¿te imaginas que durante mucho, mucho tiempo, nunca pensé que yo era linda? —Ella ha estado secando la larga cabellera de Merced, que es tan oscura y tan ondulada como la de ella—. Yo nunca me consideré linda hasta el día en que conocí a tu papá. Cuando él me miró el día en que nos conocimos, él . . . Ay, perdóname, mi amor. ¿Te dolió eso? —Sin querer, había halado el pelo de Merced, pero a Merced no le importó. Ella quería saber el final de la historia que su madre le estaba contando.

—Entonces, ¿qué pasó, Mami, cuando Papi te miró?

—¿Cuando él me miró? Cuando él me miró de pronto me sentí bella. ¡Ah, tan bella! ¿Quieres saber lo que hice?

—¡Ay, sí, Mami, por favor, por favor!

—Mira, te voy a ayudar a vestir mientras te hago el cuento. Pero primero vamos a cepillar este pelo. Tú sabes, Merced, tu pelo se parece tanto al mío. Tan ondulado y tan negro. Dí «Uy» si te lastimo, ¿está bien, mi amor?

La niñita que iba camino de ser mujer movió su cabeza de arriba a abajo, y esperó a que su madre siguiera con su cuento.

—Bueno — agregó Dolores mientras comenzaba a cepillar el pelo de Merced—, esto fue lo que hice. Llegué a mi casa, me fui a mi habitación en el segundo piso, cerré la puerta, y, asegurándome de que nadie me veía, me quité toda la ropa, y . . .

—¡Uy!

—Ay, lo siento, mi amor. —Miró a Merced en el espejo—. ¿Te dolió mucho?

Merced agitó su manita en el aire mientras sonreía a su madre en el espejo.

—Un poquito nada más.

—Ah, entonces —dijo Dolores—, no fue tan malo. —Volvió a cepillar el cabello de Merced y vio en el espejo la mirada ansiosa de Merced—. Ay, se me olvidó. ¿Por dónde iba? —dijo Dolores.

—Te quitaste toda la ropa —dijo Merced, recordándole a su madre.

—¡Ah, sí! —dijo Dolores—. Me quité toda la ropa y me miré en el espejo. Yo tenía un espejo alto y estrecho que tenía la forma de un óvalo. ¿Tú sabes cómo es la forma de óvalo?

—Sí —dijo Merced—. Así, —y dibujó en el aire una forma ovalada—. Como un huevo.

—Ajá —dijo Dolores—. Como un huevo. Con la diferencia de que este espejo era alto y estrecho. Tenía un marco de verdadera caoba cubana, que no es ni roja ni anaranjada, ni muy clara, ni muy oscura, como . . . como . . .

—¿Como el color de las tejas?

—Sí —respondió Dolores sonriéndole a su hija—. Muy parecido. Y el espejo tenía un borde biselado que reflejaba las luces en todas direcciones, y a veces me hacía pensar que había un arco iris dentro de mi habitación. ¡Ay, Merced, era *tan* bello! Era bello de verdad. Tenía una base giratoria y— qué bien, esto luce muy bien. ¿Qué tú crees?

Había dejado de cepillar el cabello de su hija y ambas estaban mirándose mutuamente en el espejo del baño, que es bajito y ancho y no tiene un marco de caoba y no tiene una base giratoria ni un borde biselado y no es nada bello, pero que es un espejo que refleja dos caras que se parecen mucho, cada una sonriéndole a la otra.

—Mira, vamos a ponerte éstos —dijo Dolores mientras ayudaba a Merced a ponerse unos pantaloncitos rosados que tenían una palomita, bordada por Dolores misma, en cada pierna—. Y ahora vamos a ponerte tu vestido. Te traje estos dos. ¿Cuál te quieres poner? ¿Éste? —Le mostró a Merced un vestido de algodón verde claro, del color de los limones frescos—. ¿O éste? —un vestido cremita con una delgada cinta roja adornando el cuello.

—Ése, el cremita.

—A ver, alza los brazos. Bueno, ¿por dónde iba yo?

Merced respondió mientras alzaba sus brazos en el aire:

—Estabas desnuda frente al espejo. ¿Qué edad tú tenías entonces, Mami?

—Dieciséis. —E hizo una pausa.

Estaba acordándose de cosas que creía ya olvidadas durante largo tiempo, y las estaba recordando con una claridad tal que era casi como si estuviera viviendo de nuevo el momento.

—¿Y qué pasó entonces, Mami?

Dolores se despertó de su sueño de recuerdos.

—Bueno, pues miré al espejo y vi que esa muchacha a la que estaba mirando en el espejo, vi que era linda, muy linda.

Lo que Dolores no le dijo a Merced es que mientras estaba de pie allí, desnuda, contemplándose en el alto y estrecho espejo ovalado, ella estaba pensando en el joven rubio con los ojos insolentes que había acabado de conocer y en lo que él diría —y haría— si llegaba a verla así desnuda.

—¿Tú crees que eso me pasará a mí alguna vez? —preguntó Merced.

—Claro, mi amor —respondió su madre—. El día menos pensado, aún antes de que te des cuenta, un muchacho te va a mirar de una manera tan especial que nunca lo vas a olvidar, y la mirada en los ojos de ese muchacho va a hacer que te des cuenta que eres bella. Porque . . . —añadió Dolores, mirando profundamente en los ojos de Merced y poniendo esa famosa sonrisa suya tan traviesa—, porque nunca se es bella hasta que eso te suceda. Y entonces, después que eso te suceda . . . entonces vas a ser bella por el resto de tu vida.

MERCED SE MIRA en el espejo. Ahora tiene diecisiete años, casi dieciocho, y le gusta lo que ve en el espejo. Se da el visto bueno. Sabe que no es fea. Eso sí lo sabe. Los hombres en la Calle de los Toros se lo han dicho. Pero todavía no es bella. Ese muchacho especial todavía no la ha mirado para dejarle saber que es bella.

Su madre le ha dicho que cuando eso suceda es como si, de pronto, uno floreciera en un instante y, entonces, uno entiende todo lo que hay que entender y deja de hacer preguntas.

Su madre le ha dicho que un momento así es tan maravilloso que le hace a uno sentir como si hubiera estado muerto hasta ese momento y, repentinamente, uno nace a un mundo tan lleno de alegría que lo hace darse cuenta de que todo lo otro carece de sentido. Que fue para *eso* para lo que uno fue puesto en la Tierra. Para un momento como ése.

Su madre le ha dicho que cuando ese momento llegue, uno tiene que agarrarlo en las manos, cerrar los dedos firmemente a su alrededor y no dejarlo ir nunca, porque en ese momento uno es parte del universo y el universo es parte de uno mismo.

Y entonces, su madre le ha dicho, entonces uno llega a reír y a llorar al mismo tiempo por la bella que es la vida misma.

Merced se contempla en el espejo y reza en silencio.

—Dios mío, por favor, haz que eso me pase a mí. Hazme sentir bella, por favor, por favor. Hazme sentir bella.

★ ★
★

21

Mientras va a la Academia de San Alejandro, la escuela de artes plásticas, Merced no se preocupa de si es bella o no. Sólo está preocupada con aprender, con sacar buenas notas y con hacer un buen trabajo.

Ha estado estudiando con el Maestro Romanat, un profesor viejo y endiabladamente excéntrico que hace trabajar a todos sus estudiantes diez veces más de lo que pueden y cuyos comentarios sobre su trabajo pueden hacer llorar no sólo a Mercedes, sino a cualquiera. Pero es un gran pintor, de eso no cabe duda. Sus lienzos tienen una luminosidad que es difícil de creer y están pintados con pinceladas tan rápidas, casi enloquecidas, que son imposibles de imitar.

Merced mira a sus lienzos y juraría que las personas retratadas en ellos están vivas. Ella ve el aliento saliendo de las bocas de los hombres y las mujeres que pueblan estas pinturas, y ve que la vida se esconde detrás de sus ojos. Pero entonces se acerca al lienzo y todo lo que ve son una serie de pinceladas que dan la impresión de haber sido realizadas por un loco, porque lucen bruscas, y sin propósito, y sin forma, lo cual son hasta el momento en que ella da unos pasos atrás. Entonces, de repente, cada pincelada ocupa su lugar preciso, y lo que parecía sin propósito y sin forma, se transforma en lo que se supone que se transforme, y mucho más que eso, porque la pintura está viva, con una vida propia que a Merced le parece incomprensible.

Él es el único pintor de la academia cuyos temas son estrictamente cubanos, no míticos como los de la mayoría de los otros maestros. Maestro Romanat pinta criollas caminando, y se las puedes ver bailar mientras uno las contempla; pinta hombres peleando gallos, y se los puede oír gritar y jurar y rezar para que su gallo gane; pinta el sol saliendo detrás de esbeltas palmas reales, y uno juraría que se las puede ver cimbrear en la suave brisa. ¿Cómo lo hace?

El Maestro Romanat, que es un excelente profesor, comparte sus secretos con su clase.

—No pinten el objeto. Pinten su alma. La vida sin alma no tiene sentido. La vida sin alma es la muerte. Abran los ojos y busquen el alma de lo que pintan. No se den por vencidos hasta que la encuentren. Y cuando la encuentren, mírenla con los ojos cerrados, y entonces vayan y pónganla sobre el lienzo.

Hace una pausa y mira a su clase. Veintisiete jovencitos y tres jovencitas, todos con guardapolvos que una vez fueron totalmente blancos, lo rodean mientras él está de pie junto a un caballete donde ha colocado uno de sus lienzos.

La habitación, que huele a óleo y a aguarrás, es grande y ventilada, con un techo muy alto iluminado por una serie de altos tragaluces que miran todos hacia el norte, permitiendo que la fresca luz permee la habitación con una delicada suavidad. Más parece una fábrica que una escuela. Excepto que en esta fábrica las paredes crema claro y los pisos de losas de terracota están cubiertos por miríadas de gotitas de pintura de todas las formas y colores, el resultado de muchos años de estudiantes que sacuden sus pinceles para llegar a la sensación precisa, al punto preciso al final de cada pincelada.

—¿Hace usted eso con los ojos cerrados? —pregunta, desde la parte de atrás de la clase, un muchacho con la voz temblorosa.

—¿Y cómo puede tener alma un objeto? —pregunta otro.

El Maestro Romanat mira a cada uno de los alumnos de su clase mientras habla.

—Si ustedes miran a cualquier cosa con amor, le hacen salir su alma. Pero las almas son muy tímidas. Sólo se pueden ver por un brevísimo instante. Así que cuando ustedes coaccionen a un alma a salir y logren verla, cierren inmediatamente los ojos para que se les grabe en la mente. Cuando está ahí, siempre pueden llamarla. Para llamarla, todo lo que tienen que hacer es cerrar los ojos otra vez y llamar al alma con amor. Y el alma viene. Sólo entonces pueden verla otra vez. Con los ojos cerrados. Entonces y sólo entonces pueden ver lo bella que es la vida misma. Y sólo después de que hayan visto esa belleza, podrán pintarla. De otra manera, lo único que harán será embarrar el lienzo con brochazos sin sentido, y puede que logren la apariencia de un cuadro. Pero un cuadro sin alma no es un cuadro. Es nada. Está muerto.

Romanat toma un dibujo que Merced ha hecho de una flor iris y lo coloca en el caballete, sobre su propio lienzo.

—Este dibujo —dice el maestro—, tiene alma. Puede que yo no haya visto antes una flor iris en toda mi vida, pero si mirara a este dibujo, sin saber lo que es una flor iris, tendría que decir «¡Qué flor tan bella!» Fíjense que no dije «¡Qué *dibujo* tan bello!» No. Yo dije, «¡Qué *flor* tan bella!» Fíjense que no dije, «Observen esta línea», u «Observen esta forma», o «Qué bella composición!» Y sí, la línea es bella, y la forma, y la composición. Pero los artistas, los verdaderos artistas, no hablan así. Los artistas saben más que eso. Si de aquí a mil años alguien fuera a mirar a este dibujo, o a cualquier dibujo que ustedes hagan, todo lo que ustedes quieren que ellos vean es lo bella que era la vida cuando ustedes, que hicieron los dibujos, estaban vivos. Dije «bella», no «bonita». Puede que haya mucho dolor en el alma a la que están mirando, pero si miran a todo ese dolor con honestidad y con amor, el dolor se transforma en un tipo especial de belleza, porque las almas no saben mentir, y todas las almas son bellas. Si ustedes son honestos en su trabajo y muestran la honestidad de un alma, entonces, al hacer eso, estarán ayudando al futuro admirador de su obra a lidiar con los problemas de su propia vida. De eso es de lo que se trata el arte. Compartir amor compartiendo almas. —Hace una pausa mientras mira a cada uno de sus estudiantes—. El arte —agrega—, *no* imita a la vida. El arte es mucho más poderoso que eso. El arte resucita a la vida. Y lo hace mostrando el alma de las cosas, los secretos que todos llevamos dentro.

Mira a Merced, que está parada en la parte de atrás de la clase, y mientras la mira, todos los estudiantes de la clase la miran también. Merced no se da cuenta de esto. Sus ojos están clavados en el excéntrico anciano que tiene por maestro, quien está hablando del trabajo que ella ha hecho e, increíblemente, elogiándolo.

—No sé —continúa el Maestro Romanat—, cuál era el secreto de Merced cuando dibujó este iris, pero les puedo decir algo que yo sí sé . . .

Se vuelve y mira, primero, al resto de la clase, luego el dibujo de Merced. —Merced vio el alma de este iris. Y me la deja ver cada vez que miro este dibujo. Y ver su alma me hace feliz, porque me hace un hombre mejor. Todo lo que puedo decirle a Merced por este dibujo no es que es bello o no. Todo lo que puedo decirle es «gracias».

Mira a Merced nuevamente y agrega, con una sonrisa:

—Me has enseñado el alma de un iris, y por eso te doy las gracias.

Merced se ruboriza, y al ruborizarse piensa que no puede aguantar las ganas de llegar a casa y contarle a su madre lo que dijo el Maestro Romanat acerca de su trabajo.

Pero cuando llega a casa la realidad de la época la mira fija, cruelmente a la cara.

El precio del azúcar está bajo, y cuando el precio del azúcar está bajo, los cubanos pasan hambre. Y el precio del azúcar está muy bajo. Lo más bajo que ha estado en mucho tiempo.

San Alejandro, la academia, está lejos de Luyanó. Ir allá cuesta cinco centavos y regresar otros cinco centavos, dos veces al día, y, además, están los materiales de pintura que hay que comprar y que son caros. ¿Cómo pueden Merced y su familia darse el lujo de tenerla asistiendo a una escuela de artes plásticas?

Es cierto, hay becas disponibles que pagan por todos esos gastos adicionales. Pero estando las cosas tan malas como están, y con esos gordos alcaldes y senadores y presidentes cubanos soñando solamente con engordar más, han decidido reducir el número de becas al mínimo, y las que quedan se las dan a los muchachos con mayores aptitudes. Muchachos, no muchachas. Después de todo, ¿quién ha oído hablar de una pintora, eh?

El dinero está escaso, escaso de verdad. Todos los cubanos se están apretando el cinturón, incluyendo a Maximiliano y su familia, que tienen hasta que despedir a Zenaida la cocinera. Ahora Merced tiene que encargarse de cocinar. Todos los gastos adicionales tienen que recortarse hasta lo más mínimo. Y eso significa que la escuela de artes plásticas también tiene que ser despedida.

Cinco estudiantes reciben una beca mensual para pagar por el transporte y los materiales de pintura. Merced no es uno de esos. Ninguna de las muchachas lo es. El Maestro Romanat luchó valientemente para conseguirle una beca, pero el resto de los miembros de la facultad, a quienes no les gusta la selección de temas que hace el Maestro Romanat en sus pinturas nada tradicionales, votaron contra su recomendación como una forma de votar contra él.

Él le ha ofrecido a Merced darle materiales de su propio estudio, pero él no puede afrontar el pago de esos veinte centavos diarios que necesita Merced para venir a la academia. Merced decide tratar de caminar a la escuela todos los días, pero ahora que Zenaida se ha ido, ella hace falta en la casa para cocinar para la familia, y no puede arreglárselas para caminar esa enorme distancia cuatro veces al día, ya que tiene que estar en su casa para preparar el almuerzo también. Así que el sueño de Merced tiene que posponerse, al menos durante un tiempo.

El último día de clases, el Maestro Romanat le pregunta a Merced si él podía quedarse con el dibujo del iris que ella hizo cuando estaba en su clase. Merced se queda pasmada. Este es realmente un honor con el que nunca soñó.

—No tengo suficiente dinero para pagarte por lo que vale ese dibujo —agrega el viejo maestro—. Pero te lo puedo cambiar por uno de mis lienzos, así que escoge uno.

—Yo no puedo aceptar eso, Maestro —dice ella, moviendo su cabeza—. Me haría usted un honor aceptando mi dibujo como un . . .

El viejo la detiene.

—Merced, lo único que un artista tiene para vender es su obra. Nunca la regales, porque sino la gente va a pensar que tú no la valoras. En vez de eso, intercambia lo mejor que tú hagas por lo mejor que haga otra persona, ya sea esa persona un plomero o un presidente. —Hace una pausa, y entonces agrega—, O inclusive un viejo maestro endiabladamente excéntrico. —Le sonríe y dice, guiñándole un ojo—, Ahora, si tú crees que ninguno de mis lienzos vale lo que tu dibujo, eso lo puedo aceptar, porque tal vez no lo valga.

Merced le sonríe a su vez.

—¿De verdad que puedo escoger uno?

—Claro que puedes.

Merced se lleva a su casa un pequeño lienzo que muestra a una guajira, con un viejo vestido manchado de sudor, sentada en un sillón de balance mientras le canta a su bebé desnudo durante una calurosa tarde. La madre tiene el rostro arrugado y cansado. El niño luce incómodo en los brazos de su madre. Y sin embargo, la madre y el hijo se están mirando tiernamente uno al otro, ignorantes de que en el fondo un guajiro sin sombrero está apoyado sobre la baranda del portal mientras mira amorosamente a su mujer y a su hijo; su cara está fuertemente arrugada y fuertemente bronceada, excepto por una banda a lo largo de su frente, donde el sombrero que normalmente usa protege esa área del sol.

La imagen está pintada sin cuidado evidente por la perspectiva. Es como si el ojo del pintor se hubiera enfocado primero en la mujer, luego en el niño, luego en el hombre, y luego hubiera sobreimpuesto todas esas vistas diferentes una encima de la otra, eliminando todo, menos los sentimientos de cada persona en la pintura.

El cuadro se titula *Trinidad*.

Después de mostrar a su madre la pequeña pintura sin marco, Merced la coloca contra la pared encima del alto gavetero de la habitación que comparte con su hermana menor, Marguita, quien, sin haber cumplido aún los nueve años, no aprecia mucho la pintura, que a ella le parece muy mal hecha.

Dolores sabe cuán doloroso ha sido todo esto para su hija.

—Pero no es justo, Mamá —solloza Merced—. Maestro Romanat le dijo a toda la clase que mis dibujos eran buenos, que tenían alma. Algunos de los muchachos se llevaron becas, pero . . .

Dolores abraza estrechamente a su hija.

—Shhh . . . No llores. Sabes que me pongo a llorar cuando te veo llorando. ¿Tú quieres verme llorar?

Dolores le da a Merced un pañuelo que ha sido bordado por la propia Dolores.

—A ver, ¡déjame mirar esos ojos tan bellos!

Merced mira a su madre.

—Si yo hubiera tenido esas pestañas largas que tú tienes . . . —comienza a decir Dolores, y entonces se detiene.

—¿Qué pasa? —pregunta Merced.

—Estaba pensando —dice Dolores—. ¿Sabías que en una época, cuando tenía más o menos tu edad, yo quería tener los ojos azules? ¿Sabías eso? Habría dado cualquier cosa entonces por tener los ojos azules. ¡Pensaba que los ojos azules eran tan bellos! Pero si yo hubiera tenido ojos azules, no sé si tu padre me habría mirado de la forma en que lo hizo. Y entonces me los hubiera perdido a todos ustedes. Así que, ¿sabes qué? —agregó alegremente—, Por no tener esos ojos azules que yo tanto deseaba, acabé aquí, abrazándote así.

Abraza a Merced, besa suavemente la frente de su hija, y agrega como quien comparte un secreto, mirando profundamente en los oscuros ojos de su hija:

—Merced, en la vida suceden muchas cosas, cosas que al principio parecen horribles. Y al principio uno no entiende cómo cosas así pueden suceder. O por qué. Pero luego, al cabo de un tiempo, de repente se da cuenta uno de que lo que es de verdad importante no es que esas cosas sucedieran, sino si uno se aprovechó de ellas cuando sucedieron y las tomó por el lado bueno. ¿Sabes lo que quiero decir?

Merced sonríe y mueve su cabeza de lado a lado, igual que si fuera de nuevo una niñita en los brazos de su madre.

—Me imagino que hay que tener los años que yo tengo para entenderlo —agrega Dolores. Entonces sitúa a Merced a la distancia de su brazo y la mira.

—¿Te acuerdas de Esperanza? ¿Lo que parecía cuando te la dimos al principio, y lo que parecía después del gran fuego?

Merced asiente.

—Cuando la miraste por primera vez después que sobrevivió al fuego, una vieja muñeca arrugada, medio quemada, ¿no pensaste que era fea?

—Pues claro que no —dice Merced, dolida—. Yo siempre quise a Esperanza. Todavía la quiero, quiero que lo . . .

—Ay, yo sé que la quieres ahora tanto como antes, pero aún así, justo después del fuego, tú sí pensabas que era fea, porque era diferente. No era la misma Esperanza que te habíamos regalado.

—Bueno, tal vez sí —dice Merced, después de una breve pausa—. Pero sólo al principio —agrega rápidamente—. Tú lo sabes. Ahora pienso que es más bella que nunca. Es tan bella ahora que no me gustaría de ninguna otra forma.

—Entonces, mi amorcito —dice Dolores—, lo mismo te va a suceder a ti tan pronto como sobrevivas tu *gran* fuego, lo mismito. También vas a ser más bella, igual que Esperanza. Ya lo eres. Mírate ahora —le dice—. Vas a tener que dejar de ir a la escuela por un tiempo; eso puede sonar bastante mal. Pero vas a empezar a cocinar, y eso puede ser bastante bueno. Yo siempre quise cocinar, pero nunca tuve a nadie que me enseñara, ¿sabías eso?

Merced mueve la cabeza otra vez.

—Yo también tengo secretos, ¿sabes? —prosigue su madre—. Nunca se lo dije a tu padre, pero me habían dicho que la madre de Maximiliano era una cocinera buenísima y yo no quería que él se sintiera infeliz conmigo, así que le pedí que me prometiera que siempre tendría a alguien que nos cocinara. Por eso fue que lo hice. Tenía miedo de mi suegra, y ahora que tú conoces a la mamá de tu padre, dime la verdad, ¿no es verdad que yo tenía razón en tenerle miedo?

Y Dolores da un ligero cocotazo con sus nudillos en la cabeza de Merced, haciendo una imitación de la vieja señora de las manos huesudas y la espalda derechita, cambiando la voz para tratar de sonar como ella mientras se muerde los labios y da más y más duro en la cabeza de Merced, diciendo:

—¿No es verdad que tenía razón?

Merced empieza a reírse, a carcajada limpia, mientras le dice a su madre:

—¡Si te oye . . . !

—¡Ni que Dios no lo quiera! —dice Dolores con su propia voz, y comienza a reír—. ¡De seguro que me rompía la cabeza a cocotazos!

Las dos están ahora muriéndose de la risa cuando Dolores oye que Maximiliano abre la puerta de la calle.

—Sshhh! —le dice a Merced—. ¡No le vayas a ir con el cuento a tu padre ahora!

Maximiliano entra, preguntando.

—Ustedes dos suenan como dos gallinas que acaban de poner un huevo de oro cada una. ¿Qué está pasando aquí?

—¿Aquí? —dice Dolores, guiñándole un ojo a Merced—. Nada —agrega—. Boberías de mujeres, eso es todo. Boberías de mujeres.

ESA NOCHE, después que todos se han ido a dormir, cuando Mani entra a la habitación de sus hermanas para robar nuevamente el libro *Apolo*, se detiene frente a la pintura y la mira fijamente durante un largo rato.

La habitación no está demasiado oscura. Un poquito de luz entra a través de la alta ventana detrás de la cama de Merced. Esta luz viene de la bodega de Hermenegildo, cuyo almacén de la parte trasera todavía está iluminado.

Mani mira a la pintura y el poquito de luz en la habitación que envuelve a la pintura hace lucir como si toda la escena estuviera sucediendo de noche y no al mediodía.

Alguien apaga las luces en el almacén de Hermenegildo y la habitación de Merced repentinamente se oscurece casi por completo. Y sin embargo, a pesar de la casi total oscuridad, durante un brevísimo instante la pintura adquiere una extraña luminosidad a los ojos de Mani y parece resplandecer en lo oscuro. Es sólo cuando Mani ve moverse el sillón de balance y cuando escucha el llanto hambriento del bebé que él se sobresalta. Se frota los ojos y la habitación se convierte otra vez en la habitación que él conoce.

Mani regresa a su habitación, se tira en la cama, y mientras trata de quedarse dormido, se pregunta, ¿Cómo hizo eso el pintor?

Después de un largo rato, sin poder dormir, Mani echa a un lado la delgada sábana de algodón que lo cubre y sale de su cama calladamente, tan calladamente como puede, asegurándose de no despertar a su hermano, Gustavo, que está durmiendo a pierna suelta en la cama vecina.

Se pone el par de pantalones de algodón blanco que ha doblado y colgado cuidadosamente a los pies de su cama de metal esmaltado en blanco, y después de asegurarse de que nadie esté despierto, va descalzo y en puntillas hacia la habitación de las niñas otra vez, donde se para frente a la pintura del Maestro Romanat.

Sus ojos se demoran un buen rato en adaptarse a la casi total oscuridad de la habitación y poder ver la pintura, porque la habitación está iluminada casi exclusivamente por una lamparita de noche junto a la cama de Marguita, que le tiene miedo a la oscuridad. Pero después que sus ojos se adaptan finalmente a lo oscuro, mira fija, insistentemente, a la pintura durante un largo, largo rato.

Entonces, cuidadosamente, agarra el lienzo en sus manos y furtivamente sale de la habitación de las niñas.

Aún descalzo, atraviesa el patio en puntillas, pasa por la sala, donde todos los sillones de balance están durmiendo tranquilamente, y abre la puerta del frente, tan cuidadosa y lentamente como puede. Tranquilamente, tratando de no hacer ningún ruido, sale a la calle y después de asegurarse que el pestillo de la puerta esté en posición de poder abrirlo desde afuera, cierra la puerta silenciosamente tras él y cruza La Calzada, que está completamente vacía y callada a esta hora de la noche.

Va a la carnicería, levanta la reja que da a la Calle de los Toros lo suficiente como para poder colarse por debajo de ella, coloca la pintura sobre la superficie del mostrador de mármol blanco y enciende la lámpara que, con tres bombillos pelados, cuelga del centro de la carnicería. La repentina luz se refleja al instante en los cientos de brillantes mosaicos blancos que cubren las paredes, transformando toda la carnicería en una centelleante estrella blanca, resplandeciendo con una deslumbrante luz en medio de la oscura noche sin luna que envuelve al barrio.

Mani mira fijamente la pintura durante un largo, largo rato en medio de esta resplandeciente luz.

Los personajes de la pintura están vivos, no cabe duda. Él ve la chispa de la vida en sus ojos.

No sólo puede ver la chispa de la vida en los ojos de cada uno de los tres personajes de la pintura, sino que también puede oír sus pensamientos. Oye lo que el hombre está pensando mientras mira a la mujer; lo que la mujer está pensando mientras mira al bebé que tiene en sus brazos. Inclusive puede oír lo que el bebé está pensando.

Entonces, con determinación, arranca un pedazo del papel de estraza para envolver que Maximiliano tiene en un rollo sobre el mostrador de la parte trasera del establecimiento, lo coloca sobre el mostrador de mármol blanco al lado de donde ha situado la pintura, toma el creyón negro con que él y su padre escriben los precios, y al mismo tiempo que mira la pintura comienza a dibujar sobre el papel de envolver su propia versión de lo que ve. Pero las luces que están sobre él, brillando poderosamente sobre la superficie muy fuertemente barnizada del lienzo, crean reflejos circulares de una intensa luz blanca que, cegándolo, no le permiten ver la pintura en todos sus detalles.

Trata de cerrar primero un ojo, luego el otro. Pero no funciona. Siempre quedan esos círculos deslumbrantes de luz blanca que tapan lo que él esté tratando de ver.

Después de un breve rato de frustraciones, decide tratar algo diferente. Cuidadosamente, coloca la pintura verticalmente, recostada contra la recia pesa sobre el mostrador de mármol blanco. Pero la superficie del mármol está demasiado pulida y demasiado resbalosa para que la pintura se pueda quedar parada, y comienza a deslizarse hacia abajo.

Busca por la carnicería algo pesado que sostenga al lienzo en su lugar, y al encontrar el gran cepillo de madera con cerdas de metal que él usa para limpiar los anaqueles de metal en el interior de la nevera, lo coloca al pie de la pintura, recostándolo contra la pesa.

Funciona.

El lienzo ahora está parado casi perfectamente derecho, y él puede ver ahora la pintura entera sin los deslumbrantes reflejos.

Entonces, con un rápido y atrevido trazo, comienza a dibujar sobre la superficie del papel.

No mira al papel.

Mira fijamente a la pintura y al hacerlo su mano comienza a moverse como por sí sola mientras sus ojos se mueven despaciosamente sobre la superficie del lienzo, trazando lenta y deliberadamente el contorno del hombre, que se convierte en el contorno de la baranda contra la que el hombre se apoya, que se convierte en el contorno del sillón de balance que toca a la baranda, que se convierte en el contorno de la mujer en el sillón de balance, que se convierte en el contorno del niño en los brazos de ella.

Es sólo cuando sus ojos, que se han estado moviendo poco a poco sobre el lienzo, llegan a los ojos del bebé en los brazos de la mujer que Mani mira su dibujo. Pero comenzó su boceto demasiado cerca del borde del papel y su dibujo se ha extendido sobre la superficie de mármol blanco.

No se dio cuenta de lo que estaba haciendo.

Tiene que borrar todos los trazos que el creyón ha dejado sobre el mármol blanco.

No quiere que Maximiliano sepa lo que él ha hecho.

No quiere que *nadie* sepa lo que él ha hecho. Pero *sobre todo* Maximiliano.

Si está seguro de algo es de que él no quiere que Maximiliano sepa lo que ha hecho.

Agarra un trapo sucio de debajo del fregadero de esmalte blanco en la esquina trasera, abre la llave, moja el trapo, exprime el exceso de agua y entonces, acercándose al mostrador cubierto con los trazos negros del creyón, está a punto de limpiar la superficie de mármol blanco cuando mira al dibujo que tiene frente a él.

No lo había mirado hasta ahora.

Se había enojado tanto por los trazos negros del creyón sobre el mostrador de mármol blanco que no había mirado a su dibujo. Ahora lo mira. Y lo que ve lo deja perplejo. No se parece en nada a la pintura. No, en nada.

Lo que tiene frente a él no es más que una sola línea continua que, empezando en el hombre apoyado en la baranda, ha logrado llegar sinuosamente hasta los ojos del niño en los brazos de la mujer; una sola línea continua que descansa ahora sobre el papel de estraza, ahora sobre la superficie de mármol blanco; una gruesa y única línea continua que, silueteando osadamente los personajes de su dibujo, se las ha arreglado de alguna forma para juntarlos, atándolos de la misma manera en que Maximiliano y Dolores están atados uno al otro cuando bailan; una fuerte y única línea continua que envuelve a los tres diferentes personajes de su dibujo convirtiéndolos en una unidad.

Una familia.

Primero, Mani mira fijamente a su dibujo. Luego a la pintura de Romanat. Y luego a su propio dibujo otra vez.

Así que eso es lo que es una familia, piensa.

Mira a la familia de su dibujo durante un largo, largo rato, y entonces, mientras empieza a limpiar la parte de la línea única que descansa sobre la superficie de mármol blanco, empieza a preguntarse cómo se sentiría el ser el niño en los brazos de esa mujer, ese niño

cuyo padre lo está mirando, con sus ojos rebosantes de un amor inmenso. Y de orgullo.

★ ★
★

22

Los toros también tienen sueños. Es verdad. No son tan diferentes del resto de
nosotros. Todos nosotros tenemos sueños,
los que todos nosotros queremos que se realicen, si no durante
nuestra vida, entonces al menos durante la vida de nuestros hijos, o de los hijos de nuestros hijos. Todos nosotros pasamos
nuestros sueños —igual que pasamos todo lo demás— a nuestros
hijos, que heredan esos sueños, y quienes a veces hacen de esos
sueños heredados, sus propios sueños. Y a veces los sueños sí se
realizan. Puede que se demoren un poco, y que haga falta enga-
tusar un poco aquí y allá, pero a veces los sueños sí se realizan.

Maximiliano el carnicero también tiene sueños.

Igual que su padre antes de él, y el padre de su padre antes de ellos
dos, Maximiliano sueña de con que sus hijos entren en el negocio de
la familia y se hagan carniceros, como él.

Ser carnicero es algo muy bueno. Él se las ha arreglado verdaderamente bien para mantener una familia tan grande como la suya, sobre todo durante las condiciones en que ha transcurrido su vida, que
no han sido nada ideales. Dos veces ha comenzado desde abajo. Y
dos veces se las ha arreglado para salir bien del asunto. Tiene una familia hermosa y saludable; nunca ha faltado la comida sobre su
mesa; y sus hijos varones se han convertido en dos recios toretes, casi
dos hombres adultos ya.

Mani, que ahora tiene casi veinte años, lo ha estado ayudando la
jornada entera en la carnicería de la Calle de los Toros en Luyanó durante ya casi tres años y medio, desde que terminó la enseñanza
obligatoria —que en Cuba se completa a eso de los dieciséis años— y
ha desarrollado un talento para lidiar con sus clientes, tomándose su
tiempo para dejarles saber con exactitud qué es lo que ellos realmente
quieren, que es la cualidad esencial de un buen comerciante. Todavía
no es un gran carnicero, pero no hay dudas de que está en camino de
llegar a serlo.

Gustavo, que cumplió dieciséis años hace cinco meses, acaba de terminar su enseñanza obligatoria y ya está lo suficientemente crecido como para ayudar en la carnicería y aprender el oficio. Maximiliano lo ha traído para que ayude también, y está en el proceso de enseñarle los fundamentos de cómo ser un buen carnicero.

Maximiliano necesita toda la ayuda que pueda conseguir. Es necesario ganar mucho dinero nada más que para cubrir los gastos de la carnicería y darles bastante comida a esos muchachos en pleno desarrollo que parece que nunca jamás paran de comer. No puede pagar por un ayudante. Además, inclusive si pudiera, nunca ha pensado en esa posibilidad. Él tiene dos hijos varones, ¿no es así? Y los va a hacer carniceros a los dos.

Nunca les preguntó a los muchachos. ¿Por qué lo iba a ser? Él sabe que ser carnicero es algo bueno para uno. Lo mantiene a uno saludable, fuerte, y en excelente forma, y, para colmo, uno es su propio jefe. ¿Qué más se puede pedir? Así que, ¿por qué va a tener él que preguntarle a sus muchachos acerca de su futuro? Ciertamente que nadie le preguntó a él cuando él se hizo carnicero. Él hizo, sencillamente, lo mismo que hizo su padre, lo mismo que hizo el padre de su padre antes de dejar atrás catorce hijos e irse a pelear en la guerra y liberar a Cuba.

Maximiliano admira a su abuelo, el héroe cubano cuyo nombre él lleva. Maximiliano sabe que el viejo necesitó mucho coraje para hacer lo que hizo. Él mismo no sabe si él habría podido hacer lo que hizo el viejo. Claro, cuando el viejo dejó atrás a su familia para irse a pelear a la guerra, para esa época su hijo mayor, el padre de Maximiliano —que llegaría a ser el carnicero de Batabanó— ya era un jovencito, tan fuerte como Mani lo es ahora, y le dijo a su padre que no se preocupara por ellos. Le prometió a su padre que, trabajando en la carnicería de su padre, él pondría comida en la mesa de su padre, lo que hizo hasta que llegó el momento en que el joven mismo fue lo bastante adulto como para unirse al Ejército Libertador de Cuba, dos años después.

Esos dos hombres, el padre y el abuelo de Maximiliano, sabían que la comida no es todo lo que necesita una familia. Una familia, al igual que una persona, necesita orgullo, la sensación de ser importantes, y la sensación de hacer lo correcto. La comida alimenta al cuerpo, pero los sueños alimentan al alma. La vida sin sueños no tiene sentido, igual que no tiene sentido una pintura sin alma. Y esos dos hombres, el padre y el abuelo de Maximiliano, habían tenido sus sueños. Ellos no podían sentirse orgullosos mientras quedara un esclavo trabajando bajo el hiriente azote de los crueles españoles; no podían sentirse importantes mientras quedara una mujer negra que se viera forzada a ser la concubina de alguien que se consideraba su amo; no podían sentir que estaban haciendo lo correcto mientras su patria no tuviera la libertad de ondear su propia bandera. No podían sentirse dignos hasta que fueran capaces de levantarse, altos y orgullosos, como la palma real, bajo esa bella bandera con la estrella solitaria flotando en un mar triangular de roja sangre, la sangre derramada por los miles de criollos que habían hecho posible que Pablo muriera siendo un hombre libre y que Maximiliano tuviera su propia carnicería y criara a su propia familia con dignidad y orgullo. Esos hombres habían tenido sueños, y los habían hecho realidad.

Eso es lo que Maximiliano les dice a sus hijos una y otra vez.

—Una vida sin sueños —dice—, es absurda. Todo lo que ustedes tienen que hacer —agrega, es decidir lo que quieren hacer, y entonces hacerlo. Nunca se den por vencidos hasta que lo hagan. Pero les advierto —agrega siempre—, tienen que ser fuertes de verdad para hacer realidad sus sueños, muy fuertes, como su abuelo y el padre de su abuelo. Muy fuertes. —Entonces mira a sus hijos y les sonríe—. ¿Son ustedes fuertes de verdad?

Cada vez que Maximiliano hace esta pregunta a sus hijos varones, Mani, el moreno de ojos oscuros, siempre responde mostrando los fuertes músculos de sus brazos, igual que lo hacía cuando era niño, allá en Batabanó. Gustavo, el rubio de ojos azules, no lo hace. Él sólo escucha a su padre, se esconde detrás de sus espejuelos y reflexiona, como siempre hace.

Es el lunes temprano por la mañana. Gustavo y Mani acaban de apilar los enormes bloques de hielo dentro de la nevera en la parte posterior de la carnicería y de colgar toda la carne en su lugar adecuado, cada res colgando de donde debe, de acuerdo al tiempo que ha pasado en la nevera. Sacan un jarrete, que colocan sobre el enorme bloque de madera situado en el mismo centro del establecimiento mientras Maximiliano saca sus grandes cuchillos de carnicero y comienza a afilarlos.

Los tres visten largos delantales blancos con tenues huellas de manchas de sangre, ya que es difícil quitar las manchas de sangre después que caen sobre la tela. Dolores las lava y les echa lejía a diario a esos delantales, y luego ella misma los plancha, algo que Maximiliano le ha dicho muchas veces que no lo haga, pero que ella hace de todas formas. A ella le encanta ver a sus tres hombres con esos blancos delantales, radiantes y limpios y acabaditos de planchar, y lo hace a diario tan sólo por el gusto que le da verlos.

—Por que así todo se ve más bello —le dice a Maximiliano cada vez que él le pregunta por qué lo hace—. Así todo se ve más bello —dice ella—. Por nada más. Sólo por eso.

Ella acaba de traerles a sus tres hombres café recién colado que huele, ¡Ah, tan rico! Y se queda allí de pie, dentro de la carnicería, tomando su propia tacita de oscuro café cubano. Manuel, el doctor, le ha dicho que no lo beba, porque es malo para su corazón, pero ella bebe sólo un poquito una vez al día, por la mañana temprano, porque le gusta sorberlo a buchitos mientras mira a sus tres hombres vestidos de blanco dentro de la carnicería, que está cubierta desde el piso hasta el techo de mosaicos blancos que resplandecen como espejos.

Mientras toman su delicioso café, Dolores y Mani están parados en el lado de la carnicería que da a la Calle de los Toros. Ambos miran al exterior, disfrutando el aire fresco de la mañana y el bello cielo turquesa que, flotando sobre ellos, promete hacer de éste un día particularmente bello. Gustavo y su padre están recostados sobre el mostrador que da a La Calzada.

Gustavo es el primero que termina su café, y mientras los demás están todavía disfrutando su café, él exclama repentinamente:

—Hay algo que tengo que decirte, Papá.

Su padre lo mira, sosteniendo todavía su tacita de café, a la que sólo le caben unas cuantas gotas de ese rico café oscuro que a Dolores le gusta tanto probar cuando está caliente, casi hirviendo, como está este café de hoy.

—Habla —dice Maximiliano, respondiendo a la exclamación de Gustavo.

Se produce una larga pausa.

Dolores y Mani se vuelven hacia Gustavo, que no mira a la cara a nadie mientras responde. No quiere verle la cara a nadie, y menos a su padre, porque sabe que lo que va a decir lo va a lastimar muchísimo. Y sin embargo, tiene que decirlo o si no, se va a volver loco.

—Yo no quiero ser carnicero —dice, e instintivamente se mueve hacia atrás como si tuviera miedo de la reacción de su padre.

Maximiliano jamás en su vida le ha alzado la mano a ninguno de sus hijos. Un buen correazo alguna que otra vez, quizás. Pero sólo a los varones y sólo dirigido hacia las piernas. Dolores, con su técnica de las sillas de castigo, ha logrado maravillas y pocas veces, si acaso, ha tenido Maximiliano que usar la correa; un viejo cinturón de piel, ancho y descuajaringado que, úsese o no se use, cuelga de una manera bien evidente en la puerta de la habitación de Maximiliano, que siempre se mantiene abierta.

Los muchachos nunca han sido golpeados por su padre. Y sin embargo Gustavo se mueve hacia atrás como para poner una distancia entre Maximiliano y él.

Dolores y Mani están mirando a Gustavo mientras Maximiliano, que todavía está bebiendo su café, dice tranquilamente:

—¿Y *qué* es lo que tú quieres ser? —Sopla sobre su café para enfriarlo. El café está aún tan caliente que todavía echa humo.

Esta vez Gustavo mira de frente a su padre.

—Quiero ser poeta.

Su padre alza los ojos y mira a Gustavo.

—¿Poeta? —pregunta, con una mirada sinceramente desconcertada en el rostro.

—Poeta —Gustavo responde decididamente—. Poeta y escritor. Tal vez trabajar en un periódico. Hacerme periodista, o reportero. Eso es lo que me gustaría. —Su rostro se ilumina como por arte de magia cuando dice eso. El muchacho meditabundo que nunca le dice nada a nadie ha cobrado vida. Sonríe. Una sonrisa a medias, es cierto, pero de todos modos una sonrisa.

Maximiliano mira a Gustavo y coloca ahora la tacita, ya vacía, sobre el mostrador de mármol. Dolores la recoge cuidadosamente y la coloca en la bandejita blanca que usa para traer el café desde su casa al cruzar La Calzada. Mani está mirando a Gustavo y a su padre con ojos perplejos.

Hasta ese momento Gustavo ha sido siempre el hermano menor de Mani, el que se mete en problemas constantemente sólo para correr hacia Mani, quien siempre se las arregla para sacar a Gustavo del problema en que se haya metido. No hay dudas de que Mani ha sacado a Gustavo de muchos problemas. Gustavo nunca se ha llegado a fajar ni en una sola de las peleas a las que siempre está dando pie en el barrio. El resto de los toretes de la calle saben cómo protege Mani a su hermano menor. Todo lo que Mani tiene que hacer es fruncir el ceño y todos los otros toretes retroceden al instante, porque todos han visto ese ceño fruncido y porque todos saben a lo que ese ceño conduce: a comer tierra.

Pero este Gustavo al que Mani está mirando hoy, este Gustavo es un hombre, que ya ha dejado de ser un muchacho. No sólo eso. Es un hombre al que Mani no conoce. Gustavo, que siempre ha confiado en Mani, no le ha dicho a Mani una palabra de lo que estaba planeando hacer hoy por la mañana, lo que está haciendo en este instante. Este Gustavo, éste que está sosteniendo valientemente la mirada de Maximiliano, es un Gustavo que Mani no conoce, pero un Gustavo al que Mani no puede dejar de admirar. Este Gustavo tiene agallas. Agallas suficientes como para plantear su caso, y tal vez agallas suficientes como para defenderlo. Mani está desconcertado e intrigado por este Gustavo, y también lo está Dolores, sencillamente parada allí, sin decir palabra. Esto es entre Gustavo y su padre.

Gustavo no le ha dicho nada a ella. Él nunca le dice nada a nadie. Siempre ha sido un muchacho tan tímido. Pero este Gustavo al que ella está mirando hoy ya no es tímido. Este Gustavo es atrevido, tan atrevido como ella misma cuando desafió la autoridad de su padre. Este Gustavo la complace. Puede ver su propia sangre en su hijo, y aunque ella no ha dicho una palabra, está orgullosa de este muchacho que está mirando a su padre de la manera en que dos hombres se miran: a los ojos. Y eso es bueno. Ésa es la clase de hombre que a ella le gusta. Ésa es la clase de hombre que siempre quiso criar, y ésa es la clase de hombre que ha logrado criar. Está orgullosa de sí misma. Siempre ha estado orgullosa de sus hijos y de su marido y de su vida, pero ésta es una clase diferente de orgullo. Éste es el orgullo de un maestro que ve a uno de sus alumnos graduarse a un nivel de educación superior.

Silenciosamente, tranquilamente, coloca las tres tazas sobre la bandejita blanca y espera. Ella sabe lo convencido que está Maximiliano acerca de que los muchachos lo ayuden en el negocio familiar, y se siente de su parte. Pero también puede ver el coraje que Gustavo demuestra al salir adelante y desafiar a su propio padre, y también se siente de parte de Gustavo. Ella se pregunta, ¿Es así como se sintió su pobre tía Ausencia, su vieja tía solterona, cuando ella, Dolores, desafió al señorón de Batabanó? ¿Estaba ella también de parte de los dos en aquel momento?

—¿Poeta? —pregunta Maximiliano—. ¿O reportero? ¿Cuál de los dos?

Al hacer estas preguntas toma dos de sus grandes cuchillos de carnicero y comienza a afilarlos frotándolos uno contra el otro, algo que siempre está haciendo. Lo hace automáticamente, igual que los que se comen las uñas, sin darse cuenta de lo que están haciendo. Maximiliano frota un cuchillo contra el otro y espera por la respuesta de Gustavo.

—Se puede ser las dos cosas —dice Gustavo—, ¿no? ¿Al mismo tiempo?

Gustavo no está seguro. Se supone que su respuesta fuera una afirmación, pero de algún modo la hizo sonar como una pregunta. Sin embargo, Maximiliano la toma como una afirmación porque sabe, igual que lo saben Mani y Dolores también, que así fue como Gustavo quiso que sonara. Maximiliano mueve su cabeza de arriba a abajo, afilando todavía sus cuchillos.

—Sí —responde—, me imagino que tienes razón. Un poeta . . . — Hace una pausa y piensa sobre eso. Maximiliano, que le ha escrito poemas a Dolores y le ha puesto letra a canciones populares, piensa sobre lo que es ser un poeta. Y entonces agrega—, Un poeta es una especie de reportero. —Sigue asintiendo con su cabeza mientras toma automáticamente otro par de cuchillos y comienza a afilarlos—. Yo no sé de ningún reportero que sea poeta —sigue él hilvanando sus pensamientos, expresándolos tal y como le vienen a la mente—. Pero eso no significa que no sea posible. —Mira a Gustavo a los ojos y dice de buenas a primeras—, ¿Es eso lo que tú quieres ser? ¿Durante el resto de tu vida? —Subraya *el resto de tu vida,* haciendo que suene realmente como muchísimo tiempo.

Gustavo hace una breve pausa.

Entonces mira a su padre a los ojos mientras le responde:

—Sería divertido.

Esa debe haber sido la palabra mágica, la palabra que Maximiliano estaba esperando escuchar. A Maximiliano le encanta su trabajo. Le encanta cortar la carne, quitarle la grasa, prepararla de la manera correcta, hablar con sus clientes, y ser su propio jefe. Nunca ha trabajado para otra persona. Bueno, naturalmente, trabajó para su padre, pero en esa época estaba aprendiendo su oficio. Y luego trabajó *con* Pancho, no *para* Pancho, durante medio año. Es cierto, eso no le gustó mucho, pero al trabajar con Pancho estaba comprando su carnicería, así que eso en realidad no cuenta. No. Siempre ha sido su propio jefe y a él le gusta eso. Le encanta su trabajo y se divierte muchísimo haciéndolo. Él disfruta, disfruta de verdad, cada día, uno por uno. Inclusive cuando su casa se quemó, inclusive cuando todo lo que tenía se lo llevó Ogún, el enfurecido dios negro del mar, inclusive entonces él disfrutó cada día, porque cada día es como un desafío, y a Maximiliano le encantan los desafíos. Cada desafío lo hace más fuerte y más sabio. Y eso le gusta.

—Está bien —le dice Maximiliano a Gustavo. Está mirando a su hijo y sonriendo. Durante cerca de un segundo ha dejado de afilar sus cuchillos. —Si eso es lo que quieres, hazlo —agrega—. Lo peor que puede pasar es que te mueras tratando de hacer realidad tu sueño, y como todos nos tenemos que morir, ¿qué mejor modo de morirse que ése?

Mani está anonadado, incapaz todavía de creer lo que está oyendo.

Dolores termina su café, que ya está frío, pero eso no le importa.

Gustavo se quita su delantal y lo cuelga en el gancho junto a la puerta de la nevera, que está cerrada.

Dolores no ha dicho una palabra.

Recoge la bandejita blanca, ahora con cuatro tacitas blancas vacías, y sale hacia la casa.

Gustavo comienza a seguirla cuando se vuelve y mira a su padre.

Maximiliano ha comenzado a trabajar en el jarrete de carne que está sobre el bloque en el centro de la carnicería, ayudado por Mani, cuando Gustavo le pregunta:

—Si me sale mal, ¿puedo volver aquí?

Maximiliano se detiene en el medio de un corte, algo que Mani nunca lo ha visto hacer. Responde:

—Claro, hijo. ¿Qué pregunta es ésa? ¿Para qué te crees que están los padres? Claro que puedes volver aquí en cualquier momento. Pero no te va a salir mal. —Sonríe a Gustavo, quien ahora mira a su padre con una mirada diferente, porque su padre lo está mirando con orgullo, y Gustavo puede verlo en los ojos de su padre.

Esto es algo que Gustavo nunca antes ha visto. Siempre ha estado allí, pero Gustavo nunca antes lo ha visto. Y ahora que lo ve, Gustavo se da cuenta de cuánto lo quiere este fuerte y apuesto toro de hombre que parece un emperador, y eso lo hace sentir bien.

Maximiliano mira a Gustavo y le da a su hijo una de esas cautivadoras sonrisas por las que es famoso, al decirle:

—¡Ahora vete! ¡Mani y yo tenemos mucho que hacer! —Y vuelve a trabajar, comenzando otra vez el corte que estaba haciendo antes de que Gustavo lo interrumpiera.

Gustavo se va para la casa.

Es YA media mañana.

Mani, que está ayudando a su padre, va a la nevera para sacar otra pieza de carne, y en su camino hacia allá ve el delantal de Gustavo colgando del gancho junto a la puerta de la nevera, sobre el suéter que siempre cuelga allí.

Lo mira.

Y se pregunta si algún día él se atreverá a colgar su propio delantal en ese gancho.

•

Tercera Parte

Bodas
1936–1938

23

Mil novecientos treintiséis no es diferente a los cinco años que le precedieron. El dinero está todavía escaso, muy escaso. Más que escaso.

Por eso es que cuando Ferminio, el dueño de los dos mataderos de Luyanó, invitó a Maximiliano y a toda su familia a la boda de su única hija, Fernanda, y a la recepción que le seguía, Dolores —sin el suficiente dinero para comprar un buen regalo— se ofreció para bordar a mano todas las rosas del vestido de novia como regalo de bodas. Lo que ella nunca sospechó, cuando hizo la oferta, fue que habría ¡tantas rosas!

¡Durante días interminables, semanas interminables, ha estado bordando rosa tras rosa tras rosa! Pero ya queda poco. Diez paños de la falda ya están terminados. Sólo quedan dos paños más. Doce rosas por paño. Veinticuatro rosas más.

Dolores suspira.

Cuando llegó la hora de que la hija de Ferminio, Fernanda, se casara con Arsenio, el criollo que ha estado manejando el matadero cubano de Ferminio durante los últimos años, la novia le pidió a sus padres la más sencilla de las ceremonias, algo que complació muchísimo a Ferminio.

Pero ni la novia ni Ferminio tuvieron en cuenta a la madre de la novia.

Albertina, la esposa de Ferminio, siempre soñó con una boda de traje largo a todo meter, por la iglesia, el tipo de boda que ella no tuvo cuando se casó; y ahora que su única hija se va a casar, ella ha decidido darle a Fernanda la boda que ella, Albertina, nunca tuvo. Y cuando Albertina se decide por algo, Albertina se sale con la suya, gústele a quien le guste.

Y se está saliendo con la suya. Se ha vuelto loca gastando en la boda de su hija hasta el último centavo que Ferminio ha ahorrado durante toda su vida.

«Tirando la casa por la ventana», como dicen los cubanos.

Para la misa matrimonial, Albertina ha mandado a cubrir por completo el altar mayor de la Muy Gloriosa Catedral de La Habana con rosas de tallo largo, y Fernanda, la novia, llegará, acompañada por su padre, en una elegante volanta descapotada de cuatro caballos, conducida por un negro alto vestido de librea.

La recepción que sigue se celebrará en el salón de fiestas privado más grande del Hotel Nacional, un edificio espectacular ubicado al norte de La Habana, pegado a la costa, en una barriada muy exclusiva. La comida estará a cargo de El Siglo Veinte, el mejor restaurante del hotel, con bar abierto para todos los invitados; y va a ser amenizada por Las Hermanas Albaracoa, una orquesta toda de mujeres, y La Orquesta Sensación, las cuales entretendrán al público alternadamente para que la música nunca se detenga.

Cuando Ferminio, que tiene que aprobar las facturas, le dice que se ha vuelto completamente loca, Albertina responde:

—Ferminio, mi amor, tú sabes de toros. Yo sé de bodas.

Y a pesar de toda esa gastadera incesante, el vestido de bodas, diseñado por la propia novia, está siendo cosido a mano, amorosa y exquisitamente, por Albertina misma con la ayuda de sus mejores amigas, incluyendo a Dolores, que está haciendo todo el bordado.

A Dolores ya no le es tan fácil bordar. Después de todo, ya ella no tiene ni la vista ni la energía de la muchacha de dieciséis años que una vez fue. Ella es la madre de cuatro hijos ya crecidos, una mujer madura de cuarentidós años que tiene que usar espejuelos para poder bordar y que se arranca canas de su hermosa melena negra con demasiada frecuencia. Pero aunque ha aumentado unas cuantas libritas de peso y le han salido unas cuantas arruguitas más, todavía es atractiva y traviesa. Al menos eso es lo que dice Maximiliano, cuyos cortos cabellos también se le han empezado a hacerse gris, aunque a él, por ser rubio, no se le nota tanto.

Dolores toma el penúltimo paño de la falda, lo coloca sobre sus rodillas, aprieta el aro de bordar y, a medida que comienza a bordar nuevamente, su mente viaja hacia ese mundo extraño que es el pasado, donde monjas insoportables coexisten con llamaradas de fuego y con marejadas y con un viejo ómnibus rosado pastel y con mulatas y con una niñita que nació pequeñita y azul y con una muchacha con un vestido de una gasa blanca bordada con colibríes y flores de mar pacíficos subiendo los escalones hacia su lecho nupcial. ¿Qué le pasó a todos esos años en el medio? ¡Se han ido volando! ¡El año que viene va a ser ya su aniversario de plata! ¿Será eso posible? Mueve su cabeza con un gesto de incredulidad. ¿Cómo puede ser? ¡Si se siente tan joven por dentro! Pero cuando piensa en sus hijos no le queda más remedio que asentir afirmativamente, porque sus hijos son ahora hombres y mujeres. Inclusive Marguita, la más pequeña, que no tiene catorce años todavía —y a quien ya no le gusta que la llamen Marguita, sino que insiste en que la llamen Marga, algo que nadie hace— inclusive ella es ya el tipo de jovencita a la que los muchachos de Luyanó les gusta piropear, algo que a Marguita, la puritana Marguita, rubia y de ojos azules, odia, porque la abochorna.

Dolores corta con sus dientes la sedosa hebra. ¿Por qué Fernanda tuvo que haber diseñado un vestido de novia con una falda de doce paños? Bueno, una rosa más. La última rosa en este paño. ¡Sólo faltan doce rosas más!

Suspira de nuevo.

Y entonces sonríe su famosa sonrisa traviesa, porque de pronto se ha imaginado a sí misma bordando el vestido de novia de su propia hija Merced.

Se detiene.

¿Cuánto faltará antes de que ella tenga nietos jugando a su alrededor? Eso le encantaría. ¡Ha pasado tantísimo tiempo desde que tuvo un niño cerca! Desde que su bebita Iris se fue de su lado, hace ya años. Hace ya una vida entera.

Alza su cabeza y escucha. La casa parece extrañamente silenciosa hoy.

Mira a su alrededor y se da cuenta de que está completamente sola. Inclusive Merced, que ha estado a cargo de la cocina desde que despidieron a Zenaida, está de compras. Dolores se siente muy extraña al encontrarse tan completamente a solas. No puede acordarse cuando fue la última vez que estuvo completamente sola en su casa, como lo está hoy. La casa se siente de pronto tan tranquila, tan callada, tan vacía. Tan inmensa.

Y de pronto Dolores es capaz de entender cómo la madre de Maximiliano, esa vieja mujer con los nudillos huesudos, se debe haber sentido cuando luchó por mantener a Mani con ella durante . . . ¿cuánto tiempo fue? Demasiado tiempo. Una eternidad.

Ella recuerda que en aquella época pensó que nunca podría perdonar a esa vieja mujer por lo que hizo: robarle un niño a su propia madre, forzarla a regalarle a su propio hijo.

¡Qué cruel fue el hacer eso!

Pero ahora, hoy, mientras está sentada en el sillón de balance bordando rosas en el vestido de novia de otra mujer, se da cuenta que dentro de poco todos sus hijos se habrán ido y que dentro de poco esta vieja casona va a estar en silencio todo el tiempo, como lo está ahora. Tranquila. Callada. Vacía.

Inmensa.

Es entonces que entiende cómo esa pobre vieja mujer se debió haber sentido.

Y, por primera vez en su vida, Dolores es capaz de perdonar a esa vieja mujer por lo que hizo.

24

El salón de fiestas del Hotel Nacional es verdaderamente magnífico.

Las paredes están recubiertas con paneles de caoba cubana que sirven de marco a grandes espejos biselados donde se reflejan otros espejos que reflejan los numerosos arreglos de rosas de tallo largo que Albertina, la esposa de Ferminio, ha ordenado para decorar el salón para la recepción de bodas de su hija. Del elevado techo elaboradamente artesonado cuelgan tres enormes lámparas hechas de cristal veneciano, las que titilan como si estuvieran hechas de estrellas, estrellas que se reflejan en los pisos de mármol travertino, tan brillantes como los espejos biselados de las paredes. Y sin embargo, a pesar de la rígida formalidad y de la discreta elegancia, el salón está a punto de explotar. Nunca nada que tenga que ver con un grupo de cubanos puede ser ni formal ni discreto. Y menos aún cuando están de fiesta.

¡Y qué clase de fiesta es ésta!

El champán corre libremente entre las mujeres y el ron oscuro entre los hombres mientras el famoso conjunto Albaracoa, un conjunto compuesto exclusivamente de preciosas mulatas —que también son muy buenas músicas—, están tocando un *son oriental,* un tipo de baile nuevo en La Habana de 1936.

Fidelia, la trompetista, está tocando especialmente bien esta noche —el champán le está haciendo salir lo mejor de ella, o al menos eso es lo que parece. Y lo mismo pasa con Hortensia, la muchacha que toca el bongó, que está también inspirada esta noche. En realidad, todas las muchachas están inspiradas esta noche. Todas estas muchachas son hermanas de verdad. Vienen de Santiago, la segunda ciudad más grande de Cuba, situada en el otro extremo de la isla, el extremo oriental, donde las montañas son realmente altas y donde la música es realmente caliente; y ellas han traído a La Habana un nuevo y agitado ritmo que hace hervir la sangre en las venas y pone alas en los pies, como acostumbran a decir los cubanos.

Mani, que ahora tiene veintiún años, de cuello y corbata con un traje blanco de hilo, con su pelo oscuro y ondulado resplandeciente de brillantina, está de pie, solo, disfrutando de su ron oscuro. Nunca ha estado en un lugar como éste, y lo mira todo, fijándose en los pequeños detalles mientras el resto del mundo desaparece en una neblina como si estuviera fuera de foco. Es probablemente el efecto del potente ron sobre el inexperto joven, pero poco a poco una serie de imágenes, como si fueran pinturas, comienzan a adquirir forma en su mente.

Nota cómo las amortiguadas luces incandescentes que se reflejan en el salón de caoba rojiza matizan los prietos rostros de las mulatas del conjunto, haciéndolas lucir de un morado rosáceo, casi lila; sus vestidos blancos de faldas largas y de muchos vuelos, que están abiertas por el frente para que se vean sus bien torneadas piernas, se hacen color marfil, el color de las gastadas teclas de un piano viejo; sus negros cabellos estirados y arreglados se hacen de un color azul marino oscuro con toques de turquesa y esmeralda; y sus labios, sus pulposos labios tentadores se hacen de un rojo intenso tan oscuro y tan lustroso que reflejan las estrellas escondidas en las gigantescas lámparas de cristal.

De repente, mirando a esas muchachas sobre la plataforma, Mani se da cuenta de que la sangre se le ha precipitado dentro de su cuerpo, y su órgano viril, parado en atención, ha comenzado a notarse a través de sus finos pantalones de hilo blanco. Durante un momento se siente cohibido y no sabe qué hacer. ¿Debe poner sus manos dentro de los bolsillos y tratar de disimular lo que le está ocurriendo? Pero entonces decide que, después de todo, esto es una boda, y los banquetes de bodas se dan precisamente para celebrar ese tipo de precipitación de la sangre.

Así que hace que le llenen su vaso nuevamente con ese ron suavecito que sabe tan rico, lo levanta en el aire, se lo dispara por la garganta, y mira, con esos insolentes ojos que ha heredado de Maximiliano, a cada una de las muchachas, quitándoles la ropa con sus penetrantes ojos oscuros y soñando cómo se sentiría el penetrar en ellas, la blancura de él contra la prietura de ellas.

Hortensia, la muchacha que toca el bongó, lo ve. Al principio, ella lo mira profundamente a los ojos, y luego Mani la ve deslizar sus ojos hacia abajo, hasta que llegan a las entrepiernas de Mani y allí permanecen fijos en aquello que parece apuntar hacia ella. Ella se sonríe de oreja a oreja, le da un codazo a su hermana, Fidelia, que está tocando la trompeta a su lado, y con un rápido movimiento de los ojos, señala hacia Mani, que está ahora mirándolas fijamente a las dos. No toma mucho tiempo para que todas las muchachas del conjunto estén mirando a ese apuesto torete que las está mirando a todas ellas con esos penetrantes ojos oscuros de él llenos de travesura. Y sin embargo, a ninguna de las muchachas, ni a una sola de ellas, se les ha ido una nota. Todas ellas están inspiradas esta noche, de eso no hay duda.

Mientras el conjunto femenino se toma un bien merecido descanso y justamente antes de que el próximo conjunto se encargue de la segunda mitad de la hora, Gustavo —que todavía no tiene veinte años, pero que luce mucho mayor de cuello y corbata— habla con Tonio, un joven al que acaba de conocer, quien acaba de decirle a Gustavo que él trabaja en una editorial, la más reciente sucursal de Atenea, la mayor librería de toda La Habana. Aunque están uno bastante cerca del otro y no hay ningún conjunto tocando, los dos tienen que hablarse gritando, porque el ruido en el salón de bailes es todavía fenomenal, si no ensordecedor.

Gustavo es corpulento, alto, rubio y de ojos azules, como su padre, pero con el pelo ondulado y los ojos traviesos de Dolores, escondidos detrás de sus espejuelos. Tonio, por el contrario, es esbelto, no tan alto como Gustavo, con pelo castaño-oscuro, con un poco de entradas, y con ojos pardo-oscuros, que también se esconden detrás de espejuelos, espejuelos sumamente gruesos, ya que él es sumamente miope.

—La casa editorial no es gran cosa todavía —grita Tonio—, pero ya nuestro primer libro está al salir. *Geografía de Cuba,* por el doctor Alfonso Madrero. ¿Has oído hablar de él? Enseña en la universidad.

El entusiasmo de Tonio es contagioso. Gustavo quiere saberlo todo acerca de la compañía, y del libro, y del autor, y cuánto tiempo le tomó escribirlo, y cuán largo es, y quién dibujó los mapas, y luego un millón de preguntas más que lo fascinan y que Tonio responde encantado. Antes de que se acabe la fiesta, Tonio le pide a Gustavo que vaya a visitarlo a la librería a la mañana siguiente, el lunes, ya que puede que haya un trabajo para él allí. Gustavo está tan emocionado por esta posibilidad que esa noche casi no puede dormir, y sin embargo no le cuenta nada a nadie sobre el asunto.

Durante los últimos tres años, desde que colgó su delantal en la carnicería, Gustavo ha estado trabajando como repartidor para Hermenegildo, quien le da los domingos y los lunes libres. Y durante los últimos tres años cada lunes se ha vestido con sus mejores ropas y ha ido de un periódico al otro pidiendo trabajo, cualquier clase de trabajo: corrector de pruebas, recadero, limpiapisos, lo que sea. Pero sin resultados. La situación en Cuba está tan mala que no se encuentra trabajo en ningún lugar, en ningún campo, sencillamente. Y sin embargo, Gustavo no ha renunciado a sus sueños. Ha aprendido a sacarle el máximo provecho a su trabajo y ahora le gusta verdaderamente y lo disfruta. Ha descubierto que mientras reparte las mercancías tiene bastante tiempo para pensar e improvisar poemas, poemas en los que trabaja y mejora a medida que los recita a toda voz mientras se enfrenta al bullanguero tráfico de La Habana con su destartalada bicicleta de reparto. Entonces, cuando está satisfecho con alguno de ellos, lo escribe durante su descanso a la hora de la siesta, o si no tarde en la noche, en la habitación que comparte con su hermano mayor, Mani.

Gustavo no ha podido pegar un ojo en toda la noche. Ha estado dando vueltas y más vueltas en la cama, mirando y mirando al reloj en la mesita de noche a cada segundo, según le parece a él. Abre los ojos de nuevo y otra vez mira al reloj. *¿Las siete menos diez?* Debe haberse quedado dormido. ¿Cómo puede haberle pasado esto a él?

¡Y sobre todo hoy! Salta de la cama, se precipita a la cocina, abre la hielera, se lava la cara en el agua del hielo derretido, regresa a su habitación, se viste, sale corriendo de la casa, toma un ómnibus de la ruta 10, que va desde Luyanó hasta Galiano, y a las ocho menos dos minutos está en la librería Atenea, esperando por Tonio, que llega corriendo, diez minutos tarde.

Tonio lleva a Gustavo dentro de la librería y lo conduce a donde Collazo, el dueño de la tienda, que es el tío de Tonio.

—Tío Collazo —le dice, presentándolo—, éste es mi amigo Gustavo. Quiere ser poeta.

No se necesita ninguna otra presentación. Al final de la semana Gustavo está trabajando en la librería, un paso más cerca de la realización de sus sueños. Y como él sueña con ser poeta, Collazo le ha asignado la sección completa de poesía, que es vasta. El mismo Collazo embulla a Gustavo a que se lleve a casa cualquier libro que desee, que lo lea y que lo evalúe para sus clientes.

Gustavo está en el séptimo cielo. Mira las estanterías de libros que están a su alrededor, toma primero un libro, luego otro, y los hojea, leyendo nombres que nunca ha leído, disfrutando de lo lindo y cobrando un sueldo por hacerlo. Tiene que agradecérselo a Tonio, su ángel de la guarda.

Pero, ¿cómo?

Durante su primer día de trabajo, Gustavo descubre que Tonio también vive en Luyanó.

— Oye, Tonio —le dice—, ¿por qué no vienes a pasarte un rato con nosotros el próximo domingo por la tarde? Me gustaría que conocieras a mi familia. Y sobre todo —añade—, me gustaría que ellos te conocieran a *ti*.

Tonio no dice nada.

—Tal vez podemos ir al cine, o hacer algo. ¿Que me dices?

Tonio comienza a menear su cabeza de un lado al otro, pero Gustavo no va a aceptar una negativa.

—Vamos, Tonio —insiste—. Te lo pido de favor. ¿Qué tienes que perder, eh?

Tonio mira a su nuevo amigo, que le está sonriendo amistosamente, y entonces, aunque todavía está moviendo su cabeza, no tiene más remedio que devolverle la sonrisa a Gustavo.

Son las dos y cuarto de la tarde y Tonio está frente a la puerta de la casa de Maximiliano en La Calzada. Saca un pañuelo del bolsillo de su saco y se seca el sudor de la frente. Entonces lo vuelve a colocar en su sitio, le saca brillo a sus zapatos usando la parte de atrás de las piernas de sus pantalones, se endereza la corbata y respira profundamente. Sólo entonces toca a la puerta.

Después de un breve rato, una bella criollita le abre. Tiene el cabello oscuro y ondulado, ojos oscuros y centelleantes, y está ligeramente envueltica en carnes. Durante un instante, Tonio no sabe qué decir.

Gustavo corre hacia él.

—¡Oye, compadre, cómo estás! —le dice, extendiendo su mano hacia Tonio—. Merced, éste es Tonio, el tipo que me consiguió el trabajo en la— oye, pero tú tienes que haberlo conocido en la boda de Fernanda, ¿no?

Tonio mueve su cabeza, respondiendo caballerosamente por ella:

—No lo creo. Si yo la hubiera conocido, me acordaría.

Merced, a quien la respuesta ha tomado un poco por sorpresa, hace una brevísima pausa, y luego, con una generosa sonrisa, le ofrece la mano. —Encantada de conocerlo —le dice.

—El gusto es mío —responde Tonio, tomando la mano de ella en la suya.

—Vamos —dice Gustavo—. Quiero que conozcas al resto de mi familia. Bueno, eso es —agrega en broma—, si ustedes dos llegan a despegarse.

Tonio, momentáneamente desconcertado, inmediatamente suelta la mano de Merced.

Pero no deja de fijarse en cómo los centelleantes ojos oscuros de Merced lo siguen mirando mientras ella lo deja entrar a la casa.

★ ★
★

25

Hortensia, la mulata que toca el bongó en el conjunto Albaracoa, la de las manos mágicas, está acostada en una cama, completamente desnuda. Junto a ella está su hermana, Fidelia, la que toca la trompeta, la de la boca mágica, también acostada en la misma cama y también completamente desnuda. Las dos están mirando a Mani, el de los ojos insolentes, que está de pie junto a ellas, al pie de la cama, mirándolas. Mani está aún vestido. Se ha quitado la chaqueta de su traje de hilo blanco que huele a agua de violetas y a ron y se ha soltado la corbata; el único traje y la única corbata que posee. Está allí de pie, con sus pantalones, su camisa y sus tirantes, simplemente mirando a las dos hermosas mulatas desnudas frente a él, con su rígida tranca poniéndose aún más tensa dentro de sus pantalones.

Mani y las dos mulatas se han encontrado muchas veces antes en esta misma posada, uno de esos pequeños hotelitos sin nombre que están bien escondidos en todos los barrios de La Habana, y que han sido diseñados especialmente para aquellas personas que buscan un lugar para tener sexo.

Fuera de cada cuarto de una posada hay una luz roja colocada sobre la puerta exterior. Cuando esta luz está encendida, eso quiere decir que esta puerta exterior que lleva al cuarto está sin asegurar por dentro y que el cuarto está vacío.

Cuando la gente entra en el cuarto y cierra esa puerta tras ellos, apagan la luz de afuera, y en ese momento se enciende una luz en la recepción de la posada. El empleado camina por un largo pasillo interior hasta que llega al cuarto que se acaba de ocupar, y toca a una puerta interior que separa a este pasillo del cuarto. Esta puerta interior tiene una puertecita en ella, casi una mirilla, excepto que esta puertecita está ubicada por debajo del nivel de los ojos.

Los que están adentro abren esta puertecita y, sin que el empleado los vea, le pagan por usar el cuarto, cuyos precios varían de acuerdo con la cantidad de horas que la gente dentro del cuarto planee pasar allí.

No se intercambian palabras. El empleado no ha visto a la gente que está dentro del cuarto. Ellos no han visto al empleado. Así la privacidad de todos está totalmente asegurada. Quién esté en el cuarto haciendo lo que sea con quien sea, eso no es asunto de nadie, y nadie tiene que enterarse de nada de lo que sucede allí.

La posada en que están Mani y las muchachas está ubicada en Marianao, una zona de playa donde hay cabaretuchos para bailar y casas de putas baratas a las que van sobre todo cubanos de la clase obrera. Es en esa zona donde el conjunto Albaracoa ha estado tocando durante los últimos seis meses, en el Club Lunazul, a sólo unas cuadras de esta posada. Como las muchachas están trabajando y ganando cantidad de dinero, las noches de los fines de semana, después que se termina la última función, ellas van a la posada, donde alquilan y pagan por un cuarto. Entonces llaman por teléfono a

Mani, que se ha quedado en el club esperando la llamada, y le dicen en qué cuarto están. Mani no tiene automóvil. Él tomó un ómnibus desde su casa en La Calzada, en Luyanó, hasta el Club Lunazul, un viaje largo que se demora más de una hora. Después que recibe la llamada, él camina desde el club hasta la posada, y en ese tiempo las muchachas se quitan la ropa, se fuman unos cuantos pitos de marihuana, se disparan un poco de ron caliente por la garganta, y se tiran desnudas en la cama, esperándolo, clavando los ojos en la puerta exterior que da al cuarto, la cual está cerrada, pero sin el seguro.

Todas las luces del cuarto están apagadas, menos la luz del baño, que está encendida. Las muchachas han cerrado casi por completo la puerta que da al baño, dejando que se cuele sólo un filito de luz, el que tiñe ligeramente al cuarto con un toque de una fría luz azul fluorescente que parece refrescar al cuarto, que está esperando con un calor ardiente.

Mani está mirando fijamente a las dos muchachas desnudas y al hacerlo él entra en un mundo propio, donde algo como pinturas comienzan a tomar forma en su mente. Esta noche mira a las muchachas desnudas y ve un par de Cleopatras, dos deseosas diosas egipcias cuyos sudorosos y brillantes cuerpos de color miel tostada y cuyos rojos labios entreabiertos están matizados por la fría luz azul que baña mágicamente la habitación; dos esculturales cuerpos prietos que se entrelazan lánguidamente mientras descansan sobre las sábanas blancas que se vuelven de un incandescente azul pálido gracias a la mágica luz.

El toma la botella de ron que las muchachas han traído con ellas y se dispara por la garganta un poco de ese ron suavecito que sabe tan rico, y vuelve a mirar a cada una de las muchachas con ojos que se mueven lentamente; los ojos de un pintor que examina cuidadosamente pulgada a pulgada el cuerpo de cada una de ellas.

Cada una de las muchachas sigue la mirada de Mani y siente cómo los ojos de él acarician y queman cualquier parte de sus cuerpos a la que él esté mirando. Sus ojos, sus oídos, sus bocas, sus cuellos, la delicada elevación de sus senos, la suave curva de sus axilas, sus brazos, sus manos, sus vientres, sus muslos. La mirada de Mani se detiene cuando sus ojos llegan al negro y velludo triángulo entre las piernas de su primera Cleopatra, que abre holgazanamente sus muslos, exhibiéndose lánguidamente ante Mani. Luego sus ojos miran al negro y velludo triángulo entre las piernas de su otra Cleopatra, que también abre sus muslos ante sus exigentes ojos.

Las muchachas se parecen tanto que Mani no sabe cuál es cuál. Tampoco le importa. Dentro de poco se va a enterar. Cuando la de las manos mágicas y la de la boca mágica comiencen a sacarle aquello de que están hechos los toros sementales como él. Pero todavía no ha llegado esa hora.

Puede ser que a los ojos de las muchachas él sólo sea un muchacho joven, pero si es así, él es un muchacho joven que sabe que es sólo la belleza de la agonía prolongada la que produce la belleza del éxtasis prolongado. Él ha agonizado durante una semana entera para estar con sus Cleopatras, al igual que ellas han agonizado una semana entera para estar con él. Así que agonizar un poco más no puede doler mucho más, y si duele, es la clase de dolor que ellos tres agradecen.

Mani toma la botella de ron, se dispara otro trago, y vierte un poco sobre los velludos triángulos entre las piernas de las muchachas. Entonces, todavía con sus pantalones y su camisa, su rígida tranca queriendo reventar violentamente los pantalones que la aprisionan, se inclina hacia ellas y comienza a sorber cada una de las gotas de ron que, tiñéndose ligeramente con la mágica luz azul que baña la habitación, parecen brillar como frías estrellas azules sobre la encrespada y negra pelambre de los pubis de cada una de las mulatas, que huelen a sudor y a ron y a tambores y a sexo mientras cada una de ellas muerde los labios de la otra.

A la mañana siguiente, Mani, con su delantal manchado de sangre, está cortando un trozo de carne cara de la manera en que le han enseñado. Lo está haciendo lenta, metódica, inconscientemente, de la manera en que a veces uno se encuentra conduciendo a lo largo de un camino por el que uno no recuerda haber tomado jamás. Su manera de cortar las tajadas es rítmica, acariciadora, sensual. Casi sin poner presión en el cuchillo, y dejando que el afilado cuchillo, capaz de dividir un pelo en dos, trabaje por sí solo, Mani desliza su cuchillo a través del pedazo de carne, lo alza, lo coloca de nuevo en el mismo punto de comienzo, y lo desliza nuevamente sólo para volver a alzarlo otra vez sólo para colocarlo de nuevo en el mismo punto de comienzo hasta que el pedazo de carne se le entrega finalmente en sus manos, que lo esperan. Entonces lo coloca en un pliego de papel de cera de color miel, lo pesa, lo envuelve y se lo da a la clienta, una joven blanca con una ligera pinta de negro —¿o será de indio?— que ha estado admirando a Mani mientras trabajaba. Los movimientos de Mani tienen la gracia y la belleza de un animal salvaje de la manigua; que mientras menos cuenta él se da de esos movimientos, más gráciles y hermosos son.

Mani no mira a sus clientas. Bueno, él sí las mira, pero no las mira de la manera en que mira a sus Cleopatras. Cuando él mira a sus Cleopatras, él las *ve, viendo* en ellas lo que el antiguo profesor de pintura de Merced llama el alma de las cosas, según se lo ha dicho Merced. Mani vio el alma de sus Cleopatras la misma noche en que se conocieron y desde entonces las dos mulatas, cuyas almas Mani puede invocar cuando él quiera, se le han estado entregando sin condición alguna.

Ellas ni siquiera saben su nombre. Lo llaman «Blanquito». Hortensia le dice a Fidelia que a veces ella se siente ser su esclava, que ese Blanquito puede hacer con ella lo que le dé la gana. Fidelia le responde que si *eso* es esclavitud, pues entonces, gracias a Dios por la esclavitud, ¡gracias a Dios!

Las muchachas no pueden entender lo que les está sucediendo.

Fidelia, la más joven de las dos, es fácilmente diez años mayor que Mani; Hortensia, dos años mayor que Fidelia. Las dos muchachas han tenido antes otros amantes, muchos; las dos han conocido la vida. Pero este Blanquito es diferente. Él es capaz de ver dentro de ellas, y cuando lo hace cada una de ellas siente un estremeciento en su espina dorsal, una sensación tan aterradoramente dolorosa y tan placenteramente deliciosa al mismo tiempo, que se vuelven locas por volverla a tener de nuevo. Siempre que los tres se reúnen, cada una de las muchachas se pregunta, ¿Sucederá esta noche? Y sucede. Siempre sucede.

No es sencillamente la catarsis de orgasmo que él les saca a cada una de ellas. Algunos de sus otros amantes también podían hacer eso. No, no es eso. Es la manera en que él las mira mientras ellas se le entregan. Hay un mucho de posesión en esos ojos suyos, una posesión dotada de insolencia y de travesura al mismo tiempo. Él las mira y mientras las mira su mirada ardiente les enciende las carnes con el fuego que quema en sus exigentes ojos. Las muchachas no tienen control sobre la manera en que se sienten atadas a este Blanquito, que no les pide nada, pero que sabe todo lo que hace falta saber acerca de ellas. Todo lo que él hace es mirarlas y dominarlas con esos ojos suyos oscuros y penetrantes tan llenos de magia y de misterio.

Hortensia está tan desconcertada con todo esto que ella y su hermana deciden ir a consultarse con un santero, un negro todo vestido de blanco que se comunica con los dioses negros, y le preguntan qué significa todo esto.

El santero, después de beberse un poco de ron y de fumarse un grueso tabaco, empieza a tener convulsiones frente a ellas y a hablar con una voz que no es la suya. Los ojos se le ponen en blanco mientras dice cosas que las muchachas no pueden entender. Pero de vez en cuando las muchachas parecen captar una frase que el santero repite una y otra vez.

—Colorao es su padre, su madre, su hermano, su amante —dice—. Colorao. —Y entonces se desmaya.

Cuando vuelve en sí, minutos después, y pregunta si sucedió algo, las muchachas le cuentan lo que él dijo, y el santero le da a cada una de las muchachas un brazalete de cuentecitas rojas que cada una debe atar alrededor de las partes viriles de su Blanquito la próxima vez que se encuentren.

Mani debe haber sentido algo cuando el santero estaba hablando con las muchachas. Changó, el dios africano del sexo, debe haberle hablado a Mani y debe haberle dicho algo, porque la próxima vez que se reúnen, después que cada una de las muchachas ha atado apretadamente su brazalete de cuentas rojas alrededor de sus partes viriles —un signo de que ellas lo poseen a él— él les pide a las muchachas desnudas que se paren frente a él. Y mientras ellas están paradas frente a él, él se arrodilla frente a cada una de ellas, coloca una finísima cadena de oro alrededor de cada vientre —un signo de que él las posee a ellas— y lame las gotas de ron que yacen sobre los velludos triángulos entre sus piernas oscuramente perfumadas; y mientras lo hace, las finas cadenas de oro destellan un oro encendido y un azul helado contra las oscuras, prietas carnes de sus diosas en pie.

★ ★
★
★

26

Nadie sabe si Gustavo ama realmente a Graciela.

Lo que todos saben es que Graciela es la muchacha más deseable de todo Luyanó, y que debido a eso, Gustavo decidió hacerla su esposa, de la misma forma que decidió que él iba a ser poeta y reportero.

Graciela es la hija más joven de Eleuteria, la mala lengua de Luyanó; esa detestable, amargada y malvada mujer a la que la gente teme tanto que se desvían de su camino para no tener que caminar por la acera de La Calzada donde está ubicada la casa de ella. Pero aun las viejas más excéntricas de ojos pequeños, ajuntados y malévolos, y de pescuezos flacos y largos, pueden producir algún que otro hijo excepcional.

Y Graciela es precisamente esa excepción.

Su cabellera es dorada con un toque cobrizo, la cual, cuando le sonríe la luz del sol tropical, corona su cabeza con titilantes rayos de luz, transformándola en una diosa que parece haber descendido del cielo para traer una felicidad sin límite a todos aquellos que la miran. Su sonrisa es sincera, cálida, amable; y también lo son sus ojos, que son límpidos, diáfanos, del color de las aceitunas. Sus senos son redondos y llenos, con exactamente la cantidad precisa de redondez y llenura para satisfacer al más exigente de los hombres; su cintura, estrecha, pero no demasiado estrecha; y sus caderas, abundantes, pero no demasiado abundantes. Al caminar, ella baila, como lo hacen todas las mujeres criollas, pero baila un elegante danzón, no una de esas congas chusmas que están causando furor en La Habana de 1937.

Su alma es el alma de una niña, que no es ni tonta ni crédula, sino inocente; una niña que no es culpable. Ella da la impresión de haber nacido sin pecado original. Las mujeres la miran sin envidia, porque ella no es ni envidiosa ni falsa en lo más mínimo; y los hombres la miran sin lujuria, porque ella parece estar diciendo con cada movimiento, con cada pausa que hace, que el amor sensual es algo inocente, tan inocente como lo es ella y que su franca voluptuosidad no lleva ni una gota de pecado.

Es precisamente esa sensual inocencia la que separa a Graciela no sólo de sus hermanas y de su madre, sino de todas las otras mujeres de Luyanó, exceptuando quizás a Dolores, que comparte muchas de esas cualidades con Graciela. Y es a esta Graciela a quien Gustavo ha decidido hacer su esposa.

Gustavo sabe que Graciela es amada, admirada, respetada y deseada por todos los hombres jóvenes del barrio, quienes noche tras noche pasan frente a su casa, que es también la casa de Eleuteria, esperando encontrarse con Graciela.

Pero Eleuteria se sienta en su portal, noche tras noche, con sus pequeños y ajuntados ojos muy alertas y con una mueca aterradora que trata de pasar por sonrisa plantada en el rostro, mece que se mece en el sillón y ahuyentando a todos esos toretes que no sirven para nada y que sólo vienen a husmear. Eleuteria es el perro guardián de Graciela; un perro guardián con una mordida venenosa a la que todos temen. Sólo hay un modo de llegar a Graciela, y es logrando eludir a Eleuteria. Al menos eso es lo que se creen todos los toretes del barrio. Y allí es donde todos ellos fracasan, pues no hay forma humana de eludir a Eleuteria.

Pero ése no es el único modo de llegar a Graciela, piensa Gustavo. Tiene que haber otro modo, y Gustavo, que se ha acabado de leer *La Ilíada* de Homero, comienza a planear el asedio de Graciela como si él fuera un héroe griego planeando el asalto de Troya. Esos griegos usaron una ingeniosa estratagema: un caballo de madera hueco donde se escondían guerreros, lo que les permitió apoderarse de Troya desde adentro. Y, al igual que ellos, Gustavo ha pensado en una estratagema que le permitirá apoderarse de su Troya desde adentro. Y ha llegado la hora de que Gustavo ponga a prueba su estratagema. Ha decidido comenzar su asedio hoy.

Nadie sabe si él ama realmente a Graciela.

No fue por eso por lo que se decidió a hacerla su esposa. Por supuesto que le gusta, la respeta, la admira, e inclusive la desea. Pero lo que la convierte en un trofeo a los ojos de Gustavo es que él sabe que a ella la desean todos los bravucones del barrio, los mismos bravucones que le hicieron la vida miserable a él cuando estaba creciendo, riéndose y burlándose de él porque era quien era, uno que no nació en Luyanó, que no era parte de allí, y que no quería ser parte de allí. El les va a enseñar a esos bravucones quién es el más poderoso de todos ellos casándose con la Helena de su mundo, Graciela, esa diosa griega con la que todos sueñan, la del pelo dorado con un toque cobrizo y una diadema de resplandecientes rayos de sol alrededor de su cabeza. Así es que Gustavo, ese Gustavo corpulento, alto, rubio, con los ojos azules claros que, escondiéndose tras espejuelos, están llenos de travesura, ese Gustavo decide no cortejar en absoluto a Graciela.

En vez de eso, comienza a cortejar a Eleuteria.

—Buenos días, señora Eleuteria. ¿Cómo anda usted hoy? ¿No es éste su periódico? Alguien debe haberlo dejado caer en este charco. —¿Alguien? ¡Sí, él mismo!— Pero no se preocupe. Yo le voy a conseguir otro. Ah, si no es molestia. ¡Pero, señora Eleuteria! ¿Usted cree que yo le voy aceptar ni un centavo?

—¿Carnicero? ¿Quién? *¿Yo?* No. Escritor, eso es lo que voy a llegar a ser algún día, tan pronto como me encuentre algo o alguien sobre quien escribir. Alguien con una vida interesante, una vida llena de tragedia, de desengaños, de— ¿qué cosa? *¿La suya?* ¡Pero no me diga! ¿Qué clase de tragedia, señora Eleuteria?

—A ese hombre habría que hacerlo picadillo, señora Eleuteria. Es precisamente el tipo de villano sobre el que todo escritor sueña poder escribir. Si algún día yo llegara a escribir un libro, él sería el— pensándolo bien, señora Eleuteria, ¿me dejaría usted, es decir, sería usted tan amable como para dejarme escribir acerca de usted y de ese—? ¿Cómo? ¿A comer? Qué va, señora Eleuteria, yo no podría hacer eso. Nunca podría yo— bueno, está bien, gracias, señora Eleuteria. Honor que usted me hace.

—¡Claro que son para usted! ¿Para quién iba yo a comprar flores si no para usted? Ah, ni lo mencione. Por favor, señora Eleuteria, si no es tan gran cosa. Después de todo, ¿cuántas veces lo invitan a uno a la casa de alguien cuya vida es la de una mártir cristiana viviente? ¿Que cómo supe que las gardenias eran sus flores favoritas? No lo sé. Sencillamente, lo adiviné. Huelen a gloria, así que me imaginé que debían estar cerca de usted.

—¡Señora Eleuteria, por favor! Si le traje flores otra vez es sencillamente porque pensé en usted cuando estaba trabajando en la librería, hojeando un libro. ¿Qué libro? *Las vidas de los santos,* que es donde debería estar usted. Usted es el sueño de todo escritor, señora Eleuteria. El sueño.

—¿Quién? ¿Graciela? ¿Que si *yo* la encuentro bonita? Le juro que no me había dado cuenta. Me imagino que sí lo es. En realidad, seguro que sí lo es. Después de todo, ella es hija suya. Sin duda que ella habrá sacado algo suyo. ¿La sonrisa, tal vez? ¿O los lindos ojos?

—Sólo porque usted insiste, señora Eleuteria. Yo sé que ella es bonita y todo, pero— ¿Qué cosa? Ah, no por favor, nada de eso. Por favor, dígale que de verdad me cae bien. De verdad que sí. Explíquele que, de verdad, no la estoy ignorando; es que, bueno, usted sabe, con usted cerca, cómo va a poder uno— ¡pero, no! Sí, me cae muy bien. Claro que sí. Lo que pasa es que ella es tan indiferente conmigo.

—No, no voy a dejar que me diga que no. Usted misma me ha dicho una y otra vez que usted nunca sale a ninguna parte, así que llevarla al cine no es algo tan … pues claro que ella puede venir. ¡Naturalmente que puedo pagarlo! Yo soy un hombre trabajador, señora Eleuteria. Ya gano suficiente dinero como para casarme, si algún día se me ocurriera pensar en eso, lo que no es así, no por ahora. No hasta que se termine nuestro libro.

—¿Que a ella le cae bien *quién*? ¿*Yo*? ¿Es eso de verdad lo que ella . . . ? ¿*Yo*? ¿Llevarla al cumpleaños de Florinda? ¿Me encantaría, pero— Le diré por qué si me promete no reírse de mí. ¿Me lo prometé? No sé bailar. ¿Qué cosa? ¿Graciela? ¿Que ella me enseñe? Ah, no, yo no podría dejarla que tuviera que pasar por— bueno, si usted insiste. Pero sólo porque usted me lo pidió, señora Eleuteria. Ah, no, de verdad que me cae bien, de verdad. Ella es muy agradable y— sí, de verdad que me cae bien. Sí, de verdad.

Nadie sabe si Graciela ama realmente a Gustavo.

Lo que todo el mundo sabe es que Eleuteria, la mala lengua de Luyanó, pensó que ésta era una combinación que ni mandada a hacer y empujó por un lado y empujó por el otro hasta que logró exactamente la boda que quería, una verdadera boda por la iglesia, con traje blanco, música de órgano, damas de honor, arroz y todo, algo por lo que Eleuteria pagó plena de felicidad.

Y como la casa de Eleuteria es grande y estaba vacía, ahora que se las había arreglada para casar a sus otras dos hijas con maridos escogidos por ella, invitó a los recién casados a mudarse con ella, lo que ellos hicieron, ocupando una habitación grande para ellos dos solos, en la parte de atrás de la casa.

Es evidente que Gustavo ha traído la luz del sol a la vida de Eleuteria. La vieja ha empezado a sonreír sonrisas verdaderas de vez en cuando, aun cuando todavía escupe en el piso cada vez que alguien menciona el nombre de su marido. No ha visto a ese hombre desde que él la abandonó por una mulata. No dejó que ese hombre asistiera a la boda de Graciela, como tampoco dejó que asistiera a las bodas anteriores de sus otras dos hijas, porque ella nunca va a permitir que ese hombre se acerque ni a ella ni a ninguna de sus hijas.

Cada vez que piensa en ese mal hombre, Eleuteria, la mala lengua de Luyanó, hace la señal de los cuernos y ruega porque la mulata con la que su marido se escapó le pegue a ese mal hombre unos tarros tan grandes que tenga que bajar la cabeza para pasar por las puertas, y que lo convierta en el cabrón más grande de todo Luyanó. Ella no puede aguantarse hasta que llegue ese día. Desde que ese hombre la abandonó, se ha estado arrodillando delante de cada santo, pidiéndole a cada uno de ellos que le conceda lo que ella desea. En algún lugar allá en las nubes tiene que haber un santo que sirva para darle venganza a las mujeres abandonadas. La justicia divina exige que eso suceda. Ella nunca se va a dar por vencida hasta que encuentre qué santo es ése. Ella va a conseguir lo que ella pide. Y cuando eso suceda, ¡ay, sí! ¡Cuando eso suceda! ¡Eso va a ser, Aahhh . . . la felicidad! ¡Una felicidad total!

Y mientras piensa en eso, con sus manos haciendo todavía la señal de los cuernos, escupe en el piso, menciona el nombre de ese hombre, pisa su escupitajo como si el escupitajo fuera su marido, y aplasta el escupitajo con sus pies con una intensidad tan violenta que se pueden ver salir chispazos de furia debajo de las suelas de sus zapatos.

—¡Que te peguen los tarros, cabrón! ¡Que te peguen los tarros!

27

Tan pronto como Merced conoció a Tonio, ella se dio cuenta de que Tonio tenía de tímido lo que ella tenía de atrevida y sin perder tiempo Merced, La Tora —como su familia, que la quiere tanto, la llama a sus espaldas— tomó las riendas del asunto y convenció a Tonio de que debía llevarse a cabo una boda. Y se llevó a cabo. Se casaron hace sólo unas cuantas semanas, el 12 de noviembre de 1937, para ser exactos, sin haber pasado aún dos años desde el día en que se conocieron.

Pero debido a la difícil situación económica en toda Cuba en el momento de su matrimonio, Merced y Tonio no tuvieron más remedio que irse a vivir con los padres de Tonio en su gran casona de Luyanó, una oscura y lúgubre casa al estilo criollo con mucho espacio, pero con muy poca luz.

Y sin embargo, aún estando el dinero tan escaso como estaba, Tonio y Merced se las arreglaron para tener una luna de miel.

La Compañía Editorial de Libros Atenea se inició publicando libros de texto, los cuales ya tienen un mercado establecido de estudiantes y, por lo tanto, siempre producen grandes ganancias.

En el momento en que Collazo, el dueño de la librería Atenea, se enteró de que Tonio podía entender y hablar con facilidad alemán, francés, inglés y un poquito de hebreo —y también español, por supuesto— le dio de inmediato a Tonio la tarea de traducir libros de texto en otras lenguas al español, algo que Tonio ha hecho magníficamente, especializándose en libros de medicina. En realidad, es gracias a la ayuda de Tonio que la Compañía Editorial de Libros Atenea se ha afincado en la América Latina, ya que los carísimos libros de medicina que Tonio ha traducido son muy claros y fáciles de entender. Esto los hace extremadamente valiosos y apreciados entre los médicos de todos los países donde se habla español, médicos que han comprado las traducciones de Tonio en grandes cantidades y con grandes ganancias para Atenea. Y para Tonio.

Para mostrarle cuánto aprecia a Tonio y a su trabajo, Collazo le regaló, cuando se casó, un bono verdaderamente bueno como regalo de bodas. Y debido a que había estado recibiendo pagos por sus traducciones, y debido a que él podía hablar inglés con fluidez, Tonio y Merced decidieron pasar su noche de bodas en Miami, en la Florida, donde se quedaron durante una semana entera.

En una fotografía tomada por un fotógrafo ambulante en las calles de la parte baja de Miami Beach, se les ve parados frente a un Studebaker, junto al mar, enmarcados por unos cuantos cocoteros. Es una fotografía de broma: Merced, luciendo un elegante turbante y con una gran amplia sonrisa, tiene agarrado a Tonio por las solapas del saco, mientras él pretende escapar de ella, con sus gruesos espejuelos resbalándose por la nariz, dejándonos ver sus asustados ojos que miran fijamente a la cámara con la mirada de una víctima desesperada— un toro castrado retenido por un ama tiránica y enturbantada.

Es viernes por la noche. Tonio ha estado de regreso en el trabajo por sólo dos semanas después de su luna de miel cuando todos los hombres de la librería deciden acompañar a Berto, que también trabaja en la librería, al partido de jai alai donde Berto está compitiendo por el campeonato.

Berto desciende de una familia procedente de Vizcaya, una provincia de España que produce los hombres más apuestos de toda España, y Berto, tan apuesto como un dios griego, no es una excepción.

La mayoría de los hombres vascos son altos, mucho más altos que el español promedio; sus ojos son de cuencas hundidas, claros y azules, los que, al contrastar con sus pieles oscuras, parecen mucho más claros y brillantes; y todos tienden a ser velludos, con melenas negras y ensortijadas que dan la impresión de que sus cabezas, de proporciones clásicas, han sido coronadas con racimos de las uvas más negras.

Los vascos también son tan pendencieros como apuestos.

En cuestión de segundos, se encolerizan hasta alcanzar un clímax de fuerza y poder que no tiene límites, pero enseguida se apaciguan, convirtiéndose rápidamente de nuevo en su forma de ser habitual, que es apacible y generosa.

Así mismo es Berto, pero aún mejor, pues siempre tiene un chiste y una sonrisa a flor de labios. Pocos de los otros empleados de la tienda lo han visto enojado, pero parece que todo el mundo sabe acerca de sus arranques temperamentales, porque los aprovecha cuando juega su deporte favorito, el jai alai, o pelota vasca, el juego nacional de los vascos.

El jai alai se juega con una pequeña pelota de goma, dura como piedra, dentro de una cancha de tres paredes, con los espectadores sentados en gradas frente al costado más largo de la cancha. El juego tiene que ser jugado sin miedo, con una fuerza digna de dioses, y con la rapidez de un relámpago. Los jugadores usan camisas blancas de mangas largas dobladas hasta los codos, pantalones blancos, y un fajín negro o rojo, para que puedan ser identificados. No usan raqueta sino una cesta larga de paja, en forma de J, con la que agarran la pelota, la agitan furiosamente dentro de la cesta, y entonces la lanzan con violenta intensidad, como si estuvieran usando un látigo.

El juego requiere gran fuerza y aún más resistencia. También requiere gran astucia y habilidad. Es un juego de toros, y Berto es un excelente jugador. Los otros hombres de la librería han estado acompañando a Berto a los partidos que ha estado jugando y, como siempre sucede entre criollos, apuestan lo que tienen —y lo que no tienen— a Berto. Aunque no lo es todavía, Berto está en camino de convertirse en campeón. Sin lugar a dudas él es el campeón de la librería, donde sus compañeros de trabajo han empezado a llamarle «El Campeón» cuando se refieren a él.

Hoy está programado que Berto juegue con Rufo, un vasco del que se dice que tiene la fuerza de Sansón, pero no necesariamente el cerebro. Este es un juego decisivo en el torneo, y Berto está allí rodeado por el resto de la pandilla de la librería: Gustavo, el poeta; Tonio, el lingüista; Palmo, el administrador de la librería; y Sergio y Mauro, que empezaron a trabajar en Atenea el año pasado. Todos han venido a apoyar a Berto y a apostar por él. Hasta el momento en que ven a Rufo. Inclusive Berto tiene que mirar dos veces cuando se coloca en la cancha junto a esta montaña de hombre. Berto nunca ha jugado contra Rufo y la disparidad es evidente. Las apuestas están en gran medida contra Berto, naturalmente, teniendo en cuenta que el cuerpazo de Rufo —que es una especie de Goliat— hace que Berto, que no es un hombre bajito, parezca como un pequeño David. Puede ser que a Rufo le sobre la fuerza, pero el juego es también un juego de agilidad y rapidez. Y aunque a Berto le falte la fuerza de Rufo, él cree que posee la rapidez y la habilidad necesarias, si no para ganar, por lo menos para dar un buen juego y ofrecerles a los espectadores un espectáculo digno de lo que han pagado.

Durante los tres primeros tiempos del juego, Berto juega a la defensiva, tratando de encontrar el talón en este Aquiles al que está desafiando y que está acumulando tanto tras tanto tras tanto. Las apuestas, que eran bastante grandes en contra de Berto al principio del encuentro, se han hecho enormes. Al comienzo eran de ocho a uno. ¡Ahora han subido de veintiséis a uno! Los muchachos no pueden permitir que Berto piense que ellos no lo están apoyando y antes de que comience el último tiempo, reúnen cien pesos entre todos, a veinte pesos por cabeza, y los apuestan a favor de Berto. Berto, en la cancha, se acaba de secar el sudoroso rostro con una toalla blanca y se está preparando para empezar el último tiempo de este horrible juego cuando Gustavo grita, esperando que lo oigan por encima de la bulla de la multitud:

—¡Oye, Berto! ¡Te apostamos cien pesos! ¡Así que ve a ver cómo juegas!

—¡O te cuesta el trabajo! —vocifera Palmo, el administrador, en broma. Aunque puede que lo diga en serio. Cien pesos era un burujón de dinero en aquellos tiempos.

Cuando ve lo que los muchachos han hecho, un corpulento norteamericano que ha estado observando el juego decide que quizás este Berto no es tan malo después de todo. Berto tiene rapidez, de la cual carece Rufo; y Berto parece pensar al lanzar la pelota, lo cual Rufo nunca hace. Antes de que comience el próximo tiempo del juego, el norteamericano —con un traje azul-claro de tela corrugada a rayas, de tres piezas, con los sobacos manchados de sudor— llama a Berto, que se acerca a él, y le dice algo a Berto que Berto no entiende. Berto llama a Tonio, que se lo traduce. El norteamericano le dice a Berto que le está apostando mil dólares —los que, si Berto ganase, significarían veintiséis mil dólares para el norteamericano— y que si él gana, le dará el diez por ciento de sus ganancias. Todo lo que tiene que hacer Berto ahora es hacer mierda a Rufo. Berto se ha quedado pasmado. ¡De repente se ha dado cuenta de que podría ganarse dos mil seiscientos dólares! Dólares, no pesos, ¡*Dólares!*, en estos próximos minutos, una cantidad que es dos veces su salario entero de un año en la librería.

—Así que, *¡adelante!* —dice el norteamericano de acuerdo a la traducción de Tonio—. ¡Rómpele los cojones! —Y Berto decide que eso es exactamente lo que va a hacer.

A estas alturas ya él ha visto cómo juega Rufo y cómo Rufo tiende a apoyarse fuertemente en su pierna derecha, favoreciendo la izquierda. Así que Berto decide que va a averiguar cuán buena es la pierna izquierda de Rufo. Berto comienza a jugar a la ofensiva, usando asaltos cortos pero poderosos, haciendo que Rufo tenga que moverse por toda la cancha. Rufo, que a comenzado a jadear, empieza a apoyarse en su pierna izquierda, la cual, al doblarse demasiado, le hace perder la pelota una y otra vez. El entusiasmo va creciendo por minuto a medida que disminuye la diferencia en tantos entre Berto y Rufo. Se pasan tragos entre los hombres que miran el juego. Ron para los muchachos, daiquiríes helados para el corpulento norteamericano con el traje a rayas manchado de sudor. El salón se pone cada vez más y más caliente a medida que Berto va acumulando tantos y haciendo que el resultado se acerque a una victoria que parecía imposible hace sólo unos minutos y que ahora parece posible si sólo el reloj se detuviera. El público está gritando a más no poder. No hay ni una sola mujer en la audiencia. Todos estos son toros machos excitados por el olor del sudor y reclamando sangre.

Berto sigue golpeando las pelotas y bailando por toda la cancha mientras Rufo sigue perdiéndolas, todavía jadeando y todavía favoreciendo su pierna izquierda. De pronto, la multitud explota en lo que parece ser un grito gigantesco con el siguiente pelotazo, porque esta vez Rufo casi la coge a tiempo, pero no pudo y se ha producido un empate. Este Goliat se ha encontrado con su David y eso no le gusta. La furia de Rufo comienza a verse en su rostro y en su juego. Mira a Berto con un rostro lívido de rabia.

Sólo quedan unos cuantos segundos para que termine el último tiempo y el norteamericano está gritando palabras groseras en español cuyo significado él no sabe, pero palabras que, al gritarlas, lo hacen sentirse formidablemente. Y los muchachos también las gritan. Berto lanza un fantástico pelotazo que rebota contra dos de las paredes y la multitud se enloquece porque esta vez Rufo le responde. Rufo ha descubierto el juego de Berto y no va a dejar que Berto se salga con la suya. Una pelota rebota en las tres paredes y Rufo la agarra y está a punto de lanzarla, en un tiro que es como un latigazo final, cuando de repente la pierna izquierda se le dobla y pierde el tiro. Rufo grita:

—¡*Coño!* —como quien se queja de su suerte ante el destino y lo grita lo suficientemente alto como para que todo el mundo lo oiga, justo en el momento en que el reloj vuelve a dar otro tictac. Y esta vez el juego se termina. Rufo golpea una de las paredes con su cesta y la despedaza en una multitud de fragmentos mientras los muchachos se tiran a la cancha, abrazan a Berto, y comienzan a saltar, abrazándose unos a otros mientras gritan y ríen al mismo tiempo. Están haciendo esto por Berto, como un homenaje. ¡Todavía no se han dado cuenta de que sus cien pesos se han convertido en dos mil seiscientos pesos y que el hombre sudado con el traje a rayas acaba de ganar veintiséis mil dólares y que Berto ha ganado dos mil seiscientos *dólares!* Eso es, si el norteamericano se atiene a su palabra. Y el norteamericano lo hace y de repente todos están riendo y gritando y bebiendo de la misma botella que se pasan entre ellos, una botella de Añejo, el ron más caro de todos, añejado por lo menos durante ocho años, oscuro y suave como sólo puede serlo el Añejo, con una graduación de 151, lo que lo hace tener más de un 75 por ciento de alcohol y que baja quemándote toda la garganta, ¡Ah, qué rico! ¡Pero que puñeteramente rico!

Berto y el resto de los muchachos, inclusive el «Americano», que es ahora «su socio», le están dando duro al ron cuando Mauro, el nuevo muchacho del almacén en la tienda, dice de pronto:

—¡Vámonos para la Casa de Yarina! —y todos gritan de alegría. Eso es precisamente lo que todos necesitaban. ¡Hechar un buen palo! Eso es precisamente lo que todos necesitaban y lo que todos se merecen. Así es que los muchachos deciden irse a la casa de la notaria Yarina y comprarse las mejores putas que el dinero pueda pagar. Todos menos Tonio, que decide irse a su casa, a donde Merced, su esposa.

—Para darle la buena noticia —dice. ¡Sus veinte pesos se han convertido en quinientos veinte pesos! Una fortuna en esos tiempos, suficiente para comprar un buen automóvil de uso.

La pandilla está parada debajo de un farol callejero en el exterior del Palacio del Jai Alai, esperando por Berto y el Americano, que habían tenido que ir a la oficina del administrador para cobrar su dinero. Todos están riendo y vociferando, sin poder creer todavía en su buena suerte, mientras comparten una segunda botella de Añejo. Por supuesto que los muchachos se han estado burlando del pobre Tonio, llamándole marido pendejo y diciéndole que le tiene miedo a esta tora con la que está casado. Y Gustavo, que conoce bien a su hermana, improvisa un par de versos para insultar a Tonio, diciéndole que tal vez ella está en la casa, mordiéndose los labios y preparándose para romperle la cabeza ¡a cocotazos! Los muchachos de la pandilla llaman a Tonio «gallina» y «comemierda» y muchos otros términos semejantes de cariño y afecto mientras Tonio se encoge de hombros y se ríe junto a ellos de él mismo.

—¿Qué tú quieres decir con que vas a regresar a donde está tu mujer? —dice Berto, que acaba de aparecer, con un fajo de dólares en la mano, y que ha sorprendido a los muchachos burlándose de Tonio—. ¡Por supuesto que vienes con nosotros! —Berto suena medio borracho—. En esto estamos todos juntos. Yo pensé que todos habíamos decidido ir juntos a—

Tonio lo interrumpe.

—Oigan, caballeros, por favor. Ha sido un día largo y yo estoy muerto y—

Pero nunca termina su excusa. Gustavo le completa la frase,

usando su voz más satírica, la de un niñito a quien están a punto de regañar.

—¡Ay, sí, y yo me tengo que ir para mi casa enseguida porque si no mi mujer me va a cortar los cojones. —Gustavo no ha acabado de decir esto cuando agarra los cojones de Tonio—. ¡Carajo! —grita—. ¡Todavía le quedan! —Mientras el resto de la pandilla estalla en enormes carcajadas, Tonio intenta alejarse de Gustavo, pero Gustavo no lo deja ir—. Por lo menos siento uno —continúa.

—¡Oye, viejo, vamos! —dice Tonio—. ¡Deja eso, Gustavo! *¡Deja eso!*

—¿Qué? ¿Qué te lo deje? —ríe Gustavo—. ¡Chico, claro que te voy a dejar el único cojón que te queda! Para cortártelo está mi hermana, que es una experta en eso —agrega, agarrando todavía los cojones de Tonio.

Ahora todos los hombres se están riendo a cajas destempladas, incluyendo al Americano, que está ahora parado junto a ellos, aunque no entiende ni una sola palabra de lo que se está diciendo. De pronto, Gustavo grita:

—¡Cállense la boca, caballeros! —Ha soltado los cojones de Tonio y ha alzado sus manos, moviéndolas alrededor de todos como un molino de viento, mientras reclama—. ¡Déjenme hablar, déjenme hablar! —Sigue vociferando y gesticulando hasta que finalmente se las arregla para callar a la bulliciosa pandilla que rodea a Tonio y que ahora lo están mirando con insistencia, como un jurado que mira al hombre al que se acusa.

—Tonio, chico, escúchame —dice Gustavo, mientras abraza a Tonio fraternalmente, con su brazo derecho sobre los hombros de Tonio—. Escúchame, Tonio. —Gustavo ha bajado la voz—. Tú has estado casado menos de un mes. Todavía tienes tiempo de enseñarle a esa mujer tuya quien es el que manda.

Tonio, que nunca en su vida ha estado tan borracho, mira al grupo y ve a todos los de la pandilla meneando sus cabezas arriba y abajo, incluyendo al Americano, que está imitando al resto de los muchachos.

—Merced es mi hermana y yo la quiero, pero, coño, viejo, si no te pones ahora los pantalones, nunca en tu vida te los vas a poder poner. —Está ahora frente por frente a Tonio, agarrándolo por los hombros con las dos manos—. Mírame —exige Gustavo, forzando a Tonio a que lo mire a los ojos—. ¿Tú crees que yo me preocupo si llego tarde a mi casa? El primer fin de semana después que me casé con Graciela, le dije a esa mujer mía que las noches de los viernes son para mis amigos. Y me fui por ahí con todos ustedes, ¿sí o no?, ustedes se acuerdan, ¿no es verdad? —Mira al resto de la pandilla y todos mueven sus cabezas de arriba a abajo, señalando que están de acuerdo con él. Entonces se enfrenta a Tonio otra vez—. No volví hasta la mañana siguiente. ¿Y qué le dije cuando ella quiso averiguar dónde me había pasado yo la noche? Le dije que eso a ella no le importaba. ¿Y sabes qué? Me dijo, «Espero que la hayas pasado bien». Y yo le dije que sí, que la había pasado bien, ¡y sanseacabó! Así que vamos, mi hermano. Záfate de esa mujer tuya y ven con nosotros. Todavía estás a tiempo. Un hombre tiene que demostrar que lo es, ¿tú me entiendes? O se es hombre o se es ratón. Tú escoges. ¿Qué vas a ser, Tonio?

Tonio mira al piso.

Gustavo insiste:

—¿Hombre? —Hace una pausa—. ¿O ratón?

Hay un largo silencio mientras todos los hombres miran fijamente a Tonio, el pobre Tonio, borracho a enloquecer, que, levantando sus ojos, bien fuera de foco, se vira lentamente, mirando a cada miembro de su jurado a través de sus gruesos espejuelos, hasta que por fin se rasca lo que le queda de su pelo castaño oscuro, se encoge de hombros, y responde con una enorme expresión de duda en su rostro.

—¿Hombre?

Y toda la pandilla salta gritando alegremente:

—¡Hombre! ¡Hombre! ¡Hombre! —incluyendo al Americano, que salta y grita también.

28 Un mes después de su boda, Merced todavía no ha experimentado ese momento que Dolores le había descrito hacía años, cuando Dolores le dijo que llegaría el día en que un muchacho la miraría de una forma tan especial que ella nunca lo olvidaría: —Y ese muchacho —Dolores había agregado—, te hará darte cuenta de que eres bella.

Merced *es* bella. Su cabello es negro y ondulado, sus ojos, casi negros, su figura, voluptuosa, y su andar, sensual. Pero en cierto modo a ella le falta la franqueza y la generosidad de Dolores. Cuando uno mira a Merced uno ve en sus ojos profundas lagunas de oscuridad que rodean un signo de interrogación, porque aunque ella *es* bella, nunca se ha *sentido* bella. Es cierto que Tonio nunca la ha hecho sentir ese momento maravilloso de que su madre le habló, un momento de tan gran intensidad en que se siente que uno y el universo son una sola cosa, y entonces uno entiende todo lo que hay que entender y uno deja de hacer preguntas.

Merced todavía esconde esas preguntas muy dentro de sus ojos.

Antes de que ella hiciera que Tonio le propusiera matrimonio, Merced estaba un poco reacia a casarse. No quería irse de su casa, porque había estado haciendo allí todas las labores de la cocina y si ella se fuera, ¿quién iba a cocinar para la familia?

Cuando Dolores tuvo que confrontar este tremendo dilema de Merced, no tuvo más remedio que sonreirle a su hija y decirle que nunca se preocupara por ellos. ¿No habían sobrevivido al más grande de los incendios y al peor de los ciclones? Si ellos habían sobrevivido todo eso, seguro que sobrevivirían al hecho de que ella se fuera de la casa y se casara. Además, Dolores agregó, ahora que Merced iba a estar viviendo en otro sitio, ellos ahorrarían dinero, lo suficiente como para conseguir una nueva cocinera. Y entonces Dolores le dijo a Merced que, si le dieran a escoger entre una buena comida o un nieto, ella preferiría al segundo, lo que hizo reír a Merced, aunque no sin un poco de bochorno.

Así que cuando se respondió y se resolvió ese tremendo dilema — lo único que impedía que Merced se casara—, Merced fue adelante a todo meter, hizo que Tonio le propusiera matrimonio, lo enseñó a decir «sí» y a obedecer a cada una de sus órdenes, y ahora él es un hombre casado, y ella, una señora casada.

Los recién casados no tienen mucho en lo que se refiere a bienes materiales.

Pero sí tienen un espectacular juego de dormitorio que Tonio le compró a Merced como regalo de bodas con el dinero de sus traducciones.

Los elegantes muebles han sido fabricados combinando chapas de roble inglés y de madera de imitación de ébano en una serie de diseños con forma de abanico. El gran espejo biselado, que es parte del tocador con repisas voladizas, refleja la cama matrimonial, con mesitas de noche empotradas a ambos lados. También hay un armario con un gran espejo biselado y un escaparate con un burujón de gave-

tas. Sobre la pared detrás de la cama está la pintura del Maestro Romanat, a la que Tonio ha puesto un borde de hilo gris y un marco de
una delgada moldura de imitación de ébano.

Esos muebles son todo lo que los recién casados tienen a su nombre. Eso y los numerosos libreros, pintados en negro lustroso, rega-
dos por toda la casa, metidos donde caben, llenos de libros en todos
los idiomas y de todos los temas.

El más grande de estos libreros, que llena casi una pared entera en
la sala, está dedicado exclusivamente a libros de medicina. Uno de estos libros, un libro alemán que Tonio está traduciendo en estos momentos, está lleno de fotografías de hombres desnudos y de mujeres
desnudas que muestran diferentes etapas de varias enfermedades
venéreas de una manera tan gráfica que después de mirarlas uno juraría no volver a tener contacto sexual con nadie más en el futuro.
Tonio deja constantemente este libro abierto sobre la cama matrimonial, donde hace la mayor parte de su trabajo, y Merced, cada vez
que lo ve, lo cierra y lo coloca donde debe estar, en el librero grande
de la sala. A ella no le gusta mirar esas aterrorizantes fotografías de
gente cubierta con lo que ella llama las «heridas de amor». Inclusive
cuando recoge el libro, lo hace con la punta de los dedos, como si estuviera sosteniendo una rata muerta y terriblemente contagiosa en su
mano, su mano izquierda, porque ella es zurda igual que su hermano
Mani y su madre Dolores.

Tan pronto como Merced entra en la sala, oye que llaman su nombre:

—¡Merced! ¡Merced!

Merced sonríe, va hacia una esquina de la oscura sala y allí, dentro
de una gran jaula de metal, hay un viejo loro a quien le gusta llamarla. Este loro, Pepe Loreto, es grande y tricolor, de una especie
tropical y hace muchos años debió haber sido muy bello. Su dueño
original fue el abuelo materno de Tonio, quien murió cuando Tonio
tenía nueve años y le dejó el loro al niño para que Tonio lo cuidara.
Pero ahora que Tonio está casado, ha dejado que su mujer se ocupe
del anciano pájaro.

Pepe Loreto es muy, pero muy viejo, tan viejo que los de la familia
no saben realmente cuántos años tiene. Por lo menos sesenta, si no
más. Pero sea o no tan viejo, hay algo indiscutible: Pepe Loreto es el
más resabioso y el más detestable de todos los loros del mundo.

Nunca habla cuando se lo piden. Pero en el momento en que se da
cuenta de que ya no es el centro de atención, es decir, cuando la

gente en la sala está hablando —y no acerca de él, algo que misteriosamente él sabe exactamente cuando está sucediendo— en ese mismo instante comienza a decir su nombre una y otra vez, hasta que se detiene la conversación por completo y todo el mundo lo mira.

Cuando está seguro de que ha captado la atención de todos, le da la espalda a la gente en la sala, se pone de frente a la esquina que está detrás de él y repite la misma palabra una y otra vez mientras mira fijamente a la pared.

—¡Comemierdas! ¡Comemierdas! —chilla y chilla—. ¡Comemierdas! ¡Comemierdas!

Es un pájaro bien detestable.

Tan detestable como el abuelo de Tonio —que murió hace tiempo, gracias a Dios—, el viejo resabioso que fue quien enseñó al pájaro.

En la casa de Tonio ya a nadie le cae bien Pepe Loreto, y a su vez a Pepe Loreto nadie le cae bien. Pero aparentemente, como Merced es nueva en la familia, y como Merced no sabe que no se supone que ella le tenga cariño al loro, y como Merced le trae la comida, le cambia el agua, le quita y le pone la vieja y gastada cubierta a la gran jaula de la sala, y se ocupa de él, Pepe Loreto le está tomando cariño a ella.

—¡Merced! ¡Merced! —la llama él, y Merced se le acerca. Y entonces Pepe Loreto la mira, y ya no es un viejo pájaro detestable y resabioso—. ¡Merced, Merced! ¿Besito? ¿Besito? —le dice el loro.

Y desde el otro lado de la gran jaula, Merced le envía a Pepe Loreto un sonado besito que emociona a Pepe Loreto y lo hace abrir y cerrar sus plumas rojas, amarillas y verdes que han visto mejores tiempos, erizándolas como si él fuera todavía un loro joven que está cortejando a Merced, esa bonita muchacha afuera de la jaula que no sabe aún que es bella.

29

Después que los muchachos fuerzan a Tonio a que se decida y a que diga finalmente:

—Está bien, caballeros, ustedes gan—y después que cesa todo el griterío y la risa y el bullicio, uno de ellos . . .

¿quién? ¿Gustavo? . . . uno de ellos llama a un auto de alquiler, y los seis se meten y se apretujan en el auto, ellos seis, y todos le dicen al chofer al mismo tiempo, cuando el chofer les pregunta ¿A dónde?:

—¡A la Casa de Yarina! —dicen todos al unísono, y se ríen y se pasan entre ellos una segunda botella de Añejo.

Los seis van camino de la Casa de Yarina: Berto, el campeón; Tonio, el lingüista; Gustavo, el poeta; Palmo, el administrador; Sergio, el serio; y Mauro, el nuevo muchacho del almacén, que apenas tiene diecinueve años y a quien todos llaman el bebé, porque es el más joven del grupo.

El Americano que había estado fiestando con ellos en el Palacio del Jai Alai se apendejó a última hora y se quedó. Se despidió de los muchachos en el momento en que vio que la primera botella de Añejo se había acabado y habían empezado a pasarse la segunda.

—Me parece que ya he bebido demasiado de esa cosa —le dijo a Tonio, en inglés. Estaba tan borracho que apenas podía hablar—. ¿Cómo carajo le dicen a eso? —preguntó en inglés, apuntando a la botella de Añejo.

—Aguardiente —le respondió Tonio—. Fire Water —le aclaró en inglés.

El Americano asintió con la cabeza y dando tumbos mientras caminaba, regresó al bar del Palacio del Jai Alai, donde pidió daiquiríes congelados para refrescar su achicharrada garganta.

En el auto, Tonio, que está sentado pegado a Berto —cuatro de ellos tuvieron que apretujarse en el asiento trasero del auto— toma un buche y otro y otro más. Berto lo mira.

—Así se hace, mi socio —dice, y dando una palmada en los hombros de Tonio con su brazo derecho, lo deja descansar allí mientras todos se ríen de Tonio, el tímido de Tonio, que va a la casa de Yarina para demostrarle a Merced quién lleva los pantalones en la suya.

Tonio está jugando con fuego, pero no lo sabe todavía.

Desde el momento en que Yarina abrió las puertas de su casa hace casi veinte años, en 1919, justo después de la gran guerra mundial — cuando millones de dólares norteamericanos de la época de la Ley Seca se desviaron hacia Cuba para comprar tragos, fumadas y putas— desde ese primer momento la Casa de Yarina fue, sin lugar a dudas, el burdel más elegante y más famoso de toda Cuba. Pero después que un presidente de los Estados Unidos visitó el establecimiento e hizo uso de sus abundantes servicios, la Casa de Yarina se convirtió no sólo en el burdel más famoso de toda Cuba, sino también de todo el continente americano. Y con razón. La Casa de Yarina es un establecimiento exclusivo y extraordinariamente instalado que satisface todos los gustos, siempre con completa seguridad, y siempre con absoluta privacidad. Pero eso cuesta, naturalmente.

Los hombres —y más recientemente, las mujeres— que visitan la casa de Yarina entran a través de un elegantísimo salón de recibo, una especie de sala de museo, donde hay pinturas y esculturas eróticas, así como antiguas herramientas de esa profesión —palillos chinos para hacer cosquillas sexuales, consoladores, cuerdas con tres pelotas, aros para el pene— artísticamente desplegadas dentro de elaboradas vitrinas de bronce y caoba oscura tallada, con puertas de cristal, que cubren las paredes. Allí es donde el cliente es recibido por la propia Yarina, una antigua belleza cubana que ha mantenido su pelo oscuro, oscuro, y sus modales inmaculados. Entonces, el cliente es acompañado hasta una suite privada de dos habitaciones donde, sobre el cristal de una mesita de cóctel situada en la primera habitación de la suite, se encuentran álbumes de fotografías de mujeres y hombres desnudos de donde el cliente puede escoger. Cuando se ha hecho la selección, si la persona o personas están disponibles, se presentan por separado en la privacidad de la propia suite del cliente. Es entonces que el cliente o la clienta decide con cuál de ellas o cuál de ellos —o con cuántos de ellas o de ellos— quiere pasar el tiempo durante esta visita. Hay salones grandes, disponibles a pedido del cliente, para celebraciones y fiestas colectivas. El proceso es sencillo, callado y, sobre todo, privado. Los pagos se le hacen directamente a Yarina, quien cobra por el uso de las instalaciones y los servicios; los costos suben de acuerdo al número de personas que el cliente invita a su suite y por la tarifa de la persona o las personas seleccionadas. Estas tarifas están determinadas por la edad, la figura y la experiencia y están escritas detrás de las fotografías de las y los modelos, de modo que el cliente siempre sabe de antemano cuánto le va a costar esta visita, tan pronto como él o ella determina quién o quienes son sus invitados. Yarina mantiene su casa impecablemente limpia, y los miembros de su personal tienen que cumplir estrictas regulaciones sanitarias. Por supuesto que se permite dar propinas.

Hace poco, con el creciente número de turistas norteamericanos que llegan diariamente a la isla —y el consecuente aumento del negocio— Yarina ha abierto un nuevo y amplio salón, lo que ella llama su «Cabaret». A este salón se puede entrar directamente desde la casa de Yarina, localizada inmediatamente al lado. Pero además de esta entrada, este cabaret tiene una entrada separada ubicada en el lado opuesto de la manzana. Yarina hizo esta entrada a propósito, para atraer a las numerosas turistas norteamericanas sin acompañante que llegan diariamente a La Habana e invitarlas así a su establecimiento. De esa manera la mujeres pueden visitar el cabaret, aduciendo que no saben que el burdel está al lado. Si después que están dentro algunas de las mujeres deciden visitar el resto del establecimiento, bueno, eso es algo que Yarina les permite gustosa, si ellas lo desean, ya que ella sabe que las mujeres pueden aprender mucho usando los servicios de su establecimiento, al igual que los hombres.

En este salón nuevo y bellamente instalado, el cabaret de Yarina, hay mesas con manteles de hilo colocadas en plataformas semicirculares a distintos niveles, donde los clientes pueden ordenar tragos y cosas para fumar mientras disfrutan de un espectáculo que se presenta cada noche y que consiste en una serie de actos sexuales en vivo que culminan con la aparición de un hombre al que los clientes norteamericanos —las mujeres tanto como los hombres que frecuentan el cabaret— llaman Supermán.

Son casi las once en punto de la noche cuando Berto y su pandilla llegan y Yarina los recibe con los brazos abiertos. No hay nada que a Yarina le guste más que ver llegar a su casa una cuadrilla de hombres calientes y con un montón de dinero para gastar.

—¿Vienen para la función, caballeros? —pregunta Yarina—, o vienen para . . .

—¿Qué función? —interrumpe Berto, saliendo al frente del grupo. Él piensa que como él es «el campeón», y es él quien va a pagar esta fiesta, que él será el medio oficial de comunicación entre la pandilla, su pandilla, y Yarina.

—Bueno, si ustedes, caballeros, no saben lo que podemos enseñarles, entonces no saben lo que se están perdiendo. Seguro que no vamos a dejar que eso suceda. Puede que todos ustedes lleguen a aprender dos o tres cositas —agrega ella, bromeando—. Sobre todo tú —dice señalando a Mauro, el bebé, mientras le guiña un ojo a Berto, quien le responde con otro guiño y le contesta—, ¡Para eso precisamente venimos! ¡A nosotros nos encantaría ver lo que damas como usted pueden enseñarnos a tipos como nosotros!

—Entonces —Yarina sonríe mientras conduce a la manada—, todos ustedes vinieron al lugar adecuado —dice. Pero les advierto —agrega—. Puede que se ponga muy caliente la cosa allá atrás. ¡Tal vez hasta demasiado caliente para que algunos de ustedes lo puedan aguantar!

—Eso está por ver —responde Berto a nombre de su manada, mientras todos siguen a Yarina—. Eso está por ver.

La enorme habitación llena de humo está repleta de hombres y mujeres de todas las religiones, colores, razas y nacionalidades. Casi todas las mesas están ya ocupadas. Yarina los lleva a una mesa grande ubicada un poco hacia un costado del escenario y que tiene cabida fácilmente para seis personas, lo que les permite a todos ver bien el escenario, que ahora está tapado por un telón rojo.

—La función empezará en unos minutos —dice ella, con una amplia y sincera sonrisa en el rostro mientras retira de la mesa un letrero que dice RESERVADO. Entonces deja a Berto y su manada allí, pero no sin antes llamar a una mesera muy joven que, vistiendo una túnica griega semitransparente que flota suavemente sobre su cuerpo desnudo, deja que los hombres vean, mientras piden su orden, que todavía no tiene vellos en el pubis. Traen una botella nueva de Añejo y pitos de marihuana, los cuales se pasan de uno a otro, como es costumbre.

Se abre el telón y comienza la función.

Los muchachos ríen y se sonrojan y gritan y vociferan mientras observan a la gente sobre el escenario y aprenden ciertas posibilidades que, inclusive Berto, el campeón mismo —que se vanagloria de ser el más experto del grupo— no sabía que eran posibles.

Están compartiendo otra botella de Añejo y pasándose más pitos de marihuana cuando, de pronto, bajan las luces y se abre de nuevo el telón.

Un mulato claro, de hombros anchos, muy alto y muy apuesto, de cabello rizado, largo y negro y una cerrada barba negra y bigote, está sobre el escenario, desnudo, con una corona de espinas en la cabeza, sus brazos y pies atados con cuerdas a una cruz, haciendo un simulacro de la escena de la crucifixión. El hombre está mirando hacia el piso, mientras su enorme pene, flácido y sin circuncidar, está brillantemente iluminado, enfocado dentro de un círculo luminoso.

El hombre alza sus penetrantes ojos negros, mira a su público y, mientras lo hace, la audiencia se queda tranquila y silenciosa. Y también los muchachos, quienes miran al hombre en la cruz y no saben qué esperar.

La visión de este hombre desnudo atado a la cruz ha hecho que cesen sus risas y sus bromas, y todos ellos están ahora tan silenciosos y tan tranquilos como el resto de la gente en el salón, que está tan silencioso y tranquilo que Tonio puede escuchar lo rápido que le corre la sangre por sus venas y lo rápido que le late el corazón en el pecho mientras mira al hombre desnudo en la cruz.

A medida que la habitación va cayendo en un silencio total, el hombre en la cruz mira a cada una de las personas del público, haciendo contacto directo con los ojos de cada uno de ellos, y mientras hace esto —y sin ayuda de nada ni de nadie— su pene flácido comienza a crecer y a endurecerse. Una gran cabeza color coral comienza a emerger a través del bronceado prepucio que la rodea hasta que, totalmente expuesta, se convierte en el punto central de un pene que es como una enorme y gruesa rama oscura, el cual, rodeado de gruesas venas palpitantes que la sangre que corre por ellas está a punto de hacer estallar, se mantiene erecto, perpendicular al hombre en la cruz, rodeado por un halo de un espesísimo y negrísimo pelo púbico.

Es como si la energía que el hombre en la cruz envía con sus ojos a cada una de las personas en su audiencia estuviera siendo aumentada por la propia energía de esa persona; y la energía total —la energía del hombre en la cruz más la energía de cada una de las personas de su público— hace que el enorme pene del hombre en la cruz se haga más y más gigantesco a medida que se endurece y se entiesa.

El público está muy tranquilo y muy silencioso, y también los muchachos, que nunca han visto nada como esto. Todos ellos tienen los ojos pegados al enorme pene del hombre en la cruz. Berto, Gustavo, Palmo, Sergio, Mauro. Todos menos Tonio, cuyos ojos están mirando a los ojos del hombre en la cruz.

El hombre en la cruz nota que Tonio lo está mirando fijamente. Y mientras los dos se observan mutuamente, los interrogantes ojos del hombre en la cruz, repentinamente, sonríen e irradian destellos de profundo éxtasis mientras la enorme cabeza color coral que corona la gruesa rama de su pene, revienta y se chorrea con una torrencial eyaculación, bañando el piso del escenario con lo que parece ser un flujo interminable de semen.

El espectáculo es tan impresionante que la gente del público se queda literalmente boquiabierta y deja de respirar mientras eso sucede. Debido a que los había mirado intensamente a los ojos, cada persona del público ha sentido como si él o ella hubiera tenido sexo con el hombre atado a la cruz; cada persona del público ha sentido que fue él o ella quien provocó que el hombre en la cruz pasara por ese momento de un dolor y un placer tan inmensos que ha hecho que el hombre en la cruz expulse de su cuerpo, como un chorro, su líquido dador de vida.

Las luces se han apagado por completo, y luego han vuelto a subir lentamente, devolviendo al salón su normalidad, con el telón —ya cerrado— escondiendo tras él al hombre en la cruz. Todo ha tomado sólo unos pocos minutos, pero cada persona del público siente como si hubiera transcurrido una eternidad. La experiencia es tan emocional, tan perturbadora y tan profundamente religiosa al mismo tiempo que después que todo ha pasado, la gente se frota los ojos como quien no cree lo que ha visto y se apresuran a reservar una mesa para la función del día siguiente.

—¡*Coñooó!* —exclama Palmo, meneando su cabeza de lado a lado—. ¿Ustedes vieron lo que mis ojos vieron?

—¿Cómo puede hacer eso? —irrumpe Sergio, el serio, todavía conmocionado.

—Después de ver a ese tipo allí, ni loco me meto yo allá atrás con esas putas —dice Mauro, el bebé, que apenas tiene diecinueve años—. ¿Ustedes vieron el tamaño de la mandarria de ese tipo?

Y cuando Mauro usa esa palabra, todos los muchachos de la pandilla se vuelven a reír y a bromear y a fastidiarse entre ellos, burlándose de la mandarria de Mauro, y de la mandarria de ese tipo y de lo extraño que ha sido todo.

—Caballeros, tenemos que volver aquí y verlo todo desde el mismo principio otra vez —dice Gustavo. Y todos los miembros de la pandilla dan su aprobación moviendo la cabeza—. ¡Me gustaría ver si lo puede volver a hacer otra vez! —agrega Gustavo.

—No en balde le dicen Supermán —dice Palmo con veneración.

—Tiene que haber un truco —agrega Mauro—. Ustedes saben que tiene que haber un truco. Nadie puede hacer todas las noches lo que él hace, ¡noche tras noche tras noche! Ustedes saben que tiene que haber un truco. —Y todos vuelven a reír y a bromear y a fastidiarse entre ellos y a pasarse pitos de marihuana y a dispararse más de esa sabrosa agua de fuego que quema, ¡ay, cómo quema!

Todos menos Tonio, que no se ha movido, que ni siquiera se atreve a moverse, porque precisamente en el momento en que el hombre en la cruz había eyaculado, derramando su semen por todo el piso del escenario, con sus ojos fijos en los ojos de Tonio, precisamente en el momento en que el hombre en la cruz había eyaculado, Tonio había eyaculado también. Exactamente en el mismo instante él y el hombre en la cruz habían compartido la misma sensación de un inmenso dolor lleno de placer, y ambos se habían venido juntos, sin hacer nada más que mirarse fijamente el uno al otro a los ojos.

Así que esto es lo que se siente, piensa Tonio. El placer. No, no. ¡No! ¡No el placer! Trata de rechazar ese pensamiento, pero no puede. ¡El placer, sí, sí! El placer. Y la repulsión. Y el miedo. Y el deseo. Lo sintió todo al mismo tiempo. Ahora todo está al descubierto. Ahora ya él no puede seguir negando lo que siempre supo. Ahora no puede seguir escondiendo su secreto, un secreto contra el que ha luchado toda su vida, porque ahora . . . ahora el hombre en la cruz sabe. Ese debe ser su truco, piensa Tonio. Ese conocimiento. El hombre en la cruz puede penetrarte con su mirada, mirar muy dentro de ti, y saber la verdad. Es esa verdad la que permite que se venga como lo hace. Es el descubrir los secretos escondidos lo que hace del hombre en la cruz un superhombre, un dios. Y ahora el hombre en la cruz sabe el secreto de Tonio. Al darse cuenta de eso, Tonio empieza a vomitar.

Yarina, que ha estado parada en la parte de atrás de la casa como un perro guardián, asegurándose de que todo funcione como debe, corre junto a Tonio, acompañada por dos de los forzudos que se ocupan de sacar del local a los alborotadores.

—No se preocupen —le dice al resto de los muchachos—. Esto pasa constantemente. Al final de la función siempre hay algún tipo que se enferma. —Indica a los forzudos que ayuden a Tonio a salir de la habitación. Yarina prosigue—. Lo que este muchacho necesita es un poco de aire fresco. Llévenlo afuera.

Berto, que se siente responsable por toda su manada de muchachos, les dice a los otros que se queden donde están mientras él corre hacia Tonio y se queda a su lado. Ahora están los dos en la terraza privada en el exterior del cabaret de Yarina. Berto le ofrece su ayuda a Tonio, pero Tonio la rechaza.

—Estoy bien —dice Tonio mientras trata de pararse por sí mismo. Berto ofrece ayudarlo otra vez, pero Tonio lo rechaza otra vez.

—¡Estoy bien, coño! ¿No ves que estoy bien? —Pero al decirlo se tambalea de nuevo.

Berto lo sostiene por debajo de los brazos y lo mantiene de pie. —Quédate aquí, apoyado contra la pared —dice Berto—, mientras yo voy a buscar un auto de alquiler. Regresa corriendo al cabaret de Yarina, les dice a los muchachos que sigan divirtiéndose, encuentra a Yarina, le da dinero suficiente para pagar los gastos de todos, y le pide que llame a un auto de alquiler para ellos dos. Luego regresa rápidamente a donde está Tonio, que se ha puesto mal otra vez.

Tonio ha perdido sus espejuelos, caídos en un charco de vómito. Está en cuatro patas tratando de dar con ellos, pero no puede encontrarlos. Berto los recoge, los lava en el bebedero, los limpia, y se los entrega a Tonio, que se los pone.

Tonio mira a Berto a través de sus gruesos espejuelos, y en su borrachera no ve la cara de Berto, sino la cara del hombre en la cruz, que lo están mirando con ojos llenos de deseo mientras lo ayuda a levantarse. Desesperadamente, Tonio trata de separarse de este hombre que lo mira con una sonrisa cómplice en el rostro; de este hombre que conoce su secreto; de este hombre que sabe.

—Tranquilo, mi socio —le dice Berto a Tonio, que está temblando terriblemente mientras Berto lo sostiene—. Tan pronto como llegue el auto te llevo para tu casa y pronto te vas a poner bien. Escúchame, mi socio. Yo también he pasado por todo esto. Tan pronto como llegues a tu casa todo se va a arreglar, tú verás.

Tonio mira a Berto de nuevo y mueve su cabeza con incredulidad. Este hombre que suena como Berto no es Berto, sino el hombre en la cruz. ¿Cómo es eso posible? Tonio se quita los espejuelos y los limpia una vez, y los limpia otra vez, y sigue limpiándolos hasta que el auto de alquiler dobla la esquina y entra en el sendero circular que conduce desde la calle hasta la Casa de Yarina.

—¿A dónde? —pregunta el chofer.

—A Luyanó —responde Berto.

Y los dos hombres se meten en el asiento trasero del auto y van hacia Luyanó, donde viven los toros de la clase obrera.

★ ★
★

30

La madre de Tonio, Leonora, mira a Merced, que está en la sala, completamente sola, sentada en el sillón de balance junto a la jaula de Pepe Loreto, todavía sin cubrir. Es casi medianoche y Merced no ha cenado todavía.

—Vayan ustedes y coman —Merced había dicho al servir la cena en la mesa, una copiosa cena que había cocinado ella misma—. Yo no tengo hambre. —Todos los demás habían cenado hacía largo rato y se habían ido a dormir. Pero ella no.

—Merced, mi hija —le dice la buena señora—. ¿De verdad que no quieres nada de comer?

Merced la mira con una pregunta en sus ojos. ¿Pudiera confiarse en ella? Decide que sí.

—¿Dónde cree usted que está?

La vieja señora, que ha estado casada con ese marido suyo durante casi cuarenta años y que sabe lo que es vivir con hombres criollos, le dice a Merced:

—No te preocupes por él, Merced. Estoy segura de que va a llegar esta noche tan borracho que no va a saber ni cómo te llamas, y luego va a caer en la cama y va a dormir la borrachera hasta que se despierte, sabe Dios cuándo, posiblemente durante el domingo, ¡y entonces va a ser tan cariñoso contigo! Créeme, mi hija. Yo lo sé.

—¿El ha hecho esto antes de que nos casáramos?

—Bueno, no, no que yo recuerde. Pero todos los hombres lo hacen. —La vieja señora se sienta junto a Merced y le sonríe—. Mira, Merced —le dice—, ellos tienen que demostrarse a sí mismos que, aunque estén casados, todavía pueden hacer lo que les dé la gana. Así que para probar que todavía son libres, salen y se emborrachan y vomitan y al día siguiente ni se acuerdan de lo que hicieron ni por qué lo hicieron. A ti y a mí todo eso nos puede parecer estúpido, y lo más seguro es que lo sea, pero así son nuestros hombres. Todos lo hacen. Así que, mi hija —agrega la experimentada y dulce anciana—, ve y come algo, y luego vete a la cama y déjate de preocuparte. Preocúpate solamente si no regresa mañana. Pero regresará. Todos regresan. —La vieja señora toma a Merced por la barbilla y le hace un guiño—. Y entonces, cuando esté sobrio, ¡se las cobras todas juntas! ¡Fórmale una tremenda pelea y haz mucha bulla! ¡Mientras más grande la pelea, mejor! No hay nada como una buena reconciliación después de una buena pelea, Merced. En realidad, mientras más grande sea la pelea, más divertida es la reconciliación. —La vieja señora da unas palmaditas en las manos de Merced y le sonríe a Merced, quien le sonríe a su vez. Mientras Leonora se va de la habitación, Merced oye que Pepe Loreto la llama.

—¡Merced, Merced! ¿Besito? ¿Besito?

Merced se dirige a la jaula del loro, le da una semilla al viejo pájaro, le envía un beso, haciendo que el viejo pájaro erice sus viejas y gastadas plumas de pura delicia, cubre la jaula con la desteñida cu-

bierta que parece un viejo tapete, y apaga la luz que está junto al sillón de balance. De repente, la habitación se queda totalmente a oscuras, iluminada exclusivamente por la resplandeciente luna llena,
que proyecta sombras azules sobre el piso de losas de la sala. Fue precisamente durante la luna llena anterior que Tonio le hizo el amor
por primera vez. Esa noche, hace menos de un mes, había sido una
noche de confusión. Ella no supo hasta entonces que al igual que ella
era virgen, también él lo era.

Tonio está en el auto de alquiler. Todavía está limpiando sus espejuelos, que todavía huelen a vómito. Se los pone de nuevo y de pronto se
da cuenta que el hombre dentro del auto no es Supermán, sino Berto,
que está sentado junto a él.

—¿Qué haces tú aquí? —le pregunta. Casi no se le entiende lo que
dice. Malamente puede pronunciar las palabras.

Berto se inclina hacia el lado de Tonio y abre por completo la ventanilla lateral del auto que está más próxima a Tonio para dejar que
entre la mayor cantidad de aire fresco posible dentro del auto mientras le responde.

—Voy para Luyanó.

—¿Tú? ¿A qué?

—Tengo un amigo que vive en ese dichoso lugar y no se está sintiendo muy bien esta noche, y voy a llegarme por su casa y asegu-
rarme de que este bien cuando lleguemos allí.

—¿A esta hora de la noche?.

—Claro, a esta hora de la noche. ¿Qué hora tú te crees que es? No
es todavía medianoche. Y déjame decirte algo, mi socio. ¡Es viernes
por la noche y tengo un burujón de dinero en el bolsillo! —Saca un
fajo de billetes del bolsillo izquierdo de sus pantalones y se lo enseña
a Tonio—. ¡Veintiseis de los de a cien! —Los peina como si fueran
barajas—. Bueno, ahora son veinticinco, porque le dí uno a Yarina y
le dije que tratara bien al resto de los muchachos.

Berto está tan borracho como Tonio, pero parece ser capaz de conducirse mejor. Saca su cabeza por la ventanilla lateral de su lado, que
también está toda abierta.

—Haz esto —le dice a Tonio—. ¡Te va a hacer sentir mucho mejor!
—Tonio lo hace—. ¿No es divertido? —agrega Berto. Tonio no responde—. ¿Tú sabes lo que deberíamos hacer esta noche? —Ahora
Berto le está gritando a Tonio, quien, con la cabeza fuera de la ventana, está disfrutando de las ráfagas del aire frío de la noche que le

refrescan el rostro—. ¡Deberíamos hacer algo que no hayamos hecho antes! Después de todo, ¿cuántas veces gana uno esta cantidad de dinero en sólo quince minutos, eh? Bueno, ¿qué me dices? ¡¿Qué tal si hacemos algo bien loco?!

—¿Como qué? —grita Tonio a su vez, con su cabeza todavía fuera de la ventana.

—No sé. Algo como . . . —Berto se pone a pensar.

El chofer del auto los está llevando a Luyanó a través de una ancha avenida que bordea toda la bahía de La Habana. Hay enormes barcos anclados por todas partes y por todas partes hay marineros y putas y borrachos, cantando y bailando en las calles al sonido distante del repiqueteo de tambores que acompaña siempre las noches de La Habana.

—¡Ya lo tengo! —grita Berto al mirar a la bahía desde la parte de afuera de su ventana. Mete la cabeza dentro del auto y hala y hala a Tonio hasta que él también mete su cabeza nuevamente dentro del auto. Berto pasa su brazo izquierdo por los hombros de Tonio, se acerca bastante a él y le pregunta: —¿Qué tal si cogemos la lanchita, cruzamos la bahía y nos vamos para Regla? ¿Eh? ¿Tú has estado en Regla alguna vez por la noche? —Tonio menea la cabeza—. Entonces —agrega Berto—, ¡vamos a hacerlo! — Tonio menea su cabeza otra vez—. Vamos, chico, vamos a hacerlo. ¿Nunca haces algo nada más que para pasar un buen rato?

Tonio mira a Berto y sonríe por primera vez.

—Da la casualidad que todo lo que yo hago, lo hago para pasar un buen rato. Lo que sucede —agrega, es que, como dice el dicho, «A mí no se me ha perdido nada en Regla», y aun así, si se me hubiera perdido, ir a Regla a esta hora de la noche no es precisamente una de las cosas que yo necesito hacer para divertirme. Además, como bien puedes ver —señala a la ciudad frente a ellos—, ya pasamos los muelles hace rato. Estamos entrando a . . .

Berto lo interrumpe.

—¡Oye, mira! —dice, señalando un edificio nuevecito de seis pisos que tiene un gran letrero luminoso arriba y que se enciende y se apaga—. ¡Allá!

—¿Qué cosa? ¿El Hotel Royale? —pregunta Tonio con tono vacilante.

—¡Sí! ¿Nunca has estado allí? —Tonio no ha acabado de mover su cabeza cuando ya Berto le está diciendo al chofer del auto de alquiler:

—¡Párate! ¡Párate! *¡Párate!*

El chofer del auto se detiene frente al hotel, y Berto, que está sentado en el lado del auto que está frente por frente al hotel, saca la cabeza por la ventanilla y alza la vista hacia el edificio recién acabado que no está muy lejos de la bahía.

—Te apuesto lo que quieras —dice Berto, metiendo la cabeza en el auto y hablando con Tonio—, ¡te apuesto lo que tú quieras que se puede ver la bahía desde el último piso! ¿Quieres apostar algo? —Tonio se joroba dentro del auto y trata de mirar hacia el último piso del hotel a través de la ventana del lado de Berto, pero no logra hacerlo. Berto abre su puerta y sale—. Voy a entrar y a averiguarlo. ¿Vienes? —Mantiene la puerta abierta para Tonio, que sale al aire de la noche mientras Berto saca un billete de diez pesos, le paga al chofer del auto de alquiler y le dice:

—¡Quédate con el vuelto!

Tres hombres, dos guitarristas y uno que toca las maracas, están parados a la entrada del hotel, cantando. Berto les da una propina, la que ellos agradecen con un movimiento de la cabeza y siguen cantando, mientras que Tonio, en la acera, alza la vista hacia el hotel, que se parece bastante al de Miami Beach donde pasó su luna de miel, hace menos de un mes.

Todo el edificio es de estuco, pintado de un rosa pálido, y cada piso tiene varias bandas horizontales de estuco en diferentes matices de color turquesa. Hay una torre central con ventanas circulares donde probablemente está la escalera y que divide el edificio en dos mitades. Berto mira hacia arriba y ve que alguien abre las ventanas del último piso. Son ventanas esquineras y al abrirse, la esquina parece desaparecer.

—Oye, Tonio —dice Berto—, ¿tú has estado alguna vez en un hotel? —Tonio asiente.

—Sí, cuando fui a Miami. Pero eso fue—

—Bueno, pues yo no he estado en ninguno —interrumpe Berto—. Así que, camina, ¡vamos a chequear éste!

Tonio vacila. Está mirando a Berto, que está comenzando a lucir como el Berto que él conoce, el jodedor, no como el hombre en la cruz que él creyó haber visto en los ojos de Berto no hace mucho.

—¿Qué esperas? Vamos a tomarnos un trago. Probablemente eso es lo que te hace falta. Tú sabes lo que dicen, ¡que un clavo saca otro clavo!—. Sonríe y comienza a subir los pocos escalones que conducen al hotel. Llega arriba, se vira, mira a Tonio, que está abajo, y grita:

—Es ahora o nunca, mi socio. Así que, vamos, decídete.

Tonio alza la vista hacia Berto, que está parado al final de los escalones mirándolo, con su melena negra enmarcada por los ardientes reflejos rosados y turquesas del anuncio lumínico que destella intermitentemente sobre sus cabezas.

—Está bien —dice, encogiéndose de hombros—. Está bien. Pero sólo un trago, ¿me oyes?

Tonio es incapaz de subir las escaleras por sí solo. Berto baja corriendo hacia él, lo aguanta por debajo de los brazos y lo ayuda a subir los escalones.

—Está bien. Sólo uno.

Están ahora sentados en el bar. Todo el salón, piso, paredes y techo, es de un intenso azul oscuro, el color de las noches tropicales. Parece haber cientos de diminutas luces incandescentes escondidas en el techo azul oscuro para dar la impresión de constelaciones de estrellas. El bar tiene muchísimas barras horizontales de cromo que reflejan a las relucientes estrellas de arriba y a los dos hombres que conversan. Berto pide un trago de Añejo para él, seguido de una cerveza. El cantinero mira a Tonio, que se las ha arreglado para lavarse en el baño del hotel, donde le tuvo que dar diez centavos de propina a un tipo para que lo dejara usar una toalla limpia.

Al notar que el cantinero lo está mirando, Tonio se vira hacia Berto con una mirada confundida en su rostro. Entonces, dándose cuenta repentinamente de que se supone que pida un trago, se vira hacia el cantinero.

—Lo mismo —dice—, lo que mi amigo aquí haya pedido. —El cantinero va a buscar sus bebidas mientras Berto mira a Tonio con una amplia sonrisa en su rostro.

—¡Tremendo tipo ése!

—¿Quién?—dice Tonio—. ¿El cantinero?

—No, hombre. Supermán. El tipo en la Casa de Yarina.

Tonio se quita los espejuelos y comienza a limpiarlos otra vez, aunque los había acabado de dejar perfectamente limpios en el baño del hotel.

—No me explico cómo lo hizo —continúa Berto—, ¿pero tú sabes una cosa?

Tonio se ha puesto los espejuelos de nuevo y mira a Berto.

—Todo el tiempo me estaba mirando fijo. ¿No es verdad que eso es muy extraño? Ese tipo me estaba mirando y mirando fijo, y al mismo tiempo, ¡se le estaba parando el palo de esa forma! ¿Y tú sabes una cosa? ¡A mí también se me estaba parando! ¡Dime tú si eso no es algo muy extraño!

El cantinero vuelve trayendo dos vasos cortos para tragos y dos vasos de cerveza. Les sirve cerveza lager en cada uno de los vasos altos, una cerveza dorada tan clara que brilla en el azul medianoche del bar en penumbras; toma una botella de Añejo, la abre, llena los vasos cortos hasta el borde y deja solos a los dos hombres.

—Ese tipo —dice Berto, mientras toma su Añejo y se lo dispara por la garganta—, Supermán, quiero decir. Ese tipo . . . él sabe. —Berto toma un poco de cerveza después del trago y luego añade, mientras mira muy fijo a los ojos de Tonio—, Ese tipo, ¡ése seguro que sabe *muchísimo* de algo!

Tonio se dispara su Añejo por la garganta y después bebe de la fría y suave cerveza dorada, al mismo tiempo que mira a su vez fijamente a los ojos de El Campeón.

Y lo que ve no son los ojos de Berto, sino los ojos de ese otro hombre, el hombre en la cruz, Supermán, que le devuelve la mirada.

CUANDO TONIO LLEGA a su casa ya son más de las cinco de la mañana. Merced se despierta cuando él entra en el dormitorio. Tonio está todavía atontado por la bebida. Merced lo mira, pero Tonio no dice nada.

Se sienta en el borde de la cama y procede metódicamente a quitarse, primero, el saco, y luego la corbata. Merced huele el fuerte olor a alcohol en su aliento y el ligero olor a vómito en sus ropas.

—¿Dónde has estado? —pregunta ella, dirigiendo su pregunta en un ronco susurro al hombre que ve en el espejo frente a su cama. No tenía intención de preguntar nada, pero la pregunta salió por sí sola. Tonio no contesta—. He estado tan preocupada por ti. —Tonio ha comenzado a desabotonarse la camisa. No la mira cuando responde.

—Salí con los muchachos. Tomándonos un par de tragos, eso es todo. Un hombre necesita estar con otros hombres de vez en cuando, tú sabes. Eso es parte de lo que hacemos nosotros, los hombres. No tenías ninguna razón para preocuparte de . . . de nada.

—Pero Tonio —dice ella—, me podías haber llamado. He estado . . .

Tonio la interrumpe, alzando sus ojos y mirándola en el espejo.

—Te dije que no hay por qué preocuparte. Yo sólo estaba . . .

Es entonces cuando Merced los ve.

—¡Ay, Dios mío! —grita ella asombrada, y entonces se cubre la boca con la mano izquierda.

—¿Qué cosa? ¿Qué cosa?

—¡Eres un cochino!

Tonio se ha estado quitando la camisa y Merced ha visto los chupones en el cuello de Tonio y en toda la parte superior de su pecho.

Tonio sigue los ojos de Merced en el gran espejo que está frente a él, se mira, y los ve también, chupones, en su pecho, sus brazos, su cuello.

—¡Eres un cochino! Tú y tus —se detiene, sólo para escupir las palabras—, ¡tus asquerosas *heridas de amor!*

Dice eso con tal repugnancia que hace que Tonio se mire más de cerca en el espejo. Ella sale corriendo del dormitorio y va hacia la sala, donde se sienta, enfurecida, temblando y sollozando al mismo tiempo, profundamente herida y profundamente deseando herir.

Quiere gritar y hacerle saber a todo el mundo lo que ese hombre, ese hombre de aspecto tan inocente que se esconde detrás de los gruesos espejuelos, lo que ese hombre le ha hecho a ella, pero no quiere que la familia *de él* la vea llorando. Ella es la hija de Maximiliano. Una tora. Y las toras no lloran. Se desquitan. Pero eso va a tener que esperar. En estos momentos, ella no quiere que él vea lo profundamente herida que ella está.

Así que es por eso, se dice a sí misma. Es por eso por lo que él nunca me ha mirado del modo en que mi madre me dijo que lo haría. Es por eso por lo que las cosas no han estado funcionando entre nosotros dos. Es por eso por lo que al hacer el amor no hay inspiración, no hay pasión, no hay nada. ¡Porque él ha encontrado a alguien que lo marca con esas asquerosas heridas de amor! Debe ser una mulata, se dice a sí misma. ¿Qué tiene ella que no tenga yo? ¿Qué me falta a mí? Se atormenta con pregunta tras pregunta. Ella tiene la pasión. Ella sabe que ella tiene el fuego. ¿Por qué no la ha encendido él a ella? ¿Por qué no lo ha encendido ella a él? ¿Qué pasa con ella? ¿Qué pasa con ella?

Oye a Pepe Loreto llamándola por debajo de su cubierta.

—¡Merced, Merced!

Avanza calladamente hacia la jaula, quita la cubierta y, secándose las lágrimas, mira al anciano pájaro que repite su propio nombre.

—Pepe Loreto, Pepe Loreto.

Ella toma una semilla y se la da. Usa su mano izquierda, porque es zurda, y mientras Pepe Loreto toma la semilla de su mano, ella ve a su anillo matrimonial reflejar la luz del alba tropical, anaranjada intensa, del color de ascuas. Merced le dice al loro que se calle, pero él sigue diciendo, ¡Merced, Merced! ¿Besito? ¿Besito? mientras ella le cubre la jaula nuevamente. Y entonces, mirando al anillo en su mano izquierda, se desploma sobre el viejo sillón de mimbre junto a la jaula de Pepe Loreto; un sillón de balance que cruje suavemente cada vez que ella se mece tratando de dormirse mientras repite en su mente las mismas palabras una y otra y otra vez: ¿Qué pasa conmigo? ¿Qué pasa conmigo?

En su dormitorio, Tonio se mira en el gran espejo biselado del elegante tocador que había escogido para su esposa. Está en calzoncillos y está presionando la punta de sus dedos contra su pecho, tocando cada una de las heridas de amor, besos de fuego incrustados sobre su piel que están quemándolo sin doler. Mientras mira al espejo nota el anillo de oro matrimonial en su mano izquierda que ha comenzado a reflejar la luz de color de ascuas del primer sol de la mañana, y calladamente, para que el resto de la familia no lo oiga, se sienta en el borde de la cama y llora, preguntándose a sí mismo: ¿Qué pasa conmigo? ¿Qué pasa conmigo?

Transcurre un largo rato.

En la quietud matutina se puede oír a la otra gente de la casa roncando alegremente en sus dormitorios.

Pepe Loreto, escondiéndose debajo de su cubierta, sabiendo que Merced está todavía en la sala cerca de él, sigue repitiendo una y otra vez.

—¡Merced, Merced! ¿Besito? ¿Besito? ¡Merced, Merced! ¿Besito? ¿Besito?

Y como nadie responde, en el momento en que el gran reloj de cuerda de la sala da seis campanadas, el loro agrega enojado:

—¡Comemierdas! ¡Comemierdas!

★ ★
★
★

31

A medida que Graciela, la esposa de Gustavo, se acerca a la carnicería, ve que en frente de ella hay un nutrido grupo de mujeres que están en cola, esperando impacientes por su turno en el mostrador; y mientras esperan y esperan, todas ellas están siguiendo fijamente con los ojos a un hombre que, cargando una res sobre su espalda, la entra a la carnicería, la coloca dentro de la nevera de Maximiliano, regresa a la Calle de los Toros, donde su camión está estacionado en contra del tráfico, se mete en el camión, sale con otra res colgada sobre su espalda, regresa a la carnicería, entra de nuevo en la nevera, y sale otra vez.

Entre tanto, Mani y Maximiliano están ocupados, realmente ocupados detrás del mostrador, tomando los pedidos, cortando carne, envolviéndola y despachándola tan rápidamente como pueden mientras no dejan de escuchar el queja que te queja constante de las mujeres que siguen chachareando y chachareando frente a ellos, lamentándose y lamentándose mientras continúan suspirando, y machacando el piso de losas con sus chancletas, y abanicándose, y mirando a sus relojes, y hablando y hablando unas con otras acerca de lo mucho que la carne se ha demorado en llegar; acerca de ¿cuánto más vamos a tener que esperar?; acerca de ¿por qué se está demorando esto tanto?; acerca de ¡por favor, carnicero, apúrate!; y acerca de ¿tú no sabes que tenemos que volver a la casa y preparar el almuerzo de nuestros hijos y nuestros maridos? ¿Tú no tienes idea de lo que se demora el preparar una comida? ¡Por amor de Dios, carnicero, mira qué hora es, *mira qué hora es!*

Nada habría sucedido si el camión de reparto de carne de Ferminio no se hubiera ponchado, o si ese otro tipo, el ayudante de Ferminio —que por lo general es el que maneja el camión de Ferminio— no hubiera llamado esta mañana diciendo que estaba enfermo.

Pero él sí que llamó esta mañana diciendo que estaba enfermo, y alguien sí que tiró una puntilla en las calles, y el camión de Ferminio, cargado de carne, sí que pasó sobre la puñetera puntilla, y sí que se le ponchó una goma.

Y así fue como comenzó todo este lío.

Como hoy es martes, se suponía que el camión de reparto de carne de Ferminio hubiera llegado a la carnicería, como todos los martes, por la mañana temprano, antes de la salida del sol tropical, que es realmente muy temprano.

Mani y Maximiliano estaban en la carnicería esperando que llegara el camión para ayudar a descargarlo, pero el camión no se apareció. Esto nunca antes había sucedido. En la carnicería no hay teléfono, así que Maximiliano mandó a Mani a la casa y le dijo que llamara a Ferminio para averiguar qué era lo que pasaba. Un rato después, Mani regresó a la carnicería y le contó a Maximiliano a-cerca de la goma ponchada.

—Ferminio me aseguró —dijo Mani—, que enseguida que la arre-glen estarán aquí.

Se demoró mucho más de lo que habían previsto.

Cuando el camión llegó por fin a la carnicería, ya eran casi las doce del mediodía y la carnicería estaba repleta de clientas, mujeres en-furecidas que han estado esperando durante mucho tiempo por su carne y que han estado volviendo locos a Mani y a Maximiliano con sus quejas y sus suspiros y sus discusiones y sus lamentos y su chachareo.

¡Cómo esperan estas mujeres enloquecidas que ellos dos les despachen cuando la carne recién acaba de llegar!

El yerno de Ferminio, Arsenio, el que se casó con Fernanda en la ca-tedral, quien le ha dado a Ferminio sus primeros nietos, y que, como Ferminio, puede matar un toro fácilmente con un sólo mandarriazo, ése era el hombre que estaba manejando hoy el camión.

Él no es quien maneja normalmente el camión —el ayudante de Ferminio es quien lo hace— pero cuando ese tipo llamó esta mañana diciendo que estaba enfermo y Ferminio preguntó, ¿Quién puede manejar?, como nadie se ofreció, Arsenio dijo que él lo haría. Así que allí estaba él, Arsenio, manejando el camión de reparto por primera vez, él solo, sin nadie que lo ayudara. ¡Y el puñetero camión tuvo que pasarle por encima a un puñetero clavo en la puñetera calle!

Pasaron lo que a Arsenio le parecieron horas antes de que pudiera llegar a la carnicería de Maximiliano. Estacionó el camión al con-trario, en la acera frente por frente a la carnicería, en la Calle de los Toros, de forma que la parte de atrás del camión quedara lo más cerca posible de la puerta de la nevera, y entonces, como estaba atrasado, y como Mani y Maximiliano estaban ocupados tratando de lidiar con el enorme grupo de parlanchinas mujeres, todas las cuales se las arreglaron para llegar al mismo tiempo, Arsenio se ofreció a descargar él solo toda la carne, algo que se hace normalmente con la ayuda de Maximiliano y de Mani.

Arsenio es uno de esos criollos que nadie jamás podría considerar apuesto, pero que tampoco lo necesita ser. Él emana un algo animal, un algo brutalmente masculino, que lo hace lucir completamente fuera de lugar entre estas mujeres que, quejándose y quejándose a-cerca de que la carne llegó tarde, lo miran y remiran con el rabo del ojo, con una mirada medio llena de temor y medio llena de deseo.

Pero Arsenio no mira a ninguna de ellas. Él solamente quiere irse de este puñetero lugar y regresar a donde pertenece, a sus toros, al matadero.

Está atrasado y está cansado y odia todo este tráfico del mediodía, que es diez veces peor que el tráfico de por la mañana temprano, y se le ponchó una goma, y no sabía dónde estaba la de repuesto, y tuvo que encontrar un puñetero teléfono para llamar al puñetero matadero desde donde Ferminio le dijo dónde estaba el puñetero repuesto y, en fin, que éste no ha sido su día de suerte. Lo único que quiere es terminar con todo esto. ¡Ésta es su última entrega, gracias a Dios! Y después de esto puede regresar al matadero en el otro extremo de la calle donde, por lo menos, hay calma y tranquilidad, inclusive mientras se está matando a los toros, pero eso a él no le importa. A eso está acostumbrado. ¡Pero no a estas mujeres habladoras! ¡Quién puede aguantarlas! ¡No puede entender cómo Maximiliano y su hijo pueden manejar a todas estas mujeres que parecen remenearse peor que gusanos! ¡Dios mío! ¡Cómo le gusta trabajar en el matadero donde está rodeado solamente por toros y hombres que son como toros!

Arsenio es un hombre fuerte y corpulento, igual que Mani y Maximiliano. Lleva una camisa azul de trabajo, pero no usa camiseta, algo que Mani y Maximiliano sí usan. La camisa de Arsenio está medio abierta en la parte superior, dejando ver un pecho velludo cubierto con grandes gotas de sudor mientras descarga del camión de Ferminio los pesados cuerpos de las despellejadas reses. Lleva botas de goma altas y negras, del tipo que todos usan en el matadero, y sus anchos pantalones pardos, profusamente manchados de sangre, están metidos dentro de las botas, haciéndolo lucir como si llevara una especie de uniforme militar de camuflaje muy sucio. Se seca el sudor de la frente de vez en cuando con un pañuelo rojo, el que acaba por atarse alrededor de la cabeza como una tira. Su cabello es negro, tan negro que es casi azul. Y también sus ojos, que son penetrantes y de cuencas hundidas.

Tiene la nariz partida, algo que le sucedió hace años cuando se vio involucrado en una tremenda pelea a puños con otro tipo del matadero que acabó con la quijada y cuatro costillas rotas y moretones por todas partes, además de un orgullo bastante lastimado. El tipo había acusado a Arsenio de casarse con la hija de Ferminio, Fernanda, para heredar el negocio de Ferminio. Es cierto que Fernanda no era ni jamás será la muchacha más bella del mundo. Pero siempre fue muy dulce con Arsenio, y ¿qué iba a hacer Arsenio, un hombre adulto con ya casi treinta años y sin casarse? Le había llegado la hora de ir adelante y sentar cabeza, y lo hizo.

El hecho de que Fernanda viniera con el negocio era una ventaja adicional que no podía ser pasada por alto. Pero ésa no había sido la razón principal para que él se casara con ella. No. Era, sencillamente, que Fernanda era la única mujer decente que él había conocido hasta ese momento, y uno se casa sólo con mujeres decentes para tener hijos. Y Arsenio quería hijos, como quieren todos los hombres, de los cuales él y Fernanda ya han tenido dos en sus tres años de matrimonio, un par de gemelas, dos lindas niñitas con sonrisas aún más lindas.

Además de la nariz partida, Arsenio tiene un poblado bigote, completamente fuera de moda en 1938, y una barba de varios días. Arsenio no se afeitó esta mañana. Los hombres del matadero se afeitan pocas veces, o nunca. La mayoría de ellos tiene barba larga y bigotazos anchos, lo que los hace lucir totalmente fuera de lugar bajo el sol tropical. Arsenio no se ha molestado en afeitarse durante los dos últimos días. Hoy es martes, el día en que se lleva la carne a la carnicería de Maximiliano, de modo que la última vez que se afeitó fue probablemente el domingo pasado por la mañana, cuando se dio una larga y bien merecida ducha. Había regresado a su casa muy tarde el sábado por la noche, muerto de cansancio después de haber pasado un largo y caluroso día con los toros, y una breve y calurosa noche con una mujer, del tipo de las que a él le gustan para jugar, del tipo de las que gustan de los hombres sudorosos y sin afeitar, algo que a él no le molesta.

Para Arsenio, Fernanda es la madre de sus niñas, eso es todo. Él le ha dado lo que ella quería y ella le ha dado lo que él quería. Arsenio la respeta, la admira, e inclusive la ama a su manera. Pero nunca la ha deseado. Ella nunca ha llenado esa parte de él. Su modo de hacer el amor es y siempre ha sido con un propósito y muy al grano. Lo que, por cierto, no molesta a Fernanda, quien prefiere olvidar esa parte del amor.

Por eso, cuando Arsenio siente que la sangre comienza a correrle precipitadamente por sus venas, hace lo que debe hacer. Y después que lo hace, bueno, de vuelta al negocio otra vez. Esas mujeres significan poco para él, si algo. Él lo sabe, Fernanda lo sabe, inclusive Ferminio lo sabe. Así es como debe ser.

Esa es la manera de ser de los toros.

Arsenio ha terminado de descargar el camión y está ahora recostado contra la pared lateral de la carnicería, totalmente cubierta de resplandecientes mosaicos blancos que parecen espejos de tan brillantes que son. Está contando el dinero que Maximiliano le ha dado como pago por la carne.

Maximiliano hace sus tratos con dinero en efectivo, igual que Ferminio, y lo mismo hace todo el mundo en la Cuba de la época. La era de los cheques y los bancos no ha llegado aún al mundo de estos hombres. En su mundo, el dinero se gana en efectivo; y se gasta en efectivo. Se cuenta una vez. Y luego otra vez más. Y entonces se firma y se entrega un recibo. Esa es la manera en que los criollos hacen negocios: un apretón de manos, dinero en efectivo y un recibo.

Arsenio está contando el dinero por segunda vez cuando se detiene por un instante, porque ha sentido algo que lo inquieta: una corriente eléctrica que sube y baja por su espina dorsal. Ha sentido esto antes cada vez que algo importante está a punto de pasar en su vida. Lo sintió justamente antes de matar su primer toro. Lo sintió justamente antes de que sus gemelas nacieran. Y lo acaba de sentir otra vez. ¿Qué lo provoca? No lo sabe. ¿Qué es? ¿Una vibración?

Alza la vista y nota a una mujer bella y joven que está al final de la cola.

No tiene maquillaje. Tiene puesta una sencilla falda azul y una blusa blanca de mangas cortas de una tela tan delgada que a través de ella Arsenio puede vislumbrar el ajustador. Tiene senos hermosos, redondos y llenos, que se mueven lentamente cuando ella respira. Su cabello es dorado con un toque cobrizo. De sus ojos él no puede decir nada, porque ella no lo ha mirado.

Él la está mirando, y la ve desnuda, debajo de él, latiendo con placer infinito mientras él la va penetrando lenta e interminablemente, clavándola bien de arriba, del modo que él sabe que vuelve loca a una mujer como ésa, mientras él le está pasando la lengua por el cuello, los lóbulos de las orejas, los sobacos, y llevándola a un mundo del que nunca va a querer volver.

Sólo dura un segundo, esa visión.

Entonces sigue contando el dinero, pero ha perdido la cuenta y tiene que comenzar de nuevo.

Graciela está parada en la cola cuando mira al hombre recostado contra la pared de mosaicos blancos; un hombre que huele a sudor y a sangre inclusive a esa distancia; un hombre barbudo con la nariz partida que está contando su dinero como si nada más importara. Y entonces él siente que lo está mirando.

Él alza sus ojos oscuros y penetrantes, se encuentra con los receptivos ojos de color aceituna de ella, que le devuelven la mirada, y deja de contar otra vez.

Esta vez es ella quien se ve desnuda, debajo de él, que la está penetrando lenta e interminablemente, haciéndola suya de la manera sobre la cual ella ha leído, de la manera sobre la cual ella ha oído hablar, de la manera en que ella ha soñado, de la manera en que debe ser, de la manera en que tiene que ser. De la manera en que nunca ha sido con Gustavo, el hombre con el que está casada.

Se ve siendo suya, totalmente suya, completamente suya, cada poro de su piel, cada pulgada de su cuerpo, cada pensamiento de su mente. Siente que cada átomo de su cuerpo late con la misma velocidad y con el mismo ritmo enloquecido con el que late cada átomo del cuerpo de él. Ve esos hundidos y penetrantes ojos negros de él clavados a los de ella y no ve ni oye ni huele ni siente nada más.

Esta es la sensación que se tiene cuando uno se muere, piensa ella, o cuando uno vuelve a nacer. Este éxtasis aterrador que la hace temblar con una pasión que nunca antes ha experimentado. Ella siente la humedad entre sus muslos y se pregunta si se notará.

Ella sabe que él sabe lo que ella quiere, y él sabe que él tiene lo que ella quiere, y que él se lo va a dar a ella, igual que ella sabe que no hay nada, pero nada en el mundo entero que pueda impedirle seguir a este hombre donde sea que él quiera ir; de hacer cualquier cosa que él quiera hacer cuando quiera él hacerlo; de entregarse a él a cualquier hora del día o la noche, sola o frente a miles de personas. ¿Qué importa? Nada, nada en el mundo puede impedirle que se complete totalmente en él, que encuentre en él esa pieza que le falta y que convierte cualquier confusión que pueda existir en la vida, de pronto, en algo comprensible y asombrosamente hermoso y sencillo al mismo tiempo. Todo lo que se necesita ahora es el Cuándo y el Dónde. Del Qué y del Cómo ya ellos dos se han ocupado.

El corazón de ella late con tanta fuerza y tan rápidamente que cree que todo el mundo debe estar oyéndolo. Pero nadie lo oye. Las otras mujeres que han estado mirando al hombre con el pañuelo rojo en la cabeza ya han perdido interés en él porque él no les devuelve sus miradas. Él sólo está haciendo su trabajo y contando su dinero, lo que Arsenio ha comenzado a hacer por tercera vez. Pero se detiene antes de terminar.

Le dice a Maximiliano el carnicero:

—Tengo que ir al camión para traerte un recibo.

Le dice eso a Maximiliano, pero la está mirando a ella.

Y de repente se da cuenta de que el Cuándo es *Ahora*. Y el Dónde es *Aquí*.

Arsenio va a la parte delantera del camión, mira alrededor, y satisfecho de que nadie pueda verlo, entra en la cabina por el lado del pasajero y abre el compartimento secreto, cuidadosamente escondido debajo del asiento del pasajero, donde ha guardado todo el dinero que le han pagado por las otras entregas que ya ha hecho esta mañana.

Debido a la forma en que Arsenio ha estacionado el camión, absolutamente nadie en la carnicería puede ver lo que está haciendo en la parte delantera del camión. Además, como son más de las doce, la mayoría de la gente ya está en su casa para comer su almuerzo y dormir su siesta; la mayoría de la gente, menos las enfurecidas mujeres que están todavía dentro de la carnicería. Mientras Arsenio mira alrededor por segunda vez, la estrecha Calle de los Toros está totalmente desierta.

Abre el compartimento secreto, coloca dentro el dinero que le acaba de dar Maximiliano, encuentra el talonario de los recibos, escribe uno para Maximiliano el carnicero, cierra el compartimento, mira de nuevo alrededor, ve que nadie lo ha visto, regresa a la carnicería, le da el recibo a Maximiliano, le dice «Gracias» y se retira.

Maximiliano toma el recibo en sus manos, escucha lo que le ha dicho Arsenio, pero no responde.

Todavía le queda una multitud de mujeres, todas reclamando su carne ahora mismo y ¿cómo va él a dárselas si acaban de traerle a la carnicería la puñetera carne? Así que él y Mani comienzan a cortar, pesar, envolver; cortar, pesar, envolver; y no prestan atención a Arsenio, que ha regresado a su camión.

Arsenio dobla la rampa de metal y la mete dentro del camión, cierra las pesadas puertas de carga, va al frente del camión, abre la puerta del chofer, entra en el camión, se sienta al timón, y arranca el camión, que comienza a subir la empinada calle.

Está manejando por la Calle de los Toros con sus miles de piedras sueltas, de todas las formas y tamaños, lo que hace que el camión se zarandee violentamente en cada tramo de la subida. Sus ojos están clavados en la loma frente a él. Cambia el camión a la primera velocidad y sube por la empinada cuesta, sin mirar a su derecha.

No tiene que mirar.

Él sabe que ella está allí, sentada a su lado, observándolo en silencio y esperando, con sus muslos húmedos por el mismo deseo que hace que la sangre de él corra palpitante y salvaje por su cuerpo.

32 Dolores sabe como saben todas las madres que algo no anda bien con Merced.

Ha oído rumores.

Pero Dolores nunca escucha rumores. Ella sí escucha a Leonora, la madre de Tonio, quien ha acabado de llegar a hacerle la visita a Dolores.

La vieja señora no pierde el tiempo. Las mujeres prácticas nunca lo hacen. Se sienta, sorbe un poco de ese oscuro y maravilloso café cubano que Paula, la nueva cocinera, acaba de traer, y entonces, inmediatamente después que Paula sale de la habitación, dice de repente:

—Por supuesto que usted sabe por qué vine.

Dolores sorbe un poco de café.

Manuel el doctor le ha dicho una y otra vez que no quiere que tome café en absoluto, porque es tan malo para su delicado corazón y para su presión alta. Pero, así y todo, ella lo toma. En silencio, mueve su cabeza de arriba a abajo varias veces.

—¿Qué vamos a hacer? —pregunta la vieja señora.

Leonora es por lo menos veinte años mayor que Dolores. Tonio fue su último hijo, y lo tuvo cuando tenía cuarenta y pico. Al principio, cuando no le llegó el período a tiempo, pensó que estaba pasando por la menopausia, lo que ella llamaba el cambio de vida, pero cuando fue a su médico, él se le rió en su cara.

—No sabía que al viejo todavía le quedaba algo —dijo él con una sonrisa de oreja a oreja.

A Leonora le encantó la noticia, pero al mismo tiempo se asustó. Adoraba la idea de ser todavía fértil a su edad. Pero no sabía cómo iba a arreglárselas para criar a este hijo. Después de todo ¡ella tendría casi sesenta años cuando este niño llegara a la adolescencia y su esposo mucho más de setenta! ¡Cómo podrían un par de viejos lidiar con un jovencito! Había sido bastante difícil criar a sus otros cinco hijos. Pero criar a éste sería realmente agotador. Sin embargo, si eso es lo que Dios mandaba . . . ¿qué otra cosa podían hacer? Le dio las gracias a su médico y regresó a casa.

Cuando le dio la noticia a su esposo, el viejo toro salió con todos sus amigotes y no regresó hasta dos noches después. Y cuando regresó estaba todavía tan borracho que se quedó en la cama durante dos días enteros. ¡Qué clase de celebración había sido ésa! ¿Cuán a menudo un hombre de casi sesenta años puede sacar a su mujer en estado?

—Usted sabe que deben ser problemas de cama —agrega la vieja señora. Dolores asiente en silencio.

La propia Dolores ha estado teniendo problemas de cama últimamente, entre que su corazón está como está, y que ese hombre apuesto con el que ella está casada todavía piensa que es un torete semental. El amor es una cosa y lo que la gente hace en la cama, otra.

Después de la última vez que Dolores tuvo uno de esos dolores opresivos en el pecho, Manuel el doctor había venido y la había examinado cuidadosamente. Tenía la presión por las nubes, le dijo. Y entonces llamó a Maximiliano a la habitación y les dijo a los dos, no sin cierta vergüenza, que dejaran de tener relaciones carnales, como las llamó él, durante un tiempo.

—Doctor Manuel —preguntó Dolores—, ¿eso significa que ya yo no puedo ser una mujer para mi marido?

Manuel le echó una mirada a Maximiliano mientras le respondía a ella. —Dolores, yo estoy seguro de que usted siempre va a ser una mujer para este hombre —le dijo, evadiendo cortésmente la pregunta—. Todo lo que les pido a ambos es un pequeño sacrificio sólo hasta que su presión vuelva a normalizarse, lo que no se va a demorar mucho si sigue el plan que le acabo de poner —Entonces se volvió hacia Maximiliano—, Maximiliano —dijo—, asegúrate de que lo siga al pie de la letra.

—No te preocupes —respondió Maximiliano—, me voy a asegurar de que lo siga. Y cuando esté bien otra vez . . . —Hizo una pausa y miró a Dolores con esos ojos insolentes suyos—, ¡Tú y yo nos vamos a divertir de lo lindo!

Dolores se rió entre dientes y se cubrió la boca con su mano izquierda, del modo en que siempre lo hace cuando se siente avergonzada.

Dolores sabe que ella tiene todo el amor de Maximiliano, de eso no hay la menor duda. Todo lo que ella tiene que hacer es mirarlo y ve la respuesta en sus ojos. También sabe que un hombre necesita probarse a sí mismo constantemente, para mostrar que todavía le queda algo. Así son los hombres criollos. No se puede impedir que un toro se comporte como tal, sobre todo cuando son toros que envejecen. Ella había visto a su propio padre hacerlo. ¿No se casó él con una muchacha a la que le doblaba la edad?

Dolores sonríe para sí. Ella va a seguir el plan, y va a esperar. Y mientras, en tanto ella siga siendo la catedral, ¿que importa a cuántas iglesias Maximiliano vaya a rezar?

Dolores mira a Leonora, que acaba de preguntarle:

—¿Ha hablado usted con Merced?

—No —responde Dolores, meneando su cabeza—. Y usted, ¿ha hablado con Tonio?

—No. —La vieja señora mueve su cabeza varias veces—. Realmente no —agrega—. Empecé a hablarle ayer por la mañana, pero . . .

La vieja señora suspira profundamente y entonces confiesa:

—Se pasó todo el último fin de semana fuera de la casa, el fin de semana *entero*. No regresó hasta el lunes temprano por la mañana. Yo estaba despierta en mi cuarto cuando lo oí llegar. Pensé que tal vez estaría borracho, pero no lo estaba. Sencillamente, fue a su cuarto, se dio una ducha, se cambió de ropa, y entonces se fue para la oficina. No creo que él y Merced se dijeron ni una palabra. Esto nunca había pasado antes y, Dolores, yo no sé qué hacer. ¿Ella no le ha dicho nada a usted?

Dolores mueve su cabeza, indicando que no.

La vieja señora coloca su tacita de café sobre una bandejita blanca mientras dice:

—Le digo, Dolores, que el único problema de cama que yo tuve jamás en mi vida fue el haber tenido demasiado de «lo que usted sabe», pero estos dos hijos nuestros . . . no sé. Parece que no están teniendo nada.

★ ★
★

33 Es el martes por la tarde, y como cualquier otro martes por la tarde durante los últimos muchos martes, Graciela está de nuevo con Arsenio, compartiendo uno con el otro unos pocos minutos robados, en el mismo cuartico en la misma posada en que ella y él pasaron esa primera tarde juntos, hace muchos martes, el día de la goma ponchada, cuando compartieron uno con el otro unos pocos minutos robados por primera vez.

El cuarto es muy pequeño y huele a humedad, pero ellos no lo notan. Están de pie uno frente al otro, los ojos de él, oscuros y penetrantes mirando fija y profundamente a los ojos de ella, de color aceituna.

Él acaba de pagar por el cuarto, la puertecita dentro de la puerta que da al corredor ha sido cerrada, el empleado se ha alejado, y los dos por fin se han quedado solos. La fuerte luz color ámbar del caluroso sol de la tarde, que entra directamente a través de los transparentes vitrales encima de las altas ventanas con las persianas cerradas, los baña, delineando el rostro bronceado de Arsenio con una gruesa franja dorada, y matizando el cabello cobrizo de Graciela, el cual, reflejando el sol, lo hace brillar y bailar en la penumbra del cuartico húmedo y cerrado.

Fuera de la habitación pasan los tranvías, y corre la gente que trata de agarrarlos, y pregonan los vendedores, y gritan los niños, y sin embargo ellos dos dentro de la habitación no oyen más sonido que el rítmico zumbido del ventilador de techo moviéndose lentamente sobre sus cabezas, y el rítmico latir del correr de la sangre que hierve violentamente en sus venas mientras se miran uno al otro.

No se dicen nada.

Pocas veces se han hablado desde aquella primera tarde, cuando ambos descubrieron que eran parte de un mundo propio, un mundo donde todo desaparece y donde todo carece de importancia, excepto ellos dos. Tienen tan poco tiempo que no pueden decirse nada uno al otro.

Además, no les hace falta. Lo que hace falta decirse, se dice mejor haciendo.

Ella toma el rostro de él entre sus manos, lo baja hacia ella, y hambrienta, casi con desesperación, muerde sus labios, fuerte, hasta que puede saborear su sangre.

Él toma las manos de ella entre las de él, se las pone a la fuerza detrás de la espalda, la hala hacia él hasta que su cuerpo se funde con el de él, y saborea sus labios, su nariz, sus lóbulos, su cuello.

Le gusta esta mujer. ¡Señor! ¡Cómo le gusta esta mujer! Se le hace difícil esperar de un martes a otro hasta que la vuelve a tener.

Se pasa el día entero pensando en ella.

Se despierta y lo primero que piensa es en ella.

Va al matadero, y en su camino hacia allí no piensa más que en ella.

Mata su primer toro y respira y piensa en ella; mata el siguiente toro y suda y piensa en ella; y clava profundamente la estaca mortal en el cerebro de otro toro más y se detiene y piensa en ella, en nada más que en ella.

Piensa en ella mientras está compartiendo la sangre de los toros con el resto de los hombres; mientras está restregando sus ensangrentadas manos debajo del chorro de agua fría; mientras se está lavando la cara y limpiándose los ojos y riéndose de un chiste con el resto de los hombres.

Piensa en ella mientras regresa a ese lugar al que llama casa y se sienta junto a esa mujer a la que llama esposa y comparte la comida con esa gente a la que llama familia.

Piensa en ella mientras se da vueltas incesantemente cuando duerme, y eso lo hace sufrir.

Lo hace sufrir el pensar en ella.

Lo hace sufrir siempre, igual que el aguardiente hace sufrir cada vez que uno se lo dispara por la garganta, pero no lo acaba uno de hacer cuando se quiere tomar más.

Lo hace sufrir siempre.

Pero lo hace sufrir más cada vez que él sueña con ella por la noche, lo que hace noche tras noche tras noche.

La primera noche, la noche después que ella había despertado en él por primera vez ese fuego que él tenía y que ni siquiera sabía que existía, esa misma noche, él se despertó en el medio de la noche y abrazó, con los ojos cerrados, a esa esposa suya que duerme a su lado, pretendiendo que esta mujer era de nuevo su diosa de cobre, de nuevo en sus brazos, de nuevo junto a su cuerpo, apretujándose de nuevo contra él.

Pero entonces abrió los ojos y sintió tanta repugnancia por lo se vio haciendo que tuvo que pararse, salir corriendo hacia el baño y vomitar.

Fue entonces cuando se dio cuenta de que no podía serle infiel a ella, a esa mujer semejante a una diosa con el resplandeciente pelo de cobre y los ojos de aceituna.

Desde esa noche no ha intentado siquiera hacer el amor con esa otra mujer, ésa a la que llama esposa, ésa que duerme cada noche junto a él.

Y desde esa misma noche ha estado soñando sobre lo que sería el pasar una noche entera y larga con su verdadera mujer, ésa para la que fue hecho, ésa que duerme todas las noches junto a otro hombre al cual llama esposo pero a quien no le pertenece.

Sólo *una* noche. Eso es todo lo que pide. Sólo eso. Una noche *entera*.

Él no está celoso de ése otro hombre de ella, igual que ella no está celosa de ésa otra mujer de él, porque el hombre al que ella llama esposo no ha sido capaz, ni puede, ni nunca será capaz de poseerla; igual que esa mujer a la que él llama esposa no ha sido capaz, ni puede, ni nunca será capaz de poseerlo a él de la manera en que ella, la de la diadema de cobre entre las piernas, puede hacerlo.

Él ha tomado las manos de ella en las suyas, se las ha puesto en la espalda, la ha halado hacia él hasta que el cuerpo de ella se ha fundido dentro del suyo, y ha saboreado sus labios, su nariz, los lóbulos de sus orejas, su cuello.

A ella le gusta este hombre ¡Señor! ¡Cómo le gusta este hombre! Se le hace difícil esperar de un martes a otro hasta que él la vuelva a tener.

Se pasa el día entero pensando en él.

Se despierta y lo primero que piensa es en él.

Va a la cocina, y en su camino hacia allí no piensa más que en él.

Echa el café molido en el colador de franela y respira y piensa en él; vierte el agua hirviente sobre el café y suda y piensa en él; y rompe un huevo y vierte la leche y tuesta el pan y se detiene y piensa en él, en nada más que en él.

Piensa en él mientras está desayunando con ese hombre al que llama esposo; mientras está restregando sus manos debajo del chorro de agua fría; mientras se está lavando la cara y limpiándose los ojos y compartiendo algunas frases con ese hombre que está a su lado.

Piensa en él mientras espera en ese lugar al que llama casa y se sienta junto a ese hombre al que llama esposo y comparte la comida con esa gente a la que llama familia.

Piensa en él mientras se da vueltas incesantemente cuando duerme, y eso la hace sufrir.

La hace sufrir el pensar en él.

La hace sufrir siempre, igual que el aguardiente hace sufrir cada vez que uno se lo dispara por la garganta, pero no lo acaba uno de hacer cuando se quiere tomar más.

La hace sufrir siempre.

Pero la hace sufrir más cada vez que ella sueña con él por la noche, lo que hace noche tras noche tras noche.

La primera noche, la noche después que él había despertado en ella por primera vez ese fuego que ella tenía y que ni siquiera sabía que existía, esa misma noche, ella se despertó en el medio de la noche y abrazó, con los ojos cerrados, a ese esposo suyo que duerme a su lado, pretendiendo que este hombre era de nuevo su dios prieto, de nuevo en sus brazos, de nuevo junto a su cuerpo, apretujándose de nuevo contra ella.

Pero entonces abrió los ojos y sintió tanta repugnancia por lo se vio haciendo que tuvo que pararse, salir corriendo hacia el baño, y vomitar.

Fue entonces cuando se dio cuenta de que no podía serle infiel a él, a ése hombre semejante a un dios con la brillante melena de pelo negro y los misteriosos ojos negros.

Desde esa noche no ha intentado siquiera hacer el amor con ese otro hombre, ése que duerme cada noche junto a ella.

Y desde esa misma noche ha estado soñando sobre lo que sería el pasar una noche entera y larga con su verdadero hombre, ése para el que fue hecha, ése que duerme todas las noches junto a otra mujer a la cual llama esposa pero a quien no le pertenece.

Sólo *una* noche. Eso es todo lo que pide. Sólo eso. Una noche *entera.*

Ella no está celosa de esa otra mujer de él, igual que él no está celoso de ese otro hombre de ella, porque la mujer a la que él llama esposa no ha sido capaz, ni puede, ni nunca será capaz de poseerlo;

igual que ese hombre al que ella llama esposo no ha sido capaz, ni puede, ni nunca será capaz de poseerla a ella de la manera en que él, el del poderoso cetro entre las piernas, puede hacerlo.

34

Llaman a las ocho y veintisiete de la mañana, preguntando urgentemente por Merced.

Leonora, que contesta el teléfono, la llama. Merced corre al teléfono, dice sí, y entonces escucha durante un tiempo que a Leonora le parece larguísimo. Merced cuelga el teléfono y se vira hacia Leonora.

—Lo han encontrado. Está en el Hotel Royale. Quieren que yo vaya allá enseguida.

—¿Está bien? —pregunta la vieja señora.

—No me dijeron. Me imagino que sí. Probablemente esta durmiendo la borrachera. Lo que quieren es que yo vaya allá enseguida.

—Voy contigo —dice la vieja señora con determinación.

—No, Leonora —dice Merced—. Creo que es mejor que usted se quede aquí, por si acaso vuelven a llamar por teléfono.

Merced corre a su dormitorio. El dormitorio de Tonio. El dormitorio de los dos.

—Leonora —grita desde el dormitorio—, ¿podría llamarme a un auto, por favor? —Recoge su bolsa, echa unas cuantas cosas dentro, y casi sin darse cuenta ve su propia imagen en el gran espejo biselado mirándola a su vez.

Es sólo entonces cuando empieza a temblar.

Tonio ha estado desaparecido durante casi una semana entera.

Se fue para el trabajo el viernes por la mañana; trabajó todo el día en la librería, leyendo las galeras de la traducción del libro alemán sobre enfermedades venéreas en el que había estado trabajando durante largo tiempo y que acababa de terminar; se fue del trabajo; y ésa fue la última vez que alguien lo vio.

Se pasó el fin de semana entero fuera de la casa, aunque a estas alturas ya todos en la familia estaban acostumbrados a eso. Pero cuando no regresó el lunes por la mañana para cambiarse de ropa y volver al trabajo, Merced llamó a su hermano Gustavo en la librería y le preguntó por él.

Ni Gustavo ni nadie más lo había visto desde la noche del viernes, cuando se fue del trabajo. Parecía estar en un buen estado de ánimo esa noche. Había terminado de editar las galeras del nuevo libro y le había dicho a Palmo, que era ahora el administrador general de Atenea, la compañía editorial, que el libro podía imprimirse por fin, que estaba totalmente terminado. Palmo lo invitó a tomarse un trago, pero Tonio no aceptó. Le dijo a Palmo que tenía otros asuntos que resolver. La última vez que Gustavo lo vio, Tonio estaba cantando mientras se iba de la librería, algo que sorprendió a Gustavo.

—Oye, Tonio —le había dicho Gustavo—, yo no sabía que tú cantabas.

—Pues claro que canto —respondió Tonio—. Todos los hombres cubanos cantan cuando están contentos, y yo soy un hombre cubano, ¿no? —Y entonces recitó la letra de la canción que estaba cantando, una canción bastante popular en esa época.

> Yo canto cual canta el cisne,
> que canta mientras se muere
> diciendo «Ámame un poco»,
> pidiendo un poco de amor.

—Tenía que ser un escritor de canciones cubano —le dijo a Gustavo—, al que se le ocurriera coger el mito de que el cisne no canta hasta que está a punto de morirse ¡y hacer una canción con eso! ¡Y oye la música! ¡Igualita que la canción real del cisne, que se supone que sea la canción más bella que se haya oído jamás! ¿No es preciosa? —Tonio la cantó esta vez

> Yo canto cual canta el cisne,
> que canta mientras se muere
> diciendo «Ámame un poco»,
> pidiendo un poco de amor.

Entonces, mirando a Gustavo, le dijo:

—Tú sabes, Gustavo, a mí me encanta esa canción. La estaba tocando un trío la primera vez que la oí. También fue la primera noche en mi vida que hice el amor. ¿No te parece eso una coincidencia?

Gustavo tuvo la intención de preguntarle a Tonio que quería decir él con lo de «una coincidencia», pero para entonces ya Tonio había atravesado rápidamente el parque, caminando hacia la zona residencial de la ciudad mientras cantaba. Gustavo pensó que se iba a encontrar con Merced en algún sitio para celebrar el haber terminado su último libro y no le dio mucha importancia. Se sintió sorprendido y profundamente preocupado cuando Merced lo llamó el lunes por la mañana.

—¿Pero no salió él con ninguno de ustedes el viernes por la noche? —preguntó Merced.

—No —respondió Gustavo—. Él no salió con ninguno de nosotros. No lo ha hecho desde el día en que Berto ganó el famoso juego contra Rufo en el Palacio del Jai Alai. Y eso fue hace por lo menos seis meses.

Merced colgó.

No sabía qué pensar. Para ella, nada tenía sentido. Después de esa noche, hace seis meses, ella y Tonio apenas si se habían vuelto a hablar. El Tonio con el que ella se casó desapareció esa noche en que regresó a su casa cubierto con heridas de amor, y un nuevo hombre entró en su vida esa misma noche: éste otro Tonio con el que había estado viviendo desde entonces. Un hombre totalmente desconocido para ella. Y quizás para sí mismo.

A veces se lo encuentra solo en su dormitorio, con todas las ventanas y puertas cerradas, bebiendo directamente de una botella de Añejo, y llorando al mismo tiempo; el libro alemán, lleno de fotografías de gente desnuda cubiertas con horribles y asquerosas heridas de amor, abierto sobre la cama, la libreta de traducir a su lado, llena página tras página con su bella letra cursiva.

Ella ha notado que en ocasiones él comienza a trabajar, traduciendo, y de pronto empieza a llorar. Y sin embargo, continúa con su trabajo mientras llora. Muchas veces ella se ha sentado a su lado en la cama y ha tratado de agarrarle la mano, pedirle perdón, decirle algo, pero ha sido inútil. Cada vez que ella trata de entablar una conversación con él, él sale de la casa, sin dar explicaciones, sin exigir nada.

No, Merced no entendía nada.

¿Qué quiso decir Tonio cuando le dijo a Gustavo que la canción del cisne la había estado tocando un trío la primera vez que ellos dos hicieron el amor?

Aquello no tenía sentido. Ellos habían pasado su luna de miel en Miami, y ella no recordaba haber escuchado ninguna música esa noche, la noche en que él le confesó a ella que él, al igual que ella, era también virgen. Él no estaba mintiendo entonces. ¿O sí?

Después de su llamada telefónica a Gustavo, Merced le dijo a Leonora todo lo que Gustavo le había dicho, y entonces ellas dos empezaron a llamar a todos los hospitales, pero en ninguno de ellos tenían información sobre alguien con ese nombre.

Merced fue entonces a la policía, para dar parte sobre la desaparición, y un señor de cierta edad, muy amable y gentil, el detective Rolando Fernández, con cálidos ojos azules y abundante pelo negro con algunas que otras canas, comenzó a hacerle todo tipo de preguntas íntimas.

Al principio Merced se sintió intimidada por él, pero la cálida sonrisa de este hombre logró hacerla sentir cómoda.

Pronto él se enteró de cuánto tiempo habían estado casados, qué había sucedido en las últimas semanas, cómo su comportamiento había cambiado desde entonces, y se atrevió a hacer una conjetura.

Le dijo a Merced que, en su opinión, Tonio debió haber estado teniendo una aventura con alguna otra mujer y que probablemente se había ido con ella, abandonando a Merced.

—Usted no llamó a ninguna de las líneas aéreas, ¿verdad? —preguntó él.

Merced movió la cabeza.

—Perdóneme, pero no pensé en eso.

—No se preocupe —continuó el detective de los ojos azules—, nosotros lo haremos. Para eso estamos aquí. ¿Preguntó usted en el banco?

—Nosotros no tenemos cuenta en ningún banco —respondió Merced.

—¿Le falta algún dinero? Quiero decir, ¿se llevó mucho dinero?

—No lo creo. A no ser que él acaba de terminar una nueva traducción. Tal vez ya le liquidaron el pago de ella. Ese dinero es adicional, usted sabe. Puedo llamar a la compañía y—

—Nosotros lo haremos —le dijo él mientras tomaba notas en un bloc pequeño—. Vamos a chequear con su jefe. —Le sonrió al decirle—, Ahora, váyase para la casa, y yo la llamaré en cuanto tengamos cualquier noticia de él.

Merced se levantó de la silla y estaba a punto de salir cuando él la detuvo.

—Eso nos sucede mucho a los hombres, señora —dijo—. Pero no

se preocupe. No nos toma mucho tiempo averiguar a quien queremos de verdad. Y cuando él lo haga, él volverá a usted. Se lo garantizo. Espero que usted lo perdone. —Señaló a una foto sobre su escritorio—. Ésa era mi esposa. Nunca me perdonó y ahora la he perdido para siempre.

El detective Fernández era un hombre realmente bondadoso. Había sido muy servicial y amable con ella.

Y este es el mismo hombre que la llamó esta mañana y le dijo que viniera enseguida al Hotel Royale; el mismo hombre que está esperando por ella en el Hotel Royale cuando un auto la deja en la puerta.

Él la conduce a una oficinita ubicada detrás de la recepción, donde un hombre muy nervioso, sin duda el administrador, se pone de pie y comienza a soltar una disculpa tras otra.

—Nosotros no sabíamos. No tuvimos la culpa, usted entiende. No había manera, ninguna en absoluto, en que ninguno de nosotros podíamos haber previsto—

El detective con la sonrisa amable lo detiene.

—Déjenos solos por unos minutos —le ordena. El administrador no sabe qué hacer. El detective le habla otra vez—. Por favor. Ella no sabe nada.

El administrador abandona la habitación y el detective cierra la puerta tras él.

Entonces sigue un largo silencio.

Para entonces Merced se ha dado cuenta de que sus sospechas son ciertas.

—Está muerto, ¿verdad?

El detective asiente con su cabeza mientras la conduce a una silla.

—¿Cómo?

—Pastillas para dormir. Más de cien.

Merced se apoya contra él y comienza a llorar, con la cabeza en los hombros de él. El detective la abraza suavemente, como un padre que le ofrece amparo a una hija indefensa.

—Perdóneme —dice Merced después de un largo rato, cuando alza la cabeza y lo mira.

—Está bien. Esto es parte de mi trabajo —le dice sonriéndole. Y entonces agrega—. Temo que vamos a tener que subir, para identificarlo. Es sólo una formalidad y sé que no va a ser fácil para usted, pero tiene que hacerse. Ha estado muerto durante más de tres días. Dejó un letrero por fuera de la puerta diciendo que no lo molestaran y esta mañana la gente de la habitación de al lado se quejó de . . . del olor. ¿Cree usted que pueda?

La habitación está en el sexto piso, el último piso del hotel.

Cuando llegan allí, están completamente abiertas todas las ventanas, ventanas esquineras desde donde se ve la hermosa bahía de La Habana brillando trémula en la distancia como si incontables diamantes se escondieran debajo de su superficie turquesa, rizada apenas por una dulcísima brisa.

Él está tirado sobre la cama, sin zapatos, con pantalones blancos de hilo y una camisa blanca, durmiendo de lado, de la manera en que siempre duerme, con los ojos cerrados y una sonrisa congelada en los labios.

—Así fue como lo encontraron. No se ha tocado nada en la habitación, a no ser la puerta, que tuvo que abrirla el administrador. ¿Es ése su esposo?

Merced empieza a caminar lentamente hacia la cama, sola. Con un gesto, el detective Fernández ofrece acompañarla, pero ella lo mira y mueve la cabeza de lado a lado. Esto es algo que ella debe hacer sola.

Es una bella habitación.

A él le debe haber gustado muchísimo, piensa Merced. Va muy bien con el elegante juego de dormitorio que él había comprado para ella. Para ellos. Para él mismo, como regalo de bodas. ¿Cuánto tiempo han estado casados? ¿Cuántas semanas? Merced mira al hombre que yace sobre la cama y, aunque las pastillas que causaron su muerte han oscurecido tanto su piel que luce casi como un negro, ella reconoce no al hombre con el que una vez se casó sino a un hombre semejante a él que parece estar en paz consigo mismo.

—Sí —responde Merced—, ése es . . . era . . . —No puede terminar.

El gentil detective la ayuda a salir de la habitación y la lleva a la habitación vacía de al lado, donde la hace sentarse en una enorme butaca demasiado mullida.

—¿Puedo traerle un poco de agua? —le pregunta él.

—No —Merced lo mira y pretende sonreír—. Estoy bien. Estoy bien.

El detective extrae dos sobres de su bolsillo.

—¿Es esta la letra de su esposo? —le pregunta.

Ella mira a los sobres y asiente en silencio. Esa bella letra cursiva otra vez. Toca los sobres con la punta de los dedos de su mano izquierda, la que ella llama su mano buena, como si fuera a tomarlos.

En el exterior de uno de ellos se lee «A quien pueda interesar». El otro dice sencillamente «Merced».

—Éste —dice el detective señalando al sobre dirigido «A quien pueda interesar», estaba sin sellar. Lo hemos leído.

Se lo da a Merced. Dice:

Desde el momento en que descubrí que estoy viviendo con una horrible e incurable enfermedad decidí terminar con mi vida y ahorrarme a mí y a mucha gente que quiero el dolor inmenso de verme morir una muerte dolorosamente lenta. Esperé a terminar mi último libro, de modo que mi esposa tuviera algún dinero para vivir durante un tiempo. Todo lo que poseo le pertenece a ella. No se debe culpar a nadie de mi muerte. Conseguí las pastillas yendo a diferentes médicos y pidiéndole a cada uno algo que me dieran algo para ayudarme a dormir. No les mentí. Necesitaba estas pastillas para dormir. Sinceramente.

Merced suspira al terminar de leer esta carta.

¿De qué horrible e incurable enfermedad está hablando Tonio? ¿Por qué no se confió en ella? ¿O en alguna otra persona de su familia? ¿O en alguno de sus amigos íntimos? Merced mueve la cabeza. No entiende nada. Se lleva la mano izquierda a la frente y se la frota suavemente. ¿Por qué no puede entender nada? ¿Qué pasa con ella?

—Éste es para usted —dice el detective al entregarle el segundo sobre, sellado. Él la mira mientras ella lo toma en su mano, y entonces agrega—: La voy a dejar sola durante unos minutos. Voy a estar al otro lado de la puerta en caso de que me necesite. Déjeme saber cuándo quiere irse y la llevaré a su casa. No será ninguna molestia. Mi automóvil está estacionado fuera mismo del hotel y ya he terminado lo que tenía que hacer aquí respecto a este asunto. La estaré esperando. Tómese todo el tiempo que quiera —Sale de la habitación, cerrando la puerta tras él.

Merced abre el sobre.

Dentro hay un documento con apariencia legal, un testamento, adecuadamente redactado, notarizado y firmado por Tonio y por dos testigos. En él, Tonio le deja a ella todo lo que posee, incluyendo los derechos de todas sus traducciones, pide que su cuerpo sea incinerado y que sus cenizas sean esparcidas en la bahía de La Habana.

Junto a este testamento hay un pedazo de papel doblado. Merced lo desdobla y lee.

Después de unos minutos Merced abre la puerta, sale al exterior de la habitación del hotel, y le pide unos fósforos al amable detective. Él le entrega una cajita de fósforos. Ella le pide que vaya con ella a la habitación. Allí le entrega al detective el testamento de Tonio y entonces le da fuego al otro pedazo de papel, la nota dirigida a ella, colocándola en un cenicero y mirándola mientras se quema.

—Me pidió que lo hiciera —explica Merced—. Dijo que esto me liberaría.

El detective Fernández no hace preguntas cuando Merced, con un hilo de voz, comienza a cantar suavemente mientras la carta se reduce totalmente a cenizas.

> Yo canto cual canta el cisne
> que canta cuando se muere
> diciendo, «Ámame un poco»,
> pidiendo un poco de amor.

LOS MUCHACHOS DE LA LIBRERÍA están anonadados.

La muerte de Tonio los toma a todos por sorpresa. Y como él pidió que su cuerpo fuera incinerado, no se lleva a cabo el tradicional velorio al estilo cubano en que la gente vela al muerto la noche entera y luego lo acompañan al cementerio. En vez de eso, los muchachos preparan, con el consentimiento de Merced, una velada de recordación en la librería después de las horas de trabajo.

Tonio actuó inteligentemente al solicitar que su cuerpo fuera incinerado, porque el cementerio católico donde está enterrado el resto de su familia no permite que se entierre a una persona que se ha quitado la vida.

De la misma forma que actuó inteligentemente cuando, en su última carta al mundo, sin sellar, ocultó la verdadera razón por la que se quitó la vida, echándole la culpa a una indeterminada «horrible e incurable enfermedad».

Tonio sabía que había dañado bastante a Merced tan sólo casándose con ella. En aquel entonces él pensó que tal vez su matrimonio podría hacer cambiar su manera de ser y convertirlo en la clase de hombre que no era. Pero no fue así. Sus mentiras paran con ella, paran con él mismo, no habían hecho su vida más fácil en absoluto. En lugar de eso, habían hecho de su vida —y de la de ella— un infierno viviente.

Tonio sabía que él ya le había causado a Merced, la inocente Merced, bastante dolor y sufrimiento. No quería causarle más. Con toda seguridad él no quería que ella tuviera que pasar por la humillación pública y la vergüenza de tener que reconocer que se había casado con un hombre como él, una clase de hombre que, para los cubanos —y aún para él mismo— no era un hombre en absoluto, sino un engendro repulsivo.

Y Tonio sabía que esto era algo por lo que Merced tendría que pasar, si toda la verdad —ese secreto de él, tan deshonroso y tan vergonzoso— se llegara a conocer.

Anticipando eso, Tonio lo había arreglado todo elegantemente; tan elegantemente como había arreglado todo lo demás alrededor de su muerte; tan elegantemente como su bella letra.

Él no mintió. No tenía por qué hacerlo. Él sencillamente dio su propia versión de la verdad.

Para él, lo que él tenía era una «horrible e incurable enfermedad».

Y eso era todo.

Nadie ve a Tonio muerto, excepto Merced. Ni siquiera Leonora. Merced transfiere sus restos a un crematorio tan pronto como se termina la autopsia, e inmediatamente después de eso toma sus cenizas y las esparce sobre la bahía de La Habana, como pidió Tonio, en un área entre La Habana por un lado y la bahía de Regla por el otro.

Todo lo que le parece a la gente es que Tonio se ha ido de viaje para no regresar jamás.

En la velada de recordación que los muchachos celebran en su memoria, todos lo recuerdan saliendo de la librería ese viernes de hace una semana y media, cuando cantaba alegremente mientras atravesaba rápidamente el parque.

Merced no va vestida de negro al servicio de recordación. Dolores insiste en que lo haga, pero ella se niega. Ni siquiera lleva una banda negra alrededor de su brazo, como hace el resto de los muchachos de la librería que han asistido a la velada. Cuando se le pide que diga algunas palabras, se niega. El día siguiente al servicio de recordación se muda nuevamente para su antigua casa familiar, la casa de Maximiliano.

No se lleva con ella el bello y elegante juego de dormitorio. Lo deja en la casa de Leonora. Pero sí se lleva con ella la pintura del Maestro Romanat, aunque deja el marco de ébano y el borde gris. Y sí se lleva a Pepe Loreto con ella y lo instala en el gran patio, donde le da sombra el balcón de arriba, que también lo protege de la lluvia.

Pepe Loreto está tan desorientado con la mudada que hasta se le olvida su propio nombre. Se niega a hablar. Pero poco a poco comienza a disfrutar el sol mañanero y el aire fresco, que le traen nueva vida a sus viejos huesos.

Al principio, Marguita, la pequeña Marga— que ya no es pequeña, sino una señorita de casi quince años— le tiene un poco de miedo; igual que él le tiene un poco de miedo a ella. Pero repentinamente, un día Pepe Loreto se acuerda de su nombre, y poco después está llamando de nuevo a Merced: —¡Merced, Merced! ¿Besito? ¿Besito? — lo que siempre hace reír a Marguita porque Pepe Loreto cecea al decirlo.

Todos los meses Merced le da a Leonora y a su familia la misma cantidad de dinero que les daba Tonio y que proviene de los derechos de las traducciones. Para ella le queda poco o nada de dinero. Lo que sí le queda es mucho tiempo libre ahora que Dolores tiene una nueva cocinera.

Vuelve a la Academia de San Alejandro y descubre que el Maestro Romanat murió hace dos meses, de una apoplejía. No se imagina estudiando con otro que no sea su viejo maestro. Y mucho menos con ninguno de esos otros maestros que despreciaban las obras del Maestro Romanat y cuyas obras a ella no le gustan porque no le dicen nada, porque no puede encontrar en ellas el alma.

Entonces decide que le ha llegado la hora de buscar un trabajo, así que, poniendo a un lado para siempre su sueño de convertirse en pintora, lo que ella sabe que paga poco o nada, le da a Mani su libro *Apolo,* que sabe que él adora, y se matricula en una escuela comercial para aprender dos oficios que sí pagan: teneduría de libros y mecanografía. Y aunque no le gusta escribir a máquina, que a ella le parece tremendamente aburrido, descubre que disfruta muchísimo llevar los libros porque ella es buena con los números; y, para su sorpresa, descubre que le gusta hacerlo.

Durante todo este tiempo Dolores no deja de mirar a su hija con ojos llenos de ansiedad, esperando que Merced se sincere con ella. Pero Merced, la hermosa Merced del cabello oscuro y del andar sensual y cadencioso, no lo hace.

Nadie sabe mucho de Merced, quien siempre se reserva sus cosas.

Nadie sabe siquiera acerca de la última carta privada de Tonio para Merced, nadie más que Merced y el detective Fernández, que vino a la velada de recordación.

Y lo que decía esa carta sigue siendo desconocido para todos, menos para Merced.

Los muchachos de la librería hablan acerca de cáncer, y acerca de sífilis, y acerca de lepra, y acerca de sabe Dios cuántas otras «horribles e incurables enfermedades» que todos se pueden imaginar.

Todos lo hacen, menos Berto, el amable Berto, el amistoso Berto, el Berto apuesto como un dios griego, Berto, el Campeón, quien encoge sus anchos hombros y después no dice nada cada vez que alguien le pregunta, ¿Por qué razón tú crees que Tonio se mató?

Cuarta Parte

Ciclón
1938

35

Hoy es otro caluroso martes por la tarde, con la diferencia de que hoy es un caluroso y húmedo martes por la tarde a finales de septiembre y es día de luna llena —el clima ideal para que se forme un ciclón tropical, los que casi siempre comienzan cuando uno menos se lo espera.

Este lo comienza Eleuteria, quien, casi por accidente, es la que prende la chispa incendiaria.

Ella ve a Graciela prepararse para salir de la casa otra vez, igual que lo ha estado haciendo durante varias semanas cada martes por la tarde. Eleuteria ya se ha dado cuenta de esto antes, y cada una de las veces se ha preguntado a dónde va su hija y qué hace todos los martes por la tarde.

Esta vez Eleuteria no puede aguantarse más la lengua.

La curiosidad de Eleuteria, que la ha estado picando de mala manera, empuja a la vieja a enterarse. Así que le pregunta a su hija a dónde va y qué va a hacer, y Graciela le responde con la absoluta honestidad y la absoluta sencillez de un corazón inocente.

Graciela no le miente a su madre.

Ella se había dicho a sí misma que nunca mentiría acerca de lo que estaba pasando entre ella y ese hombre. No hubiera podido mentir acerca de eso, aun si hubiera querido. Aquel hombre se ha hecho dueño de ella y no hay más que hablar.

Sí, ella sabe que está casada con Gustavo, le responde a su madre, su curiosa madre que ahora que ella ha roto el sello de silencio entre los dos quiere saber todo lo que hay que saber acerca de Graciela y ese otro hombre.

Sí, ese hombre puede hacer con ella lo que a él se le antoje.

Sí, ella lo seguiría hasta el infierno mismo si existiera un lugar así en la Tierra, porque el infierno con ese hombre sería un paraíso.

Graciela, ahora que se ha roto el sello de silencio entre ambas, le abre su corazón a su madre, pero su madre ya no la escucha. Todo lo que Eleuteria oye ahora es a sí misma, repitiéndose una y otra vez: Esto no puede ser cierto, esto no me está pasando a mí, esto no está pasando, esto sencillamente no está pasando en lo absoluto.

Y sin embargo, Eleuteria puede entender perfectamente bien lo que Graciela está diciendo porque mientras Graciela habla, Eleuteria recuerda lo que era el ser poseída, al igual que su hija es poseída, por un hombre, de la forma en que ella misma fue poseída por su hombre, ese hombre despreciable que la abandonó por una mulata que sabía cómo sonreír. Y ella recuerda oír la misma letanía de palabras que se repiten ahora una y otra vez, al igual que se repetían entonces una y otra vez: Esto no puede ser cierto, esto no me está pasando a mí, esto no está pasando, esto sencillamente no está pasando en lo absoluto.

Desde muy joven, Eleuteria supo que no era bella. Los chicos de la escuela no tenían necesidad de decírselo, como lo hacían. Un espejo que no mentía se lo mostró claramente la primera vez que se vio reflejada en él, y desde entonces los espejos se lo han estado mostrando. Excepto por aquella única vez cuando ese hombre despreciable con el rostro tan atractivo y la sonrisa tan varonil se había acercado a ella y le había dicho que era bella.

Ella no lo había creído.

Ella sabía por qué él se le había acercado.

Ella sabía que no era bella, como también sabía que era una de las muchachas más ricas de Luyanó, ahora que su padre había muerto y le había dejado a ella todas sus propiedades. No tenía mucho: sólo su enorme casa y varios cuartuchos en el lado «malo» de la Calle de los Toros; cuartuchos que su padre le alquilaba a los chinos para que instalaran allí a sus queridas. Su padre sabía muy bien lo que hacía cuando les alquilaba esos cuartuchos a los chinos. Pedía un montón de dinero por esos miserables cuartos, que los chinos pagaban de buena gana y religiosamente, sin fallar, cada día primero de mes.

Lo que Eleuteria tenía, ahora que su padre había muerto, podría no haber parecido mucho a algunos de los otros propietarios de La Habana, pero ciertamente que sí les parecía muchísimo a la gente de Luyanó, donde los toros de la clase obrera de La Habana no tenían absolutamente nada.

Eleuteria sabía, o se creía que sabía, que esas pocas cosas que ella tenía eran la razón por la que ese hombre se había acercado a ella y le había dicho que era bella. De la misma manera que ella sabía, o se creía que sabía, que no era bella. En lo más mínimo.

Y sin embargo, aquella noche, antes de irse a la cama, se miró al espejo y éste, para su asombro, por primera vez en su vida, le mostró a una menuda jovencita de veintidós años con una cinturita estrecha y ojos chispeantes que todavía no se habían llenado de odio.

Y esa muchacha en el espejo había sido bella.

Es una tarde muy calurosa y muy húmeda. El cielo se ha estado poniendo amenazadoramente oscuro y han empezado a caer algunas gotas de lluvia. Eleuteria camina desesperadamente de un lado a otro de la habitación, abanicándose nerviosamente con una penca de guano. Se detiene. Mira a Graciela, quien, camino a la calle, está parada junto a la puerta. Empieza a caminar otra vez.

Eleuteria no sabe qué hacer.

Incapaz de impedir que su hija destruya su propia vida, todo lo que puede hacer es repetirse para sí misma una y otra vez: Esto no puede ser cierto, esto no me está pasando a mi, esto no está pasando, esto sencillamente no está pasando en absoluto; una letanía de palabras que ella repite y repite insistentemente, como una desesperada y silenciosa plegaria, hasta que, repentinamente, una posibilidad la hace detenerse. Puede que haya una salida.

Tiempo.

El tiempo, Eleuteria lo sabe, es su mejor aliado, quizás su único aliado. Ella tiene que ganar tiempo, tiene que inventar tiempo de alguna manera, tiempo suficiente para que se disipe el ciclón que está empezando a pasar por sus vidas. Tiempo, tiempo, necesita ganar tiempo. Esa puede ser la salida. Esa puede que sea la única salida.

—¿Tú no irás a encontrarte con ese hombre tuyo ahora, no? —le pregunta Eleuteria a Graciela con un tono de súplica.

Graciela se vuelve hacia ella y le responde a su madre con una sonrisa tal que su rostro se transforma y sus ojos destellan con excitación.

—¡Ah, sí, Mamá! —le dice, sin el más mínimo indicio de culpa—. ¡Claro que sí!

—Pero, ¿y tu marido? ¿Y si él llama? —Gustavo acaba de salir de la casa después de almorzar y de dormir una siesta de diez minutos, y ha regresado a la librería.

—Él nunca llama —dice Graciela, en un tono práctico—. Pero si llamara, puedes decirle toda la verdad. —Entonces agrega inmediatamente, con sincera preocupación—, No, no. No le digas nada. Eso es algo que le tengo que decir yo misma. Y lo voy a hacer.

Hace una brevísima pausa y entonces agrega con decisión:

—Se lo voy a decir mañana, cuando yo regrese.

—¿Mañana? ¿Cuando tú regreses? ¿Qué tú quieres decir con eso de que cuando . . . ?

—Siempre he soñado con pasar *una noche* con ese hombre, Mamá, una noche *entera* junto a—

—¡Ay, no, Graciela, por favor! ¡Te lo pido de favor! —Corre hacia su hija y la mira de frente—. Escucha a tu madre. ¡No hagas algo tan estúpido! ¡Por favor! ¡No te pases la noche fuera con ese hombre. Eso haría que todo se supiera. Por favor, tú no sabes lo que estás haciendo, pero yo sí lo sé. Tú no te das cuenta, pero esto es algo que viene y se va. Cosas que pasan, cosas que—

Graciela la interrumpe.

—A ti no se te ha pasado todavía, Mamá, ¿no es verdad? —Se detiene—. ¿Se te ha pasado? —Se detiene de nuevo—. Después de tantos años . . . ¿se te ha pasado?

Eleuteria mueve su cabeza sin darse cuenta.

—Mamá —agrega Graciela, esta vez con un tono apremiante en la voz—, tengo que hacerlo, ¿no ves que no tengo otro remedio? Inclusive si es sólo una vez, tengo que pasar una noche entera con ese hombre, y después que pase lo que pase. Después de eso ya nada me importa. —Se acerca más a su madre y agrega con vehemencia—, No puedo seguir viviendo de la forma en que he estado viviendo durante los últimos tres meses. No puedo seguir pretendiendo que quiero a Gustavo cuando no es verdad. No puedo seguir tratando de complacer a todo el mundo menos a mí. Nunca lo quise realmente. Tal vez todo el mundo creyó que yo lo quería, sin duda tú me dijiste que yo lo quería, pero no es así. Y él tampoco me quiere. No lo sabía en aquel momento, pero ahora sí.

Eleuteria está rogando por más Tiempo mientras piensa, ¿Qué puedo hacer, qué puedo hacer, qué puedo hacer?

Graciela continúa con su justificación.

—Mamá, ¿no lo ves? Esta es la mejor salida. La única salida. Si la verdad duele, duele nada más que una vez y entonces deja de doler. De la manera en que Gustavo y yo estamos viviendo, nos estamos haciendo daño día tras día, noche tras noche. Estoy en la cama junto a él y dejo que me haga suya y me siento tan asqueada cuando me toca que me dan ganas de vomitar. No puedo soportarlo más, Mamá. No puedo. No puedo seguir viviendo una vida de mentiras como ésta durante el resto de mi vida, Mamá. Sencillamente, no puedo hacerlo. — Graciela obliga a su madre a mirarla mientras añade—, Ni tú tampoco pudiste, Mamá, ¿no es cierto?

—No, piensa Eleuteria. Ella tampoco podía vivir una vida de mentiras. Cuando las cosas sucedieron, cuando su buena amiga Pilar le contó acerca de su marido y esa otra mujer, ella quiso saber la verdad inmediatamente y así mismo como estaba se fue a ver a la mulata. Todo lo que Eleuteria quería saber era el por qué. Y aquella mujer sólo tuvo que abrir la puerta para que Eleuteria encontrara su respuesta.

Ella esperaba que la mulata fuera sensual y hermosa, y lo era. Pero no sólo era sensual y hermosa; era bondadosa además. Cuando Eleuteria la miró, sólo vio inocencia en los ojos de esa otra mujer, y Eleuteria no pudo lidiar con aquello. Había estado lista para humillarla, insultarla, escupirla en la cara, golpearla si era necesario, pero la inocente sonrisa en los ojos de esa mulata la desarmó.

De repente, Eleuteria se dio cuenta de que nunca le había dedicado a ese hombre al que llamaba esposo esa sonrisa inocente que esta otra mujer lucía en sus ojos, porque en los ojos de Eleuteria siempre se había escondido una pregunta, una pregunta que siempre había estado allí como una barrera mientras ella y ese hombre comían, bebían, dormían y hacían el amor. ¿Es a *mí* a quien quiere? ¿O a *mi dinero?*

Fue sólo después de que aquel hombre por fin se fue cuando ella se dio cuenta de que, quizás, era a ella lo que él siempre había querido; porque si lo que él quería era sólo su dinero, él se podía haber quedado viviendo con ella, como hacen muchos otros de los toros de Luyanó, casados con mujeres a las que no aman mientras mantienen además a un burujón de queridas.

Pero aquel hombre de ella no había hecho eso. Él la había dejado, a ella y a todo su dinero, para irse a vivir con aquella otra mujer, la hermosa mulata con la sonrisa bondadosa e inocente.

¡Y ahora Graciela, la hija de su padre, está a punto de hacer lo mismo! Eleuteria se pregunta, ¿No sabe ella que las cosas son muy diferentes con una mujer? Tal vez Graciela no lo sabe, pero ella, Eleuteria, sí. Ella sabe que lo que un hombre puede hacer mil veces, una mujer no lo puede hacer nunca. No, ni siquiera una sola vez. No en la Calle de los Toros.

Eleuteria puede ver lo que va a suceder y no le gusta lo que ve, porque todo lo que ve es el velo negro de la vergüenza y el velo negro de la muerte. No puede permitir que su hija se haga esto a sí misma y al resto de la familia. Eleuteria sabe que tiene que hacer algo, pero ¿qué?

Tiempo, ella sabe, tiene que ganar tiempo.

Tiempo.

Está pensando sólo en esto mientras ve a Graciela salir de la casa, para encontrarse con ese hombre en el otro extremo de la ciudad donde las mujeres viciosas se encuentran en secreto con sus amantes.

Tiempo.

¿Cómo puedo ganar tiempo?

Se precipita hacia la puerta y agarra a su hija cuando va a salir.

—Por favor, Graciela —le ruega Eleuteria—, por favor. Hazlo por mí. No te pases la noche con ese hombre. Por favor, escúchame . . .

Graciela la mira con sus bellos ojos de color aceituna. Eleuteria continúa.

—Regresa hoy, igual que has estado regresando todos los martes y deja que las cosas sigan como están. Nadie tiene que saberlo. Nadie lo sabrá. Yo te voy a proteger. Te voy a tapar. Voy a mentir por ti. Voy a hacer lo que me digas que haga. Pero no—

Graciela la interrumpe besándola en la mejilla.

—Te quiero, Mamá —le dice a su madre y entonces sale corriendo hacia el ómnibus que está ahora dando la vuelta a la esquina, para no mojarse con la lluvia.

★ *★*
★

36

Albertina, la mujer de Ferminio, el dueño de los mataderos, abre la puerta de su moderna casa —la que un joven arquitecto cubano diseñó con techos bajos, anchos ventanales horizontales y un amplio patio que rodea la casa y que la separa de los curiosos ojos de los demasiado amistosos vecinos— y deja entrar a su hija, Fernanda, y a las niñas.

Fernanda, que se casó con Arsenio en la catedral hace más de tres años, entra con sus lindas gemelas, quienes inmediatamente corren hacia su abuela y la llenan de abrazos y besos.

—Qué sorpresa tan agradable —dice Albertina mientras Fernanda la besa en la mejilla—. No te esperaba hasta pasado mañana. No me digas que ya es jueves ¿no?

—No, nada más que es martes —responde Fernanda.

—Ay, menos mal. Pensé que había perdido dos días de mi vida, y a mi edad uno no se puede dar ese lujo. ¿Ya han comido algo?

Fernanda mueve la cabeza.

—Las niñas sí, pero yo no. No tenía hambre.

—Es este calor y esta humedad —dice Albertina mientras cierra la puerta de la calle tras su hija—. Yo tampoco pude comer nada. Vamos para la cocina y les voy a preparar un poco de la limonada que tanto les gusta. ¿Cómo está Arsenio? —agrega. Hay una breve pausa. Albertina se vuelve hacia Fernanda, quien desvía la mirada.

—Bien, me imagino —responde Fernanda después de un rato. Entonces, después de otra pausa, agrega—: Hoy no vino a casa para almorzar. Entonces mira a su madre—. Nunca lo hace los martes.

Hay algo en la manera en que Fernanda la ha mirado que molesta a Albertina.

—¡María . . . ! —llama a la criada, que viene enseguida—. María, por favor —dice Albertina—, ¿podrías llevarte a las niñas para el patio y cuidarlas un ratico?

María asiente con la cabeza mientras se seca las manos en el delantal y se lleva a las gemelas con ella. Ha estado fregando los platos en la cocina de Albertina, la única habitación de esa moderna casa que a Ferminio le gusta porque desde la gran ventana de esa habitación puede ver, allá en la distancia, su matadero cubano, el que maneja el esposo de Fernanda, Arsenio.

—Tu padre se acaba de marchar, después de haber comido como un toro —dice Albertina al conducir a su hija a la cocina—. No sé cómo ha podido comer tanto en un día como éste, con todo este calor. Por poquito te lo encuentras. ¿Tú no lo . . . ?

No puede terminar la frase. Sin más ni más, Fernanda ha comenzado a llorar. Albertina corre hacia ella.

—¿Qué te pasa, niña?

Ayuda a su hija a llegar a una silla en la mesita de comer de la cocina. Fernanda, que no ha parado de llorar, no puede responder.

Albertina va a la llave y llena un vaso con agua, el cual ofrece a Fernanda mientras repite, profundamente preocupada:

—¿Qué te pasa, niña? ¿Qué te pasa?

Fernanda bebe un sorbito del agua que su madre le ha dado y entonces se las arregla malamente para contestarle.

—Es que . . . no sé, Mamá. Es que . . . tal vez no pasa nada. Yo no sé. Es que . . . Arsenio y yo . . . Él . . . —Fernanda desvía su mirada de su madre y comienza a llorar de nuevo.

Albertina se sienta a su lado y tomando las manos de Fernanda entre las suyas le dice:

—Arsenio y tú — ¿qué, mi amor? —Fernanda no puede responder—. ¿Problemas en la cama? —pregunta Albertina. Fernanda asiente y comienza a lloriquear—. ¡Ay, mi amor, no llores así! Ningún hombre vale ni una lágrima tuya. Toma. —Le da a Fernanda su propio pañuelo—, Suénate. —Fernanda, obediente, hace como su madre le dice—. Ahora, dime. ¿Qué te ha hecho ese hombre?

Fernanda mueve la cabeza.

—Nada —responde, todavía llorando, todavía sin mirar a su madre.

—¿Nada?

—Nada. Durante las últimas semanas . . . Ay, Mamá, no sé cómo decírtelo, pero tengo que decírselo a alguien porque si no me vuelvo loca. No sé ya durante cuantas semanas, él y yo, nosotros . . . no hemos hecho nada.

Fernanda, que no había mirado a su madre de frente, vuelve su rostro hacia ella y se confiesa, dejando salir las palabras como un torrente incontrolable.

—Hay algo que debe andar muy mal, Mamá. Él nunca ha sido así. Nunca hemos pasado tanto tiempo sin . . . —Se detiene otra vez y otra vez desvía su rostro de su madre mientras agrega—: bueno . . . tú sabes.

Albertina se levanta y va hacia el fogón.

—Voy a colar un poquito de café para nosotras y vamos a conversar.

Al final de la tarde, Ferminio regresa a su casa más temprano que de costumbre. Está cansado. A pesar del hirviente calor y de la horrenda humedad, que lo han estado haciendo sudar como un cerdo, había ido desde su matadero cubano, el que maneja Arsenio y que funciona lo mejor que se puede esperar, a su matadero americano, el que maneja su único hijo más o menos bien, y allí —como si el calor y la humedad no fueran ya suficiente castigo— allí tuvo que lidiar con un inspector, supuestamente enviado por el gobierno, supuestamente para inspeccionar el sacrificio de los toros. De acuerdo a su hijo, el inspector, el señor Gonzalo, había observado diversas «infracciones», que es como el inspector las llamó.

Ferminio condujo al inspector Gonzalo a su pequeña oficina, un rincón que había logrado separar en medio de algún espacio sobrante en el segundo piso del viejo matadero americano, y después que ambos se sentaron, Ferminio extrajo, de debajo de una tonga de papeles que descansaban sobre su viejo y destartalado escritorio, un pequeño humidor, de donde le ofreció un tabaco al inspector, que lo aceptó con gusto.

—Estoy seguro —dijo el astuto Ferminio—, que vamos a poder corregir todas esas «infracciones», como usted las llama. Nada más que déjeme llamar al senador Armández, que es nuestro abogado, y gustosamente él—

—¿El senador Armández es su abogado? —preguntó el inspector.

—Cómo no, él ha sido nuestro abogado durante varios años. —Ferminio sonrió—. No sólo nuestro abogado, sino uno de nuestros inversionistas principales, así como también el presidente mismo. ¿No sabía usted eso? —Ferminio hizo una pausa mientras miraba al inspector, quien, listo para encender su tabaco, fósforo en mano, estaba mirando a Ferminio con una expresión de asombro. De pronto, el inspector agitó el fósforo, apagando la llama que había comenzado a quemarle los dedos.

—Bueno, yo no creo que haya que molestar al senador Armández. Las infracciones que encontré son tan insignificantes que—

Ferminio lo interrumpió. Le gustaba jugar este jueguito cuando llevaba las de ganar.

—En mi matadero, inspector Gonzálo —dijo mientras encendía un mechero de plata que estaba sobre su escritorio y le ofrecía fuego al inspector—, nunca hemos tenido infracciones ni violaciones de ningún tipo. Mis hombres se enorgullecen de lo que hacen, igual que yo, y en realidad hemos sido elogiados numerosas veces por el Departamento de Salubridad, porque tenemos los equipos más modernos y lo hacemos todo con más cuidado del que se exige.

Entonces, sabiendo que el inspector necesitaba salvar las apariencias, agregó, piadosamente:

—Tal vez lo que usted creyó que eran infracciones no fue nada más que mi hijo no supo hacerle entender a usted la forma en que trabajamos aquí. ¿Por qué no me permite enseñarle nuestro—?

No pudo terminar.

—No será necesario —dijo el inspector mientras miraba su libreta de anotaciones y arrancaba algunas páginas—. Aparentemente, me había equivocado. Alguien debe haber cometido un error. Ni siquiera me dieron la información correcta. —El inspector se las arregló para sonreirle a Ferminio mientras se paraba—. Gracias por el tabaco, señor Ferminio —le dijo.

Ferminio estaba acostumbrado a lidiar con hombres como el inspector, hombres desesperados que siempre están esperando que alguien rompa una de esas infinitas y absurdas regulaciones que ellos mismos hacen ley, para así poder ofrecer su ayuda y de esa forma poder coger algún dinero por debajo de la mesa.

Pero Ferminio también sabía lo que era no ganar mucho dinero y tener que mantener una familia en tiempos como éstos, cuando un montón de gente pasaba hambre. Se acordaba de cuando se había quedado en quiebra y sin un centavo en el bolsillo, no hacía tantos años. Las cosas habían sido difíciles en aquel entonces. Miró al inspector, un hombre alto y delgado de color cetrino. Las cosas siguen estando difíciles.

—Inspector Gonzalo —agregó Ferminio ya en la puerta—, como usted no está familiarizado con nuestra forma de trabajar, déjeme decirle a mi hijo que le prepare un paquete con algunos de nuestros cortes de carne para que usted y su familia los puedan probar. —Sorprendido, el inspector se volvió y miró a Ferminio a los ojos con una expresión agradecida—. Déjeme saber qué cortes de carne les gustan más a usted y a su familia.

Después que el inspector le agradeció y se fue, Ferminio había suspirado y había decidido regresar hoy a casa un poco más temprano.

—FERNANDA Y LAS NIÑAS acaban de marcharse —le dice Albertina cuando él entra en la cocina y le pide a María un poco de café—. Hace sólo unos minutos.

—Ah, caramba, qué lastima que no me las encontré. —Ferminio se sienta en su silla de la cocina y mira a su matadero cubano allá en la distancia.

—Vino a hablar conmigo.

—¿Ah, sí? ¿De qué?

María trae una tacita de ese oscuro café cubano que a Ferminio le gusta tanto y que Manuel, el doctor, le dijo que no debía probar.

—Nada, de lo de siempre —dice Albertina. Entonces mira a María—. María, ¿podrías ir a ver si las gemelas dejaron algunos juguetes en el patio? Tú sabes que siempre lo hacen. Si te encuentras alguno, ponlos en el clóset al lado de la puerta de la calle y después te puedes marchar para tu casa. Yo voy a preparar la comida para nosotros dos.

En cuanto María se va de la cocina, Albertina se acerca a Ferminio, se sienta en la silla de ella, frente a él, y le pregunta sin rodeos:

—¿Qué está pasando con Arsenio?

—¿Con Arsenio? ¿Qué tú quieres decir?

—Fernanda dice que algo muy raro le está pasando. Los dos han estado compartiendo una cama pero ya no están . . . bueno, tú sabes . . . durmiendo juntos.

Ferminio mira a Albertina.

—¿Estás segura?

—Sí. Fernanda me lo dijo.

—¡Hmmm!

—¿*Hmmm*? ¿Es eso todo lo que tienes que decir? ¿*Hmmm*?

—¿Y qué tú quieres que diga?

—¡Qué sé yo! Pensé que tú sabrías algo.

—¿Yo? ¿Cómo iba *yo* a saber? Esta es la primera vez que oigo algo acerca de . . .

—No vamos a empezar a discutir. Lo que quiero decir es que si él ha estado teniendo problemas en el matadero. ¿Le has estado dando demasiado trabajo?

Albertina hace una pausa. Entonces agrega:

—Tal vez tiene una querida por ahí. Durante los últimos martes no ha ido a su casa a la hora del almuerzo. ¿Lo sabías?

Ferminio mira a Albertina, quien le tiene pegada la vista, y luego mira al lejano matadero, con sus grandes e inclinados tejados de aluminio de enormes aleros reflejando el tono anaranjado de la puesta de sol y el cielo púrpura.

Ferminio es un toro, y todos los toros deben protegerse unos a otros, no importa qué. Él tiene que proteger a Arsenio, ese toro honrado y trabajador que se casó con su hija y al que él estima y admira tanto. No quiere meter la pata al decir algo. No quisiera meter la pata aún si supiera lo que está pasando, pero todavía no lo sabe. Lo sabrá. Pero por ahora debe tapar a Arsenio de la misma forma en que, él lo sabe, Arsenio lo taparía a él.

—¿Los martes?

Hace una pausa, tratando de encontrar una respuesta. Él sabe que lo que diga tiene que ser lógico. Si de algo está seguro, piense lo que él piense de Albertina, es que ella *no* es boba. De repente se acuerda del inspector—. ¡Ah, *los martes¡* —dice—. Ahora recuerdo.

Mientras explica, está de frente a Albertina.

—Este gobierno de mierda que tenemos ha estado teniendo una serie de reuniones semanales, tú sabes, la misma porquería de siempre. Quieren crear un conjunto de regulaciones estúpidas con las que todos tenemos que cumplir y los dueños de los mataderos estamos batallando contra ellas. Me pidieron que asistiera a esas puñeteras reuniones, pero yo no pude lidiar con eso. No tengo paciencia para esa mierda. Detesto todo eso. Arsenio también lo detesta, pero alguien de nuestros mataderos tenía que ir, y bueno, tú sabes qué clase de buen muchacho es él. Se ofreció para ir y gracias a Dios que él está yendo. Yo no podría entenderme con esos hijos de puta. En realidad, hoy no tuve más remedio que reunirme yo mismo con el inspector Gonzalo. ¡Qué clase de comemierda! Pregúntale a tu hijo. Él estaba allí conmigo. Todo lo que quieren esos puñeteros inspectores es dinero, tú sabes, pero que me parta un rayo si se los doy. ¡Mis mataderos son los mejores de toda América, incluidos los del Norte! ¡Cómo se atreve ese tipo a venir a pedirme dinero, ¡ese hijo de perra! ¡Como si ya no tuviéramos que pagarles bastante a todos esos hijos de puta que tenemos que contratar para que nos sirvan de abogados y asesores! ¡Te lo digo, Albertina, este país se va a la mierda! ¡Gracias a Dios que yo creo que no voy a vivir para verlo!

Da un puñetazo sobre la mesa cubierta de linóleo, haciendo que la tacita de café se derrame sobre la mesa.

—¡Me cago en la mierda! —grita—. ¡Mira ahora lo que he hecho! ¡Y este café olía tan rico! ¿Queda un poco más? —Se vuelve y observa a Albertina ir hacia el fogón.

Qué bien me quedó eso, se dice a sí mismo, de verdad que me quedó bien, eso de botar un poquito de café. Eso le ha ganado un poco de tiempo. Ese comemierda de su yerno probablemente está manteniendo alguna puta por ahí. ¿Cómo no ha arreglado mejor las cosas? ¡Encontrarse con ella *todos* los martes! ¡Y a la hora del almuerzo! ¡Qué cosa tan estúpida, tan completamente estúpida! Sin duda eso es lo que ha estado sucediendo. ¿Qué otra explicación posible puede haber? Es obvio que esa mujer debe ser su primera aventura. ¿No tiene sesos ese comemierda? Por amor de Dios, si te vas a singar a la puta, por lo menos hazlo durante las horas de trabajo, alterna las horas, y mantén a tu mujer contenta. ¡Incluso él, Ferminio, sabe arreglar mejor las cosas!

Albertina le trae la cafetera, todavía humeante, y todavía con algunas gotas de la deliciosa infusión.

—Cálmate, Ferminio —le dice ella mientras vierte un poquito en una tacita limpia—. Cálmate. Tú sabes lo que te dijo el médico.

—¡Me cago en los médicos y me cago en los abogados! Cómo odio a esos puñeteros abogados, Albertina. ¡Ellos son los que nos están dejando secos a todos!

Y mientras lo dice, está pensando, mañana le preguntaré a Arsenio qué coño se cree que está haciendo. ¡Ese muchacho! ¿Cómo puede ser alguien tan estúpido?

—Así que —continúa Albertina—, ¿tú no crees que él esté viéndose con otra mujer?

—¡Claro que no! —responde Ferminio—. ¿En qué tiempo? ¡Él trabaja más de doce horas al día! —Mira a su esposa y agrega con vehemencia—: Albertina, tú sabes lo que es lidiar con toros todo el día, lo cansado que queda uno al final de un largo día de trabajo. Tú te acuerdas lo cansado que yo quedaba cada vez que—

—Claro que me acuerdo de todo, pero eso nunca impidió que . . . que, tú sabes . . . bueno, que te portaras como un hombre conmigo.

—Sí, pero no me puedes comparar con ese muchacho, ¿no? —La agarra y se la sienta en las piernas.

—La gente joven de hoy día no está hecha de la misma manera que tú y yo —agrega y la besa en el cuello—. Mañana voy a hablar con ese comemierda que tengo por yerno y después todo se va a resolver, te lo prometo. Llama a Fernanda y dile que su Papi se está ocupando de todo.

Albertina comienza a pararse.

—Bueno, pero la puedes llamar dentro de un rato, ¿no?— le dice, halándola de nuevo hacia él, y obligándola a sentársele en las piernas. Y entonces agrega, medio maliciosamente—: ¿Sabes qué es lo mejor de ser abuelo?

Albertina lo mira y siguiendo su juego levanta las cejas y mueve su cabeza:

—No, dime. ¿Qué?

Ferminio responde mientras acaricia los senos de su mujer.

—¡Singarse a la abuela!

—Viejo verde! —agrega Albertina mientras, sin dejar de reír, deja que el viejo toro de hombre con el que está casada haga lo que quiera hacer con ella.

★ ★
★

37 A pesar de la amenaza del cielo nublado y del poquito de lluvia que ha empezado a caer, Merced está en la pequeña lancha que cruza la bahía de La Habana desde el área conocida como La Habana Vieja hasta Regla.

Desde que dispersó las cenizas de Tonio en esas aguas, Merced le ha tomado un cierto gusto a esta lanchita, y ha disfrutado varias veces de este paseo desde ese primer día, cada vez que va cerca de la bahía para una entrevista de trabajo.

El lanchero que conduce la embarcación ha empezado a reconocer a esta hermosa joven con el cabello negro y ondulado y los ojos oscuros y tristes que no se para de su asiento en todo el viaje a Regla y que no se baja allá, sino que espera pacientemente en su asiento debajo del techo de lona hasta que la lancha regrese una hora después a La Habana a través de la bahía.

La primera vez que eso pasó, él pensó que la mujer no hablaba español, que tal vez era una *gringa*, una turista norteamericana, a pesar de que su cuerpo de hermosas curvas y agradablemente envueltico en carnes indicaba lo contrario. Le dijo en su inglés chapurreado que el viaje había terminado, que Regla era el final de la ruta, por así decirlo.

Merced no entendió una palabra de lo que el hombre estaba tratando de decirle. Le preguntó en español qué quería decir y el viejo suspiró, se rió de sí mismo, y entonces le dijo en español que ésta era Regla, el final del viaje.

Merced respondió que sí, ella sabía que ésa era Regla, y ¿le importaría a él que ella esperara allí hasta que regresaran?

Al lanchero no le importaba, aunque dijo:

—Pero de todas maneras le tengo que cobrar por el regreso. ¿Está bien?

—Está bien —dijo Merced.

Desde esa primera vez, Merced ha tomado esa lanchita muchas veces, siempre disfrutando las frescas brisas que soplan a través de la bahía y esperando siempre por el viaje de regreso en que vuelve a su casa. Es sólo durante el viaje de regreso que, al llegar al centro de la bahía donde una vez dispersó las cenizas de Tonio en el agua del mar, ella cierra los ojos y reza una silenciosa plegaria. El lanchero cree que una vez la vio llorar.

Mani está en la carnicería, sudando copiosamente en el calor húmedo de la hirviente tarde, trabajando hombro con hombro junto a Maximiliano.

Es increíble la forma en que las cosas se graban para siempre en el alma de un niño.

Después de todos estos años de trabajar hombro con hombro junto a Maximiliano, Mani todavía no entiende sus propios sentimientos respecto a este hombre cuya edad ya empieza a notarse. A veces lo quiere y lo admira de una manera incomprensible; a veces le tiene un terror tan inmenso que, incapaz de verlo siquiera, se esconde en sí mismo, odiando y despreciando a ese hombre al que llama padre, de una manera increíble. ¿Durante cuánto tiempo ha pensado que este hombre no es su verdadero padre? ¿Que esta familia no es su verdadera familia? ¿Durante cuánto tiempo ha pensado que él no es más que un hijo adoptado, un niño abandonado, un niño que nadie quería? Un hijo ilegítimo. Alguien de quien había que avergonzarse. ¿Durante cuánto tiempo? Dentro de él, muy profundamente dentro de él, todavía no está seguro de lo que él es. Nunca ha sido capaz de entender lo que le pasó. ¿Por qué no le permitieron pasar su infancia con el resto de esa gente a la que él llama familia? Ah, claro que se lo han explicado muchas veces. Pero, ¿era ésa la verdad, la pura verdad? El no confía ni siquiera en su propio certificado de nacimiento. ¿Por qué iba a confiar en él, cuando él sabe que Maximiliano puede hacerle trampas a la ley y mentir día y noche si es necesario? ¿No pesa todavía su libra de carne solamente catorce onzas?

Le habría encantado creer eso de que su abuela y su abuelo lo querían para ellos y todo eso. Pero nunca ha podido creer ese cuento. ¿Habría él sido capaz de abandonar a un hijo suyo como lo hicieron estas gentes a quienes llama padres? No cree las respuestas que le han dado. No confía en esas respuestas. Todavía duda de ellas. Durante muchos años ha estado llevando esas dudas dentro de él, muy escondidas en su interior. Esas horribles dudas que lo agobian, que él teme que lo van a agobiar durante el resto de su vida, porque, ¿cómo podrá él jamás saber la verdad, la pura verdad acerca de sí mismo, si no puede confiar en ninguna de las respuestas que estas gentes a las que llama familia le siguen dando?

Mani, el niño, el mismo que se estremeció al ver por primera vez los toros corriendo por la calle, continúa profundamente escondido dentro de Mani, el hombre, ése con los brazos musculosos y la fuerza de un toro, y ese niño siempre se estará haciendo la misma dolorosa pregunta una y otra vez.

¿Por qué?

Por eso es que Mani siempre ha hecho lo que le han dicho que haga. Para probarles a estas gentes a quienes llama padres que inclusive si es un hijo adoptado, él es digno de ser su verdadero hijo. Por eso es que siempre ha sido el hijo obediente, el que está siguiendo las huellas de ése al que llama padre, el que sigue la tradición familiar. Por eso es que él es lo que es, el carnicero de la próxima generación. Eso es lo que él es. Eso es todo lo que él es: un carnicero. Al menos eso es lo que él parece ser para todos los que lo rodean. Pero no para él mismo, ni para sus dos diosas negras, Hortensia y Fidelia. Ellos tres saben quién es el verdadero Mani, un Mani desconocido por todos los demás: Mani, el soñador, el hechicero, el mago, el hacedor de mitos. Mani, el hombre con los ojos místicos que es capaz de manejar las almas a su antojo.

No sucede siempre, pero cuando sucede Mani siente que es transportado de repente a un mundo mágico, donde mira a las cosas y las ve como realmente son, no como pretenden ser. Ve las almas de las gentes y las cosas. Esas almas se abren ante él. Cuando eso sucede, Mani cierra los ojos y graba esas almas en su memoria, para poder recordarlas después en cualquier momento.

Puede recordar la manera en que vio las almas de Hortensia y Fidelia esa primera vez, en el banquete de bodas, con tal exactitud que siempre que lo hace siente que está experimentando otra vez ese momento, reviviéndolo como si fuera la primera vez, como si nunca antes hubiera sucedido, y sin embargo sabiendo perfectamente bien que ya él ha pasado por esa experiencia.

Puede recordar el primer momento en que él y sus diosas negras se entrelazaron en el ritual de mutua posesión que han estado practicando desde esa primera vez, y puede recordar cada vez que eso sucedió después.

Puede recordar la manera en que el único bombillo de luz en la nevera de la carnicería ilumina los cuerpos despellejados de muchos de los toros, trayéndolos a la vida en un bosque encantado que él mismo ha creado, de la misma forma en que puede recordar la intensidad y el tono y el matiz y el color exactos del cielo el día en que Gustavo colgó su delantal en el gancho negro de hierro en el exterior de la puerta de la nevera.

Puede recordar la ropa de Dolores ese día, y cómo la luz del cielo matutino sombreaba su rostro, y cómo ella le sonrió a Gustavo cuando pensaba que nadie la miraba, pero Mani sí la miraba.

Puede recordar el orgullo que vio en los ojos de ella, una especie de orgullo que él nunca había visto y que nunca había vuelto a ver desde entonces; un orgullo dirigido a Gustavo; un orgullo que a él le habría encantado que hubiera estado dirigido a él.

GUSTAVO está trabajando en la librería. Una nueva remesa de libros de poesía acaba de llegar, y él está catalogándolos. Toma uno de los libros, una voluminosa antología de poesía latinoamericana, bellamente encuadernada en piel e impresa en ese papel finísimo, papel de Biblia, como le dijo Berto, el campeón, que se llamaba: un papel tan delgado que parece que debiera ser transparente y que, sin embargo, es tan compacto que resulta totalmente opaco. Gustavo sabe lo caro que es este libro. Huele la cubierta de piel y admira el oro con que está repujado.

Lo abre al azar y lee el primer poema que capta su vista, un poema acerca de París, el príncipe de Troya que, mientras muere solo sobre el terreno ensangrentado de su saqueada ciudad, se pregunta si su Helena valía ese precio. Cierra el libro y sonríe mientras lo coloca cuidadosamente dentro de la vidriera reservada para los libros de gran calidad.

Por supuesto que Helena bien valía ese precio, se dice a sí mismo. Si no, ¿quién habría oído hablar de París?

Y entonces se pregunta si Helena de Troya era tan mala en la cama como es Graciela. Gracias a Dios por las noches de los viernes en la Casa de Yarina. Sonríe para sí al recordar esas noches. Ahora, *eso* sí es poesía, se dice. *Eso sí es poesía de verdad.*

LAS DOS DIOSAS NEGRAS DE MANI, junto al resto de las hermanas que forman el conjunto Albaracoa, están ensayando una nueva pieza musical, un susurro oriental, un nuevo tipo de canción muy diferente repleta de una sensualidad lenta y casi dolorosa, con letra de Hortensia y música de Fidelia. Están tocando en el Casino Nacional, donde el conjunto femenino ha estado tocando ya durante más de tres meses.

La noche del martes pasado, hace una semana, un hombre alto, rubio y pecoso que chapurreaba el español con un acento extranjero muy fuerte, se acercó a Alicina, la mayor de las hermanas y directora del conjunto, y le pidió que le preguntara al resto de las muchachas si estaban interesadas en ir a Alemania. Alicina se había fijado en este hombre que venía noche tras noche al casino. Parecía muy interesado en su música, y Alicina pensó que quizás también estaría interesado en ella. El hombre le dijo a Alicina que si estaban de acuerdo en ir a Alemania él actuaría como su empresario y les conseguiría un contrato no sólo para tocar en las grandes ciudades, sino también para grabar toda su música.

Cuando Alicina se lo dijo al resto de las muchachas, todas saltaron de alegría y le rompieron el sello a una botella de Añejo para celebrar por adelantado esta gran oportunidad en sus carreras.

La tarde del viernes, cuando todas estaban completamente sobrias, las muchachas y el alemán se sentaron alrededor de una enorme mesa vacía en el segundo piso del casino para discutir del contrato propuesto, según el cual las muchachas consentían en ir a Alemania dentro de seis semanas, una semana después que se terminara su compromiso en el casino.

Alicina y las otras muchachas pensaron que ésta era una excelente oportunidad. Todas lo pensaron así, incluyendo a Hortensia y a Fidelia, quienes estuvieron de acuerdo en hacer el viaje propuesto, el cual duraría medio año, a pesar de que las dos se sentían muy incómodas de tener que dejar atrás a Blanquito, como ellas llaman a Mani.

No tenían por qué.

Ese mismo viernes por la noche, tarde, cuando los tres se encontraron en el cuartico de la posada para su ritual semanal de posesión mutua, Mani, que no sabía lo que estaba sucediendo, les había traído a ellas un regalo que les entregó después que los tres habían dado plena satisfacción a cada uno de sus deseos, diciéndoles:

—Mientras tengan esto a su lado, siempre van a tener un pedazo de mí.

El regalo era un pequeño dibujo enmarcado de dos voluptuosas y desnudas diosas negras rodeando a un hombre blanco, desnudo y parecido a un dios, quien, tirado sobre unas estrujadas sábanas blancas entre las dos mujeres, está abrazando a cada una mientras los tres miran fijamente al espectador con una mirada seductora, haciendo que el espectador comparta ese instante de éxtasis que la gente del dibujo está viviendo después de una noche de sexo salvaje.

El dibujo estaba ejecutado con poderosos, gruesos, rápidos, enloquecidos trazos de carboncillo negro sobre papel pardo oscuro, acentuado con atrevidos toques de un azul pálido y luminoso. En la débil luz azul fluorescente del cuartico de la posada, el dibujo parecía resplandecer con vida propia.

Hortensia y Fidelia se quedaron boquiabiertas cuando vieron el dibujo bajo esta luz, porque cuando cada una de ellas miró al espejo que estaba directamente sobre la cama donde los tres estaban acostados, cada una se vio a sí misma en idéntica posición a la del dibujo, con los ojos de Mani mirándolas desde el espejo con la misma mirada de éxtasis que tenía en los ojos el hombre blanco parecido a un dios del dibujo de Mani. Las muchachas sintieron pavor. En el pasado Blanquito había captado en su dibujo un momento que él sabía que iba a pasar en el futuro. Su dibujo era el dibujo de un adivino, de un visionario, de un espiritista, de alguien que es capaz de saber y anticipar el futuro. Porque cuando el momento futuro llegó, fue idéntico al momento que él había captado en su dibujo.

Las muchachas se dieron cuenta de que Blanquito no sólo era capaz de ordenarles a sus almas que se revelaran ante él, sino que además tenía la capacidad de anticipar cómo las almas actuarían, algo que las muchachas consideraban tremendamente aterrador, tremendamente placentero, y tremendamente desconcertante al mismo tiempo.

Eso sucedió el viernes pasado, hace tres días.

Ayer por la noche, después de firmar el contrato con el alemán, bajo la influencia del Añejo que todos habían compartido para celebrar su gira por Alemania, las muchachas se fueron a su casa y miraron de nuevo al dibujo.

Blanquito tenía razón.

Cuando miraron al dibujo, cada una de ellas sintió que aquellas corrientes eléctricas que tanto adoraban y que tanto temían recorrían sus espaldas de un extremo a otro.

Fue entonces cuando las muchachas escribieron la canción que el conjunto está ensayando ahora, un nuevo tipo de canción muy diferente llena de una lenta, casi dolorosa sensualidad, con letra de Hortensia y música de Fidelia.

Han titulado su nueva canción «Un Pedazo de Mí».

CUANDO LLEGA EL CORREO, el detective Fernández está sentado en su escritorio en la oficinita que comparte con otros tres hombres. Hay mucho calor y mucha humedad, y el ventilador de techo ni siquiera funciona, y para colmo el correo llega tarde.

El tipo que solía trabajar en el cuarto de la correspondencia de la estación de policía se fue la semana pasada para un trabajo parecido en una compañía privada que le pagaba mucho más, y otro empleado acabó de empezar ayer, el lunes por la mañana, haciendo el trabajo del otro tipo, lo que hasta ahora no está haciendo muy bien.

—Oye, Rolando —grita uno de los hombres en el otro extremo de la habitación mientras le tira una carta a Fernández—, esto es para ti.

Fernández la agarra, mira el sobre azul pálido y nota la bella letra, una letra que no reconoce. Vira el sobre, para ver quién lo envió, pero la dirección escrita al dorso le es totalmente desconocida. Rasga una punta del sobre y encuentra dentro una nota de agradecimiento doblada. Lo primero que hace es mirar la firma para ver quién la envió. Una mujer. No recuerda quién es esta mujer. Lee la nota.

> Estimado detective Fernández:
> Quiero agradecerle lo gentil que fue conmigo durante uno de los peores momentos de mi vida. Siento haberle pedido que presenciara cuando quemé la última carta que me escribió mi difunto esposo. No tenía derecho en ponerlo a usted en esa situación y le pido disculpas por haberlo hecho. Y, sin embargo, el tenerlo a usted allí me dio el valor para seguir adelante y hacer lo que mi difunto esposo me pidió que hiciera. Él dijo que eso me liberaría y tenía razón. No sé si yo habría sido capaz de pasar por todo lo que pasé sin su ayuda.
> Gracias nuevamente y que Dios lo bendiga.

Lee la firma otra vez y recuerda a la hermosa viuda con los ojos oscuros y melancólicos y la triste sonrisa que firmaba la carta. Se da cuenta de que ella debe estar usando de nuevo su apellido de soltera, por eso fue que no reconoció el apellido de la firma.

Sonríe al recordarla y está a punto de tirar la carta al cesto de la basura cuando la mira otra vez, la coloca de nuevo en el sobre rasgado y entonces la deja sobre su escritorio, junto a la fotografía de la esposa que ha perdido para siempre. Tan pronto como tenga tiempo le va a escribir una nota, preguntándole cómo le va. Sólo entonces recuerda que él tiene todavía algo que pertenece a esa encantadora y joven viuda.

Se vira, busca en los bolsillos de su saco, que cuelga de su silla, y halla un arete, un aretico plateado y negro con diseños geométricos.

Cuando llevó a la joven viuda de regreso a su casa desde el Hotel Royale, ella debió haber perdido accidentalmente ese arete en su automóvil. Él no lo había encontrado hasta hacía dos días, cuando decidió que había llegado la hora, por fin, de lavar el automóvil y limpiarlo a conciencia. Así fue como lo había encontrado. Durante un rato pensó que podría haber sido de su esposa, pero ella había muerto antes de que él comprara este automóvil. Y entonces recordó a la muchacha del Hotel Royale.

Ahora se alegra de que ella le haya escrito esta bella nota de agradecimiento y que él haya conservado el sobre. Lo recoge otra vez, escribe el nombre y la dirección de ella en otro sobrecito limpio, coloca el arete dentro, lo cierra, y llama al muchacho del correo.

Entonces, al darse cuenta de que este muchacho del correo no sabe todavía donde tiene la cabeza, coloca el sobre en uno de los bolsillos de su saco, que cuelga del espaldar de su silla. Mejor lo envío yo mismo, piensa.

MERCED LLEGA A LA CASA muy cerca del mediodía.

Dolores, con su corazón débil y su presión alta, no ha estado sintiéndose muy bien y está acostada en la cama, medio dormida, cuando llega Merced. Su sola llegada ilumina el día de Dolores, un día triste que ciertamente necesita un poco de luz. Hasta ahora, la mañana ha sido calurosa y húmeda y el cielo de La Habana, que por lo general es de un claro turquesa, se ha vuelto oscuro y amenazador. Empieza a llover fuerte cuando Merced llega.

Merced besa a su madre y, después de averiguar cómo se siente, va enseguida para la cocina, en el otro extremo de la casa, para buscar un vaso de agua y las gotas de la medicina que Dolores toma al mediodía. Normalmente, Marguita es la que le da esas gotas a su madre, pero ella llamó y le dijo a Merced que se iba a demorar en la escuela a causa de la lluvia.

Tan pronto como Merced sale hacia la cocina, el delicioso olor que viene de esa dirección la hace detenerse instantáneamente. Paula, la nueva cocinera, está inspirada hoy, se dice Merced mientras huele el maravilloso aroma.

Paula está preparando el almuerzo, una comida que para los cubanos es la más importante del día, un suculento banquete diario que toma horas preparar, y al que sigue una bien merecida siesta.

Merced, quien a estas alturas sabe bastante de cocina, mueve su cabeza afirmativamente como diciendo que sea lo que sea que Paula esté preparando hoy, lo está haciendo muy requetebién, porque la comida huele realmente como si fuera de otro mundo.

Divina.

Puede que Paula no sea ni tan vieja ni tan flaca ni tan fea o ni siquiera tan experimentada como Zenaida, la antigua cocinera, pero ¡caramba! ¡Qué bien cocina esa negra!

Como ha comenzado a llover fuerte, Merced no atraviesa el patio para ir a la cocina. En lugar de eso, camina de una habitación a otra hasta que llega a la última, que conduce directamente al comedor. Comienza a entrar en el comedor camino de la cocina cuando escucha sonidos que provienen de la cocina que no suenan como el tipo de sonidos que se oyen normalmente cuando alguien está cocinando.

Intrigada, sin saber realmente lo que está pasando, y queriendo averiguar lo que Paula está haciendo, Merced comienza a caminar cuidadosamente, silenciosamente, casi en puntillas, hasta que llega a la puerta abierta que da a la cocina. Echa una ojeada y lo que ve la deja pasmada.

Allí mismo, frente a sus propios ojos, mientras su esposa yace en la cama con el corazón enfermo, en su propia casa y ni siquiera a dos habitaciones de distancia, está su propio padre, Maximiliano, el corpulento Maximiliano, rubio y de ojos azules, parado detrás de Paula. Se ha desabotonado los pantalones, ha alzado la falda de Paula y, con los ojos cerrados en éxtasis, la está penetrando por detrás, como lo hacen los toros. La está clavando duro y rápido, mientras que Paula, inclinada sobre las ollas encima del fogón de carbón y con los ojos también cerrados con intenso placer, se retuerce con deleite mientras sigue revolviendo y revolviendo el espeso potaje de frijoles que ha estado preparando toda la mañana para que no se pegue y se queme.

Debido a la fuerte lluvia ni Maximiliano ni Paula ha oído llegar a Merced, y como ellos tienen los ojos cerrados no la han visto tampoco. Pero sin duda alguna Merced los ha visto y los ha oído bien, y esos desagradables sonidos y esa desagradable visión se grava profundamente en su mente.

¿Cómo puede su padre hacerle esto a su propia esposa en su propia casa? ¿Y si hubiera sido su madre la que hubiera entrado en la cocina en lugar de ella? ¿Y si Dolores hubiera visto lo que ella acaba de ver?

¿Dolores, con el corazón como lo tiene?

Merced siente tanta repugnancia por lo que acaba de ver que tiene ganas de vomitar y comienza a hacer arqueadas. Pero no quiere que noten su presencia. Por supuesto que ella no quiere que su madre enferma en la cama se entere de lo que está pasando. Así que, calladamente, sin hacer el menor ruido, regresa al comedor para controlarse.

De pronto se da cuenta de que todos los cuentos que ha oído acerca de su padre, con su enorme corte de mulatas, son ciertos, absolutamente ciertos. Ella sí sabe acerca de los criollos y de cómo les gustan las negras. La misma Dolores le ha hablado a Merced muchas veces acerca del propio padre de Dolores y de sus muchas queridas mulatas. Pero por alguna razón Merced nunca esperó encontrar a su propio padre haciendo eso en ningún lugar, y mucho menos en su propia casa, con su propia esposa enferma en la cama con un problema del corazón a sólo un par de habitaciones de allí, y, sobre todo, con Paula, la nueva cocinera.

Merced se ha quedado tan conturbada que siente una rabia indescriptible. Se siente insultada. Ofendida. Como si ella misma hubiera sido violada. La imagen que ella tenía de un padre parecido a un emperador, a un dios, se derrumba de repente y, con ella, todo el amor que le tenía a ese hombre también se derrumba, y lo reemplaza una furia inmensa que no tiene límites. Pero por furiosa que esté, hay algo de lo que está segura: y es de que ella no va a darle a su padre el gusto de verla así. No, no a Merced.

Todavía en el comedor, se apoya contra el gran aparador hecho de ébano negro cubano tallado profusamente con gárgolas y grifos y que tiene un montón de gavetas. Toma aliento, suspira profundamente, y entonces comienza a abrir y cerrar esas gavetas, haciendo mucho ruido, como si estuviera buscando algo dentro de ellas. Luego grita en voz alta, bien alta, para que todos la puedan oír.

—¡Mamá! ¡Mamá! ¿Tú sabes dónde están tus gotas? ¡No puedo encontrarlas¡ ¿No las guardas siempre aquí, en el aparador? ¿Quién te dio las gotas la última vez?

Su madre le responde en voz alta desde la habitación en el otro extremo de la casa.

—Deberían estar allí, con las otras medicinas, en la segunda gaveta, a la derecha. Mira debajo de las servilletas.

Merced abre y cierra la misma gaveta varias veces.

—No puedo encontrarlas —grita.

—Tal vez Marguita las dejó en la cocina esta mañana —responde su madre—. Pregúntale a Paula. Ella debe saber dónde están.

Ya en ese momento Maximiliano ha entrado al comedor, llevando una tacita de oscuro café cubano en su mano izquierda y moviéndola nerviosamente con la derecha. Tiene el rostro encendido y está un poco falto de aliento, pero la portañuela la tiene abotonada y la camisa está cuidadosamente metida dentro de los pantalones.

—¡Ay, las encontré! —grita Merced, abriendo la gaveta correcta en el instante en que ve a su padre—. Estaban metidas en el fondo.

Maximiliano le ofrece su mejilla a Merced, la que ella besa obedientemente, y dice:

—¿*Revolviendo* el café? Yo pensaba que los hombres criollos *nunca* revuelven el café!

Maximiliano la mira y sonríe.

—A veces lo hacemos —dice, separándola bruscamente de él—, cuando necesitamos la energía. —Se bebe el café de un golpe, coloca la tacita vacía sobre la mesa de comer, y agrega—: ¿Dónde están las gotas? Se las voy a llevar a tu madre.

Merced le da la botellita de las gotas y una cucharita de plata para que las eche allí, lo mira irse, y entonces, después de respirar profundamente, se las arregla de alguna manera para entrar a la cocina y clavar los ojos en Paula, quien, moviendo y moviendo su famoso potaje de frijoles, se sonríe de oreja a oreja mientras Merced se sirve un vaso de agua fría de la nevera.

Maximiliano va a su dormitorio donde se sienta en la cama al lado de su esposa enferma.

Dolores ha estado sudando copiosamente en medio de aquella tarde lluviosa, calurosa y húmeda, y Maximiliano la está mirando con ternura, secándole la frente con delicadeza, cuando Merced entra a la habitación con un vaso de agua en la mano.

Maximiliano toma las gotas en sus manos, echa cuidadosamente cinco en la cucharita de plata, se las da a Dolores, quien abre pacientemente la boca, y luego le entrega el vaso de agua que Merced le acaba de dar.

Merced, parada al pie de la cama, mira primero a su madre, acostada enferma en la cama, y sus ojos no pueden esconder el intenso cariño, ahora con un toque de lástima, que Merced siente por Dolores.

Entonces mira a su padre, y sus ojos no pueden disfrazar el intenso odio y desprecio que siente ahora por este hombre; un odio que es tan inmenso como antes lo fue su cariño por él; un odio implacable que arde como carbones encendidos en sus ojos llenos de rabia, porque ella, que quiere a su madre sin medida, de pronto ha descubierto por qué su madre está acostada en la cama con el corazón enfermo.

Y entonces, asombrada, se pregunta, ¡Ay, Dios mío! ¿Es esto lo que me habría pasado a mí si Tonio no hubiera sido . . . lo que era?

38

El cuartico de la posada está completamente oscuro cuando la esposa de Gustavo, Graciela, la hermosa Graciela, abre la puerta, que había estado entreabierta, esperando por ella. Está parada en la puerta, como una silueta oscura contra el cielo tempestuoso. A contraluz, su pelo cobrizo cubierto con algunas gotas de lluvia parece estar coronado por una ancha estela de delicadas nubes transparentes que recorren el cielo a espaldas de ella; nubes transparentes que generalmente anuncian un ciclón tropical. Pronto se desperdigarán en todas direcciones y entonces un fino velo acuoso llenará el aire, y dos días después la nubosidad se hará abrumadora y el viento comenzará a arremolinarse y entonces —¿Pero a quien le importa lo que sucederá dentro de dos días?

Ella corre hacia el hombre dentro del cuarto, Arsenio, el hombre que es su dueño, que también corre hacia ella; y él busca ávidamente la boca de ella, con la misma hambre desesperada con que ella lo busca a él.

ELEUTERIA, con el cabello canoso despeinado y cubierto con un fino velo negro, está en la iglesita del Perpetuo Socorro en lo alto de la loma, en la misma Calle de los Toros.

Ella no ha estado en esa iglesia durante años. ¿Para qué? Ninguno de esos santos jamás ha respondido a sus plegarias. A ese despreciable hombre suyo todavía no le han pegado los tarros. ¿Qué clase de santos son éstos que no escuchan la torturada plegaria de una mujer abandonada?

Pero las situaciones desesperadas necesitan remedios desesperados. Tal vez uno de estos santos será capaz de darle una solución.

Tal vez.

—Padre Francisco, por favor, es urgente, por favor. Necesito confesarle algo inmediatamente. Por favor.

Eleuteria ha ido al Padre Francisco buscando ayuda.

Nunca se ha sentido tan desesperada como hoy. Graciela, su hija menor, la más cercana a su corazón, acaba de salir de su casa para encontrarse con el hombre que es su dueño, y antes de salir, le dijo a Eleuteria que se iba a pasar la noche fuera con ese hombre y que entonces le diría toda la verdad a su esposo, lo que Eleuteria sabe que hará a menos que ella pueda encontrar una solución.

Eleuteria sabe que de esa verdad no puede salir otra cosa que la muerte. Ella lo sabe. Ha visto suceder éso antes; lo verá suceder otra vez. Pero no con su propia hija, le pide ella desesperadamente a cada santo que hay en el cielo. No, no con Graciela, por favor, no con Graciela.

La verdad debe encubrirse, esconderse. Sea como sea, esa verdad nunca debe revelarse. Nadie jamás debe saberla. Le dijo a Graciela que ella la protegería, que la taparía, que mentiría por ella. Pero Graciela, que nunca ha mentido, no aceptó nada de éso. Ella está siguiendo las huellas de su padre, sin importarle lo que suceda después.

Eleuteria está desesperada. Tiene que pensar en algo. Pero como no ha sido capaz de pensar en nada, ha decidido consultar con los santos, con todos ellos, comenzando con los santos blancos de la iglesita en lo alto de la loma.

Se ha acercado al padre Francisco pretendiendo que quería confesar algo, porque ella sabe que cualquier cosa que le diga al viejo cura durante la confesión será un secreto que él se llevará a la tumba. No quiere que nadie sepa el secreto de Graciela, que es también el secreto de Eleuteria, y que pronto será también el secreto del padre Francisco.

El padre Francisco escucha a Eleuteria en absoluto silencio. Ambos están dentro de un pequeño confesionario de madera, el único en esa iglesita, la cual está muy necesitada de una mano de pintura.

Después que Eleuteria termina su historia, el padre Francisco no dice nada.

Eleuteria no sabe qué hacer. Piensa que el cura se debe haber quedado dormido. Carraspea y dice:

—He terminado, padre Francisco.

—Pero, hija mía —responde el padre Francisco—, no has confesado tus pecados. Yo sólo puedo ayudarte con tus pecados. Yo sólo puedo perdonar los pecados cometidos por ti. No puedo perdonar los pecados de otros a menos que ellos mismos vengan a mí buscando perdón. Hasta que eso suceda, no hay nada que yo pueda hacer por ellos, excepto rezar para que se arrepientan.

—Pero, padre —pregunta Eleuteria—, ¿qué puedo hacer yo?

—Reza por ellos, hija mía —responde el viejo cura, quien ha escuchado muchas confesiones similares durante su larga vida en la Calle de los Toros—. Reza para que ellos puedan ver la luz de nuestro Salvador antes de que pequen contra Su santo sacramento del matrimonio. —Y después de decir esto, bendice a Eleuteria, quien abandona la iglesia moviendo la cabeza, jurando que ella nunca regresará a un lugar como ése. ¿Para qué? ¿Para perder su tiempo?

Se vuelve una vez más antes de salir de la iglesita y mira a los pequeños santos blancos alineados contra las blanqueadas paredes, asentados en sus pequeños altares, iluminados por velitas parpadeantes dentro de pequeños vasitos rojos. ¿Qué clase de ayuda fue ésa?, le pregunta a cada uno de ellos. ¿Qué clase de orientación le dieron?

No hay duda alguna de que estos santos no le dieron ninguna.

Quitándose el pequeño velo negro que le cubre las canas, camina precipitadamente hacia el otro lado de la calle, el lado malo, donde viven las mulatas, y con ellas, sus santos negros.

Tal vez uno de ellos será capaz de ayudarla. Tal vez uno de ellos la escuchará. Tal vez uno de ellos contestará sus preguntas. Tal vez uno de ellos le dirá qué hacer.

Tal vez.

¿Qué tiene ella que perder?

Ha oído hablar de los santeros, esos sacerdotes y sacerdotisas negros que invocan a los santos negros que son ahora su última esperanza. Quizás uno de esos santos la hará ver la salida de este condenado laberinto donde se encuentra, y sus pies la conducen casi por sí solos a donde vive una famosa santera.

Hace esto con gran agitación.

Ha oído montones y montones de historias acerca de que se sacrifican gallinas, de que se unta sangre, de que se fuman tabacos al revés y de que el santero bebe ron y lo escupe en el piso cuando le baja el santo y cuando el santo trata de encontrar una voz para poder hablar. Pero ella nunca ha entrado en contacto directo con estas gentes, estos santeros negros. Y, sin embargo, aún con lo atemorizada que está, ¿qué otro remedio le queda?

Golpea en la brillosa puerta turquesa de una de las casuchas de madera del lado malo de la Calle de los Toros y espera que se abra; y mientras espera, se da cuenta de que ella es la dueña de esta pequeña casucha en la que está a punto de entrar.

Una negra, completamente vestida de blanco, con la cabeza cubierta por un turbante blanco, le abre y la recibe con una amplia sonrisa.

—Entre, hermana. La estábamos esperando.

Eleuteria se impresiona con este recibimiento y duda si entrar a este cuartico que es de ella, pero que nunca ha visto. La negra se hace a un lado, deja que Eleuteria entre, y cierra la puerta.

El cuarto está totalmente pintado de un azul turquesa muy brilloso; paredes, ventanas, persianas, puertas, techo. Inclusive el piso de madera, que está muy astillado, también está pintado del mismo brilloso color turquesa.

En una esquina del cuarto se alza un altar, y en el altar hay una figura de yeso, casi de tamaño natural, de una joven blanca, una princesa cristiana de la Edad Media, con el halo dorado de santidad alrededor de su cabeza, vistiendo una bata de noche blanca semitransparente, hecha de verdadera tela, medio rasgada, que tiene por encima un manto de brillante terciopelo rojo. Esta santa sostiene una pesada espada de acero en la mano izquierda y un cáliz dorado en la mano derecha.

La estatua ha sido bellamente policromada y cuidadosamente maquillada.

Su rostro es rosado, sus labios de un rojo brillante, su pelo —que es pelo de verdad— es dorado, cayendo en tirabuzones, y sus ojos azules, hechos de vidrio, miran hacia arriba, observando fijamente algo encima de ella, como si ella estuviera mirando a una presencia divina que todos en el cuarto sienten, pero que sólo puede ver la princesa con el manto rojo.

La estatua está colocada sobre una serie de plataformas que parecen como una serie de escalones. Encima de cada uno de estos escalones se encuentran diferentes artículos: una botella de ron, un par de vasos cortos de bebida, unos cuantos tabacos, un búcaro de vidrio transparente lleno de billetes de todas las denominaciones, un cuchillito de marfil con la hoja de acero reluciente, una botella de agua de Florida, palillos de incienso y numerosas velas votivas que parpadean dentro de vasitos rojos.

En la pálida luz del brilloso cuarto turquesa la figura en lo alto de los escalones parece ser demasiado real. Eleuteria la mira y piensa que ve moverse muy ligeramente la bata blanca de la estatua mientras la figura respira.

—Un ciclón se ha estado formando en tu vida y nuestro Papá Changó nos habló de eso —dice la negra toda vestida de blanco mientras apunta a la estatua en el altar.

Eleuteria levanta la vista hacia la estatua que la mujer llamó Papá Changó y lo que ve es la estatua de una mujer. La negra sigue su mirada y le contesta la pregunta que no llegó a formular.

—Papá Changó es mitad hombre, mitad mujer —dice—. Él se presenta como mujer con la espada llameante de un hombre. Por eso es que Papá Changó conoce el sexo por los dos lados.

Changó, el dios yoruba del sexo, era todo macho antes de llegar a Cuba. Cuando los negros esclavos africanos fueron obligados a renunciar a sus dioses y a hacerse cristianos, notaron que uno de los santos cristianos blancos estaba vestido de rojo y llevaba una espada —igual que Changó lo hacía en Africa—, por lo que asumieron que ese santo blanco era su antiguo dios negro, pero con un traje distinto. Ellos no sabían que el santo cristiano que habían adoptado como Changó era una mujer —Santa Bárbara— una virgen medieval que había defendido su honor con una espada. Después que se dieron cuenta de su error, no tuvieron más remedio que rehacer el mito. Así es como Changó, el dios negro del sexo, acabó habitando el cuerpo de una virgen medieval blanca. Y así es cómo el Changó cubano conoce ahora el sexo por los dos lados.

La negra apunta hacia una mesa con sillas que está cerca e invita a Eleuteria a sentarse en una de ellas.

—Tú viniste a preguntarle a Él sobre sexo —le dice la negra—. Pregúntale.

Eleuteria se sienta y la mujer blanca la corrige, diciéndole que se siente mirando directamente a Papá Changó.

La voz de la negra es amable y suave. Eleuteria la mira nerviosamente. Ella ha visto a esta mujer sólo unas cuantas veces en toda su vida. Siempre ha mirado hacia el otro lado cuando cualquiera de los santeros o santeras camina por la Calle de los Toros. Siempre ha pensado que todo este lío de santeros es una tontería. Nunca esperó verse a sí misma sentada dentro de este cuarto de un turquesa brilloso que parece estar reluciendo, esperando escuchar el augurio de Papá Changó, un hombre negro dentro del cuerpo de una mujer blanca. Pero ya que está allí, tiene que probar. Ha llegado hasta aquí; no tiene sentido echarse atrás.

La negra está sentada, esperando pacientemente. Eleuteria no sabe cómo comenzar. La negra le sonríe con una sonrisa amable y tierna. Eleuteria alza la vista hacia Papá Changó y, de repente, Eleuteria, la mala lengua de Luyanó, empieza a llorar.

No se acuerda de la última vez que lloró.

No lloró cuando murió su madre, cuando ella tenía nueve años; ni cuando murió su padre, cuando ella tenía veintiuno; ni cuando ese hombre despreciable la abandonó, cuando ella tenía treintiuno. No lloró cuando nació ninguna de sus tres hijas. No había llorado desde el día en que, cuando tenía siete años, una niña de la escuela la había llamado fea, y entonces todos los chicos de la escuela comenzaron a burlarse de ella, y ella tuvo que correr hacia donde su madre, que aún vivía, y le había preguntado si ella era fea, y su madre le había respondido, «Para Dios ningún niño es feo».

La pequeña Eleuteria de siete años sabía exactamente lo que quería decir su madre, y en ese momento juró que nunca más volvería a llorar, nunca más.

Y sin embargo aquí está, llorando a más no poder ante Changó, el poderoso dios negro del sexo que lleva las ropas de una delicada virgen cristiana blanca.

GRACIELA ESTÁ DESNUDA, acostada sobre la cama, con sus piernas abiertas. Arsenio está arrodillado en el piso frente a ella, con su rostro hundido en esa diadema cobriza que ella guarda entre sus piernas.

Ella alza la vista y, en los espejos sobre sus cabezas, ve la hermosa cabeza de cabellos negros de él descansando entre las piernas de ella como si fuera una extensión de su propio cuerpo. Ella extiende sus manos, mirando todavía al espejo, y con ellas acaricia primero la melena negra de él y luego la empuja salvajemente contra su cuerpo mientras un sonido increíble comienza a escaparse de sus labios.

Él responde a ese sonido con otro sonido igualmente increíble que comienza a escaparse de sus labios, y luego se sube sobre ella, empujándose violentamente contra ella, tratando locamente de aplastar su propio cuerpo contra el de ella, mientras sus bocas desesperadas, en un frenético delirio, se buscan furiosamente una a la otra con un salvajismo brutal.

LA NEGRA en el cuarto turquesa ha estado sentada tranquilamente en su silla cuando de pronto comienza a gemir violentamente y entonces se oyen salir de su boca dos voces al mismo tiempo, ambas explotando en un grito bestial, el grito violento y bestial del máximo dolor y del máximo placer.

Eleuteria está estupefacta en su silla, incapaz de hablar.

El oráculo ha hablado.

La negra con el vestido blanco le ha dicho que el dios ha hablado.

—Colorao es su padre, su madre, su hermano, su amante —dice la mujer—. Colorao.

Y al decir esto le muestra sus manos a Eleuteria, quien, horrorizada, ve en ellas sangre.

★ ★
★

39

Sin saber a quien recurrir, Gustavo hace lo que siempre hace cuando está asustado.

Es el miércoles temprano por la mañana.

Es tan temprano que el sol tropical matutino todavía no ha salido. La Calle de los Toros está aún callada y tranquila, y también todo el barrio de Luyanó, que está aún bañado de un azul sensual, el color de una noche tropical que comienza lánguidamente a despertarse.

Gustavo, que no ha podido pegar los ojos en toda la noche, incapaz de esperar más, cruza corriendo La Calzada y se precipita a la casa de sus padres. Usando su viejo juego de llaves, que todavía conserva, entra, caminando en puntillas, tratando de no despertar a nadie en la casa. Sobre todo, él no quiere molestar a Dolores, que ha estado enferma durante casi una semana.

Dolores se ha estado quejando de falta de aire para respirar, y como no puede dormir acostada en su cama ha estado durmiendo sentada en uno de los sillones de balance en la sala durante las últimas tres o cuatro noches. Pero la noche pasada se sintió mucho mejor y, gracias a un calmante que le había mandado Manuel, el doctor, había podido quedarse dormida en su propia cama, junto a su marido, cuyos alegres ronquidos Gustavo puede escuchar mientras entra a hurtadillas en la casa y se dirige a la habitación de su hermano mayor, Mani.

Entra y comienza a sacudir a Mani violentamente, tratando de despertarlo, mientras lo llama en una voz baja que intenta sonar suave, pero que está llena de miedo.

—¡Mani! ¡Mani¡ ¡Despiértate! ¡Por favor, despiértate!

Mani todavía duerme en la pequeña habitación que él y Gustavo compartían antes de que Gustavo se casara. La cama de Gustavo está allí todavía, perfectamente tendida. Nadie supo qué hacer con ella cuando Gustavo se fue de la casa, y como Gustavo no tenía uso para ella en la casa de Eleuteria al otro lado de La Calzada, la cama se ha quedado donde mismo estuvo siempre.

Sin embargo, Mani le ha dado un nuevo uso a la cama.

Encima de esa cama hay un montón de dibujos y bocetos sobre papeles de todos los tamaños y colores que lucen hechos por un loco, porque están ejecutados con trazos tan violentamente salvajes y poderosos que la tiza a menudo ha atravesado el papel, dejando huecos en él.

Estos dibujos han sido hechos por Mani en medio de la noche, después que todo el mundo se ha ido a dormir. Nadie jamás ha visto estos dibujos. Cada mañana, cuando Mani se levanta, los esconde, colocándolos cuidadosamente entre dos gruesos cartones y guardándolos debajo del colchón de la antigua cama de Gustavo.

Como Mani es siempre el primero que se levanta, nunca nadie ha visto estos dibujos, excepto Hortensia y Fidelia, las diosas negras de Mani.

Esta mañana, como Gustavo entró en la habitación de Mani tan inesperadamente, los dibujos están allí todavía, sobre la antigua cama de Gustavo. Encima de los dibujos, aguantándolos, está el libro *Apolo* de Merced, el cual Merced le regaló a Mani.

Gustavo sigue sacudiendo a Mani, agitándolo violentamente, su voz sonando cada vez más urgente y más exigente mientras continúa repitiendo y repitiendo:

—¡Mani! ¡Despiértate! ¡Mani! ¡Mani! ¡Despiértate! ¡Despiértate! ¡Despiértate! —hasta que Mani por fin comienza a moverse.

Mani está muerto de cansancio. Había comenzado a trabajar en un dibujo en medio de la noche, pero algo le estaba saliendo mal y no sabía qué era. Se quedó dormido sin haberlo terminado. Entonces se despertó más tarde, en medio de la noche, sabiendo exactamente qué hacer, y con unos cuantos atrevidos trazos pudo terminarlo. Entonces se quedó dormido de nuevo, no hacía mucho rato, sólo para que viniera ahora a despertarlo Gustavo, quien, agarrándolo por los hombros, lo zarandea con fuerza.

—¡Suéltame, chico! —gruñe Mani, todavía debajo de la sábana blanca de algodón que lo cubre—. ¡Suéltame! ¡Me estás lastimando!

Gustavo suelta a Mani.

Mani se restriega los ojos, todavía soñolientos.

—¿Qué coño estás haciendo? —Suena enojado. Mani siempre suena enojado cuando tiene sueño. Mira alrededor de la habitación y ve que aún está oscuro en el exterior—. ¡Todavía es de noche afuera! ¿Qué hora es?

Gustavo se inclina y le dice en un susurro:

—¡Sshhh! ¡No los despiertes!

Mani baja la voz mientras se va sentando en la cama.

—¿Qué coño te pasa, viejo? No ves que—

Gustavo lo interrumpe.

—Mani, no sé qué hacer. ¡No sé qué hacer! —murmura y entonces comienza a temblar, como si todavía fuera el niñito que, asustado y miedoso, solía correr hacia su hermano mayor, Mani, cada vez que se metía en un lío con los otros muchachos de la Calle de los Toros, para que Mani tuviera que fajarse por él.

No importa que Gustavo le lleve a Mani una cabeza de estatura; no importa que Gustavo pese unas cuantas libras más que su hermano; no importa que Gustavo colgara su delantal en la carnicería mientras que Mani sólo sueña con poder hacerlo.

Para Gustavo, Mani es aún su hermano mayor, alguien a quien recurrir cuando está en apuros; igual que para Mani, Gustavo es su hermano menor, alguien a quien él debe proteger y defender.

El ver a su hermano en el estado en que está ha despertado al instante a Mani, quien ahora está sentado en la cama, con sus ojos bien abiertos.

—¿Qué pasa? —pregunta Mani.

—Es Graciela —dice Gustavo con un hilo de voz. Entonces baja la voz aún más mientras mira hacia el piso—. No regresó a casa anoche.

Merced, que tiene un sueño ligero, está parada en la puerta de la habitación de Mani. Ha llegado sin que los dos hermanos la noten y ha escuchado a Gustavo.

—¿No regresó a la casa anoche? —pregunta ella mientras entra en la habitación.

Gustavo, sentado en la cama frente a Mani, de espaldas a la puerta, salta al escuchar la voz de Merced detrás de él. Él no quería que ella, sobre todo, se enterara. Se vira, sorprendido por su hermana, la mira de frente y no dice nada. Entonces, bajo los ojos interrogantes de ella, él no tiene más remedio que mover la cabeza de lado a lado.

—¿Eleuteria lo sabe? —pregunta Merced.

—Ha estado llorando toda la noche. Toda la noche.

—¿Eleuteria? —pregunta Mani—. La mala lengua de—

Merced calla a Mani con una rápida mirada y luego le pregunta a Gustavo:

—¿Tuvieron una pelea ustedes dos?

Hay una larga pausa. Entonces Gustavo responde, indecisamente:

—Bueno, no . . . no una pelea, en realidad no . . .

Todavía él no quiere que ella se entere. Se vuelve hacia Mani y lo mira de una forma que Mani nunca había visto, con una mirada penetrante que Mani es incapaz de descifrar.

—Eso es precisamente lo que pasó —dice Merced, que siempre lo sabe todo—. Tuvieron una pelea y ella no supo qué hacer, así que se fue para casa de una de sus hermanas. Eso fue precisamente lo que pasó, ¿no es verdad? Gustavo, tú sabes que tú no puedes esconderme ningún secreto. Los puedo leer en tus ojos. ¿Las has llamado?

Gustavo mira a Merced y mueve la cabeza.

—Bueno, ¿no crees que deberías hacerlo? —dice Merced mientras comienza a salir de la habitación de Mani.

—¿A dónde vas? —pregunta Gustavo.

—A llamar a sus hermanas, estúpido —dice Merced, poniéndose brava—. Tiene que estar con una o con otra. Y cuando tenga a Graciela en el teléfono, lo mejor será que hables con ella y le pidas perdón por lo que hayas hecho.

Sale rápidamente de la habitación, pero Gustavo la detiene, agarrándola por el brazo. Merced se vira hacia él con ojos lleno de rabia.

—No, no lo hagas. Ella no está allí.

—Oh, entonces tú sí sabes dónde está.

—No, no lo sé. Pero sé que no está con sus hermanas. Ella . . . Gustavo se detiene. Entonces comienza a llorar, como un niño.

Mani, que siempre duerme desnudo, salta de la cama, desnudo como está. Abraza a su hermano menor, un aterrorizado torete de veintitrés años que está temblando.

Merced, notando que su hermano está desnudo, desvía la vista, pero no puede dejar de ver los dos brazaletes de cuentecitas rojas que rodean las partes viriles de Mani.

—¡Cállate, viejo! —le dice Mani a Gustavo—. ¿Quieres que Papá te oiga?

Gustavo está temblando terriblemente.

Merced está parada en la puerta sin saber qué hacer.

Mani se vuelve a Merced.

—Merced, ¿nos puedes dejar solos por un rato? Merced no sabe qué hacer—. Por favor —agrega Mani—. ¿Por qué no nos haces un poco de café? —Su voz es calmada, pero su mirada es exigente, diciéndole claramente que se vaya. Merced resopla, se muerde airadamente los labios y sale, dejando a sus hermanos solos en su habitación.

Mani abraza fuertemente a su hermano y deja que llore en su hombro durante un rato, hasta que Gustavo mueve su cabeza, se separa de Mani y se quita los espejuelos.

—Eso no es lo que pasó —dice mientras limpia los espejuelos con la sábana de Mani—. No tuvimos una pelea —Se los pone otra vez y encara a Mani.

—Ella está con otro hombre.

—¿Qué?

—Me lo dijo Eleuteria. Cuando ya era medianoche y Graciela no se había aparecido, yo estaba a punto de llamar a la policía y Eleuteria me detuvo. Me pidió que no lo hiciera. Dijo que el escándalo sería una vergüenza para todos. Le pregunté que qué quería decir, pero no me lo quería decir. Pero cuando le dije que iba a llamar a la policía si ella no me lo decía, entonces me lo contó todo. —Hace una pausa, respira profundamente, y entonces agrega—: Graciela ha tenido un amante durante los últimos meses.

—¡La muy puta! —murmura Mani con rabia en la voz.

—Se han estado viendo todos los martes por la tarde. Durante los últimos . . . no sé durante cuantos meses, cada martes por la tarde. Mientras yo estaba trabajando en la librería, ella estaba dejando que ese hombre . . . —De nuevo comienza a temblar de una manera tan terrible que no puede terminar la frase.

—La voy a matar. Te juro que voy a matar a esa puta de mierda —

dice Mani apretando los dientes, tratando de controlar la ira de su voz, pero sin poder lograrlo—. Los mato a los dos, ¡por Dios lo juro! ¡Déjame eso a mí!

—Por favor, Mani, por favor —ruega Gustavo—. No le digas una palabra de esto a nadie. Por favor. Ni siquiera a Merced. Por favor, Mani, por favor. Júramelo. Por favor, por favor, júramelo.

Mani mira fijamente a Gustavo, confundido.

—No quiero que nadie se entere de esto. Si los otros tipos del barrio se enteraran, ¿que pensarían de mí? ¡Se reirían de mí, todos, todos se reirían de mí! Pensarían que yo no era hombre suficiente para ella. Por favor, Mani, tenía que decírselo a alguien. Tenía que sacármelo de adentro. Pero, por favor, no le digas una palabra de esto a nadie. Por favor, mi hermano. Te lo ruego, por favor. —Mira fijamente a Mani a través de sus espejuelos y espera, y espera.

Mani desvía su mirada de Gustavo y se queda callado durante un larguísimo rato.

No le gusta ver a su hermano rogar de esa manera. Este no es el Gustavo que colgó su delantal en la carnicería para no volver nunca más. Ese Gustavo le agradaba. Ese Gustavo era un hombre que Mani podía admirar y respetar, un hombre que le había enseñado a Mani una lección de valentía. Ese Gustavo nunca hubiera dicho algo como lo que acaba de decir este otro Gustavo. Este Gustavo que tiene frente a él es el otro Gustavo, el que se asustaba del bravucón más pequeño de la Calle de los Toros. ¿Cómo pueden ser los dos Gustavos tan diferentes? ¿Cómo puede un Gustavo tener miedo de los toritos de la calle y el otro Gustavo desafiar al toro más grande de todos, el Toro Campeón en una calle que ha conocido muchos toros; el hombre al que Mani llama padre, Maximiliano el carnicero. Mani no lo entiende. Sencillamente, no puede entenderlo. Sin darse cuenta, ha cerrado sus puños y los está presionando uno contra otro tan fuertemente que se han puesto casi blancos, lívidos de furia.

Mira a su hermano menor otra vez con ceño airado y está a punto de decir algo cuando ve el dolor en los ojos de Gustavo, y el dolor en los ojos de Gustavo lo desarma. Abre sus puños, mueve su cabeza y suspira.

Quienquiera que sea este Gustavo que está frente a él, este Gustavo es su hermano menor, y si él ha venido a pedirle ayuda . . . ¿qué otra cosa puede hacer un hermano? Y sin embargo, todavía siente que tiene que hacerle entender a su hermano que hay cosas que no pueden dejar de hacerse.

—Gustavo —le dice de la manera más tranquila y suave que puede—, ¿no te das cuenta de que, gústete o no te guste, más tarde o más temprano todo esto va a saberse? Sería mucho mejor si dieras el golpe ahora que—

—Ah, no, Mani. No. —Gustavo lo interrumpe—. Tú no entiendes. Graciela le dijo a Eleuteria que iba a volver mañana, y estoy seguro de que lo hará. Entonces, cuando vuelva, las cosas van a ser diferentes, muy diferentes, porque entonces voy a ser yo el que la voy a dejar. ¿Te das cuenta? No puedo dejar que sea ella la que me deje. Sencillamente no puedo dejar que sea ella la que me haga eso a mí. —Al sentir un poco de recelo por parte de Mani, Gustavo agrega—: Por favor, Mani, por favor. Prométeme que no le vas a decir una palabra de esto a nadie. Por favor. Déjame manejar esto a mi manera, por favor. Yo lo haría por ti, mi hermano, si tú me lo pidieras.

Hay una larga pausa.

Mani mira a Gustavo durante un largo rato, y entonces, a regañadientes, asiente moviendo la cabeza.

—No voy a decir ni una palabra —dice.

Entonces sitúa a su hermano menor a la distancia de su brazo, y hace el signo de la cruz sobre su corazón.

—Esto es entre tú y yo. Si es esto lo que tú quieres, puedes confiar en mí. Mi boca está cerrada. No voy a decirle una palabra de esto a nadie. —Hace una pausa y entonces le da un apretón de manos a su hermano menor, quien entonces le da Mani un fuerte abrazo fraternal.

Mani le ha dado a Gustavo su palabra de que nunca dirá una palabra de lo que Gustavo le ha contado, y se ha cerrado entre dos hermanos un acuerdo criollo que nunca será roto.

De lo que Mani está perfectamente consciente, aunque Gustavo no lo está, es de que Mani nunca acordó con Gustavo que él no haría *nada* acerca de todo este asunto.

Merced, que estaba en la cocina colando café, viene trayendo una bandejita blanca con tres tacitas llenas hasta el borde de un café tan caliente que todavía humea.

Cuando Mani la ve venir, se pone enseguida sus anchos calzoncillos blancos y comienza a despejar la antigua cama de Gustavo, llena de sus dibujos y bocetos, pero ni Gustavo ni Merced notan lo que él hace.

Gustavo está sentado ahora en la cama de Mani, sobre las desordenadas sábanas, con los hombros caídos, los ojos fijos en el piso de mosaicos azules y blancos sobre el que tiene sus pies descalzos, mientras Merced, en la puerta, lo mira, todavía con la pequeña bandeja blanca con las tres tacitas de humeante café en sus manos.

Ella no dice nada.

Sencillamente está parada allí, recostada contra el marco de la puerta y espera, sin decir nada.

Mani, que acaba de colocar los dibujos, protegidos por los cartones, debajo del colchón de la antigua cama de Gustavo, se vira y alarga su mano hacia una de las tacitas de café sobre la bandejita blanca que Merced todavía sostiene en sus manos. La toma y la acerca a sus labios. El café está tan caliente que tiene que soplarlo para que se refresque antes de poder sorberlo.

Mientras lo hace, sorprende a Merced mirando a Gustavo y, repentinamente, esa imagen se graba en su mente.

Merced, desnuda debajo de la blanca bata de noche semitransparente, sus senos colgando libremente debajo de ella, recostada contra el marco cremita claro de la puerta, sosteniendo en sus manos una bandejita blanca con dos tacitas blancas de café humeante, mirando a Gustavo, acostado en una cama cubierta de desordenadas sábanas blancas, con sus estrujados pantalones blancos y su blanca camiseta sin mangas manchada de sudor.

Ella, pensando en su marido, ya desaparecido; él, pensando en su mujer, también desaparecida; y ambos preguntándose por qué, mientras la luz del sol naciente comienza a colorear la habitación crema claro, que por la noche parecía azul, con un matiz de fuego.

★ ★
★

40

El detective Fernández responde a una llamada telefónica muy temprana en la mañana en el tono formal que siempre emplea cuando está en el trabajo, escucha durante unos segundos, y luego sonríe cordialmente.

—¡Claro que me acuerdo de usted!

Gira en redondo y, mientras sigue hablando por el micrófono del teléfono, todavía con el auricular en la mano izquierda, comienza a buscar algo con su mano derecha en los bolsillos de su saco, que cuelga del espaldar de su silla, hasta que encuentra lo que está buscando.

—Por cierto —agrega, mirando un sobrecito que tiene en la mano—, yo tengo algo suyo. ¿No se le ha perdido un arete?

MERCED había estado debatiéndose acerca de qué hacer.

La explicación que Gustavo le dio esta mañana con respecto a Graciela le pareció que no tenía mucho sentido, así que en cuanto Gustavo se fue para el trabajo, como si nada hubiera sucedido, Merced se fue a ver a Eleuteria.

Las evasivas respuestas que la vieja le dio a Merced —algo acerca de que Graciela había ido a ver a su padre— no concordaban totalmente con lo que Gustavo le había dicho a ella y Merced, la curiosa Merced, se olió que algo andaba mal. Sabía que eso no era asunto de ella, pero después de haber pasado por lo que pasó, no le deseaba ese dolor ni a su peor enemigo, y mucho menos a Gustavo, su hermano favorito. Quizás si alguien hubiera comenzado a buscar a Tonio en cuanto se perdió, quizás todavía estuviera vivo.

Merced le preguntó a Mani si él pensaba que debían llamar a la policía, pero Mani sólo le refunfuñó y le dijo que cualquier cosa que sucediera entre Graciela y Gustavo a ella no le importaba, y entonces se alejó de ella enfurecido.

Merced nunca ha podido entender a Mani; ese rudo, brusco, enojadizo Mani que lleva brazaletes de cuentas rojas alrededor de sus partes viriles. Nadie nunca lo ha entendido. Mani vivió lejos del resto de la familia durante tanto tiempo que jamás nadie ha sido capaz de saber qué es lo que está pasando por su cabeza. Merced está segura de que ni siquiera Dolores, su propia madre, lo sabe. Mani siempre ha sido un misterio para todos ellos.

Pero no Gustavo.

Gustavo es diferente, siempre fácil de entender, transparente, especialmente para Merced. Siempre ha sido un buen muchacho, querido por todos, incapaz de matar una mosca. Gustavo nunca tiró un sapo-toro a la cara de Merced, ni puso una rata muerta debajo de su sobrecama, como lo hizo Mani muchas veces. En lugar de eso, Gustavo siempre estaba deleitándola a ella y a Dolores y a

Marguita con agradables sorpresitas: bombones de chocolate, tarjetas de enamorados, pequeños poemas, escondidos debajo de sus almohadas.

Dolores todavía conserva sobre su gavetero, junto a la vieja fotografía en sepia de su propia madre, un mal cortado corazón de papel que Gustavo hizo para ella. Él había recortado este corazón de un papel rojo brillante que Merced tenía guardado y que conservaba en la última gaveta de abajo de su gavetero, donde ella conserva todo tipo de cosas raras que ya no usa, pero que fueron importantes para ella en algún momento del pasado: un viejo papel de envolver, una cinta de seda roja, una vieja muñeca de trapo medio quemada, cosas así.

El corazón que Gustavo hizo para su madre se abre y tiene dentro un poema, el primero de Gustavo, escrito para Dolores por Gustavo cuando él era sólo un niño de cinco o seis años. Dolores le había enseñado a leer y a escribir, y el pequeño Gustavo, sin ayuda de nadie, había escrito en letra de molde un poema de cinco palabras con letronas infantiles que se desparramaban por todos los lados.

—Para Mamá. Linda. Amorsito mío.

Gustavo deletreó mal la palabra «Amorcito», con una «s» en lugar de una «c», pero Dolores nunca la corrigió. Le tomó tanto cariño al poema, con falta y todo, que desde esa época ha seguido llamando a Gustavo «Amorsito mío», pronunciando mal la palabra a propósito. Hasta hoy en día lo llama así, aunque su niñito de entonces sea ahora un hombre casado, pero un hombre casado que está tan lleno de sorpresas ahora como lo estaba entonces.

Fue Gustavo quien —cuando Merced regresó a la casa después de la muerte de Tonio— la sorprendió con un cachorrito, un perrito sato y cojo, blanco y negro, que él había rescatado de la perrera municipal, con una oreja caída y mucho encanto, que parece tener de bobo lo que tiene de lindo, y que ha hecho la vida de Merced un poco más soportable después de la muerte de Tonio. Merced se enamoró del perrito enseguida y le dio el nombre de Tontín, un cariñoso diminutivo derivado de la palabra «tonto».

Pero aún cuando el perrito parezca tonto, Merced lo adora, porque Merced sabe que se puede amar tanto a alguien que es tonto como se puede amar a alguien que es listo. Pepe Loreto es listo. Puede que tenga tanto de resabioso y de insoportable como de viejo, sí, eso es verdad, pero también es muy listo, tan listo como Tontín es tonto, y

Merced los quiere a los dos con un cariño que tiene un poquito de tristeza, porque ve algo de ella misma en cada uno de ellos.

Cuando Merced se mudó de nuevo para su casa y trajo a Pepe Loreto al bello y soleado patio de Dolores, el viejo loro pasó por un largo periodo de adaptación durante el cual se sintió completamente desdichado y fuera de lugar, igual que se sintió Merced al principio de mudarse para la oscura y cavernosa casa de Tonio.

Después de la mudanza, Pepe Loreto permanecía constantemente con su mirada fija en la pared crema claro que estaba frente a él, constantemente diciendo entre dientes y para sí mismo sus insultos favoritos, y sin hacer más nada. Se veía tan triste y tan solo frente a la pared crema claro que muchas veces Merced pensó que quizás había cometido un gran error trayéndolo con ella para su casa. Pero ella sabía que si se lo llevaba de vuelta a la casa de Tonio, nadie habría cuidado a la vieja y cansada ave que tan mal les caía a todos. Así que la buena y fiel Merced siguió alimentando pacientemente al viejo loro y hablándole, aunque ya él no le contestara. Él ni siquiera la miraba de frente cuando ella le hablaba. Así se sentía de enojado y herido y triste y solo y fuera de lugar el viejo y decrépito loro.

Una mañana temprano, Merced estaba saliendo precipitadamente de la casa camino de una entrevista de trabajo, cuando, sin querer, dejó abierta la puerta de la jaula de Pepe Loreto después de haberle dado de comer y de haberle cambiado el agua. Pepe Loreto, quien, como siempre, había estado enfadado contemplando la pared frente a él, ignorando por completo a Merced, se viró después que Merced se había ido. Entonces, dándose cuenta de que la puerta de su jaula estaba abierta, sacó la cabeza por la puerta, miró en todas direcciones, se dejó caer cuidadosamente al piso, y una vez allí, comenzó a caminar de un extremo al otro del patio, arrastrando lentamente sus viejas y cansadas patas, para asombro de todos en la casa.

Cuando Merced regresó ese día, el viejo loro, todavía en el piso del patio, estaba hablando nuevamente, diciendo su nombre, erizando sus viejas y cansadas plumas, llamando «¡Merced! ¡Merced!» y ceceando al graznar, un ceceo que hacía reír a Marguita cada vez que Pepe Loreto decía, «¿Bessssito? ¿Bessssito?»

Le habían dado el trabajo a otra persona y Merced estaba muy deprimida cuando regresó, pero cuando oyó a Pepe Loreto llamarla, sintió levantarse un peso de su alma y se sintió feliz, realmente feliz,

feliz muy dentro de sí, que es donde vale. Ésta había sido la primera vez que se había sentido realmente feliz desde que había regresado de su luna de miel en Miami. Toda aquella semana ella había sido realmente feliz.

¿O no?

Nunca le gustaba pensar acerca de nada de eso.

Esos últimos meses de su vida eran como un oscuro paréntesis, algo que ella sabía que había sucedido, pero que se negaba a aceptar. Pensar acerca de eso la hacía sentirse resentida, con un resentimiento cercano a la ira, la cual ella siempre dirigía contra sí misma. ¿Cómo pudo haber sido tan tonta? Incluso Tontín no era tan tonto como ella había sido. ¿Cómo pudo haberse equivocado tan terriblemente?

Ahora, cuando mira hacia atrás, todo le parece claro: cada palabra que decía Tonio, cada acción que llevaba a cabo, cada mirada de sus ojos. ¿Cómo pudo haberse equivocado tan terriblemente?

Le parecía que, cualquier cosa que hubiera sucedido, le había sucedido a alguien que se le parecía, alguien que se vestía como ella, que caminaba y olía e, inclusive, sentía como ella, pero que no era ella. No. Eso no le había sucedido a ella, la de verdad, la que se mira al espejo todas las mañanas y aún sueña con sentirse bella, como Dolores le dijo que se sentiría algún día, cuando la mirara el hombre que la vida le tenía destinado. Eso no le había sucedido. Tonio nunca la había hecho sentir bella. Ahora ella sabía por qué, y entendió, al fin, que lo que pasó no había sido culpa de ella. No había sido tampoco culpa de él. No había sido culpa de nadie.

En su última carta para ella, él le había dicho que quemar esa carta la liberaría. Ella quemó la carta y, sin embargo, aunque afirma sentirse totalmente libre, allí está aún, respondiendo a las exigencias del viejo loro de Tonio y enviándole a Pepe Loreto los besos que él le pide con ese feo y viejo graznido que es su voz. Pepe Loreto, quien, al igual que Tonio, la hace sentir necesitada y tal vez hasta amada. Pero no bella.

Desde ese día, el Día de *su* Emancipación, Pepe Loreto es un ave diferente. Ahora que por fin es libre, ahora por fin es feliz. Es cierto que no puede irse volando, tan viejo es. Pero aun si pudiera, ¿por qué lo haría? Él es el dueño de *su* patio, un loro que es como un toro, que no sólo domina a una linda muchachita, Marguita, la rubita de ojos azules que se ríe de todos sus chistes, sino también a una linda sirvienta, Merced, la morenita de ojos oscuros que le da comida y agua cuando él quiere, y le envía besos cuando él los exige. Pepe

Loreto es un ave vieja, pero feliz. Tan feliz, en realidad, que hace mucho tiempo que no dice su insulto favorito, «comemierdas». Así de feliz se siente Pepe Loreto en su nuevo domicilio en La Calzada, a sólo unos pasos de la Calle de los Toros.

Por lo menos así de feliz se sentía Pepe Loreto, hasta el día en que llegó el blanco y negro cachorrito sato de Merced.

Pepe Loreto estaba arrastrando agradablemente sus viejas patas, caminando por el patio —su patio— tan despacio como Napoleón camino de ser coronado, cuando vio por primera vez a ese cachorrito blanco y negro venir corriendo hacia él con una cómica cojera, un poco de medio lado. Inmediatamente, sus plumas se erizaron, sus ojos se encendieron y usando su voz más desagradable —una voz que es bastante desagradable aún cuando trata de ser agradable— comenzó a gritar y a graznar, llamando al perrito «¡Cuadrúpedo! ¡Cuadrúpedo!», una palabra que para Pepe Loreto es, después de «comemierda», el colmo del insulto, ya que él es un bípedo, como el resto de nosotros. Pero desgraciadamente para Pepe Loreto, mientras más peleaba el viejo loro, mientras más insultaba al pobre sato, mientras más fuego ponía en sus rabiosas palabras y mientras más erizaba sus plumas, más creía el pobre perrito que Pepe Loreto estaba jugando y más divertido le parecía todo —algo que hizo a Pepe Loreto, literalmente, darse cabezazos contra la pared.

Exacerbado por la estupidez del cachorrito, que no entendía que Pepe Loreto, el dueño de *este* patio, no quería allí *de ninguna manera* a esa cosita tan fea, la anciana ave fue hasta donde estaba su jaula, se paró debajo de ella, miró hacia la pared y gritó un insulto tras otro.

—¡Comemierda! ¡Cuadrúpedo! ¡Comemierda! ¡Cuadrúpedo! ¡Comemierda!

Maximiliano, que estaba mirando al perrito, movió su cabeza y le dijo a Merced:

—¡Dios mío! ¡Pero que estúpido es ese perro! ¿No se da cuenta que el loro no quiere nada con él?

Merced, que estaba mirando a su nuevo perrito con una mirada cariñosa, salió inmediatamente en su defensa, diciendo que uno no es estúpido sólo porque uno quiera a alguien que no lo quiere.

—Está bien, Tonto —dijo Maximiliano.

A lo que Merced contestó, mirando de nuevo al perrito con sus ojos dulces y melancólicos:

—Es demasiado chiquitico para que lo llames Tonto.

—Entonces —agregó Maximiliano—, llámale Tontín.

Y desde entonces le han llamado Tontín: un cuadrúpedo y tonto cachorrito que quiere y adora a un bípedo, odioso, y espabilado loro que odia, aborrece y desprecia al pequeño perrito sato blanco y negro que tanto lo quiere. Y aunque Pepe Loreto odia a Tontín, Merced quiere al perrito tanto como quiere al viejo loro, porque ambos la hacen feliz.

Tontín la ve llegar, y aunque todavía cojea, se precipita hacia ella medio de lado a la velocidad del relámpago y comienza a lamerla por todos lados, con su diminuto rabo agitándose tan rápidamente que luce como la mancha de una nubecita blanca en el aire.

Merced lo acaricia detrás de las orejas y lo mira a los ojos y le dice que es un perro muy bueno, y Tontín le devuelve una mirada de adoración, haciendo que Merced se sienta necesitada.

Entonces escucha a Pepe Loreto en el otro extremo del patio murmurando: —¡Cuadrúpedo! ¡Comemierda! —y desde donde ella se encuentra le envía al anciano loro un ruidoso beso que hace que a Pepe Loreto se le ericen las alas y diga ceceando—, ¡Merced, Merced! ¡Bessssito! ¡Bessssito . . . !

Mientras Merced se ocupa de la pelea entre sus dos animales, Dolores la observa y sonríe mientras le agradece a Dios en silencio por el viejo y espabilado loro y el cachorrito tonto, porque Merced les habla a cada uno y les dice cosas que Merced nunca le ha dicho a nadie, ni siquiera a Dolores, su propia madre; cosas que Dolores sabe que Merced tiene necesidad de decir.

Y aunque a Dolores no le gustan los constantes ladridos, ni los constantes graznidos, ni el constante refunfuñeo de insultos, ni el constante alboroto, lo acepta todo felizmente porque sabe que Merced lo necesita: Pepe Loreto es, de alguna manera, el último lazo de Merced con un pasado del que vacila en desprenderse por completo. Y Tontín es, de alguna manera, un símbolo de esperanza.

MERCED Y EL DETECTIVE FERNÁNDEZ comparten unas gotas de un negrísimo café cubano servido en la más pequeña de las tacitas de papel que uno pueda imaginarse, mientras ambos están de pie frente a un timbiriche, una de esas pequeñas carretillas con techo de lona que se encuentran cerca de los edificios de oficina de la Habana Vieja.

A pesar del inquietante calor y la insoportable humedad, el detective Fernández está de saco y corbata mientras Merced lleva un vestido gris plata cortado al sesgo hecho por Dolores, y un sombrero que combina con él, el que destaca la belleza de su cabello oscuro y ondulado, tan negro y brillante que, al reflejar el cielo tropical turquesa oscuro, se hace casi azul oscuro.

—Yo no quería hacer de esto una petición formal, usted me entiende —le dice Merced al detective Fernández—. No quería que mi familia se enterara de esto, por si acaso estoy completamente equivocada, y espero estarlo. Por eso fue que pensé que era mejor encontrarnos aquí en lugar de . . .

—Entiendo. ¿Cuánto tiempo en realidad ha estado ella desaparecida?

—Sólo desde anoche, me parece. —Merced hace una pausa—. ¿Usted no cree que ella . . . ? —Merced no termina la frase. Ella piensa, ¿Haría Graciela lo que hizo Tonio, por la razón que fuera? Merced mueve su cabeza.

El detective Fernández es capaz de leer sus pensamientos.

—No hay razón para preocuparse. Después que usted me llamó yo chequeé con todos los hospitales y puse a uno de mis hombres a llamar a los hoteles. Hasta ahora no se ha encontrado a nadie que se parezca a ella.

Se detiene y mira a Merced. La joven viuda es una mujer tan bella con unos ojos tan oscuros y tan melancólicos. Si sólo se sonriera. Él nunca la ha visto sonreírse.

—Voy a seguir chequeando —agrega—, pero estoy seguro de que no habrá problemas. ¿No me dijo usted que ésta era la primera pelea grande que han tenido su hermano y la esposa?

Merced asiente.

Él continúa:

—La gente casada pelea por boberías constantemente y se ahoga en un vaso de agua. Recuerdo la primera pelea que tuve con mi difunta esposa. —Le sonríe a Merced—. A veces es muy bueno tener una buena pelea; hacen las reconciliaciones mucho mejores.

Merced se sonríe.

—Eso es exactamente lo que mi suegra, mejor dicho, mi antigua suegra decía.

Mira al detective Fernández y de pura casualidad sus ojos se encuentran cuando ella lo descubre mirándola a ella.

Hay una breve pausa.

Ella nunca se ha dado cuenta de que los ojos azules pueden ser tan cálidos y tan profundos. A ella nunca la han mirado de esa manera, con tal intensidad.

Entonces, simultáneamente, ambos dicen exactamente en el mismo instante:

—¡Este café está tan caliente!

Cuando se dan cuenta de lo que acaban de hacer, comienzan a reírse exactamente en el mismo instante otra vez, con sonoras carcajadas, y Merced, avergonzada, se cubre la boca con su mano izquierda, donde ya no lleva su anillo de casada.

Hacía dos días Merced se había quitado su anillo de casada para lavarse las manos, como siempre había hecho; y cuando iba a ponérselo de nuevo, se preguntó, ¿Por qué? ¿No le había dicho Tonio que él quería que ella fuera libre? No se lo puso de nuevo.

Nadie en la casa se dio cuenta.

Pero Dolores sí.

Esa noche tarde, cuando todo el mundo estaba durmiendo y los alegres ronquidos de Maximiliano podían oírse resonar por toda la casa, Dolores se sentó con Merced y suavemente, con esa manera tranquila de ella, le preguntó a su hija acerca del anillo. Fue entonces cuando Merced, por fin, se abrió a su madre y le contó todo.

Un desbordado torrente de palabras —palabras de culpa, y palabras de rabia, y palabras de dolor, y palabras de congoja— salió precipitadamente, al parecer, de la boca de Merced, pero Dolores sabía que las palabras brotaban, llenas de angustia, del corazón de Merced. Y cuando el agua comienza a salir a borbotones, ¿quién puede contener a una represa que se quiebra?

Mientras el corazón de Merced se vaciaba, Dolores escuchó a su hija sin decir ni una palabra.

Cuando Merced terminó, Dolores la abrazó muy junto a ella, secó las lágrimas de su hija, la acompañó a su dormitorio, y la puso a dormir, todavía sin decir ni una palabra.

Pero mientras salía de la habitación de Merced, vio el anillo de bodas sobre el gavetero de Merced y, abriendo la última gaveta de abajo, suspiró profundamente y lo colocó allí.

41

No son todavía las cinco de la mañana cuando suena el teléfono que está en el lado de la cama donde duerme Ferminio.

Ferminio está en el baño. Acaba de darse una ducha y se está preparando para ir a su matadero cubano, el que puede ver desde la cocina de su moderna casa; una casa que a él tanto le disgusta, pero que Albertina, su esposa durante treintisiete años, adora.

El teléfono suena otra vez y Albertina, que ya está despierta, se da vuelta en la cama y lo contesta. Escucha durante un rato y entonces, colocando su mano sobre el micrófono de manera que la persona que llama no pueda oírla, y usando su tono de voz más dulce, llama a Ferminio, que está ahora frente al lavabo del baño tratando de afeitarse.

—Ferminio, mi amor . . .

Ferminio, sin dejar de afeitarse, la mira.

Albertina continúa, con la voz más dulce posible.

—Tu yerno no se pasó la noche en su casa, ¿lo sabías?

Y entonces grita, ahora en voz alta y chillona, repleta de rabia.

—¿Me vas a decir ahora que se te olvidó decirme que anoche había una reunión entre él y tus amigotes del gobierno?

No espera la respuesta. Quita la mano del micrófono y le dice a su hija en una tranquilizadora voz maternal:

—Fernanda, no te preocupes, mi vida. Yo te llamo enseguida, después que haya tenido una buena conversación con ese monstruo que tienes por padre.

Cuelga cuando Ferminio entra en el dormitorio, completamente desnudo, todavía medio mojado de su ducha matutina, sus partes viriles muy entalcadas, su rostro cubierto parcialmente de jabón de afeitar, apuntando con la navaja hacia su esposa, y agitándola mientras le grita a ella:

—Ésta no es la primera vez que él se ha pasado la noche fuera, y tú lo sabes. Así que no trates de formar un lío por gusto. ¡Y sí! Si él y sus socios del gobierno llegaron ayer a algún acuerdo, estoy seguro de que se fueron a celebrarlo. Y si *yo* hubiera estado allí —agrega mientras las enfurecidas palabras salen arrebatadamente de su boca—, ¡yo *también* me habría ido con ellos y habría hecho exactamente lo que ellos probablemente hicieron, que es emborracharse como perros y tirarse a una puta bien cara con el dinero del puñetero gobierno!

Dice eso y vuelve rápidamente al baño, tirando la puerta tras él en el tiempo justo para impedir que lo golpeara la costosa figurilla de porcelana que vio que Albertina le lanzaba. Escucha un fuerte estrépito al otro lado de la puerta y entonces se corta al intentar terminar su afeitada.

—¡Me cago en ese puñetero Arsenio! ¡Lo voy a hacer mierda cuando lo agarre! ¡Esa maldita muñeca de porcelana me costó un ojo de la cara! Condenado hijo de puta! ¿Pero qué coño se cree que está haciendo?

Es sólo cuando Arsenio no se aparece en el trabajo cuando Ferminio comienza a preguntarse qué es lo que está pasando. Esto nunca antes ha sucedido. Arsenio siempre ha sido el primero en llegar al matadero y el último en irse. Son ahora mucho más de las doce del mediodía y no se ha aparecido todavía.

Ferminio, que se ha negado a responder ninguna de las miles de llamadas telefónicas de Albertina hoy por la mañana, sin decirle nada a ella, pone a uno de sus empleados a llamar a todos los hospitales y se pregunta si debería llamar a la policía.

EL ERROR QUE COMETIÓ ARSENIO, si es que puede llamarse error a eso, fue haber pagado por adelantado nada más que la cantidad exigida para usar la posada durante sólo unas horas, como siempre hacía los martes. Pero esta vez habían estado allí ya sabe Dios durante cuántas horas.

Graciela había llegado muy tarde ayer, casi dos horas más tarde que de costumbre. Él la había esperado y esperado y se estaba preguntando qué le habría pasado y si debería quedarse más tiempo o llamarla o irse, cuando la puerta del húmedo cuartico de la posada se abrió por fin.

Ella no dijo ni una palabra cuando llegó. No tenía por qué. Arsenio supo en ese mismo momento, en el instante en que la miró a los ojos y los vio radiantes, que ésta iba a ser la noche con la que ambos habían estado soñando durante muchas noches de sufrimiento.

Arsenio tocó el timbre del empleado, quien vino hasta la puertecita dentro de la puerta interior, y golpeó en ella suavemente. Arsenio, que lo estaba esperando, quitó el pestillo de la puertecita, le dio al hombre un billete de veinte pesos, le pidió una botella del mejor Añejo, y le dijo al invisible empleado que se quedara con el vuelto.

Unos minutos después pasaron a través de la puertecita una pequeña bandeja con dos vasos para tragos, junto a una botella del ron más suave que hay en el mercado.

Arsenio rompió el sello de la costosa botella de ron y estaba a punto de verter un poco en un vaso cuando ella agarró la botella de sus manos, bebió de ella mirándolo fijamente, y se la pasó a él, quien bebió de la botella devolviéndole a ella su intensa mirada.

Nada se dijo. Nada tenía que decirse. Ninguna explicación, ninguna exigencia, ninguna pregunta. Eso puede suceder luego, después que la tempestad que corre por sus venas haya pasado.

Pero ahora, mientras el ron comienza a fluir, el viento comienza a arremolinarse, y la tempestad comienza a rugir, y las aguas costeras comienzan a encresparse, y el nivel del agua comienza a subir y a subir, hasta que una violenta marejada comienza a invadir la costa y olas poderosas y golpeantes comienzan a martillar sobre ella, explotando en la apoteósica magnificencia de un dios con un cetro de poder entre sus piernas poseyendo y siendo poseído por una diosa con una diadema de cobre entre las de ella.

Una noche juntos. Eso fue todo lo que cada uno de ellos quería. Sólo eso. Una noche entera, enteramente para ellos.

Y entonces vino la calma en el ojo de la tempestad.

ELEUTERIA NO SABE qué pensar ni a quién agradecer. Ella no sabe cómo, pero de alguna manera se las ha arreglado para ganar tiempo. Uno de sus santos debe estar trabajando para ella, ¿pero cuál de ellos? Tal vez todos están trabajando para ella. Le reza una breve plegaria a cada uno de ellos, incluyendo a Papá Changó, ése macho con forma de hembra.

Después que Gustavo la obligó a darle una respuesta y atravesó corriendo La Calzada hacia la casa de sus padres, ella pensó que todo había terminado y se preparó para lo peor. Pero entonces él regresó, mucho más tranquilo, casi demasiado sereno, se dio una ducha, se vistió, y se fue a trabajar como si nada hubiera pasado. No preguntó nada más, no exigió nada más, no ofreció más explicaciones. Sencillamente se fue, sin probar nada del desayuno que Eleuteria le había preparado.

Eleuteria le tiene cariño a Gustavo. Siempre se lo ha tenido. Desde el mismo momento en que él le consiguió un periódico nuevo después que el periódico de ella se había caído en un charco de fango y Gustavo se había negado a aceptar ni un centavo por él, desde ese primer momento hasta hoy, cuando lo vio salir de la casa en completo silencio, sin darle siquiera un silbido de despedida.

A Eleuteria le encanta escuchar a Gustavo silbar por las mañanas. Sus alegres sonidos la despiertan, como si la despertaran los alegres cantos de los pájaros. Gustavo ha traído tanta felicidad a su vida. ¡Y ahora esto . . . !

Ella quería acercarse a él y abrazarlo y decirle que ella no había tenido la culpa, que ella no sabía nada de esto, que ella lo quería como al hijo que nunca tuvo, que ella estaba tan herida por todo esto como él mismo. Pero entonces pensó en Graciela, su propia carne, su hija. Y supo que si ella tenía que ponerse de parte de alguien, y sabía que tendría que hacerlo, sin duda alguna se pondría del lado de su propia hija, se lo mereciera o no. Por eso fue que, aunque quería correr hacia Gustavo y abrazarlo y acariciarlo como una madre, se quedó allí parada, en el portal, mirándolo mientras él montaba al ómnibus que lo llevaría a Atenea, la librería que llevaba el nombre de la diosa griega de la sabiduría. Tal vez esa diosa lo iluminaría respecto a qué hacer, rogó Eleuteria, porque ella, Eleuteria, de seguro que no lo sabía.

A ARSENIO lo despertó un ligero e insistente golpeteo. Se sentó en la cama. Los golpes venían de la puertecita dentro de la puerta interior más grande del húmedo cuartico de la posada donde él y Graciela habían pasado la noche, un cuarto que olía a ron caro y a sexo abundante.

Malamente se las arregló para llegar a la puerta, pasándoles por arriba a las dos otras botellas de Añejo, una de las cuales estaba aún medio llena. Escuchó el suave golpeteo de nuevo y la voz de una mujer invisible al otro lado de la puerta. Abrió la puertecita, echándose hacia un lado, para que la mujer al otro lado no pudiera verlo desnudo como estaba. La mujer invisible le preguntó si ellos tenían pensado pasarse otro día. Al principio Arsenio no entendió de lo que ella estaba hablando. Su cabeza todavía estaba nadando en ron, como les gusta decir a los cubanos. Entonces se dio cuenta de que éste debía ser otro día.

—¿Qué hora es? —preguntó.

—Las dos y media.

—¿Las dos y media? ¿De la mañana?

—No, señor. De la tarde.

—¿Las dos y media *de la tarde?* ¿Qué día es hoy?

—Miércoles, señor. No quería molestarlo, señor. No sabía si el cuarto estaba vacío. ¿Quiere que entre para que le cambie las sábanas? ¿O que le traiga más toallas?

Arsenio no sabía qué decir. ¿Era ya el miércoles por la tarde? ¿Miércoles *por la tarde?* ¡Él siempre llegaba al matadero a las cuatro y media de la mañana!

La voz de un hombre se escuchó detrás de la puerta interior.

—Señor, le habla el empleado de la recepción. Siento molestarlo, señor, pero tengo que cobrarle por el uso del cuarto por un día entero. Usted pagó por usarlo nada más que seis horas. Usted me debe cuatro pesos y veinticinco centavos. ¿Podría tomarse la molestia de pagarme ahora? He terminado mi turno y tengo que hacer el balance de la caja.

Arsenio asintió. Le llevó un largo rato darse cuenta de que el hombre tras la puerta no podía verlo.

—Claro —agregó—. Espérate un momento.

Fue hasta donde pensó que estaban sus pantalones pero no pudo hallarlos. Miró debajo de la cama, detrás de la puerta del baño, dentro de la bañadera. Los encontró cuidadosamente doblados, colgando dentro de un clóset pequeño que estaba escondido detrás de la puerta abierta del baño. Graciela debe haberlos colgado, porque él de seguro que no lo hizo. Él nunca cuelga ninguna de su ropa. Sacó la billetera del bolsillo trasero y regresó a la puerta. Allí abrió la billetera y lo primero que vio cuando la abrió fue una fotografía de sus dos lindas hijitas, sonriéndole. Les devolvió la sonrisa mientras sacaba un billete de cinco pesos de la billetera y se lo entregó al empleado invisible al otro lado de la puerta cerrada con la otra puertecita dentro de ella.

—¿Quiere que le dé un recibo, señor? —preguntó el empleado.

—No, no, gracias. No lo necesito.

—Vuelvo enseguida.

—¿Vuelves?

—Con el vuelto.

—No, quédate con el vuelto.

—Gracias, señor. Ah, casi se me olvida. ¿Se va a quedar usted otro día? La administración exige que se pague por adelantado, usted me entiende. Son nueve pesos por el día entero.

Arsenio miró a Graciela dormida en la cama, y luego a las dos niñas sonriéndole desde la billetera mientras la abría, sacó un billete de diez pesos, y se lo dio al empleado, diciéndole que se quedara con el vuelto.

El problema con los ciclones es que nunca se sabe de antemano lo malo que va a ser un ciclón. Ni siquiera se sabe lo malo que es un ciclón mientras uno lo está pasando. Uno sólo confía en sobrevivirlo sin hacerse daño.

Cuando Graciela se despertó, tres horas después, hacía varias horas que Arsenio se había marchado, de vuelta a lo suyo. De vuelta al trabajo. De vuelta a sus toros.

CUANDO NO LO ENCONTRÓ en la cama junto a ella, Graciela pensó que quizás él estaba en el baño y volvió a dormirse.

Después de un rato, se despertó otra vez, y esta vez pensó que él debió haber salido a comprar algo de comer. Fue al baño y se dio una ducha caliente, larga y sensual, acariciándose con las manos todas las partes del cuerpo que él había acariciado y reviviendo en la ducha cada instante que había vivido junto a él. Estaba desesperada porque él regresara.

Cerró la ducha, deslizó la cortina de la bañadera, y comenzó a secarse con la áspera toalla de la posada, con los ojos cerrados, en el bañito lleno del vapor de la caliente ducha.

Con la cabeza aún atontada por el oscuro ron que corría por sus venas, sintió que él era quien, con sus callosas manos, a veces toscamente y a veces delicadamente, estaba acariciando cada parte de su cuerpo, quemándola mientras deslizaba esas manos grandes que ella adoraba de tal manera, a veces lentamente y a veces rápidamente, por todo su cuerpo, llenándola de éxtasis y de angustia al mismo tiempo.

Fue al cuartico, recogió una de las estrujadas sábanas que estaban encima de la cama y, hundiendo en ella su rostro, buscó el olor de él hasta encontrarlo. Lamió la sábana en ese sitio, esperando llevar su sabor hasta dentro de su propio cuerpo, y mientras lo hacía, pensó en lo que había sido lamer ese magnífico cetro de poder que su hombre guardaba entre las piernas, y cómo él se extasiaba cuando, arrodillada frente a él, ella lo había adorado.

Entonces, se envolvió cuidadosamente con la sábana que tenía el olor de él y se acostó en la cama, mirando hacia la puerta de entrada, esperando que él regresara y la desenvolviera.

Después de la primera hora, comenzó a preguntarse si ese hombre iba a volver por ella.

Después de la segunda hora, comenzó a preguntarse si ese hombre tuvo alguna vez la intención de volver por ella.

Y después de la tercera hora, comenzó a preguntarse si ese hombre al que ella había estado llamando suyo, si ese hombre había sido suyo alguna vez.

42

Está bastante avanzada la tarde del miércoles y el sol ha salido como por milagro. Ya no llueve. Inclusive la ventolera se ha calmado. Sólo quedan algunas ligeras brisas.

En el centro del ciclón más poderoso siempre hay brisas ligeras, inclusive calma. Hay hasta un sitio donde no hay viento en absoluto, el punto de estancamiento, donde unas cuantas nubecitas algodonosas que se deslizan suavemente pronto crecerán hasta convertirse en amenazantes, gruesos e inmensos nubarrones negros que, empujándose unos contra otros, harán que el enfurecido ciclón ruja y se enfurezca con extraordinaria violencia.

Albertina está en la casa de Fernanda cuando llama Ferminio. Albertina corre al teléfono.

—Es tu padre —le dice a Fernanda, parada junto a ella—. ¿No lo adivinas? ¡Gritando como siempre! —Albertina habla en el micrófono—. Baja la voz, Ferminio. Te oigo bien.

¿Qué te dije yo esta mañana? —Ferminio se ríe al mismo tiempo que le grita a su mujer por el teléfono—. Ese hijo de perra de tu yerno acaba de llegar, borracho como una cuba. Pasó exactamente lo que yo te dije. ¡Él y los otros tipos se divirtieron de lo lindo! Me habría gustado haber estado allí yo mismo haciendo lo que ellos hicieron en vez de tener que escuchar sus cuentos sucios. Le dije al hijo de la gran puta que se fuera a su casa para dormir la borrachera. Yo mismo lo metí en un auto de alquiler. Debe estar al llegar allá en cualquier momento, así que sale tú de allí y déjalos solos a los dos. Como dice el dicho, «Entre marido y mujer *nadie* se debe meter». ¡Y ese nadie quiere decir *tú!* Yo estaré en casa en diez minutos y mejor te encuentro allí cuando llegue o va a correr la sangre por la Calle de los Toros! Adiós. —Y sin esperar respuesta, Ferminio cuelga.

Fernanda está parada junto a su madre, a la expectativa. Albertina la mira, y dice entre dientes:

—¡Los hombres! —y luego cuelga con tal fuerza que alarma a su hija—. ¡Me colgó! ¡Deja que lo agarre!

Baja la voz, toma una de las manos de Fernanda entre las suyas y le da unas palmaditas mientras le dice:

—Él está bien, está bien. Nosotras aquí, preocupándonos por ese marido tuyo, ¿y qué estaba haciendo él? ¡Matándose a tragos! —Sonríe a Fernanda, quien ha comenzado a llorar—. Viene para acá. Tu padre lo acaba de meter en un auto de alquiler. Déjalo que duerma la borrachera, es lo mejor que puedes hacer, probablemente lo único que vas a poder hacer. —Se levanta y comienza a prepararse para irse cuando mira a Fernanda de frente una vez más—. Y entonces —Albertina agrega mientras recoge su bolso y saca de él un pañuelo de hilo blanco—, cuando esté sobrio, me mandas a las niñas, sales de la criada, ¡y le cantas las cuarenta! ¡Toma, sóplate! —Le da el pañuelo a Fernanda, quien obedientemente hace lo que su madre le dice.

—Lo digo en serio —Albertina agrega con vehemencia—. Ármale la pelea más grande que has armado en tu vida. Rompe algunos platos. No, no rompas ningún plato. Rompe algo bien caro. *Eso* sí que les duele, si tuvieron que pagar mucho. Y no te preocupes por eso. Se sentirá tan culpable que te comprará otro todavía más caro. Así que ve, rompe algo que sea realmente caro, tíraselo a la cabeza, grítale, insúltalo, dale golpes, escúpelo y entonces métete en la cama con él y hazme un nietecito.

Le sonríe a Fernanda mientras comienza a irse hacia su casa, a sólo unas cuadras de distancia. Ya en la acera se vuelve por última vez y le dice a su hija:

—Fernanda, mi vida, los hombres son duros de pelar y les gusta que los traten mal. Así que, por tu propio bien, deja de ser tan dulce y tan buena con él. Dale candela. Te vas a asombrar de lo que un poco de candela puede hacer por una mujer.

Fernanda, la sumisa Fernanda, ve irse a Albertina, con el pañuelo de su madre aún en la mano mientras le dice adiós. Entonces corre a su dormitorio, cierra la puerta tras ella, se arrodilla frente a la estatua de la Virgencita del Perpetuo Socorro que tiene al lado de su cama, y le agradece a su Virgencita por haberle devuelto sano y salvo a su esposo perdido.

ELEUTERIA está sentada sola en la gran mesa del comedor, con toda la comida servida ante ella. Gustavo se ha negado a comer nada. Hoy no regresó a su casa a la hora del almuerzo. Le dijo a ella que se había ido a caminar por La Habana y que en algún sitio comió algo. No se acuerda de qué ni de dónde. Él está ahora en su dormitorio, el dormitorio matrimonial que ha compartido con Graciela durante más de un año, y está acostado sobre la cama matrimonial, completamente vestido, estirado, con sus manos colocadas debajo de la cabeza y ésta sobre la almohada, mientras mira fijamente hacia el techo que tiene encima.

Esta habitación está pintada de turquesa pálido, techo y todo, el color del cielo tropical temprano en la mañana. Él recuerda lo hermoso que luce el cabello cobrizo de Graciela contra el color del cielo tropical.

Ahora que ella ha hecho lo que ha hecho, Gustavo ha comenzado a mirar a Graciela de manera diferente. ¿Quién le hubiera dicho que había una pasión tal escondida dentro de esa mujer suya? Sin duda que él nunca la ha experimentado. Tal vez él mismo tuvo la culpa. Él nunca hizo nada para sacarle a ella esa pasión. Ahora, mirando hacia atrás, ¿hubo algo que él pudo haber hecho para evitar lo que había pasado? ¿Qué había pasado en realidad? ¿Qué le había hecho en realidad ese otro hombre a su mujer?

En la casa de Yarina él se ha acostado con montones de putas que le han enseñado muchísimo. Pero nunca ha tratado a esa mujer suya como la puta que es en el fondo. Él nunca habría podido hacer eso antes. Ella siempre le recordaba a Gustavo a su propia madre, Dolores. Buena y tranquila y bella. Y pura. Pero ahora . . .

Ahora, puede que no sea tan malo tener por esposa a una puta. Una *bella* puta por esposa. La *más bella* puta de esposa que jamás hubo en Luyanó. No, puede que no sea tan malo en absoluto.

Es entonces cuando el teléfono suena en la sala. Oye a Eleuteria correr al teléfono y contestarlo.

—¡Graciela! —dice la vieja, al borde de las lágrimas—. ¡Gracias a Dios! ¿Dónde estás?

Hay una larga pausa. Una pausa realmente larga.

Durante un rato, él no oye nada más que el sonido de los tranvías corriendo por La Calzada y un repiqueteo de tambores, un lejano repiqueteo allá en la distancia.

Entonces escucha a Eleuteria decir:

—Coge un auto. Yo lo pago cuando llegues aquí. Sí, sí, tengo dinero. —La vieja cuelga y luego él la oye sollozar en silencio.

Quiere ir a donde la vieja y abrazarla y decirle que él sabe que ella no ha tenido la culpa, que él sabe que ella no sabía nada del asunto, que él sabe que ella lo quiere como al hijo que nunca tuvo, que él sabe que todo esto la ha lastimado tanto a ella como a él. Pero entonces piensa en Graciela, la propia carne de la vieja, su esposa. Y sabe que si Eleuteria tuviera que ponerse de parte de alguien, como sabe que lo hará, sin duda que ella se pondría del lado de su propia hija, se lo mereciera o no. Por eso fue que, aunque él quiere correr hacia Eleuteria y abrazarla y acariciarla y besarla como la madre que ella siempre ha sido para él, se queda acostado allí, sobre la cama matrimonial, mirando hacia el techo y recordando lo bello que luce el cabello cobrizo de Graciela contra el color del cielo tropical.

MERCED no fue a su casa a la hora del almuerzo.

Llamó a Merced y le dijo que le había pasado una cosa maravillosa. Dolores le sonrió al teléfono como si hubiera estado sonriendo a su propia hija, quien estaba dando saltos de alegría en el otro extremo de la línea.

—¿No quieres saber lo que es? —le preguntó a su madre.

—Claro, mi amorcito —respondió Dolores.

—El detective Fernández . . . —comenzó a decir Merced—. ¿Te acuerdas del detective Fernández? Él fue quien me ayudó tanto cuando Tonio murió. Tienes que acordarte de él. Él vino al servicio de recordación y se paró en la parte de atrás. Es bastante alto y bien parecido. No muy joven. Debe tener cuarenta años, quizás. Con mucho pelo negro oscuro y un poquito de canas alrededor de las sienes. Tiene un aspecto muy interesante. Tienes que acordarte de él, Mamá, fue tan amable conmigo. Bueno, él se enteró de que yo estaba buscando trabajo ¡y quiere que me entreviste con un juez! ¿Oíste eso, Mamá? ¡Un *juez!* Es un amigo del detective Fernández y le dijo que estaba buscando una asistenta, y el detective Fernández piensa que podría darme trabajo en su oficina. ¿No sería eso fantástico? Los tres vamos a comer juntos en ese restaurante nuevo frente a la librería de Gustavo, el Floridita. ¿No es maravilloso?

Entre la tacita de café compartida mientras estaba de pie frente a un timbiriche en las calles de la Habana Vieja y esta llamada telefónica, Merced se había olvidado por completo de Graciela y Gustavo. Las cosas pueden cambiar así de rápido tan pronto como asoma el sol tropical y comienza a sonreír. El amenazante gris del cielo nublado había desaparecido y con eso todos los pensamientos deprimentes que habían estado pasando por la cabeza de Merced.

Probablemente era cierto lo que dijo el detective Fernández. Graciela y Gustavo sencillamente habían tenido una pelea, y ella estaba formando un lío por gusto. Él le había dicho que para cuando ella llegara a casa más tarde, Graciela ya estaría de vuelta en su casa con su esposo y se habrían arreglado como si nunca nada hubiera ocurrido. En realidad, le dijo, si ella se encontrara con él a la hora de salida del trabajo, después de su cita con el juez Escolapio, él mismo la llevaría a su casa en su automóvil y se aseguraría de que todo estaba en orden en la casa de su hermano.

El detective Fernández había sonado tan seguro de sí mismo y tan optimista que inmediatamente la había hecho sentir mejor y ella había comenzado a reír de nuevo, algo que no había hecho en mucho tiempo.

Después, en el elegante servicio de señoras del Floridita, Merced se sienta frente al tocador, comienza a ponerse una gota de pintura de labios, y cuando se mira en el espejo, hace una pausa.

Allí, en el espejo, hay una adorable mujer criolla, agradablemente envuelta en carnes, con una cintura esbelta y un destello de vida en sus ojos, luciendo un vestido gris perla, un sombrero en combinación, un par de aretes, blancos y negros con diseños geométricos, que combinan con el broche sobre su vestido.

Y esa mujer es bella.

MANI está cortando un trozo de carne cuando ve detenerse un auto de alquiler en la esquina de La Calzada y la Calle de los Toros.

Ya casi es la hora de cerrar y no hay clientes en la carnicería. Maximiliano le dijo que cerrara mientras se quitó su delantal manchado de sangre y lo tiró en un cubo escondido debajo de uno de los mostradores.

Maximiliano está llegando a una edad en la que su energía ya no es la misma de antes. Aunque no quiere reconocerlo, ha comenzado a irse de la carnicería cada vez más temprano y ha dejado que Mani se encargue él mismo de la mayor parte del trabajo duro, que es precisamente lo que Mani ha estado haciendo.

Mani no quería volver a la casa y enfrentarse con esas gentes a quienes llama familia y quienes él se imaginaba que a estas alturas estarían todos preguntándose qué había pasado entre Graciela y Gustavo. Ha prometido mantenerse en silencio y la mejor forma de mantenerse en silencio es mantenerse alejado de todo eso. Por eso está en la carnicería preparando algunos cortes de carne, cuando ve a Graciela salir del auto de alquiler, y entrar en la casa de Eleuteria, salir otra vez inmediatamente con dinero en la mano, y pagarle al chofer, que se va.

La puta ha vuelto, como dijo Gustavo que haría. Ahora le corresponde a Gustavo hacer algo acerca de eso.

Él la está mirando y cortando la carne al mismo tiempo, de la forma en que le han enseñado, deslizando suavemente el cuchillo sobre ella, siempre en la misma dirección, con el cuchillo tan afilado que puede dividir un pelo por la mitad, y sin darse cuenta, se corta, algo que nunca ha hecho en toda su vida.

—¡Me cago en ese puta de mierda! —murmura—. ¡Mira lo que me hizo hacer! ¡Me cago en ella!

No es una cortadura grande.

Como estaba cortando tan suavemente no le llegó al hueso. Puede que tengan que darle un par de puntos, pero eso es todo. No va a perder el dedo. Lo envuelve con una toalla limpia alrededor, se las arregla para cerrar la carnicería con su mano buena, su mano izquierda, y llama a un auto de alquiler que está bajando por La Calzada para que lo lleve a la clínica de Manuel, el doctor.

Ya en el automóvil, se vira y a través de la ventana trasera mira hacia la casa de Eleuteria.

La noche ha empezado a caer y la lámpara del portal está encendida, como se supone que esté; la vieja está meciéndose en un sillón de balance en su portal, como se supone que haga; la gente sigue caminando por la acera de enfrente de la calle, evitando pasar por su casa, como se suponen que hagan. Todo está exactamente como se supone que esté, exactamente como si nada fuera de lo ordinario hubiera pasado.

Y entonces lo golpea como una visión dolorosa.

El darse cuenta, con profundo dolor, de que Gustavo no va a hacer nada al respecto.

El darse cuenta, con vergüenza, de que Gustavo, su hermano menor, no va a hacer absolutamente nada al respecto.

El darse cuenta, sin poder creerlo, de que Gustavo, su hermano menor, se ha convertido en un cabrón.

43

No pasa mucho tiempo antes de que un cielo azul y tropical, paradisíaco y tranquilo, se convierta en un infernal y violento ciclón tropical. Cuatro o cinco días, a lo más.

El efecto de espiral que comienza tan suavemente que casi no se nota, comienza acumular poder y fuerza poco a poco, y a medida que crece, se levanta, se hincha y se inflama, obligando a las suaves brisas a bailar en un frenesí dionisíaco, siempre más y más rápido: un baile arremolinado y turbulento que al ganar velocidad emborracha de locura al lujurioso aire.

A medida que la danza se acelera cada vez más, las enloquecidas brisas se convierten en enérgicas y vigorosas ráfagas de ávidos vientos, vientos hambrientos y aullantes, que al principio se conforman con arrancar hojas y ramitas a los árboles. Pero a medida que su hambre aumenta, exigen que se derriben los árboles de raíces cortas y que se quiebren en el acto los árboles más débiles. Y cuando eso ya no es suficiente para aplacar su insaciable apetito, se levantan los techos y a los árboles que no se doblan para unirse a la danza los quiebra, los arrasa, los devora.

Entonces, de repente, los objetos sueltos que han sido arrancados y lanzados por los hambrientos y poderosos vientos se transforman en proyectiles en las manos del enfurecido Ogún, el dios negro de la tempestad, proyectiles que rompen vidrios, que destrozan puertas y que destruyen vidas mientras bailan.

La danza alcanza su punto más enloquecido y salvaje inmediatamente después que pasa el sereno ojo de la tempestad.

Es entonces cuando se producen las ráfagas más fuertes, nuevas ráfagas constantes que soplan en una dirección totalmente opuesta a la de todas las ráfagas anteriores; un cambio inesperado de los ávidos vientos que resulta inmensamente desolador debido a que es inmensamente poderoso e inmensamente sorpresivo; un inesperado cambio de los ávidos vientos que trae con él los dolorosos sonidos de las almas en pena.

MIENTRAS ELEUTERIA, la mala lengua de Luyanó, se queda sentada en su sillón de balance en el portal de su casa, pretendiendo que todo está como debe estar, como siempre ha estado, Graciela entra el dormitorio que ella y Gustavo han compartido durante más de un año y allí se encuentra a Gustavo acostado sobre el lecho matrimonial, con las manos detrás de la cabeza, mirando hacia el techo. Cierra la puerta tras ella y se acerca al pie de la cama, ocupando el campo de visión de él, que está todavía concentrado en el techo turquesa pálido que está sobre ambos.

Él contempla el pelo cobrizo enmarcando su hermosa cabeza contra el azul turquesa del techo y se sonríe. Entonces se da cuenta de que esto no es parte de su sueño. La mujer que tiene enfrente de él es la *verdadera* Graciela, la que él nunca ha conocido, *la puta,* parada ahí mismo frente a él al pie de la cama. La mira y Graciela no puede reconocerlo.

Este hombre, este hombre corpulento, alto y rubio que está acostado sobre esa cama y que le sonríe mientras la mira fijamente no es un hombre al que Graciela conoce. Este no es el hombre con el que ella se casó. Este no es el Gustavo que ella ha conocido hasta ahora. Ella nunca pensó que jamás pudiera tenerle miedo al Gustavo que conocía, pero este hombre no es *ese* otro Gustavo. Podría asustarse de *este* Gustavo, pero no lo hace. Sólo se siente asombrada por él; asombrada e intrigada por este hombre tan nuevo para ella que está acostado sobre su lecho matrimonial: un hombre que no se ha movido; un hombre corpulento, rubio y alto, que le es completamente desconocido y que no hace otra cosa que mirarla, fijamente, mientras se sonríe.

Hay un prolongado silencio.

Ella nota cómo este hombre que la ha estado mirando fijamente ha comenzado a deslizar sus ojos lentamente por todo su cuerpo, siguiendo el contorno de su figura, mirando fijamente a su boca, a su cuello, a sus senos, a sus brazos, a sus manos, a sus muslos, y siente que una extraña frialdad la invade mientras él la mira, mientras él la detalla con sus ojos azules de hielo.

Entonces, más lentamente que antes, la mirada de este hombre comienza a subir deslizándose por su cuerpo nuevamente, y esta vez siente que sus ojos queman sus manos, sus brazos, sus senos, su cuello, su boca, sus ojos. Los ojos de él se detienen y miran fijamente a los de Graciela. Graciela no puede entender qué se esconde detrás de esos ojos intensos de color azul claro que por momentos se hacen ya fríos como el hielo, ya calientes como el fuego, mientras miran fija y profundamente a los ojos de ella, color aceituna.

En la distancia, se puede escuchar el crujir de un sillón que se mece muy suavemente, y aún más lejos los sonidos de la calle, y todavía más allá el infaltable, distante repiqueteo de tambores que hace a las noches de La Habana bailar incesantemente hasta el amanecer.

Él no se ha movido. Aún tiene las manos detrás de la cabeza, sobre la almohada, sin quitarle los ojos de encima a ella.

—¿Qué te hizo él?

Hay una larga pausa. No han dejado de mirarse fijamente uno al otro.

—¿De verdad que lo quieres saber?

—Sí —dice él con sus ojos clavados a los de ella.

—Me poseyó.

Hay una larga pausa. Todavía se están mirando fijamente, y los ojos de él la penetran hasta atravesarla.

—¿Cómo?

No hay ninguna luz encendida en la habitación. Todavía hay luna llena, pero no ha aparecido aún en el cielo azul oscuro. El anuncio de neón lumínico turquesa y rosa intenso que anuncia el bar de Hermenegildo, que queda al lado de la bodega al cruzar La Calzada, se acaba de encender, apagándose y encendiéndose intermitentemente, como siempre lo hace; y la habitación, en la creciente oscuridad del comienzo de la noche, comienza a latir con color al mismo ritmo del letrero lumínico.

—Primero me hizo pararme frente a él mientras estaba acostado en la cama, igual que estás tú, y me dijo que me levantara la falda muy lentamente y que me exhibiera ante él.

—Hazlo.

Ella comienza a levantarse la falda muy lentamente, con inocente sensualidad, exhibiéndose ante él, con sus ojos clavados en los de él.

—Me dijo que nunca usara ropa interior cuando estuviera con él.

Sigue levantándose la falda muy lentamente hasta que queda al descubierto esa diadema cobriza que tiene entre las piernas, que se tiñe, ya de un azul hielo, ya de un rojo ardiente, bajo las intermitentes luces de neón.

—Y entonces me dijo que le pusiera mi monte de Venus sobre su boca.

—Hazlo.

Con su falda levantada por encima de la cintura, ella se arrodilla en la cama, montada sobre ese hombre que la mira fijamente con ojos helados y encendidos. Poco a poco, se desliza sobre el cuerpo de él hasta que su cuerpo está casi, pero no totalmente, tocando la boca de ese hombre que está sobre el lecho matrimonial.

Sus ojos nunca se han despegado de los de ella.

Poco a poco, ella ha ido cubriendo su campo de visión, invadiéndolo con su presencia mientras se mueve cada vez más y más cerca de él.

Todavía con sus ojos clavados en los de él, ella deja que su cuerpo baje lentamente sobre él, hasta que coloca su monte de Venus en la boca de ese hombre acostado sobre el lecho matrimonial, quien, ávidamente, comienza a pasarle la lengua, comiéndoselo como si se estuviera comiendo la más deliciosa, la más suave, la más tierna, la más húmeda, la más jugosa, la más pulposa de todas las frutas tropicales, y dejando que sus jugos le chorreen por todo el rostro.

Y sin embargo sus ojos siguen mirando fijamente a los ojos de esa mujer, tan nueva para él, aquélla que arrodillada sobre él le aprieta su monte de Venus contra su boca hambrienta mientras lo mira fijamente, con una mirada que pronto se convierte en una sonrisa cuando ella ve la sonrisa en los ojos de él.

LA QUE NACE PARA chismosa, chismosa muere.

Eleuteria ve un automóvil detenerse frente a la casa de Maximiliano en la otra acera de La Calzada y, aguzando su mirada, la enfoca en esa dirección, decidida a averiguar qué es lo que está pasando. Ve salir a un hombre maduro del automóvil, darle la vuelta, abrir la puerta del pasajero, y ayudar a salir del automóvil a Merced; Merced, la linda viudita que nunca se ha vestido de negro.

—¡Ja! —se dice Eleuteria—. ¡Con el marido todavía caliente en la tumba!

Merced sube al portal, pero no sin antes saludar a Eleuteria con la mano. La vieja le responde con su típica sonrisa de aura tiñosa.

—¿Cómo está el padre de Graciela? —pregunta Merced, desde la otra acera. Eleuteria le había dicho que Graciela, a pesar de la prohibición de su madre, había ido a ver a ese hombre despreciable que era su padre, que no se estaba sintiendo bien, y se había pasado la noche con él.

—¡Hierba mala nunca muere! —responde Eleuteria, escupiendo en el piso, pisoteando su escupitajo y haciendo con su mano derecha la señal de los cuernos, mientras agrega, Pero Graciela ya regresó, ¡así que ese desgraciado no debe estar sintiéndose tan mal!

—¿Ya regresó? —dice Merced—. Déle saludos de mi parte.

El detective Fernández, al lado de Merced, la toca gentilmente con el codo mientras le susurra—, ¿No te lo dije? Qué bueno que no apostamos, porque si no habrías perdido.

Merced abre la reja del portal, entra, seguida por el detective Fernández, y en cuanto abre la puerta de la calle, Tontín llega corriendo y salta sobre ella, lamiéndola y agitando su rabito mocho.

Tontín —dice Merced—, te presento a mi buen amigo Rolando.

Eleuteria, desde la acera de enfrente, no se ha perdido nada. Ni tampoco Pilar, cuya casa está al lado de la de Merced, y quien ha estado mirando a través de las persianas entornadas. Durante una milésima de segundo los ojos de Eleuteria y Pilar se encuentran. Inmediatamente cada una mira en dirección opuesta.

Eleuteria se pregunta si Pilar la oyó hablar acerca de ese desgraciado hombre suyo. Desearía no haberlo usado como excusa para tapar la desaparición de Graciela, pero eso fue lo primero que le había venido a la mente.

Ese hombre siempre está en su mente, ese desgraciado con el rostro atractivo y la sonrisa varonil. Eleuteria hace la señal de los cuernos otra vez mientras escupe sobre el piso otra vez y otra vez pisotea su escupitajo tan fuertemente que se pueden ver salir chispazos de fuego bajo sus pies.

—¡Que te peguen los tarros, cabrón! —murmura con veneno en la boca—. ¡Que te peguen los tarros!

Y entonces se da cuenta de que debajo de su propio techo, no muy lejos de ella, hay un cabrón, un verdadero cabrón, un hombre sin cojones cuya mujer ha sido penetrada y poseída por otro hombre; un cabrón *de verdad,* con tarros tan grandes que va a tener que agacharse para poder pasar por las puertas.

Repentinamente, un temblor recorre su espalda y se persigna. Entra en su casa, mira hacia la parte de atrás, en la dirección del dormitorio del fondo y ve la puerta de ese dormitorio cerrada. Desde donde está no puede oír nada. Ella ha escondido todos los cuchillos de la casa. Y todas las tijeras. Está segura de eso. Pero aún así . . .

Cautelosamente, comienza a caminar en puntillas hacia el dormitorio del fondo. Y sigue sin oír nada. Se persigna otra vez, aunque no cree en nada de eso, y reza silenciosamente a todos sus santos porque su Graciela esté viva todavía. Se acerca a la puerta del dormitorio de la pareja, se agacha un poquito, pega el oído contra la puerta y escucha.

Entonces se yergue de nuevo, diciéndose a sí misma mientras se aleja de la puerta, ¡Gracias, Papá Changó! ¡Gracias, gracias! Sigue repitiendo lo mismo, como una plegaria, una y otra y otra vez mientras regresa al portal y se sienta en su sillón, donde comienza a mecerse suavemente, aumentando con el constante crujir de su sillón al mecerse la música del repiqueteo de tambores lejanos en la noche.

Mientras se mece, Eleuteria, la mala lengua de Luyanó, sigue repitiéndose, ¡Gracias, Papá Changó! ¡Gracias, gracias! una y otra vez de nuevo, porque todo lo que oyó Eleuteria a través de la puerta no fueron más que sonidos de cama. ¡Gracias, Papá Changó! ¡Su hija está a salvo! ¡Gracias, gracias! El cabrón de su marido la ha aceptado de nuevo, ¡Gracias, Papá Changó! como si nada hubiera pasado.

Se siente asqueada de eso, pero asqueada y todo sigue repitiéndose una y otra vez, ¡Gracias, Papá Changó! porque su Graciela está viva. ¡Gracias, gracias! porque su hija le pegó los tarros a su marido y nadie en el barrio se enteró. ¡Gracias, Papá Changó! sigue repitiéndose y repitiéndose. ¡Gracias, gracias! mientras se mece y se mece. Y la letanía de gracias y el suave mecerse han comenzado a dormirla. ¡Gracias, Papá Changó! A ella le hace falta el sueño. ¡Gracias, gracias! Se mece y se mece. ¡Gracias, Papá Changó! Hace tanto tiempo que no duerme. ¡Gracias, gracias! No duerme desde anoche, cuando vio a Gustavo, en la mitad de la noche, cruzar la calle y . . .

Sólo entonces deja de mecerse abruptamente y se estremece, con los ojos llenos de terror otra vez, porque sólo entonces recuerda palabra por palabra lo que ese cabrón de Gustavo le dijo a ella anoche cuando regresó.

Y es sólo entonces cuando se da cuenta de que hay alguien más que lo sabe todo. Se persigna otra vez y se encoge mientras sus labios pronuncian el nombre de ese alguien.

¡Mani!

A Mani le han dado puntos en el dedo. Tal como pensó, dos puntos. Pudo haber sido peor. Ha tomado el tranvía de regreso a la casa y se baja en la esquina de La Calzada y la Calle de los Toros, justo frente a su casa. Entra y, en la sala que nadie usa, encuentra a Merced y a Dolores, sentadas en los sillones, hablando con un hombre al que él ya ha visto antes, pero al que no logra ubicar. El hombre, que también está sentado en una de las mecedoras, se levanta al ver entrar a Mani.

—Oye, Mani —dice Merced, poniéndose de pie también—, tú te acuerdas de Rolando, ¿verdad? Él es el detective que me ayudó cuando Tonio . . . cuando Tonio murió.

Mani extiende la mano derecha a Rolando, quien está extendiendo la suya a Mani, cuando Dolores nota la venda alrededor de uno de los dedos de Mani.

—¡Ay, Dios mío! ¿Qué pasó? —dice, alarmada—. ¿Qué te pasó en el dedo?

—Bah, no es nada —dice Mani—. No estaba prestando atención a lo que hacía y me corté. Pero no es nada. Fui al doctor Manuel y él me atendió. Mamá, no es nada. Por favor, no te alarmes. Mira —mueve en todas direcciones el dedo vendado—, nada. —Entonces mira a Rolando—. Maximiliano el carnicero, mi padre, me ha dicho qué se yo cuántas veces que preste atencíon a lo que hago cuando estoy cortando carne, porque uno se puede llevar un dedo, ¡así, como si nada!

Castañea los dedos de su mano buena, su mano izquierda, mientras continúa.

—Su padre perdió la parte de arriba de uno de sus dedos sin darse cuenta siquiera. Inclusive llegó a cortarse el hueso. Los cuchillos de la carnicería están siempre tan afilados que pueden dividir un pelo por la mitad. Yo debí haberle hecho caso a Papá, pero, usted sabe, uno nunca escarmienta en cabeza ajena. —Entonces agita el dedo vendado otra vez a sólo unas pulgadas de los ojos de su madre y agrega, bromeando—: Estaba casi colgando, pero el doctor Manuel lo arregló. Tú sabes que él puede arreglar cualquier cosa con los ojos cerrados.

—Merced mueve la cabeza. No juegues con eso —dice ella—. ¿No sabes que Mamá siempre se está preocupando por cada uno de nosotros?

Mani le sonríe a su madre y luego mira alrededor de la casa. A través del patio ve a Marguita, que está sentada en la mesa del comedor haciendo su tarea mientras, en el piso del patio, Pepe Loreto está caminando de un lado a otro tan lentamente como siempre, bajo la mirada vigilante de Tontín, que se ha convertido en el guardián del viejo loro. Maximiliano entra, trayendo con él una caja de tabacos.

—¿No está Gustavo aquí? —pregunta Mani, como por casualidad, escondiendo su mano derecha tras él para que Maximiliano el carnicero no pueda verla.

—¿Gustavo? —dice Maximiliano—. ¿Por qué iba a estar aquí? Mire, Rolando, tome uno de éstos. Montecristo. Lo mejor. — Rolando toma uno y lo huele, cerrando los ojos al hacerlo, de la forma en que lo hacen todos los hombres criollos cuando evalúan un buen tabaco.

—Bueno, no sé —agrega Mani—. Pensé que podría estar aquí. No sé por qué.

—¿Estarías tú aquí —agrega Maximiliano mientras le ofrece fuego a Rolando—, si tú estuvieras casado con Graciela? —Maximiliano aspira un poco del humo de su tabaco y lo disfruta con los ojos cerrados, mientras le dice a Rolando—, Gustavo es mi segundo hijo varón. Ya lleva de casado, ¿cuánto? ¿un año?

—Se cumple un año y dos meses el próximo viernes —dice Merced, que es excelente con las fechas.

—Valga la aclaración —continúa Maximiliano mientras disfruta su tabaco—. Como iba diciendo, él ya lleva un año y dos meses de casado. Se casó con la muchacha más hermosa de Luyanó. —Mira a Dolores y agrega, con cariño—: Bueno, después de esta hermosa muchacha que tenemos aquí.

A lo que Rolando añade, mirando a Merced, con una amplia sonrisa en el rostro:

—Y también después de ésta, no se le olvide.

Maximiliano mira a Merced, quien se ha ruborizado.

—Oye, yo no me había dado cuenta antes, pero, Dolores, mira a tu hija. Tiene el bonito subido esta noche, ¿no es verdad?

Dolores mira a su hija y entonces, moviendo la cabeza, mira de nuevo a su esposo y lo contradice.

—Ella *siempre* tiene el bonito subido —dice. Luego mira otra vez a Merced y agrega—: Pero tal vez hoy ella misma lo ha visto.

Se produce una embarazosa pausa, que rompe Maximiliano al preguntarle a Rolando.

—¿Qué me dice?

Rolando responde, mirando a Merced mientras deposita cuidadosamente las cenizas de su tabaco Montecristo en un cenicero de pie.

—¡Lo mejor!

Merced desvía su vista de la de Rolando y nota a Mani mirando nerviosamente por las ventanas delanteras en dirección de la casa de Eleuteria.

—Ay, Mani —dice ella—, se me olvidó decirte. El padre de Graciela está mucho mejor. Ya ella está de vuelta.

—¿Ya volvió? —pregunta Mani, haciéndose el que no lo sabe.

—Ya volvió —contesta Merced, dándole a Mani una elocuente mirada.

Mani mira nuevamente a través de una de las dos altas ventanas delanteras con los vitrales semicirculares arriba que dan a La Calzada. Él sabe que Graciela volvió hace un largo rato. La vio entrar, hace casi un par de horas. Y sin embargo, Gustavo está todavía en esa casa, todavía con ella, y todavía no le ha hecho nada a la muy puta.

Sólo una palabra le viene a la mente.

Mueve la cabeza, inconscientemente, tratando de sacarse esa palabra del cerebro, pero la palabra se niega a irse.

Apretándolas involuntariamente, sus manos, escondidas detrás de él, se convierten en dos puños, lo que le hace sentir el dolor de su mano derecha, donde siente cómo la sangre late intensamente en su dedo herido cubierto con vendas. Y todavía la palabra no lo abandona hasta que él la pronuncia para sí mismo, entredientes.

—¡Cabrón!

★ ★
★

44 Había sido esa fotografía de sus dos hijas lo que había hecho que Arsenio abandonara a Graciela, dejándola sola cuando estaba aún dormida en el húmedo cuartico de la posada. Ni siquiera había tenido el valor de besarla una última vez antes de irse del cuarto. Se había vestido como mejor pudo, y todavía con la cabeza atontada después de haberse bebido casi tres botellas de Añejo, había llamado un auto de alquiler y le había dado al chofer la dirección del matadero cubano de Fermínio, donde él debía haber estado ese miércoles temprano por la mañana.

Ahora se ha acabado de despertar, y en su propio dormitorio, sin saber realmente cómo llegó allí. Mira el reloj junto a su lado de la cama y el reloj le indica que son las nueve menos veinte. ¿De la noche? Lentamente, va hacia las persianas de la ventana y mira hacia afuera. De la noche.

Va hacia el baño, mira al espejo, y descubre que está en payama. Todavía tiene la cabeza mareada. Lo último que recuerda es haber visto a Graciela acostada desnuda sobre la cama del cuarto de la posada, con el cuerpo cubierto de sudor en el caliente y húmedo cuarto, mientras cerraba la puerta tras él.

Oye pasos afuera de la puerta del baño, se asoma y ve venir a Fernanda, trayendo una bandeja de comida que huele, ay, tan rico.

—Ah, que bueno, ya estás despierto —dice ella al colocar la bandeja sobre la cama—. Toma —agrega—, te traje algo de comer. Debes tener hambre. —Arsenio va a la cama, se sienta y luego se tira sobre ella muerto de cansancio. ¿Cómo te sientes?

—Bien, supongo —¿Sabrá algo Fernanda? ¿Cuánto sabe? ¿Qué sabe?— ¿Qué pasó? —se las arregla él para decir.

—¿No te acuerdas?

Él mueve su cabeza.

—No, de nada —dice. Tiene que andar con cuidado—. Todo lo que recuerdo es que me emborraché.

—Papá nunca debió haberte enviado a reunirte con esos tipos —dice Fernanda—. Ellos están acostumbrados a beber, pero tú no.

Arsenio comienza a revolver un espeso potaje de judías hecho con mucho ajo y tocino, como a él le gusta. No dice nada. ¿Qué sabe Ferminio? El potaje está que hecha humo. Lo sopla para refrescarlo antes de probarlo.

—Cuando no te apareciste en el trabajo, Papá se puso muy enojado y empezó a llamar a sus amigotes, los que habían salido contigo. Uno de ellos, no me acuerdo cuál, le dijo a Papá que la última vez que te vieron fue durmiendo sobre el piso de— ¡debería darte vergüenza! ¡Yendo a una casa de mujeres malas! —Ella frunce el ceño al mirarlo, pero le sonríe al mismo tiempo—. Yo sé que no pasó nada. Si no, te estuviera matando en lugar de dándote de comer. Mira, prueba un poco de este pan. Está riquísimo. —Ella le había estado untando mantequilla a una gruesa rebanada de pan que le acababa de ofrecer a su esposo—. Él le dijo a Papá que tú estabas tan cansado que te tomaste un par de tragos y todo lo que hiciste fue hablar de que si los toros esto y si los toros aquello, aburriéndolos a todos, y que luego te quedaste dormido. Esta mañana de alguna manera te las debes haber arreglado para meterte en el auto de alquiler que te llevó al matadero de Papá. Y Papá le dijo al chofer que te trajera para la casa. Y aquí estás. ¿No te acuerdas de nada?

Arsenio mueve la cabeza, le da un mordisco al pan de masa blanca y esponjosa y mira a Fernanda, la madre de sus hijas. Nunca antes lo ha notado, pero Fernanda sí luce como sus dos niñas. En la manera en que lo está mirando en este mismo momento, podría ser otra de ellas. Él quiere a sus niñas. Se acuerda de cómo sus niñas lo miraban a él en la fotografía de su billetera. También recuerda a Graciela, la hermosa Graciela, que es ahora como una visión lejana que ha comenzado a disolverse. ¿Cómo es realmente Graciela? Trata de recordar su rostro, pero no puede. Y sin embargo, recuerda claramente los rostros de sus dos hijas en esa fotografía de su billetera, mirándolo y sonriéndole cariñosamente mientras le decían ¿Papi? ¿Dónde estás? Te extrañamos.

—¿Donde están las niñas? —pregunta él.

—Ya están acostadas. Les dije que tú no te sentías bien y las mandé a dormir temprano para que no te molestaran.

—Ellas nunca me molestarían. Son mis niñas.

—¿Quieres verlas? Puedo llamarlas, si quieres.

Arsenio mueve su cabeza. Acaba de tomarse el potaje y se está comiendo un delgado bisté de palomilla con cebollitas fritas por encima.

—No, déjalas tranquila. Las veré después. Cuando esté completamente sobrio. —Mira a Fernanda y le sonríe. Esta es su primera sonrisa—. Yo no sé cómo tú puedes aguantar a alguien como yo.

—Yo tampoco lo sé. Mamá me dijo que debería romperte un plato caro en la cabeza y cantarte las cuarenta, y puede que todavía lo haga. Pero lo haré mañana.

—¿Dijo ella eso? ¡Esa vieja bruja! —Arsenio se ríe y con su risa hace reír también a Fernanda.

—¡No le digas vieja bruja! ¡Es mi madre!.

—Bueno, todo lo que puedo decir es, ¡Gracias a Dios que tú no te pareces a ella!

Fernanda mira el reflejo de los dos en el gran espejo que es parte del tocador que está en su lado de la cama.

—¿No? —dice, mirándose, irguiendo la espalda y arreglándose el pelo como lo hace su madre—. Yo pensaba que sí. A pesar de su edad, ella es una mujer bella.

—¿Quién? ¿Tu madre? —dice Arsenio, masticando su delicioso bisté—. ¿Cómo puedes decir eso? Tu madre no es bella.

Él no ha mirado a Fernanda. Pero entonces lo hace. Mira en el espejo a Fernanda, quien lo está mirando a él a su vez. Fernanda, que se parece tanto a sus niñas.

—Tu madre . . . no está mal —dice él, y luego agrega, apuntando a Fernanda con el tenedor, de donde cuelga un grueso pedazo de carne—, pero tú . . . tú sí eres bella!

Se mete el pedazo de carne en la boca y lo mastica con enorme satisfacción mientras Fernanda mira en el espejo a ese toro que tiene por marido y se sonríe.

Mani se vira de un lado a otro en la cama. No ha podido dormir. No ha podido dibujar. Su mente está en blanco. En blanco excepto por la palabra que continúa martillándole el cerebro, una palabra que lo ha estado atormentando toda la noche, repitiéndose como una letanía, una insportable letanía que él ya no puede aguantar.

¡Cabrón! ¡Cabrón! ¡Cabrón! ¡Cabrón! ¡Cabrón!

La idea de que hay un cabrón en su familia le parece inconcebible. Lo está volviendo loco. No. Su hermano menor no puede ser un cabrón. Gustavo no será un cabrón. Mani no dejará que esto suceda. Gustavo debe estar planeando algo. Sí, eso es lo que pasa. Por eso es que él no ha dejado todavía a esa puta. Probablemente él está esperando averiguar quién es el otro hombre, eso es lo que está haciendo, para poder agarrarlos a los dos al mismo tiempo. ¡Qué bueno sería eso! Graciela y su amante, ambos tirados desnudos sobre la misma cama, en un charco de sangre.

Cierra los ojos y trata de ver esa imagen en su mente: la puta y su amante muertos en un charco de sangre; pero su mente no se lo permite ver. Algo anda mal. ¿Habrá perdido sus poderes? Agarra una tiza y comienza a esbozar sobre un pedazo de papel rojo, dibujando con una intensidad tal que rasga el papel con la tiza. Entonces, violentamente, tira la tiza al piso, haciéndola añicos. ¡Me cago en la mierda!, se dice. ¿Qué me pasa? ¿Por qué no puedo verlo?

Tiene que hablar con Gustavo, eso es lo que tiene que hacer. Sí. Hoy. Ahora. No, ahora no. No puede ir a la casa de Eleuteria a esta hora de la noche. Eso sería estúpido. Eso revelaría sus planes. No, ahora no. Más tarde. Mañana por la mañana. Tan pronto como Gustavo se despierte. Mañana por la mañana, tan pronto como Gustavo se despierte, Mani irá a verlo para discutir todo con él, urdir un plan y luego llevarlo a cabo, arreglando todo de la manera en que todo debe ser arreglado, de la única manera posible, la manera de los hombres. La manera de los toros. ¡Sí! Todo se va a arreglar, mañana por la mañana. *Todo.*

Sólo entonces podrá descansar.

—Ferminio —dice Albertina—, tú no creerás que yo soy boba, ¿verdad? —Están acostados en la cama uno junto al otro, en el gran dormitorio moderno dentro de la gran casa moderna que luce como un dado blanco incómodamente situado en lo alto de una loma cerca de la Calle de los Toros.

Ferminio no responde.

—¿Tú no creerás que yo me tragué todo eso de nuevas regulaciones del gobierno e inspectores y reuniones todos los martes y todo eso, verdad? —Está acostada de lado, sin mirar a Ferminio y sonriendo. Todo lo que tuve que hacer fue preguntarle a tu hijo, y él me dijo, «¿Qué reuniones? ¿Qué regulaciones? ¿Cómo es que yo no me he enterado de nada de eso?»

Se ha dado vuelta y está mirando ahora a Ferminio, quien se hace el que lee la sección deportiva del periódico que tiene en las manos. Ella le quita el periódico y lo obliga a mirarla.

—Ferminio, mi amor. Tú nunca has sido capaz de mentirme. Bueno, yo sé que has tratado. Y yo sé que yo te he hecho creer que lo has logrado, pero no ha sido así. Yo ya te he perdonado muchas mentiras, y sé que todavía tendré que perdonarte muchísimas más. Pero esta vez no me mentiste sólo a mí, sino también a Fernanda. Así que lo primero que vas a hacer mañana por la mañana es llamar a todos tus amigotes y les vas a contar exactamente lo que tú dijiste que sucedió, igual que se lo dijiste a Fernanda, y luego te vas a asegurar de que todos lo recuerden a la perfección, exactamente como tú se los contaste. Porque si no, si alguna vez llegara Fernanda a sospechar que lo que sucedió realmente no fue lo que tú le dijiste que sucedió, te voy a hacer la vida tan miserable que vas a preferir no haber nacido. ¿Está claro?

Ferminio la mira.

—¿Qué te hace pensar que yo le digo a Eustaquio todo lo que Arsenio y yo hacemos? El maneja una parte del negocio, Arsenio y yo la otra parte. Y en un matadero no tienen por qué saber todo lo que se hace en el otro.

Albertina lo mira, mueve la cabeza, y dice mientras se vira de espaldas a él y apaga la luz que está en su lado de la cama;

—Ferminio, mi amor, tú sabes de toros. Yo sé de mentiras.

MANI ya no aguanta más. Tiene que hacer algo. Está tan irritado y tan inquieto y tan enojado que tiene que hacer algo. Sencillamente, tiene que hacer lo que sea. Salta de la cama, se pone su camisa y sus pantalones blancos, y sale a la calle.

Todavía está muy oscuro afuera. La luna, todavía llena, puede verse sobre los techos de los pequeños edificios apretujados en el extremo distante de la Calle de los Toros, poniendo su fría luz azul a lo largo de toda la estrecha callejuela.

Sin saber qué hacer, Mani cruza La Calzada y se dirige hacia la carnicería. Siempre hay algo que hacer en la carnicería.

Abre la cerradura de la pesada reja que da a la Calle de los Toros, la levanta, entra, enciende las luces, se pone el grueso suéter que está junto a la puerta de la nevera, entra en la nevera, mira a través de los cuerpos despellejados de las reses, agarra el mayor de todos, se lo echa sobre los hombros, lo saca de la nevera, lo coloca en el enorme bloque de madera sólida que está en el centro de la carnicería, cierra la puerta de la nevera, se quita el suéter, y lo cuelga del gancho junto a la puerta de la nevera de donde no cuelga ningún delantal.

¡Maldita sea! ¡Se le olvidó coger un delantal limpio!

Mira alrededor, pero no encuentra ningún delantal sucio. Mueve la cabeza. No hay remedio. Uno siempre tiene que empezar el día con un delantal limpio.

¡Maldita sea! ¡Ahora tiene que volver a la casa para coger uno!

Dejando el enorme cuerpo del toro muerto sobre el bloque de los sacrificios, apaga las luces, sale de la carnicería y comienza a bajar la reja tras él.

Es sólo entonces cuando se da cuenta del ruido y del golpeteo y del retumbar lejanos y del retemblar de la tierra bajo sus pies.

Oye a las dos o tres personas que caminan por la calle a esta hora de la noche gritarse una a otra en la distancia:

—¡Los toros! ¡Los toros! —Y los ve apartarse precipitadamente del camino de los impetuosos toros, escondiéndose donde pueden, rogando que los toros no se salgan del estrecho sendero de la estrecha calle.

Mani apenas tiene tiempo para levantar la pesada reja otra vez, meterse en la carnicería, bajar la reja, cerrarla por dentro, y pararse detrás de la vidriera, cuando la estampida de los toros pasa por frente de la carnicería.

Bajo la luz de la luna, el torrente de toros sudorosos, jadeantes, rugientes, se convierte en la imagen de una aterrorizante pesadilla, una imagen que se hace sobrecogedora cuando las pesadas gotas de sudor sobre sus oscuros cuerpos musculosos y tensos comienzan a reflejar la fría luz azul de la luna y se convierten en luminosos chispazos azules —que brillan como estrellas por sobre todos los cuerpos relucientes de los asustados animales— haciéndolos lucir como sombras brillantes que pasan corriendo: las sombras brillantes y veloces de todos los toros muertos que se han abierto paso a fuerza de estruendo a lo largo de la estrecha callejuela sin pavimentar.

Mani está observando cómo braman los relucientes animales mientras pasan retumbando y desbocados junto a él, frente a la carnicería, cuando de pronto, en un instante, desaparece el ensordecedor ruido y se produce entonces un largo y fantasmal silencio.

Mani sigue viendo pasar las relucientes sombras y sin embargo ya no oye nada.

Las rugientes bestias se han convertido repentinamente en animales hechizados que se precipitan en una estampida silenciosa en medio de su propio bosque mágico, con estrellas sobre sus espaldas que reflejan la fría luz azul de la luna tropical.

Mani mueve la cabeza y se pone las manos en los oídos. Oye los sonidos que hacen sus manos cuando se toca las orejas. No se ha quedado sordo. Puede oír los sonidos de sus manos tocándose las orejas pero no puede oír los sonidos de las relucientes e impetuosas sombras que se precipitan en completo silencio.

Y entonces, saliendo de ese silencio, mientras las brillantes bestias siguen pasando precipitadamente, Mani oye a las sombras de los toros llamarlo muy suavemente por su nombre, como de muy, muy lejos.

¡Mani! ¡Maaani! ¡Maaaaani!

Sobresaltado, incapaz de entender lo que le sucede, se frota los ojos con incredulidad, mira hacia afuera por entre los pesados barrotes de metal que forman las pesadas rejas de metal que están allí para protegerlo, para ofrecerle refugio, para mantener a los toros lejos de él, y entonces no ve nada.

Los toros se han ido. ¿Estuvieron allí alguna vez?

Se frota los ojos de nuevo y de pronto Mani, el hombre, él, que puede evocar un momento con tanta fidelidad cuando lo desee que siente que está experimentando de nuevo ese momento; ese hombre, Mani, se mira a sí mismo y no ve al hombre que es sino al niño que fue hace muchos años, Mani, el niño, que se había quedado trabajando hasta tarde en la carnicería y que, en una oscura noche de octubre como la de esta noche, había visto por primera vez pasar, corriendo por su lado en medio de la oscuridad, a los desesperados toros.

Mani, el niño, está parado en silencio como si estuviera en trance detrás de los gruesos barrotes de metal que forman las pesadas rejas de metal que lo separan a él del tumulto de los alborotados toros; rejas de metal y barrotes de metal que intentan impedir que esas bestias monstruosas, con su olor a miedo, penetren en su mundo. Pero no lo logran. Mani, el niño, vive en ese mundo. Él vive en la sombra de esos toros.

Es demasiado joven para darse cuenta de que esos pesados barrotes de metal, que están allí para mantener a los toros alejados de él, también están destinados a mantenerlo alejado de la vida de sus sueños. Es demasiado joven para darse cuenta de que esas pesadas rejas de metal, que están allí para ofrecerle refugio, también están destinadas a convertirse en su prisión. Es demasiado joven para darse cuenta de que él, al igual que los toros, está corriendo hacia su muerte, sin control y sin darse cuenta de ello, por esa misma calle, siguiendo un estrecho camino dictado por otros.

Mani, el niño, es demasiado joven para darse cuenta de todo eso, pero no es demasiado joven como para no preguntarse lo que sería el correr libremente y el poder jugar por esa calle.

Pero Mani, el niño, ya no existe desde hace mucho tiempo.

¿O sí existe?

Mani, el hombre, se frota los ojos con incredulidad, mueve la cabeza, abre los ojos, los alza, mira a su alrededor y lo que ve lo asusta.

De pronto, Mani, el hombre, es lo bastante mayor como para darse cuenta de que los pesados barrotes de metal que lo rodean lo están obligando a vivir en la sombra de esos toros, haciendo que el olor de su miedo penetre en el mundo donde él vive. Mani, el hombre, de pronto es lo bastante mayor como para darse cuenta de que el mundo donde él vive no es más que una prisión que lo mantiene alejado de la vida de sus sueños. Y Mani, el hombre, de pronto es lo bastante mayor como para darse cuenta de que, con todo lo fuerte y poderoso que es, él todavía no puede armarse del valor necesario para escaparse de su prisión.

De nuevo se frota los ojos y mueve de nuevo la cabeza, como si quisiera erradicar esa imagen de pesadilla. ¿Qué le está pasando? Abre los ojos de nuevo y de pronto se da cuenta de dónde está. Se había olvidado de dónde estaba.

Se había olvidado por completo de que está en la carnicería. De que está parado detrás del enorme bloque de madera en el centro de la carnicería. De que ha bajado la vista hacia el cuerpo despellejado de uno de esos toros que corrieron por esa calle hacia su muerte. De que está mirando fijamente a la bestia sacrificada que yace sin vida sobre el altar ensangrentado. De que está sosteniendo en su fuerte mano izquierda un cuchillo tan afilado que puede dividir un pelo por la mitad. De que este afiladísimo cuchillo es el mismo que hace unas horas le había atravesado el dedo casi hasta el hueso y él no lo había sentido. Y que fue precisamente con este afiladísimo cuchillo con el que estaba planeando cortar al toro muerto que tiene frente a él.

Mira al cuchillo que tiene en la mano y casi inconscientemente abre la mano. El cuchillo cae a sus pies, da contra el piso de mosaicos, y el ruidoso golpe que hace despierta instantáneamente a Mani, quien repentinamente recuerda por qué él está ahí.

Gustavo. Su hermano menor. Lo necesita.

Y entonces, recordando por qué está ahí, Mani, el hombre, se agacha, recoge el afiladísimo cuchillo, lo coloca sobre el mostrador de mármol, blanco como la leche, y entonces lo mira, con su hoja reluciendo con un frío brillo azuloso en la oscuridad de la noche tropical.

45

Todavía en la penumbra, iluminado solamente por la luna, Mani levanta el cuerpo despellejado del toro muerto que yace sobre el altar de la carnicería y lo coloca de nuevo en la nevera, sintiéndose como se siente un portador de féretro cuando coloca el cuerpo de un ser querido dentro de una cripta congelada, con el corazón tan destrozado como si estuviera enterrando una parte de sí mismo. Nunca antes se ha sentido así.

Silenciosamente cierra la puerta de la nevera tras él. Entonces sale de la carnicería y lentamente baja la pesada reja de metal que da a la Calle de los Toros. La cierra, mira una vez más a la carnicería, y entonces comienza a caminar silenciosamente a lo largo de la Calle de los Toros, ahora completamente vacía. No puede quitarse de la cabeza la sobrecogedora imagen de los refulgentes toros que pasaron junto a él bramando en completo silencio, una imagen que, grabada en su cerebro, continúa repitiéndose una y otra vez en su mente.

Camina a lo largo de la estrecha calle y deliberadamente saca con los pies unas cuantas piedras mientras avanza, para oír los sonidos que hacen al colocarse en posiciones y en lugares nuevos. Y mientras escucha los sonidos de las piedras al situarse, oye de nuevo a las sombras de los toros que lo llaman muy suavemente por su nombre desde muy lejos.

¡Mani! ¡Maaani! ¡Maaaaani!

Alza la vista hacia el cielo, esperando ver toros regordetes como de algodón deslizándose serenamente, pero no hay ninguno. No hay nubes esta noche. El cielo nocturno está oscuro, tan oscuro como boca de lobo. No hay ni una pizca de nube. Sin embargo, detrás de él está la luna, la luna blanca y fría que ilumina su mundo y que proyecta una sombra a sus pies, una sombra larga que lo guía, moviéndose lentamente a lo largo de la calle, deslizándose serena y silenciosamente delante de él, primero sobre una piedra y luego sobre otra, hasta que llega al otro lado de La Calzada, la que le parece a Mani, ¡ah, tan inmensa! ¡Tan interminablemente inmensa!

Entra al portal de la casa de Maximiliano, donde él vive, y cierra silenciosamente la verja, que había dejado abierta tras él. Entonces, lentamente, casi arrastrando los pies, camina hacia la puerta de la calle, le da vuelta a la llave en la cerradura, y se obliga a entrar al lugar que él llama casa.

Repentinamente, su rostro se ilumina, como golpeado por un relámpago.

Allí, en la sala, sentada en uno de los sillones, jadeando desesperadamente en busca de aire, está Dolores, la mujer que él llama madre.

Mani corre hacia ella, lleno de pánico. Ella no estaba allí hacía unos cuantos minutos, cuando él salió de la casa. Él estaba seguro de que ella se estaba sintiendo bien en aquel entonces. La había visto irse a la cama. Y ahora ella casi no puede respirar.

—¡Mamá, Mamá! ¿Te encuentras bien?

Dolores se las arregla a duras penas para asentir con la cabeza.

—Voy a llamar al doctor Manuel.

Dolores mueve la cabeza.

—No, no, no. ¡No! —Lo dice tan suavemente que casi no se puede oír. Mani se acerca a ella, se arrodilla a su lado, y toma una de sus manos entre las de él; la mano de ella está helada—. No lo llames. —Ella descansa la cabeza en el alto espaldar del sillón y cierra los ojos mientras murmura—, Se me va a pasar, mi hijo, amorcito mío. Se me va a pasar.

Pasan los minutos. Los minutos más largos de la vida de Mani. Él nunca se había dado cuenta de lo largo que puede ser un minuto. Tiene la boca reseca, tan reseca que casi no puede tragar. Iría a la cocina a tomar un vaso de agua, pero no quiere dejar sola a esta mujer a la que él llama madre, esta mujer que lo acaba de llamar hijo, que lo acaba de llamar amorcito mío.

Todavía arrodillado a su lado, Mani levanta la vista hacia ella y, por primera vez en su vida, Mani no ve ya a la mujer que conoce sino a una mujer diferente, una mujer menuda y débil mucho más pequeña y mucho más vieja que la que él recuerda. Su cabello negro y ondulado está comenzando a encanecer, inclusive se ha puesto blanco en algunos lugares; su boca está rodeada de diminutas arrugas; y su rostro tiene una mirada suplicante que Mani no recuerda haberla visto nunca antes. Siente una repentina ternura hacia esta mujer, algo que nunca antes ha sentido. Siente que le gustaría abrazarla muy junto a él y decirle con su abrazo lo mucho que quiere a esta envejecida mujer tan bella y tan nueva para él. Nunca antes ha pensado en Maximiliano o en Dolores como viejos. Pero ahora que está mirando de cerca a esta mujer a la que llama madre, ve en ella una nueva clase de belleza que no tenía antes, y eso lo hace quererla.

La sala está todavía oscura. Sólo se vislumbra un poco de luz que comienza a filtrarse a través de las diminutas y casi invisibles grietas alrededor de las ventanas y las puertas cerradas, y a través de los vitrales de colores sobre ellas, los que, iluminados desde atrás por el poco de luz que hay afuera, se hacen de un color rubí oscuro, de un zafiro oscuro, y de un esmeralda oscuro. La luz, pasando a través de los cristales de colores que la amortiguan, otorga un extraño y misterioso resplandor a la habitación, mientras que el polvo, levantado por las frías brisas mañaneras, comienza a arremolinarse y a bailar.

Después de un largo, largo rato —un tiempo interminable— Dolores baja la vista hacia Mani, quien, arrodillado junto a ella, ha estado sosteniendo una de sus frías y arrugadas manos entre las suyas, calentándola con su contacto. Ella le sonríe. El frío aire de la mañana le hace bien. Ha empezado a sentirse mucho mejor. Ahora está respirando más fácilmente. El pánico ha comenzado a desaparecer de los ojos de Mani. ¿Cuánto tiempo ha pasado? ¿Minutos? ¿Horas? ¿Una vida entera? Mani, que ha tenido la vista levantada hacia ella, la ve sonreír, y su sonrisa lo hace sonreír a él también.

—Mani . . . —Ella habla con una voz suave y tierna, su voz de todos los días, una voz que ahora está completamente libre de la desesperación que Mani creyó oír en ella minutos antes—. ¿Te acuerdas de Pablo?

Mani mueve su cabeza afirmativamente. ¿Cómo podría él olvidarse jamás de Pablo, su mejor amigo? Sonríe al pensar en él y se pregunta por qué Dolores está pensando, precisamente ahora, en Pablo.

Dolores suspira.

—Pablo fue como un padre para mí —dice, mirando hacia arriba, como quien recuerda. Entonces mira a su hijo de nuevo y agrega—, Tú sabes, Mani, que yo nunca conocí a mi madre. Siempre me pareció que yo nunca tuve una. Crecí sin saber lo que es una madre. —Descansa su cabeza sobre el alto espaldar de la mecedora, cierra los ojos, y suspira otra vez—. Siempre me pareció que yo nunca tuve un padre tampoco.

Mani asiente, apretando más la mano de ella.

Él sabe cómo se siente el no tener una madre. O un padre. ¿Durante cuánto tiempo ha estado pensando que él no tiene a ninguno de los dos? ¿Durante cuánto tiempo ha estado pensando que él es solamente un hijo adoptado, un hijo abandonado, un hijo que realmente nadie nunca quiso? ¿Durante cuánto tiempo ha estado él arrastrando estas dudas dentro de sí, escondiéndolas en lo más profundo de su ser? Esas dudas horribles que lo han agobiado, que él teme que lo van a agobiar durante el resto de su vida, porque ¿cómo podrá él jamás saber la verdad —la pura verdad— acerca de sí mismo, si no puede confiar en ninguna de las respuestas que estas gentes a las que él llama familia le siguen dando?

Dolores continúa, con los ojos cerrados todavía.

—Siempre me pareció que yo nunca tuve un padre tampoco, a no ser Pablo. —Abre los ojos y mira de nuevo a su hijo—. ¿Sabías tú,

Mani, que él pasó hambre para que nosotros pudiéramos comer? Cuando tu padre y yo nos casamos, no teníamos nada. Y Pablo pasó hambre para que nosotros pudiéramos comer. Fue un buen hombre. Y te quería, Mani. De todos mis hijos, eras tú al que más él quería, porque tú eras su mejor amigo. Y porque tú eras tan fuerte y tan terco como él. Todavía lo eres, ¿verdad?

Mani, arrodillado todavía junto a ella, asiente mientras le sonríe.

—Un poquito.

Dolores acaricia su pelo negro y ondulado.

—Mani —dice—, Eleuteria vino a verme anoche. Estaba desesperada. Nunca he visto a nadie tan desesperado como ella estaba. Me lo contó todo. Tiene mucho miedo, Mani. Tiene mucho miedo de ti. Tiene más miedo de ti que de nadie más.

Mani se sobresalta.

—¿Qué quieres decir?

—Mani, una madre sabe. Y ella es madre, igual que yo. —Dolores hace una pausa—. Tú siempre te has fajado por tu hermano, Mani. Y por eso es por lo que ella está tan . . . —Se detiene otra vez—. Tengo la garganta seca —Tose.

Mani la mira.

—Yo también —dice él—. Déjame ir a buscar agua.

Él suelta su mano, se levanta, y atraviesa el patio rápidamente hacia la cocina, pasando por el lado de Tontín, el perrito blanco y negro que ha estado durmiendo en su cama sobre el piso del patio, justamente debajo de la jaula de Pepe Loreto, que está cubierta con el nuevo cobertor que Dolores le acaba de hacer. Tontín abre un ojo, ve a Mani pasar, mira a su alrededor, se da cuenta de que todavía es noche cerrada, y entonces decide seguir durmiendo.

Mani regresa con dos vasos de agua. Le da uno a Dolores, que comienza a beber de él en pequeños buches, mientras Mani se sienta en el piso junto a ella y bebe su vaso de un tirón —y todavía siente la garganta seca.

—Mani, ¿sabías que he visto algunos de tus dibujos?

Mani levanta la vista hacia esta débil, menuda y bella mujer a la que se sentiría orgulloso de llamar madre.

—Son muy bellos.

Mani le sonríe.

—También vi la manera en que miraste a Gustavo el día en que él colgó su delantal en la carnicería. Vi cómo lo miraban tus ojos en ese momento, Mani. —Hace una pausa al mirarlo a los ojos—. Yo sé.

Mani trata de desviar la vista de ella, pero Dolores no lo deja. Agarra su rostro con ternura, con su mano libre, y lo mira profundamente a los ojos.

—Lo he sabido desde ese día. Y Mani, le he hablado a tu padre acerca de eso. Él también lo sabe.

Mani se ha quedado pasmado con esto.

—¿Él lo sabe? —Esta vez es él quien mira profundamente a los ojos de ella.

—Todos nosotros lo hemos sabido durante mucho tiempo, Mani. Cada uno de nosotros. Todo lo que hay que hacer es mirarte a los ojos y . . . —Comienza a toser y toma otro sorbo de agua. Entonces mira a Mani de nuevo.

—Mani, dime, ¿es por nosotros por lo que no te has ido? ¿Por lo que no te has casado? —Hace una pausa.

—¿O es por tí mismo?

Mani no contesta. Mueve la cabeza, no dice nada y, desviando su mirada de ella, mira hacia el piso. Durante un larguísimo rato se queda callado, como si estuviera congelado en el tiempo y en el espacio, sólo mirando al intrincado diseño de las lozas cubanas y cómo las zapatillas de un rosa pálido de Dolores, gastadas de haberlas usado tanto, parecen entremeterse en el diseño. Durante un larguísimo rato no hace otra cosa que seguir mirando al piso y a las entrometidas zapatillas, sin decir nada. Durante un larguísimo rato.

Dolores ha estado mirando a Mani todo este tiempo, sonriéndole en silencio a él, que está en el piso, a su lado, manteniendo su mano más fuerte, su mano izquierda —que no se ha movido— sobre el pelo ondulado de su hijo. Entonces, todavía con la mano sobre el pelo de su hijo, se recuesta sobre el alto espaldar de la mecedora, levanta la vista, y, sin darse cuenta, su mano comienza a acariciar el pelo de Mani mientras habla.

—Sabes, Mani, cuando Pablo se fue conmigo, el día en que tu padre y yo nos casamos, él no tenía nada. Yo tenía un poco de ropa, pero él no tenía nada. Yo era joven e iba camino de encontrarme con mi esposo; él era viejo y no tenía nada ni nadie a dónde ir. Y a pesar de todo eso, abandonó una casa acogedora tras él, y comida caliente y buenos amigos, sólo para estar conmigo, sólo para acompañarme hasta donde estaba mi esposo. Él no sabía qué iba a pasarle. No sabía si iba a poder comer de nuevo, o dónde iba a dormir, o qué ropa se iba a poner. Pero, así y todo, lo hizo.

Baja la vista hacia su hijo, sentado en el piso a sus pies, mirando todavía a sus gastadas zapatillas rosadas y al reluciente piso de loza.

—Pablo fue un hombre muy valiente, Mani. Igual que el abuelo de tu padre, que dejó atrás lo único que importa en la vida, su mujer y sus hijos, para pelear en una guerra para que hombres como Pablo pudieran ser libres. Me siento orgullosa de decir que Pablo fue un verdadero padre para mí, mucho más que el padre egoísta que yo tuve, el que me envió a un colegio caro y pagó todas las cuentas, pero que nunca me quiso. Mamá lo quiso, eso lo sé, y ella quiso darle el hijo que él siempre deseó. Pero cuando nací *yo* . . . Y luego Mamá murió . . . Yo creo que él me odió desde ese mismo día. Él nunca me quiso.

Entonces, tomando tiernamente el rostro de Mani entre sus manos, hace que su hijo la mire mientras agrega:

—Me temo que tu padre y yo hemos sido muy egoístas contigo, Mani. Sé que lo hemos sido. No deberíamos haberlo sido, pero lo hemos sido.

Mani la mira, con una pregunta en sus ojos.

—Te extrañamos tanto durante esos increíblemente largos, largos años en que no estuviste con nosotros, que cuando al fin te pudimos traer con nosotros, pensamos, equivocadamente, que teníamos que agarrarte muy fuerte y mantenerte muy junto a nosotros. Necesitábamos llenar ese vacío que teníamos en nuestros corazones creado por todos esos años en que tú fuiste forzado a vivir lejos de nosotros. Sé que hemos sido muy egoístas contigo, mi amorcito. Sé que no debíamos haberlo sido, pero lo hemos sido.

Lo está mirando con ojos llenos de amor al agregar:

—Pero, hijo, amorcito mío, entonces no lo sabíamos, éramos demasiado jóvenes para saberlo en ese tiempo, pero ahora sí lo sabemos. Tú has llenado plenamente nuestros corazones. Tú estarás con nosotros por siempre donde quiera que estés, igual que nosotros estaremos contigo por siempre donde quiera que estés. Así que, Mani, sé valiente como Pablo. Libérate, mi hijo. Sigue tu propio camino y libérate.

Se detiene durante una brevísima pausa.

—Y deja que tu hermano se libere también, Mani. Déjalo seguir también su propio camino. Tú no puedes vivir su vida por él, mi hijo. Tú no tienes por qué hacerlo.

Mani se levanta de repente mientras sacude la cabeza. Durante un rato se había olvidado completamente de Gustavo. Pero ahora todo le vuelve a la cabeza. La rabia, el miedo. Todo. La vergüenza. La ira. Sobre todo la ira. Es la ira la que le responde a Dolores.

—Mamá, estás hablando como las mujeres. Las mujeres no pueden entender a los hombres. Las mujeres no pueden entender cómo actúan los hombres. No puedo dejar que Gustavo se convierta en un . . . —Casi la dijo, esa palabra que ha estado obsesionándolo durante toda la noche, esa horrenda palabra. Pero no puede decirla. No puede decírsela a esta mujer a la que él llama madre. Ni siquiera a sí mismo. Un . . . un lo que sea en que se haya convertido. ¿Papá lo sabe?

Dolores mueve la cabeza, alzando la vista hacia él.

—Lo que Eleuteria me dijo, me lo dijo sólo a mí, Mani. Me hizo prometerle que no se lo diría a nadie. Pero ella sabe que tú lo sabes. Gustavo se lo dijo.

—Entonces no le digas nada a Papá. Yo puedo arreglármelas por mí cuenta. Yo me ocuparé de todo. Yo haré lo que hay que hacer. Si Gustavo no lo hace, yo lo haré, ¡puedes estar segura de eso! Mamá, no me digas que no con la cabeza. Tú sabes que yo tengo razón. Tú sabes que uno de nosotros debe hacer lo que tiene que hacerse. Tú sabes alguien tiene que hacerlo. ¿Cómo podría cualquiera de nosotros volver a pararse jamás con la frente en alto y orgullosos a menos que—?

Dolores agarra la mano izquierda de Mani y la besa con ternura, interrumpiéndolo con su tierno beso. Mani baja la mirada hacia ella. Entonces se arrodilla a su lado. Esta vez es él quien besa sus viejas y cansadas manos. Dolores le sonríe.

—Mani, las palmas reales se mantienen altas y orgullosas, ¿no es verdad? Y sin embargo, se doblan cada vez que un ciclón pasa por sus vidas, ¿no es verdad?

Su tranquilo discurso hace callar a Mani.

—¿Sabes por qué?

Mani, el hombre, se convierte nuevamente en un niño al escuchar a esta mujer pequeñita y débil a la que llama madre.

—Porque si no lo hicieran, con todo lo altas y orgullosas y bellas que son, se quebrarían y morirían. Y todo el mundo saldría perdiendo. Hay que ser valiente para doblarse, Mani. Hace falta mucho valor para doblarse. A veces hace falta tener mucho más valor para doblarse y sobrevivir que para mantenerse erguido y morir.

Mani se levanta y comienza a caminar, desesperado, por toda la sala, con sus puños lívidos de rabia, como un enfurecido animal salvaje encerrado dentro de una jaula. Sin mirar a su madre, Mani comienza a soltar palabras llenas de ira.

—Mamá, tú no entiendes. Tú eres demasiado buena. Siempre has sido demasiado buena. Por favor, entiende. Hay cosas que un hombre debe—

—Mani —lo interrumpe Dolores—, durante muchos años yo he sabido lo de tu padre y sus mulatas.

Repentinamente, Mani deja de pasearse por la habitación y la mira.

—¿Qué nos habría pasado a todos nosotros si yo no me hubiera doblado un poquito en aquel entonces?

Mani desvía su mirada de ella. No quiere que vea la dolorosa confusión que se pinta en su cara. Él no sabía que ella sabía.

—Inclusive ayer, cuando Merced me dijo que había tenido que despedir a Paula, yo sabía lo que había pasado. Me dijo algo de que había sorprendido a Paula robándose una cosa o algo así. Pero, Mani, ninguno de mis hijos me puede decir mentiras. Ella estaba tratando de tapar otro de los asuntos de tu padre. No tenía por qué hacerlo. Desde el momento en que me vino con ese cuento yo sabía lo que había pasado. Lo sabía. Siempre lo he sabido.

Dolores bebe otro sorbo de agua, sin dejar de mirar a Mani, quien, todavía de pie, sigue sin darle la cara.

—La primera vez que pasó, cuando yo me enteré, me sentí muy herida y furiosa, igual que Merced estaba ayer, igual que tú estás ahora. Pero a esas alturas ya tenía cuatro hijos. Tenía que doblarme. Y lo hice. Y ahora que soy mucho más vieja, sé que tuve razón. Jamás ninguna de esas mujeres ha significado nada para tu padre, Mani. Ninguna de ellas. Jamás. Se lo dije a tu hermana ayer, y te lo estoy diciendo a ti ahora. Tu padre es igual que era mi propio padre: un viejo toro de primera con cabellos rubios que se le están haciendo gris que tiene miedo de envejecer, y por eso tiene que probarse a sí mismo constantemente que todavía es un campeón. —Se ríe entre dientes—. De lo que no se da cuenta es de que mientras tenga que probárselo, ya no es un toro de primera, porque los toros de primera no tienen que probar nada. No tienen miedo.

Sus ojos traviesos chispean en la oscuridad cuando agrega:

—Pero así y todo tu padre es un toro de primera. Siempre lo fue, y siempre lo será. Puede que él no se lo crea, pero yo sé que lo es. Y Mani, yo también sé que su amor por mi no ha cambiado. Yo no lo sabía en aquel entonces, la primera vez que pasó. Pero ahora . . .

ahora sé que el amor es un fuego divino que cuando se enciende por primera vez dura para siempre. Tu padre y yo nos queremos ahora tanto como cuando nos conocimos. —Toma otro sorbo de agua, y sin dejar de mirar a su hijo, que no la mira, agrega—: Mani, yo me doblé. Yo me doblé y sobreviví a aquel ciclón. Y ese ciclón me trajo un regalo inapreciable, Iris. ¿No crees que esa niñita tan bella mereció la pena doblarse?

Mani mira nuevamente durante largo rato hacia el piso mientras, vacilando, tiene que asentir con la cabeza. Él sabe que a Dolores se le partió el corazón cuando envolvió a su pequeña Iris en el blanco sudario de los ángeles.

—Así que dóblate, mi hijo, y deja que se vaya ese ciclón que está pasando por nuestras vidas.

Toma otro sorbo de agua mientras sigue mirando a la espalda de su hijo, quien todavía se niega a mirarla de frente; quien, evitando su mirada, todavía no ha dicho ni una sola palabra.

Se produce una larga pausa.

Ella sabe lo que Mani está pensando. Ella conoce la horrible lucha que está teniendo lugar dentro de esa hermosa cabeza de su obstinado hijo. Lo sabe porque ella tuvo que batallar con esos mismos pensamientos que están batallando dentro de la cabeza de Mani.

La noche anterior, cuando oyó lo que Eleuteria le dijo, su cabeza se encendió con un fuego lleno de furia que a ella le pareció en ese momento un fuego sagrado. Pero entonces, después que la vieja se hubo ido, tuvo tiempo de pensar.

Graciela había regresado con Gustavo, y Gustavo la había aceptado de vuelta y había decidido ignorarlo todo, igual que ella misma había hecho después del problema con aquella Clotilde. Ella no sabía si ésa habría sido la decisión que ella, Dolores, hubiera tomado si fuera hombre. Pero no había sido ella quien tuvo que decidir, sino Gustavo. Y Gustavo había tomado su propia decisión, desafiando a su mundo, igual que ella había tomado su propia decisión hacía muchos años, cuando había desafiado a su mundo y se había ido con el hombre que amaba. ¿Iba a hacerle ella a Gustavo, su hijo, lo que su propio padre le hizo a ella? ¿Iba a pretender que Gustavo, su hijo, ya no era su hijo? ¿Iba ella a pretender que Gustavo, *su propio hijo*, que había hecho lo mismo que había hecho ella, estaba muerto ante sus ojos? En aquel momento había movido la cabeza de lado a lado.

No. No lo haría.

Gustavo había tomado su decisión y ella la respetaría, aprendería a vivir con ella, y la defendería contra todo su mundo si era necesario. Ella sabía que Gustavo no era menos hombre por haber aceptado a Graciela de vuelta, igual que sabía que ella no era menos mujer por haber aceptado a Maximiliano de vuelta. Sabía *eso* con absoluta certeza. Y también lo sabía Gustavo, su hijo, el Gustavo que hace años, enfrentándose al toro que era su padre, lo desafió para poder seguir su propio camino; el mismo Gustavo que hoy, enfrentándose a todos los toros de Luyanó, los desafía para poder seguir su propio camino. *Ése* Gustavo. El Gustavo que ella quiere y admira. Pero ¿y Mani?

¿Sabía Mani . . . sabría Mani alguna vez lo que es desafiar y retar al mundo entero si fuera necesario? ¿Mani? ¿El que ha sido siempre el muchacho bueno, el muchacho que siempre ha hecho lo que se supone que haga? ¿Se atrevería Mani alguna vez a enfrentarse a los toros? ¿Mani? ¿O tendría miedo de enfrentárseles, como le había sucedido a Tonio, el de Merced? El pobre Tonio que, sin seguir lo que le decía su corazón, había tratado de hacer lo que se esperaba de él. El pobre, asustado Tonio que, sin poder hacerlo, había acabado causando mucho daño, no sólo a sí mismo, sino también a muchos otros, por culpa de su propio miedo.

Mira a Mani, quien aún sigue sin mirarla, y sonríe, con los ojos llenos de la ternura de una madre que ve el dolor por el que está pasando su hijo.

Sí, ella sabe lo que Mani está pensando. Siempre lo ha sabido. Igual que siempre ha sabido lo que piensa cada uno de sus hijos. Puede que Mani tenga secretos para los demás, pero nunca ha podido esconderle ningún secreto a ella. Y también ella sabe que ella debe ayudarlo. ¿Para qué está una madre, si no es para eso?

—Tú no tienes que pelear las peleas de Gustavo por él, Mani —dice, con una voz dulce y suave, llena de amor—. Nunca tuviste que hacerlo.

Hace una pausa. Mani sigue sin mirarla.

—Yo sé por qué lo hiciste, pero Mani, ya tú no tienes que probar nada, ¿no es cierto, Mani?

Hace otra pausa de nuevo.

—Mani, mírame, hijo.

Mani se vuelve con lentitud y suspira profundamente mientras vira el rostro hacia ella, mirando hacia abajo.

—Mani —le pregunta—, ¿de qué tienes miedo?

De repente, Mani levanta la cabeza y mira fijamente a Dolores.

¿De qué tiene *él* miedo?

Siente como que quiere gritarle esa misma pregunta a ella. Ha sentido ganas de gritar toda la noche, desde que descubrió en lo que Gustavo se había convertido, y ahora quiere gritarle a ella.

¿De qué tengo *yo* miedo?

Hay tanto que él quiere decir, tanto que necesita saber, tanto de lo que necesita estar seguro.

¿De qué tengo *yo* miedo?

Quiere gritarle, Te lo diré si tú me dices por qué me abandonaste. ¿Por qué me regalaste como un juguete roto o un objeto inservible? ¿Por qué no te ocupaste de mí? ¿Por qué no luchaste por mí si tú eres mi madre como dices que eres? ¿Fue porque no quisiste tenerme? ¿Fue porque no me querías? ¿Fue porque yo no era realmente tu hijo? ¿O fue porque te sentías avergonzada de mi? ¿Qué había hecho yo para que estuvieras avergonzada de mí?

¿Qué hay de malo conmigo?

Hay tanta ira y tanto dolor dentro de él que sólo está esperando salir en un estallido. Tanta ira. Tanto dolor. ¡Tanto puñetero dolor!

¿Qué coño es lo que hay de malo *conmigo* para que ustedes no me quisieran?

Dolores, al ver toda esa ira y esa rabia en su rostro, involuntariamente se echa hacia atrás.

—¡Mani! —exclama ella asombrada—. ¡Me das tanto miedo como uno de esos toros que corren por la calle hacia el matadero!

Mani corre hacia su madre, escondiendo ahora su ira tras un escudo de control, el frío escudo de un control detrás del cual se ha escondido toda su vida.

—Ay, Mamá, lo siento —dice al arrodillarse de nuevo a su lado—. No fue mi intención darte miedo.

Ella acaricia su hermoso pelo negro y ondulado tan parecido al que ella solía tener, y mira profundamente en sus ojos oscuros, todavía tan parecidos a los de ella.

—¿Sabes por qué esos toros dan tanto miedo, Mani?

Mani la mira.

—Porque tienen tanto miedo. Es ese miedo de ellos lo que los hace dar tanto miedo, Mani. Eso es todo. Sólo ese miedo de ellos. ¿Y sabes tú por qué?

Mani mueve su cabeza.

—Porque nosotros vemos nuestros propios miedos reflejados en los de ellos.

Hace otra pausa mientras acaricia el pelo de su hijo de nuevo.

—Pero, Mani, nosotros no somos como esos toros. Ellos tienen miedo porque no tienen otro remedio. Ellos *tienen* que seguir un camino escogido por otros. Ellos no saben dónde van. Pero nosotros sabemos que ellos corren hacia su muerte, igual que sabemos que nosotros corremos hacia la nuestra. Y por eso es por lo que nosotros no tenemos que tener miedo, Mani. Porque sabemos con absoluta certeza que, no importa qué camino tomemos cada uno de nosotros, ese camino nos conducirá eventualmente a nuestro destino final, Mani. A nuestra propia muerte. Así que, Mani, mi hijo, inclusive si al resto del mundo no le gusta, lo mejor que podemos hacer es seguir un camino escogido por nosotros mismos, que nos guste, y andar por él a nuestro propio paso, ¿no lo crees?

Mani la mira, otra vez como un niño; un niño que, acabado de despertar de una horrible pesadilla, encuentra junto a él a esta mujer pequeña y débil con la voz tranquilizadora.

—Tú no tienes que seguir un camino escogido por nadie, Mani. Eso no tiene sentido, ¿no es verdad? Así que sigue tu propio camino, hijo, sigue tu propio camino.

Mani se siente embelesado por su voz. La tranquilizadora voz de una madre que pone a su hijo a dormir.

—Pablo lo hizo. Yo también. También el padre y el abuelo de tu padre. Y tú padre también, a su manera. Y tú también lo debes hacer, Mani. Tú también, mi hijo, mi amorcito. Tú también.

Toma la fuerte mano izquierda de su niño en su mano izquierda, aún más fuerte. La mano de él está fría, helada. Ella la coloca entre sus dos manos y la frota para calentarla mientras agrega:

—Nunca te he pedido nada, Mani. Ahora te voy a pedir algo.

Mani trata de evitar los ojos de su madre.

Él sabe que debe hacer lo que debe hacer, lo que un hombre debe hacer. Sabe que no puede permitir que el mundo se ría de ellos, de su familia, de él, sólo porque Gustavo es lo que es. Sabe que va a tener que decir no a lo que sea que esta mujer a la que llama madre vaya a pedirle que haga. Y, anticipándose a eso, Mani comienza a mover su cabeza de lado a lado involuntariamente. Dolores lo mira y sonríe.

—No tengas miedo, Mani.

Mani la mira, con una interrogación en su mirada.

—Eso es todo lo que te pido. No hay por qué tener miedo. No hay por qué tener miedo nunca, Mani. De nada.

Hace una pausa.

—Nunca hubo por qué tener miedo, ¿verdad?

Dolores lo mira.

Está tan orgullosa de este hijo suyo. Está orgullosa de todos sus hijos, pero está especialmente orgullosa de este hijo suyo porque ella sabe que en él hay una extraordinaria nobleza, una bondadosa nobleza que ha visto descansar en el corazón de Mani. Una valiente nobleza de la que sabe que Mani no está ni siquiera consciente. Acaricia el pelo negro y ondulado de Mani nuevamente, peinándolo ligeramente hacia un lado para poder ver el apuesto rostro de su niño: un rostro parecido al de un dios que parece haber sido tallado en un durísimo granito por un escultor enojado y lleno de rabia.

Mani mira a su madre, que le sonríe.

Y él, que puede acordarse tan bien de todo, de pronto ve en el rostro de su madre la misma sonrisa con la que ella miró a Gustavo el día en que él colgó su delantal. Y también ve en el rostro de su madre la misma clase de orgullo que ha visto sólo una vez anteriormente y nunca más desde aquel entonces, un orgullo dirigido antes a Gustavo y que ahora se dirige a él. El inmenso orgullo de un maestro que ve a uno de sus alumnos graduarse a un nivel de educación superior.

Mani está asombrado.

Mira a Dolores mirándolo a él, y de pronto Mani se da cuenta de dónde viene todo ese poder de él. De ella. De esta mujer menuda y débil que le sonríe.

Mira a Dolores mirándolo a él, y ve que esta mujer menuda y débil sentada en el sillón, con la bata de noche y las gastadas zapatillas rosadas, no es ni débil ni menuda, sino fuerte y poderosa; una mujer fuerte y poderosa que es capaz de manejar almas, al igual que él; una mujer fuerte y poderosa con ojos oscuros y chispeantes que puede anticipar —al igual que él— lo que harán las almas *antes* de que lo hagan.

Porque Mani ha visto en los ojos cálidos y bondadosos de esta mujer menuda, débil, fuerte y poderosa que lo está mirando, que ella sabía la decisión que Mani iba a tomar aún antes de que él la tomara.

Por eso es por lo que lo está mirando así, con ese inmenso orgullo suyo que llena el alma de Mani con algo que él no puede entender, pero algo que él siente como inmensamente tranquilizador, una especie de paz interna que nunca pensó que él podría disfrutar, una paz que ha estado necesitando, una paz por la que, sin saberlo, él ha estado rogando desde el día en que esas horribles dudas entraron en su mente por primera vez.

Y aunque él no se da cuenta —pero Dolores, que lo está mirando, sí— años de rabia y años de miedo desaparecen de su rostro, transformándolo en un rostro parecido al de un dios que parece haber sido tallado en un durísimo granito por un escultor lleno de amor y en paz consigo mismo; el rostro de un valiente joven que ya no tiene miedo. De nada. Porque nunca hubo por qué tener miedo, ¿verdad?

Mani no puede hablar.

Sólo es capaz de decir:

—¡Mamá!

Y entonces, dejando caer su cabeza en el regazo de ella y abrazando a esta delicada mujer con sus poderosos brazos, Mani, el niño, comienza a llorar por los muchos, muchos años que no ha llorado, agitando los hombros mientras solloza por los muchos, muchos años que no ha sollozado; porque de pronto se ha dado cuenta de que esta bella mujer con los ojos oscuros y generosos a la que él ha estado llamando madre, es, y siempre ha sido, su madre, al igual que esta bella familia a la que él ha estado llamando familia, es, y siempre ha sido, su familia.

Y ahora que Mani, el niño, es capaz por fin de confiar, ahora Mani, el hombre, puede seguir su propio camino.

Y ahora Mani, el hombre, puede por fin ser libre.

Agradecimientos

Mucha gente me ha dicho que para que una primera novela sea publi-
cada hace falta no sólo un poco de talento sino, además, un mucho de
buena fortuna.

En ese caso, yo debo ser muy afortunado.

Fue mi buena fortuna la que me condujo a un supermercado en donde
encontré una copia de un libro de James A. Michener, *The Novel,* una
obra que me dió el aliciente para sentarme en frente de una vieja
máquina de mecanografía y hacer algo que yo nunca habia hecho hasta
entonces: Escribir.

De la misma manera que fue mi buena fortuna la que me condujo a
Michael y Mary Tannen, y a María Tucci y Bob Gottlieb, y a Sarah
Burnes y Robin Desser, y a Martha Kaplan, y a Owen Laster, y a Michael
Korda, Chuck Adams y Carolyn Reidy, quienes dijeron que *sí,* y quienes
me condujeron primero a Becky Cabaza, Dan Lane, y a un brillante tra-
ductor, Omar Amador, y después a Gypsy da Silva, Tory Klose, Elina
Nudelman, Meryl Levavi, John Wahler, Jackie Seow, y Cathleen Toelke,
quienes transformaron mi manuscrito—repleto de innumerables correc-
ciones—en este libro tan hermoso que usted tiene ahora en sus manos.

Así que usted puede ver que yo debo ser muy afortunado, porque fue mi buena fortuna la que me condujo a usted.

De la misma manera que fue mi buena fortuna la que hace ya treintiséis años me condujo a mí, un muchacho forzado a abandonar a su propia patria, a esta otra tierra tan magnánima donde tantas personas han extendido sus manos para ayudarme a mí y a mi familia; y en donde yo encontré el mejor amigo que ningún hombre pueda tener jamás, Robert Joyner, quien no sólo editó mi manuscrito sino también mi vida.

A todos y a cada uno de ustedes, mis más sentidas gracias.

Como decimos los cubanos,

De corazón.